짝사랑의
달 1

§ 짝사랑의 달인 §

2012년 1월 27일 초판 1쇄 인쇄
2012년 1월 31일 초판 1쇄 발행

지은이 § 김성희(세실리아)
발행인 § 곽중열
기획&편집디자인 § 신연제, 이윤아
발행처 § (주)조은세상

등록 § 2002-23호(1998년 01월 20일)
주소 § 경기도 고양시 일산동구 장항동 558번지 6호
Tel § 영업부(031)906-0890 편집부(02)587-2966
e-mail romance@comics21c.co.kr
값 9,000원

*본서의 내용을 무단 복제하는 것은 저작권법에 의해 금지되어 있습니다.

Copyright©. 김성희(세실리아) 2012. Printed in Seoul, Korea

*파본이나 잘못된 책은 바꾸어 드립니다.

ISBN 978-89-6159-733-3

GOOD WORLD ROMANCE NOVEL

짝사랑의 달인

김성희(세실리아) 장편소설

㈜조은세상

Contents

1. 7
2. 29
3. 50
4. 81
5. 99
6. 131
7. 176
8. 215
9. 240
10. 257
11. 282
12. 301
13. 336
14. 368

에필로그. 392

GOOD WORLD ROMANCE NOVEL

1.

〔그녀의 짝사랑의 시작, 아니 짝사랑의 저주는 그 인간 이강현을 만나고서부터였다.〕

"학교 다녀왔습니다."
큰소리로 외치며 우당탕탕 집 안으로 뛰어들던 주원은 교복 치마에 걸려 그만 앞으로 꼬꾸라지고 말았다.
"아야, 엄마!"
다급한 목소리에도 아무도 나타나지 않자 이상한 생각에 아래를 내려다보니 엄마 신발은 안 보이고 못 보던 남자 신발 한 켤레가 가지런히 놓여 있는 게 보였다.
'오빠 것도 아닌데.'
아픈 무릎을 감싸 쥔 그녀는 고개를 갸웃하며 집 안으로 들어섰다.

가방을 내려놓고 엄마를 찾으러 주방에 들어갔지만 보이지 않자 목이 마른 듯 냉장고에서 물을 꺼내 들었다.

"어딜 간 거야."

이제 갓 중학교에 입학한 주원은 새로운 학교생활에 대해 엄마한테 하고 싶은 말이 많았다. 오늘도 새로 오신 국어 선생님 얘기를 하기 위해 부리나케 달려왔건만 엄마는 보이지 않고 집 안엔 정적만 감돌자 기운이 빠져 버렸다.

"태준아 사왔냐?"

"엄마야!"

갑작스레 주방으로 들어서는 시커먼 남자의 모습에 주원은 너무 놀라 들고 있던 컵을 떨어뜨렸다. 180센티가 넘는 태준과 맞먹을 정도로 키가 큰, 아니 오빠보다 더 큰가? 낯선 남자가 교복 차림으로 주방 입구를 가로막고 있자 주원은 겁을 집어먹었다.

"어, 이런!"

"누, 누구세요?"

남자가 떨어진 컵을 주워들고 식탁으로 가까이 다가오자 주원은 슬금슬금 뒤로 물러났다. 학생이라기엔 약간 긴 듯한 머리에 교복 상의의 단추가 거의 풀어진 채로 서 있는 모습이 위협적으로 느껴졌다. 주원은 들고 있던 물통을 무기 삼아 앞으로 들이밀었다. 그 모습을 본 강현의 입가에 흥미로운 미소가 지어졌다.

'저걸로 날 치겠다는 건가?'

"누구냐니까?"

"네가 태준이 동생인가 보구나?"

"우리 오빨 알아요?"

오빠의 이름이 튀어나오자 긴장이 약간 풀렸지만 그래도 여전히 경계를 늦추지 않았다.

"나 태준이 친구 이강현이라고 하는데 앞으로 잘 부탁한다."

강현이 컵을 내려놓고 손을 쑥 내밀었지만 주원은 선뜻 다가가지 않았다. 그러자 그가 재미있다는 듯 싱긋 웃었다. 순간 그 모습을 본 주원의 얼굴이 발갛게 물들었다. 한창 사춘기로 접어든 주원은 요즘 괜히 얼굴이 붉어지고 간혹가다 초등학교 때 남자애들이라도 만날라치면 애써 외면하기 일쑤였다. 주원의 눈에서 금방이라도 하트가 날아들 것만 같은 모습에 강현의 입꼬리가 한껏 말려 올라가더니 큰소리로 웃었다.

"하하하……귀엽네."

그가 불쑥 다가와 그녀의 머리를 동네 꼬마 녀석 다루듯 흐트러뜨렸다. 그리곤 한쪽 눈을 찡긋하고 나가 버리자 주원의 얼굴이 홍당무처럼 새빨갛게 변했다.

'뭐야 저 인간. 왜 남의 머리는 만지고……뭐 귀여워?'

그의 손이 닿은 머리를 다시 제자리로 정돈한 주원이 갑자기 앞으로 나섰다.

"이봐……요."

뭐라고 한마디 쏘아붙이려고 뒤쫓아 간 주원은 갑자기 돌아서는 강현의 조각 같은 얼굴을 보자 말꼬리를 늘였다.

"왜?"

"저, 우리 오빠 어딨어요?"

자기가 듣기에도 민망할 정도로 기어들어가는 목소리에 얼굴이 또다시 화끈거렸다. 그런 그녀가 마냥 귀여운지 강현의 입가엔 웃음기가 묻어 있었다.
 '제법 깜찍하네. 태준이가 다른 녀석들이 동생 얘기 꺼내면 도끼눈을 뜬 이유가 있었군.'
 "약국에 갔어."
 '약국?'
 "그런데 여기서 뭐 하는 거예요?"
 차마 이름을 부를 수도, 그렇다고 오빠라고 할 수도 없어 그저 고갯짓으로 강현을 가리키자 그가 손가락으로 자신의 가슴을 향해 찔러 보였다.
 "나?"
 "그럼 여기 댁 말고 누구 있어요?"
 "태준이 기다리는데?"
 "그렇다고······."
 "어? 주원이 벌써 왔냐?"
 때마침 집 안으로 들어서는 태준 때문에 주원은 말을 끝마치지 못했다.
 "오빠!"
 "왔냐?"
 두 사람이 동시에 소리치자 태준이 어리둥절한 표정으로 강현과 주원을 번갈아 쳐다봤다.
 "왜들 그래?"

"어디 갔다 왔어?"

"사왔냐?"

또다시 동시에 말을 내뱉자 그제야 강현이 피식 웃더니 태준에게서 봉투를 받아들고 이층으로 올라갔다.

"네 동생이 나 보고 놀랐나 보다."

강현이 보이지 않자 그제야 주원이 떨리는 가슴을 진정하면서 태준을 향해 눈을 흘겼다.

"저 사람 뭐야?"

"오빠 친구더러 저 사람이 뭐냐?"

"아무도 없는 줄 알았는데 갑자기 불쑥 나타나니까 깜짝 놀랐잖아."

"그랬냐?"

태준은 그제야 미안한지 주원의 어깨를 감싸 안았다.

"미안. 그런데 저 녀석 나쁜 놈 아냐."

"생긴 건 꼭······."

"꼭 뭐?"

"기생오라비 같이 생겼어."

말은 그렇게 했지만 강현은 그저 잘생겼다고 한마디로 말하기엔 어딘지 달라 보였다. 얼굴선이 굵은 그는 단순히 잘생긴 게 아니라 진짜 남자같이 보였다. 그래서인지 태준보다 어른스럽게 보였다. 태준은 얼굴을 찡그리며 생각에 빠져 있는 동생을 보며 미소를 지었다. 이제 갓 중학교에 입학한 주원의 교복 입은 모습이 아직은 익숙지 않아 보였다. 얼마 전까지도 그에게 떼쓰고 매달리던 아이 같은 모습이 생각나자 태준은 동생이 마냥 귀엽기만 했다. 하긴 강현이 놈이 잘생기긴 했지. 그게 오히려 가끔은 남자애들 간에 싸움거리를 제공하기는 하지만. 만약 남자가 그에게 저런 말을 했다면 당장에 멱살이 잡히고 말았을 것이다. 권투 연습을 하다 어깨를 삐끗한 강현이 그가 사온 파스를 들고 가는 모습을 보며 갑자기 태준이 웃기 시작했다.

"뭐? 하하하. 너 저 녀석 앞에서 행여나 그런 말 하지 마라. 강현이가 제일 듣기 싫어하는 말이 그 소리거든."

"어차피 볼일도 없을 텐데 뭐."

"저기, 그게 말이다 주원아……."

태준이 난처한 표정으로 말을 더듬고 있을 때 현관문이 열리며 어머니 정 여사가 들어왔다.

"주원이 왔구나?"

"엄마 어디 갔다 오는 거야?"

"응, 오늘 자원봉사 가는 날이잖아. 왜? 엄마 없어서 서운했어."

"그걸 말이라고? 그런데 엄마, 오빠 친구 온 거 알아?"

"강현이?"

정 여사가 태준을 보며 묻자 고개를 끄덕였다.

"아직 말 안 했니?"

이번엔 태준이 난처한 표정을 지으며 고개를 가로저었다.

"뭘?"

뭔가 이상했다. 그녀의 눈치를 보는 오빠나 엄마의 모습이 왠지 안 좋은 일이 생길 것만 같아 불안하게 쳐다봤다.

"네가 말해라."

"엄마."

정 여사는 태준에게 말하기 힘든 일을 떠맡기고 얼른 주방으로 사라졌다. 태준이 뒤쫓아 가려고 하자 주원이 그를 재빨리 붙잡았다.

"말해."

"뭘?"

"뭐야?"

더 이상 미룰 수 없다는 생각이 들었는지 태준이 어렵사리 입을 열었다.

"강현이가 당분간 우리 집에 와 있을 거야."

주원의 눈살이 찌푸려졌다. 낯선 사람이 한집에 산다는 게 영 마음에 들지 않은 그녀는 입을 삐쭉거렸다.

"왜?"

"강현이 아버님이 이번에 미국에 있는 병원으로 가시게 됐는데 어머니도 휴직계를 내고 같이 가시기로 했어. 그런데 강현인 여기서 시험을 본다고 남기로 했는데 있을 곳이 마땅치 않아서 시험 끝날 때까지만 우리 집에서 지내기로 했어. 부모님도 허락하셨는데 괜찮지?"

"내가 싫다면 바꿀 수 있는 거야?"

제법 당돌하게 되묻는 주원 때문에 태준은 등에서 식은땀이 흘렀다.

"그런 건 아닌데, 그래도 너는 어떤데?"

눈치를 살피듯 주원의 어깨를 감싸 안은 태준은 실실 웃어 보였다. 이제부터 진짜 해야 할 말이 있는데 요 깜찍한 동생이 어떻게 받아들일지 걱정이 앞섰다. 주원은 관심 없다는 듯 어깨를 으쓱해 보였다.

"별로 마음엔 안 들지만 할 수 없지 뭐. 그런데 아는 친척도 없어?"

"고모가 있기는 한데 지방에 계신데."
"오빠랑 친해?"
"그럼 제일 친한 친구인걸. 앞으로 몇 달만 있을 거니까 주원이 네가 조금만 참아 줘라."
얼굴을 들이대며 살살 달래는 오빠의 모습에 주원은 마지못해 허락하듯 고개를 끄덕였다.
"알았어."
도도한 몸짓으로 이층으로 올라가는 주원의 뒷모습을 보며 태준이 불안한 듯 얼른 뒤따라갔다.
"그런데 주원아 오빠가 아직……."
"아악! 뭐야?"
자지러지듯 소리를 지르는 동생의 목소리에 뒤따라오던 태준은 안절부절못했다.
"이게 뭐냐고?"
방에 들어선 주원은 자신의 침대가 보이지 않고 낯선 책상만 달랑 놓여 있는 걸 보자 다시 방문을 확인했다.
"엄마!"
"주원아, 저기 오빠가 말해 줄게. 그러니까 그게……."
"대체 내 침대랑 책상은 어디 갔어?"
마침 그때 정 여사가 이층으로 올라와 두 사람의 실랑이를 보자 작은 한숨을 내쉬었다.
"주원아 엄마랑 얘기 좀 하자."
"엄마 이게 뭐야?"

"응, 그게 말이지. 몇 달만 오빠 친구한테 네 방을 양보하면 안 될까?"

무슨 뜻인지 모르겠다는 듯 큰 눈에 눈물을 머금고 고개를 젓는 주원을 정 여사가 소파로 이끌었다.

"오빠들 대학 시험 얼마 남지 않았잖아. 그러니까 몇 달만 네가 손님방을 쓰고 강현이한테 네 방을 빌려 주자."

"싫어. 그 사람이 손님방을 쓰면 되잖아. 아니면 오빠랑 같이 쓰던지."

"인마, 내 방은 두 사람이 쓰기엔 좁잖아."

태준이 변명을 하고 나서자 정 여사가 더 이상 말하지 말라는 눈치를 줬다.

"손님방은 너무 작아서 공부하는 데 답답할 거야. 그리고 네 오빠 방은 두 사람이 쓰기엔 너무 좁고. 그러니까 우리 주원이가 조금만 참아 주면 안 될까?"

"싫어, 싫다니까. 내가 왜 그래야 하는데? 그 사람더러 손님방 쓰라고 그래."

"주원아."

너무도 완강하게 도리질을 치는 딸아이를 난처한 표정으로 쳐다보는데 강현이 태준의 방에서 나와 울고 있는 주원을 잠시 쳐다봤다.

"강현아."

태준은 철없는 동생 때문에 강현이 불편할까 봐 내심 미안한 생각이 들었다.

"어머니 제가 손님방을 쓰겠습니다. 주원이 말이 맞아요. 제가 손님인데 그래야 맞는 거구요."

정 여사는 이러지도 저러지도 못하고 주원과 강현을 번갈아 쳐다봤다.

"주원아 오빠들은 고3인데 그 정도도 못해?"

"어머니 그러지 마세요."

강현이 말리자 정 여사는 짐짓 화가 난 듯 주원을 노려봤다.

"에휴, 나도 모르겠다. 네 맘대로 해!"

정 여사가 화가 난 채 일어나자 주원이 강현을 한껏 노려보면서 벌떡 몸을 일으켰다.

"알았어. 그렇게 하면 되잖아."

소리를 빽 지르고 씩씩거리며 손님방으로 걸어간 주원은 문고리를 잡고 잠시 망설이다 또 한 번 소리를 질렀다.

"내 방 지저분하게만 써 봐. 가만 안 둘 거야. 그리고……담배 피우면 죽어."

쾅 소리가 날 정도로 문을 닫고 들어가 버리는 주원을 보고 세 사람은 어이없는 표정으로 서로를 쳐다봤다. 담배를 피우지 말라는 말에 순간 태준과 강현의 얼굴이 발갛게 물들었다. 그런 아들과 강현을 재미있게 바라보던 정 여사가 피식 웃더니 아래층으로 내려가며 한마디 하는 걸 잊지 않았다.

"들었지? 담배 피우면 죽는다."

정 여사가 내려가고 나자 머쓱해진 두 사람은 소파에 주저앉아 서로를 바라보다가 동시에 피식 웃고 말았다.

"하하하, 너 담배 피우냐?"

태준이 강현을 보고 묻자 그의 얼굴에도 기분 좋은 웃음이 번졌다.
"그러는 너는?"
"언젠가 몰래 피우는 걸 주원이한테 걸렸어. 저 녀석 이럴 때 터트리냐."
"귀여운데?"
"아직 애야."
"올해 중학교 입학했나 본데?"
"응, 요즘 사춘긴지 여간 까탈스런 게 아니다."
말은 그렇게 하면서도 그의 눈빛에 주원을 사랑하는 마음이 가득 담겨 있는 게 강현의 눈에 보였다. 그의 눈이 자연스럽게 주원이 들어간 방문을 향했다. 당차게 담배 피우면 죽는다고 엄포를 놓던 주원의 모습이 떠오르자 자꾸 웃음이 비어져 나왔다. 그런 강현을 의심스런 눈길로 쳐다보던 태준이 눈을 가늘게 뜨고 으름장을 놨다.
"딴 맘 먹지 마라. 아직 애다."
"하하하……자식, 누가 뭐래냐?"
강현이 태준의 가슴을 향해 주먹으로 한 대 치는 시늉을 했다.
"그렇게 아깝냐?"
강현의 물음에 태준의 얼굴엔 금세 뿌듯한 미소가 걸렸다.
"당연하지. 누구 동생인데. 형제가 없는 넌 이 기분 모를 거다."
"그래, 좋겠다 인마."
외아들로 태어난 강현은 늘 형제가 있는 친구들을 부러워했었다. 그는 자라오면서 항상 혼자였다. 의사인 아버지와 교수인 어머니는 언제나 바빴다. 아버진 그가 자신과 같은 의사가 되길 원하지만 강현은 그 모든 게 부담으로 다가왔다. 그래서 일부러 못된 짓을 하고 다니기도 했지만 답답한 마음은 어쩌지 못했다. 그래서 시작한 게 권투였다. 하지만 그것도 아버지가 난리를 치는 바람에 오래가질 못했다. 그러다 보니 자꾸만 울분을 참지 못하고 친구들과 싸움을 하는 일이 잦았다. 아마 형제가 하나라도 있었다면 그의 어깨가 조금은 가벼워졌을지도 모를 것이다.

태준은 갑자기 강현의 얼굴이 어두워지는 걸 보곤 아차 싶었다. 애써 아무렇지 않은 척 강현의 어깨를 감싸 안고 너스레를 떨었다.

"이제부터 우리 주원이 네 동생도 되니까 그렇게 생각해."

'네 동생도 그렇게 생각할까?'

아까의 그 기세를 보니 별로 달가워할 것 같지 않았다.

"왜, 싫으냐?"

"그래 싫다. 난 고분고분 말 잘 듣는 동생이 더 좋다."

"우리 주원이가 뭐 어때서?"

대뜸 동생 역성을 드는 태준의 모습에 실소가 터져 나왔다.

"아까 하는 거 보니까 성질이 보통이 아니겠던데? 하하하."

태준이 뭐라고 항의하기도 전에 강현이 큰소리로 웃고는 아래층으로 내려갔다.

"뭐? 성질이 보통이 아냐? 쳇! 말 잘 듣는 동생이 좋다고?"

방에서 태준과 강현이 하는 얘기를 모두 들은 주원은 기가 막혀 발을 동동 굴렀다.

"누군 자길 오빠로 생각한다고 그래? 에이."

주원은 침대 위에 놓여 있던 곰 인형에게 괜한 화풀이를 해댔다.

"내 집처럼 편하게 지내라."

"네 감사합니다."

"그렇지 않아도 네 아버님이 나한테 전화를 하셨더구나. 어찌나 미안해하시던지. 태준이나 너나 나에겐 똑같은 자식이니까 너도 그렇게 생각하고."

처음 태준이 강현의 얘기를 했을 땐 사실 주원이 때문에 조금 망설인 것도 사실이다. 이제 막 사춘기에 접어든 딸내미를 둔 아버지의 노파심이라고 할까? 그러다 강현을 한 번 보곤 흔쾌히 승낙했다. 어딘가 모르게 외로워 보이는 강현의 모습이 그를 자극했다. 그런데다 한 번도 만난 적이 없는 강현의 아버지가 직접 찾아와 부탁을 했으니 이젠 싫으나 좋으나 한가족이 될 수밖에 없었다.

"네 아버님."

저녁을 먹기 전 태준의 아버지 강민수 판사와 강현이 마주 앉아 얘기를 나누고 있었다.

"네가 살던 집에 비하면 조금 좁을 듯도 싶구나. 방은 마음에 드냐?"

"마음에 듭니다. 괜히 저 때문에 다른 식구들에게 폐가 되는 거 같습니다."

"음, 우리 주원이가 조금 까다롭게 군 모양이구나."

다 안다는 듯한 강 판사의 말에 강현이 정색을 했다.

"아, 아닙니다. 귀엽기만 하던 걸요."

"하하, 우리 딸이 많이 귀엽기는 하지."

근엄하게만 보이던 강 판사의 얼굴이 주원의 얘기가 나오자 금세 얼굴이 환해지더니 완전 다른 사람처럼 보였다.

'이 집 남자들은 주원이 얘기만 나오면 이상하게 변하는군.'

"으음, 그럼 저녁이나 먹자."

강현이 딴 사람 보듯 이상하게 쳐다보자 그제야 자신이 실없이 실실 웃고 있는 걸 깨닫곤 재빨리 화제를 돌렸다.

주방으로 들어서자 어느새 식탁 한가득 음식이 차려져 있었다. 아마 강현이 온다고 일부러 장만한 거 같아 왠지 죄송한 생각이 들었다.

"얼른 앉아라. 주원이 너도 앉지 뭐해?"

주원이 강현의 바로 뒤에 따라 들어오다 하마터면 몸을 돌린 그와 부딪힐 뻔했다.

"앗!"

"아, 미안."

강현의 사과에 주원은 한마디 대꾸도 않고 자기 자리에 앉았다.

'계집애 성질하곤.'

그런 딸내미의 행동을 지켜보던 정 여사는 속으로 혀를 찼다. 늦둥이로 낳았다고 예뻐하기만 했더니 평소엔 안 그러다가도 한 번 마음에 안 들면 찬바람이 쌩쌩 돌게 굴 때는 저런 걸 누가 데려갈까 걱정이 들기도 했다.

"강현이 많이 먹어라."

"네, 어머님."

"쳇! 누가 자기 엄마래."

"주원아!"

그녀의 빈정거림에 아버지가 굳은 얼굴로 꾸짖자 그제야 도가 지나친 걸 깨닫고 고개를 숙이고 밥 먹는 시늉을 했다.

"쟤 저러는 거 신경 쓰지 마."

태준의 말에 고개를 숙이고 있던 주원이 그를 노려봤다. 그러자 태준이 주먹을 쥐고 알밤을 먹이는 시늉을 해보였다.

"엄마, 오빠 봐!"

태준이 얼른 주먹을 펴고는 팔을 내려놓고 눈으로 주원을 쩌려보기만 했다.

"너네는 어째 다 큰 애들이 만나기만 하면 으르렁대는지 모르겠다. 강현이 보기 창피하지 않니?"

엄마의 말에 태준과 주원은 강현을 흘깃 한 번 쳐다보더니 밥그릇에 코를 박고 열심히 먹는 척했다. 강현은 두 사람의 티격태격하는 모습이 부러워 한참을 멍하니 지켜보다 자신을 유심히 바라보는 정 여사와 눈이 마주치자 얼굴이 달아올랐다. 다 이해한다는 듯한 그녀의 표정에 강현은 어쩌면 이곳이 마음에 들지 모르겠다는 생각이 들어 기분 좋게 숟가락을 들었다.

"이제 오냐?"

강현이 현관 앞 계단에 앉아 있다가 주원을 보고 아는 체를 했다. 그가 온 지도 벌써 한 달이 지나가고 있었지만 고3인 강현은 새벽같이 나갔다가 밤늦은 시간에 들어오기 때문에 두 사람이 마주칠 일은 거의 없었다. 강현에게 방을 빼앗기고 나서 한동안은 그만 보면 눈길도 주지 않았는데 원래 금방 잘 잊어버리는 성격인지라 요즘은 가끔 마주치면 눈인사 정도는 하곤 했다.

그 뒤로 강현은 주원의 방문 아래에 간식거리를 간간이 놓아두기도 하고 책을 선물하기도 했다. 주원의 방을 차지한데 대한 나름대로의 미안함의 표시임을 알았지만 아무리 태준의 친구라도 자연스레 오빠라는 소리가 나오지 않았다.

"여기서 뭐해?"

"하늘이랑 친구하고 있지."

느긋하게 계단에 기대어 앉아 있는 강현의 모습에 주원은 가슴이 뛰었다. 요즘 그녀의 가슴은 주인의 허락도 없이 제멋대로 굴고 있다. 그 원인이 강현이 때문일지도 모른다는 느낌 때문인지 그런 자신이 마음에 들지 않았다. 하늘을 향해 반쯤 감은 눈으로 나른한 표정을 지은 채 고개를 젖힌 그는 무척이나 편해 보였다. 두근거리는 심장소리가 들릴까 봐 재빨리 계단을 오르는데 뒤에서 그의 굵은 목소리가 들렸다.

"집에 아무도 없다."

"엄마는?"

"약속 있다고 나가셨어."

"우리 오빠는?"

'우리 오빠라. 그렇지 난 그저 태준이 친구지.'

강현은 햇빛 때문에 눈이 부신지 한쪽 눈만 살짝 뜨고 주원을 올려다봤다.

"학원 갔지."

알겠다는 듯 고개를 끄덕여 보인 주원이 다시 집 안으로 들어가려고 걸음을 옮기려고 했다.

"잠깐 내 친구 해줄래?"

왜일까 그 순간 그가 너무도 쓸쓸해 보였다. 다 큰 남자가 이제 중학생인 그녀에게 친구가 되어 달란다. 아랫입술을 살짝 깨문 채 망설이자 강현이 쓸쓸하게 웃었다.

"아니다, 내 말 신경 쓰지 말고 들어가라."

다시 눈을 감아 버리는 강현을 보자 주원은 무슨 마음이 들었는지 옆에 털썩 주저앉았다. 강현이 옆에서 느껴지는 인기척에 눈을 뜨자 주원의 얼굴과 마주쳤다.

'가까이서 보니 더 귀엽네.'

쌍꺼풀 없는 큰 눈을 굴리며 그를 바라보던 주원이 먼저 말을 걸었다.

"심심해?"

"조금."

갑자기 답답함을 느낀 강현이 몸을 바로 하고 주머니를 뒤지다 이내 그를 뚫어지게 보고 있는 주원과 눈이 마주치자 아차 싶었던지 동작을 멈췄다.

"담배 찾아?"

"어? 어, 아니야."

"흥!"

다 안다는 듯 콧방귀를 뀌며 그에게서 얼굴을 돌리고 무릎에 팔을 얹더니 턱을 괴었다.

"그렇게 당황할 거 없어. 새벽에 몰래 밖에 나와 피우는 거 봤으니까."

절대로 방에서 담배를 피우면 안 된다는 주원의 말에 강현은 가끔 다른 식구들이 다 잠든 새벽에 마당에 나와 한 대씩 피우곤 했는데 아마 그걸 본 모양이다.

"학생이 그러면 안 되는 거 아닌가?"

질문이라기보단 혼자의 중얼거림에 가까운 말에 강현의 입에서 기분 좋은 소리가 새어 나왔다.

"풋! 학생은 맞는데 태준이 말 안 했나 본데 나 미성년 아니다."

주원이 고개를 돌렸다. 무슨 뜻인지 아직 이해가 되지 않았는지 큰 눈을 껌뻑거리기만 했다.

"휴우, 1학년 때 사정이 있어서 일 년 쉬었다 다시 복학한 거야."

"사고 쳤어?"

눈을 동그랗게 뜨고 신기하게 쳐다보는 모습이 마치 토끼 같아서 저절로 웃음이 나왔다. 아마 주원에겐 학교를 휴학한다는 게 상상도 하지 못할 일일 것이다.

"아니, 아파서."

"엥? 아파?"

그를 위아래로 쳐다보는 주원의 얼굴엔 의구심이 가득했다. 그의 몸은 아픈 거완 전혀 어울리지 않아 보였다. 팔뚝은 그녀보다 두 배는 더 굵어 보이는데다 청바지 아래 감춰져 있는 다리는 만져 보지 않아도 꽤 단단해 보였다.

"오토바이 사고였어. 겨우 의식을 차려 보니까 병원이더라고. 그때 이후론 절대 오토바이는 안 타. 그 대신 권투를 하지. 내가 너한테 별 걸 다 말하네."

주원은 그가 말하는 내내 고개를 끄덕여 보이다 갑자기 정색을 했다. 강현이 묻는 듯 물끄러미 쳐다보자 주원은 불쑥 말을 내뱉었다.
"오빠 깡패야?"
'오빠?'
강현은 깡패냐고 묻는 그녀의 말엔 아무런 반응도 않고 오빠라는 말만 머릿속을 강하게 파고들었다.
"그런가 보네."
대답을 않자 저 혼자 단정을 내린 듯 눈이 더욱 커진 주원을 쳐다보던 강현은 큰소리로 웃었다.
"하하하……."
'이 인간은 깡패라는데도 뭐가 기분이 좋은 거야. 하여튼 미스터리하다니까.'
"나 들어가."
엉덩이를 탈탈 털며 일어나자 교복 치마가 그의 눈앞에서 팔랑거렸다. 순수해 보이는 그녀의 몸짓이 그의 가슴을 따듯하게 했다.
"나, 깡패 아냐."
뒤에 들려온 그의 목소리에 주원은 문고리를 잡고 멈춰선 채 고개를 돌려 그를 쳐다봤다.
"그리고 고맙다."
"뭐가?"
"오빠라고 해줘서."
"내가 언제……."
내가 오빠라고 했다고? 언제? 순간 아까 무심코 오빠 깡패냐고 한 말이 생각이 난 주원은 얼굴이 빨개졌다.

"쳇! 별것도 아닌데 뭐."

후다닥 집 안으로 들어가는 그녀의 뒤에서 강현의 웃음소리가 크게 울려 퍼졌다.

"하하하……."

'귀여운 것.'

그 일이 있은 뒤부터 주원은 강현에게 자연스레 오빠라고 부르게 되었다. 그런 그녀의 변화에 제일 놀란 건 태준이었다. 강현에게 둘 사이에 무슨 일이 있었느냐고 물어보았지만 그는 그저 웃기만 할 뿐이었다.

"오빠들 엄마가 저녁 먹으래."

아래층에서 큰소리로 두 사람을 부르는 소리가 나자 공부를 하고 있던 태준과 강현이 방을 나섰다.

"다 큰 여자애가 목소리는 우렁차요."

태준이 도리질을 치자 강현이 피식 웃었다.

"모깃소리나 콧소리 내는 것보단 낫잖아."

이상하게 요즘 들어서 주원이 얘기만 나오면 친오빠인 그보다 강현이 더 역성을 드는 게 수상해 보였다. 태준이 의심스런 눈빛으로 강현을 쏘아봤다.

"너, 혹시 우리 주원이한테 딴 맘 있냐?"

"……?"

"혹시 여자로 느끼냐고?"

갑자기 강현의 손바닥이 태준의 뒤통수를 후려쳤다.

"미친놈!"

"아야! 아니면 말지 왜 사람 머리는 치고 그래?"

"말이 되는 소리를 해야 말이지."

"하긴."

또래보다 작은 키에 아직 젖살도 채 빠지지 않은 애송이를 여자로 본다는 게 자신이 생각해도 말이 안 됐다. 그야 오빠니 주원이 마냥 예뻐 보일지 모르지만 다른 사람에겐 그저 평범한 중학생으로밖에 보이지 않을 것이다. 자신이 너무 지나쳤음을 깨달은 태준은 멋쩍게 웃더니 강현의 목에 팔을 감고 주방으로 들어섰다.

저녁을 먹는 내내 주원은 다른 사람이 눈치 채지 못하게 강현의 젓가락이 많이 닿는 반찬들을 그 앞에 놓아줬다. 처음엔 그의 착각인 줄 알았다. 그런데 어느새 자신이 좋아하는 반찬들이 앞에 놓여 있는 걸 보곤 고개를 들자 때마침 그를 보고 있던 주원의 눈과 마주쳤다. 주원은 괜히 마음을 들킨 것 같아 고개를 숙여 밥 먹는 데 열중했지만 빨개진 얼굴은 가릴 수 없었다.

강현은 처음으로 느껴 보는 따듯함에 저절로 미소를 지었다. 바로 그때 주원이 고개를 들다 또다시 눈이 마주치자 이번엔 강현이 한쪽 눈을 찡긋했다. 그러자 주원의 얼굴은 홍당무처럼 새빨개졌다.

"주원이 너 어디 아프냐?"

얼굴이 붉게 물든 동생의 얼굴을 보던 태준은 그녀를 이상하게 쳐다봤다.

"아, 아니."

"그런데 얼굴에서 왜 그렇게 열이 나는데?"

주원은 눈치 없이 구는 태준이 미워 한껏 노려보고 쏘아붙였다.

"신경 끄고 밥이나 드셔."

"어쭈, 걱정돼서 그러는데 말하는 것 좀 보게."

바로 그때 강현의 발이 태준의 다리를 툭 쳤다. 태준이 입모양으로 왜? 라고 물었다.

"밥이나 먹으라고."

이것들이 쌍으로 사람을 놀리나? 태준은 약속이나 한 듯 열심히 밥 먹는 두 사람을 번갈아 쳐다보며 입을 삐쭉거렸다.

2.

 주원은 중간고사를 앞두고 늦게까지 공부를 하다 저녁을 너무 짜게 먹은 건지 목이 타 주방으로 내려갔다. 부모님은 주무시는지 거실은 작은 실내등 하나만 켜져 있었다. 중학교에 입학하고 처음 보는 시험이라 신경이 쓰여 며칠 동안 잠도 제대로 못 자서인지 눈이 뻑뻑했다. 시원한 물을 맘껏 들이켠 그녀는 주방 불을 끄고 돌아 나오다 거실 창을 통해 마당을 내려다봤다. 검은 장막이 드리운 듯 어두운 마당에 빨간 불이 반짝이는 게 보이다 곧바로 사라졌다. 순간 주원은 누군가 정원에서 담배를 피우고 있다는 걸 알았다.
 "오빤가?"
 태준이면 한마디 해줘야 되겠다 싶어 현관문을 열고 밖으로 나섰다. 불빛이 반짝이던 곳으로 향하던 주원은 정원 한쪽 라일락나무 밑 의자에 강현이 앉아 있는 걸 발견했다. 좀 더 가까이 다가가니 역시 그가 담배를 피우고 있었다. 그냥 모른 척 돌아설까 망설이는데 그녀가 움직이는 소리를 들었는지 그의 눈이 그녀를 향했다.

"주원이구나. 난 또 누구라고."

"잠 안 자고 뭐해?"

"그냥. 이리 와서 앉아."

주춤거리던 그녀는 강현의 옆으로 다가가 조금 떨어진 곳에 앉았다. 강현은 들고 있던 담배의 불을 끄고 의자에 팔을 걸친 채 몸을 편안하게 기댔다. 그의 손끝이 주원의 어깨에 살짝 닿자 가슴이 미친 듯이 뛰었다.

"중간고사?"

"응."

"너무 무리하지 마. 이제 시작인데."

"응."

잠시 말이 끊기자 앞을 보고 있던 주원은 고개를 돌려 강현을 쳐다봤다. 그러자 그녀를 뚫어지게 바라보고 있던 그와 눈이 마주쳤다.

"왜?"

"너 가만 보니까 나한테 꼬박꼬박 반말이다."

"피이!"

콧방귀를 뀌며 다시 앞으로 얼굴을 돌렸다.

"그럼 오빠한테 이랬어요 저랬어요 그러라고? 나 울 오빠한테도 반말하는데?"

"그렇구나."

"왜 이제부터 존댓말 써 줘……요?"

주원이 강현을 빤히 쳐다보며 장난스럽게 싱긋 웃었다. 웃음기 가득한 모습에 강현은 숨을 들이마시다 멈췄다. 순간 그녀가 중학생이 아닌 한 사람의 여자로 보였기에 한참이 지난 후에 겨우 참았던 숨을 쉬었다. 그는 자신이 본 게 그저 착각일 거라 생각했다. 아니 그렇게 생각해야 했다.

"아니, 그런 거 아니야."

"오빠 저녁 먹어요, 오빠 잘 자요, 오빠 과일 먹을래요? 아, 정말 닭살 돋아서 못하겠네. 아이, 몰라 그냥 나 편한 대로 할래."

"그래, 그냥 너 편한 대로 해. 나도 네가 태준이한테 하는 거랑 똑같이 하면 진짜 동생같이 느껴져서 좋다."

'진짜 동생······.'

그때 주원은 왜 그의 말이 가슴을 아프게 하는지 몰랐다. 어디선가 바람이 살랑 불어오자 라일락 꽃망울이 흔들리면서 두 사람 주위에 진한 향기를 뿌렸다.

"이거 네 거 맞지?"

한참을 라일락 향기에 취해 눈을 감고 있던 주원은 강현이 내미는 물건을 물끄러미 바라봤다.

'아!'

며칠 전 친구가 선물로 준 다이어리였다. 거기에 그녀의 짧은 일기가 적혀 있는데 혹시? 주원은 그를 의심스럽게 쳐다보며 다이어리를 받아들었다.

"저쪽 구석에 떨어져 있더라."

강현이 자신의 오른쪽에 있는 라일락나무 밑동을 가리켰다.

'아차!'

어제 낮에 의자에 누워 있다가 깜빡 잠이 들었었는데 엄마가 부르는 소리에 깜짝 놀라 일어나는 바람에 떨어진 모양이다. 주원은 다이어리를 받아들고 후르르 넘겨봤다.

"이거 봤어?"

잔뜩 긴장한 모습이 만약 그가 봤다고 하면 금방이라도 한 대 칠 기세여서 강현은 짐짓 진지한 표정을 지었다.

"아니."

"정말?"

"그렇다니까."

말은 아니라면서 어쩌 강현의 눈은 그녀를 재미있다는 듯 보고 있었다. 의심은 가지만 물증이 없으니 믿을 수밖에.

"짝사랑이 좋은 점이 뭔 줄 알아?"

"뭐?"

"짝사랑이 좋은 이유는 상대가 날 좋아해 주지 않아도 나는 마음껏 사랑할 수 있어서 좋고, 상대에게 기대하는 게 없으니 실망도 없고, 상대방과 헤어질 일도 없어서 좋은 거야."

'혹시? 이걸 읽은 거 아냐? 나쁜 놈!'

"이거……봤어?"

"그런데 가장 좋은 점은 사랑 그 자체만으로도 행복할 수 있다는 거지."

묻는 말에 대답은 않고 딴생각에 빠진 사람처럼 계속 중얼거렸다. 주원은 갑자기 궁금했다.

"해봤어?"

"……?"

"짝……사랑."

사랑을 해봤냐고 물어보고 싶었지만 차마 그러지 못하고 짝사랑이라고 물었다. 짝사랑은 그와 전혀 어울리지 않아 보였다. 강현은 주원이 기대하기엔 너무 멀리 있는 사람 같았다.

"하하하, 난 그런 거 안 해 꼬마."

강현이 귀엽다는 듯 손가락으로 그녀의 뺨을 튕기며 웃자 짜증이 났다. 안 하긴 뭘 안 한다는 거야? 사랑 자체를 말하는 거야 짝사랑을 말하는 거야?

"에이 씨, 이렇게 큰 꼬마도 봤어?"

"어? 하하하, 미안. 으흠."

그가 억지로 웃음을 참고 있다는 걸 안 주원은 의자에서 벌떡 일어났다.

"담배 그만 피워. 안 그러면 아빠한테 이를 거야."

팽 토라져 가버리는 주원의 뒷모습을 보면서 강현은 자꾸만 웃음이 나오는 걸 간신히 참았다.

'네가 누구를 좋아하는지 모르겠지만 너의 마음이 예쁘다는 건 알아.'

강현은 저만치 사라지는 주원의 등 뒤를 향해 속으로 속삭였다.

방으로 올라와 다이어리를 펼쳐든 주원은 며칠 전 쓴 내용을 다시 읽었다.

〔가슴이 자꾸만 두근거리니 참 이상하기도 하지. 마음을 들킬까 봐 피해 보지만 그래도 자꾸만 생각난다. 에이, 나 혼자만 아픈 거 같아 속상하다. 아마 이런 얘기를 혜령이한테 하면 깔깔대면서 신나라 하겠지? 그러니 영원히 혼자만의 비밀로 간직해야지.〕

주원은 강현이 분명 이 글을 읽었다는 걸 알았다. 그런데 그게 그를 향한 그녀의 마음이라는 건 모르는 거 같았다.

"휴우."

다행이다 싶으면서도 한편으론 서운한 생각에 한숨을 내쉬었다. 좀 전에도 그녀를 꼬마라고 불렀다. 그 사람은 그녀를 그저 친구 동생으로밖에 생각하지 않는 것 같았다.

"아, 모르겠다."

침대에 벌렁 드러누운 주원은 다이어리를 배 위에 올려놓은 채 두 팔을 머리 위로 뻗었다. 아마도 그녀는 지금 사춘기 열병을 호되게 치르고 있는 모양이다.

"어? 주원이잖아?"

주원이라는 말에 강현은 태준이 가리키는 방향으로 눈을 돌렸다. 정말 주원이 가방을 메고 힘없이 앞서 걷고 있었다.

"저 녀석 왜 저렇게 힘이 없지?"

걱정스런 말에 강현도 신경이 쓰였다. 갑자기 태준이 앞으로 뛰어가면서 주원의 목을 감싸 안았다.

"헤이, 동생. 이제 오냐?"

"아, 깜짝이야. 뭐야?"

"왜 이렇게 기운이 없어?"

"그냥."

주원이 쌀쌀맞게 대답하며 태준의 팔을 풀고 걸음을 재촉하자 강현이 아는 체를 했다.

"어디 아파?"

그의 목소리에 고개를 돌린 주원의 얼굴이 붉게 상기되었다. 대답은 않고 두 사람을 번갈아 쳐다보던 그녀가 그대로 돌아서 집으로 들어가 버리자 태준과 강현은 어리둥절한 표정으로 서로를 쳐다봤다.

"쟤가 왜 저러지?"

강현도 주원이 걱정돼 한참 동안 그녀가 사라진 곳을 바라봤다.

"다녀왔습니다."

집 안으로 들어서자 맛있는 냄새가 진동했다. 주방에서 열심히 음식을 만들고 있는 엄마를 보자 주원은 오늘이 무슨 날인지 가늠해 보지만 고개만 갸웃할 뿐이었다.

"엄마 이게 다 뭐야?"

"아, 주원이 왔구나? 그래 몸은 괜찮고?"

엄마가 무슨 뜻으로 묻는 말인지 금방 눈치 챈 주원은 얼굴이 새빨개졌다.

"그럼 괜찮지. 그런데 오늘 무슨 날이야?"

"그게……."

"이거 맛있겠네."

맛있게 부쳐진 전 하나를 덥석 집어 들고 맛있게 먹는 주원을 보는 정 여사의 눈에 사랑이 가득 차 있었다.

"어서 옷 갈아입고 와. 이거 너 때문에 만든 거니까."

"나?"

"우리 딸 예쁘게 커준 게 고마워서."

"무슨?"

엄마의 말이 이해가 되지 않아 눈만 껌벅거리던 주원은 정 여사의 눈가가 촉촉이 젖어드는 걸 보자 그제야 그 뜻을 완전히 이해했다. 그래도 창피한 건 창피한 거다. 그냥 조용히 지나가면 좋으련만 이러다 오빠들도 다 알아 버리는 건 아닐까? 특히 강현이 알게 되면……아! 어떻게 얼굴을 들고 다니라고.

"아이, 창피하게 이런 게 다 뭐야. 나 몰라 저녁 안 먹을 거야."

얼굴이 시뻘게지며 이층으로 냅다 도망쳐 버리는 주원의 뒷모습을 바라보는 정 여사의 눈에 딸에 대한 대견스러움이 묻어났다.

마침 주방으로 들어서던 태준은 방금 한 듯한 음식들과 이층을 바라보는 정 여사를 번갈아 쳐다보곤 눈을 동그랗게 떴다.

"오늘 무슨 날이에요?"

아들의 향해 돌아서는 정 여사의 눈에 즐거움이 묻어났다.

"강현이도 같이 왔구나."

"네."

강현은 정 여사에게 고개를 숙여 인사를 해보인 후 이층으로 올라갔다.

"엄마 진짜 오늘 무슨 날이에요?"

아버지의 생신도 그렇다고 엄마의 생신도 아니고, 태준의 생일은 아직 몇 달이 남았다. 주원의 생일은 이미 지났는데.

"축하할 일이 생겼어."

"무슨 일인데요?"

정 여사의 입가엔 뿌듯한 미소가 걸렸다. 그런 엄마의 모습에 태준도 덩달아 미소를 지어 보였다.

"뭔데 그렇게 기분이 좋으세요?"

"그게 말이다……."

말을 하다 만 정 여사의 얼굴이 발그레하게 물들었다. 말하지 말라고 그랬는데……주원이가 창피해하는 건 알지만 그렇다고 숨길 일도 아니고 이런 일을 가족들이 기뻐해 주지 않으면 누가 해준단 말인가.

"그러니까 그게 말이다."

자꾸만 뜸을 들이는 정 여사 때문에 답답해진 태준이 또 한 번 재촉했다.

"어머니 저 숨넘어가요."

"주원이가 이제 진정한 여자가 됐단다."

"아니, 그게 무슨……?"

언젠 걔가 여자가 아니었나? 별 이상한 소리 다 듣는다는 얼굴로 음식이 있는 곳으로 뻗으려던 손이 공중에서 멈춰졌다. 그제야 어머니가 말한 여자라는 의미가 그게 아니었음을 알았다.

"진짜요?"

태준의 눈이 크게 떠지더니 놀라움으로 반짝였다. 마냥 어린애로만 알았던 동생이 벌써 그렇게 자랐나? 태준의 시선이 이층으로 향했다가 엄마에게로 다시 돌아왔다. 정 여사는 여전히 상기된 얼굴로 웃고 있었다.

"외국에선 딸이 진정한 여자가 되면 파티를 열어준다는 데 그렇게는 못해도 축하는 해줘야 할 거 같아서 말이야. 사실 다른 애들에 비하면 조금 늦었지. 예전엔 이런 일을 쉬쉬했지만 요즘은 안 그렇다며?"

"저도 그렇다고 들었어요. 그나저나 이거 선물이라도 줘야 하는 거 아닌가?"

"그냥 자연스럽게 대해 줘. 자꾸 창피하다고 뭐 이런 걸 하냐고 좀 전에도 한 소리하고 올라갔어."

"아, 그래서 그렇게 의기소침해 있었구나. 알았어요."

이층으로 올라오는 태준의 얼굴엔 연신 웃음이 비어져 나오고 있었다. 태준은 방으로 들어가려다 말고 강현의 방문을 열어젖혔다.

"왜?"

짜식! 놀라지도 않네. 교복을 벗어 버린 상체엔 아무것도 입고 있지 않았다. 운동으로 다져진 몸은 남자인 태준이 봐도 탐이 날 정도였다. 눈길을 돌려 자신의 몸을 쓰윽 내려다보곤 또다시 강현의 복근을 쳐다봤다.

'쩝! 죽이는군.'

속으로 군침을 흘린 태준이 방 안으로 들어섰다.

"뭐하냐?"

"보면 모르냐? 옷 갈아입고 있잖아."

강현이 옷을 갈아입는 데도 태준은 나갈 생각을 하지 않고 침대에 걸터앉았다. 실실 웃는 모습이 무슨 좋은 일이라도 생긴 거 같았다.

"왜 그렇게 미친놈처럼 웃기만 하냐? 나한테 할 말 있어서 온 거 아냐?"

"아! 그게, 말이야. 하하하."

저 혼자 피식거리며 웃더니 침대에 대자로 누웠다. 그런데 이런 거 강현이한테 말해도 되는 건가? 잠시 망설이던 태준은 입이 근질거려 미칠 것만 같았다.

"할 말 없으면 나가 줘라."

태준이 갑자기 발딱 일어나 앉더니 또다시 실실 웃었다.

"강현아, 우리 주원이가……."

주원이라는 말에 티셔츠를 뒤집어쓰던 강현의 동작이 느려졌다. 그리곤 태준의 다음 말을 숨죽이고 기다렸다.

"글쎄 우리 주원이가 여자가 됐단다."

'여자?'

순간 그 말뜻을 이해할 수 없던 강현은 티셔츠를 다 입고 다음 말을 기다렸다. 태준은 강현이 자기 말을 못 알아들은 거 같아 답답한 듯 혀를 찼다.

"진정한 여자가 됐다고. 고 꼬맹이가."

"아!"

이제야 무슨 말인지 알았다. 그의 눈길이 주원의 방 쪽을 향하자 태준의 눈이 웃었다.

"네가 생각해도 기특하지 않냐? 조그만 게 벌써 저렇게 자랐으니 말이야. 지금 그래서 엄마가 축하해 준다고 음식을 만드는 거야."

"그랬구나."

괜히 얼굴이 달아오른 강현은 애써 아무렇지 않은 표정을 지으려고 했다.

"주원이 앞에선 내색하지 마라. 그 녀석 엄청 부끄러운가 봐. 그래서 아까 그렇게 시무룩했던 거 같아."

"부끄러운 일도 아닌데."

"물론 그렇기는 한데 다 큰 오빠들이 대놓고 축하해 주면 아무래도 쑥스럽겠지."

"알았다."

별거 아니라는 듯 고개를 끄덕인 강현은 태준은 안중에도 없이 뭔가를 골똘히 생각에 잠겼다.

저녁 식탁 자리엔 다들 주원이 눈치만 보고 앉아 있었다. 엄마와 아빠는 다 큰 딸이 대견스러워 연신 미소를 짓고 있었고 태준도 말로 표현을 않지만 동생을 대하는 게 예전처럼 장난스럽지만은 않았다. 강현은 자신도 동생이 있었으면 어땠을까 하는 생각을 하곤 저도 모르게 미소를 지었다. 아마 그도 태준과 별반 다르지 않았을 것이다. 하지만 가족들과는 다르게 주원은 식탁 위의 음식과 부모님의 표정을 보곤 당혹감에 아무 말도 못하고 밥그릇에 코를 박은 채 고개를 들지 못하고 있었다.

'아이, 아무래도 오빠 표정을 보니까 말한 모양이네.'

눈을 살짝 들어 태준을 한 번 쳐다보다 맞은편에 앉은 강현의 얼굴을 살핀 주원은 눈살을 찌푸렸다.

'어휴, 오빠가 아니라 웬수지. 벌써 강현이 오빠한테도 다 말한 모

양이야.'

그때 강현과 눈이 마주친 주원은 너무 놀라 밥을 입에 문 채 동작을 딱 멈췄다. 강현은 주원의 귀여운 모습에 한쪽 눈을 찡긋해 보였다.

'아, 몰라.'

그제야 밥을 문 채 입을 벌리고 있었다는 걸 깨달은 주원은 입 안에 있던 걸 얼른 삼켰다.

"켁! 콜록콜록."

가슴을 주먹으로 처대자 강현이 재빨리 앞에 놓여 있던 컵을 내밀었다. 컵을 받아든 주원이 단숨에 들이켜자 모두들 걱정스럽게 쳐다봤다.

"주원이 괜찮냐?"

"천천히 먹지 그랬어."

"주원아 괜찮아?"

아빠, 엄마 오빠까지 모두들 금방이라도 그녀의 등을 두드려 줄 것 같아 기침을 하느라 눈초리에 눈물을 매달고 손을 가로저었다.

"괜찮아. 그러니까 그만 좀 쳐다봐요. 그렇게 내 눈치들을 보니까 체할 거 같아."

그녀가 강현을 향해 물컵을 내밀었다.

"물 더 줘."

"아, 푸흡!"

강현이 재빨리 그녀의 컵에 물을 채우자 또다시 맘껏 들이켜곤 주변을 휘익 둘러봤다.

"뭐야? 그런데 나 축하해 준다고 해놓고 선물도 없어?"

"······?"

다들 갑자기 돌변한 주원을 쳐다보다 서로의 얼굴을 번갈아 쳐다봤다.

"내일까지 내 선물 가져와. 다들 뭐해요 밥 먹지 않고?"

다시 예전의 모습으로 돌아온 주원은 엄마가 만들어 놓은 음식들을 맛있게 먹기 시작했다. 그리곤 재미있어하는 강현과 또다시 눈이 마주치자 살짝 얼굴을 붉히는 것 같더니 이내 젓가락을 든 손을 그에게 뻗고는 어서 먹으라는 시늉을 해보였다. 그녀의 하는 양이 귀여워 싱긋 웃자 그녀도 어색한지 수줍게 마주 웃었다.

"어휴 더워."

방학식을 하고 돌아온 주원은 입으로 연신 덥다를 외치며 거실 바닥에 대자로 널브러졌다. 서늘한 기운이 등에 느껴지자 그제야 낮은 한숨을 내쉬었다.

"이제 좀 살 것 같네."

바닥에 누운 채로 주위를 살피니 아무런 소리도 들리지 않았다. 아마 집 안엔 그녀 이외에 아무도 없는 모양이었다. 보나마나 엄마는 봉사활동 갔을 테고 오빠들은 방학도 없이 막바지 피치를 올리고 있을 것이다. 한참을 누워 있다 보니 슬슬 졸음이 쏟아지기 시작했다. 방에 가서 누워야 한다는 걸 알지만 너무 더우니 그마저도 귀찮게만 느껴졌다.

"잠깐만 이렇게 있자."

어느새 그녀의 눈이 감기더니 이내 고른 숨소리를 내었다.

그동안 무리를 했던 것일까. 아침부터 몸이 무겁더니 급기야 온몸에서 열이 나고 떨리더니 아무래도 몸살이 단단히 난 것 같았다. 그래서 다른 날보다 일찍 들어온 강현은 현관에 낯익은 운동화가 보이자 저절로 미소가 지어졌다.
"주원이가 온 모양이네."
 그러고 보니 오늘 방학식을 한다고 했다. 약국에 들러 몸살 약을 사 온 걸 들고 주방으로 걸음을 옮기던 강현은 거실 바닥에 모로 누워 잠들어 있는 주원을 발견하곤 깜짝 놀랐다.
"아니 얘가 여기서 잠들면 어떻게 해."
 주원을 깨우기 위해 그녀가 누운 옆에 주저앉은 강현은 뻗었던 손을 공중에서 멈췄다. 옆으로 누워 아기처럼 손을 턱에 괸 채 잠든 모습이 마치 천사 같았다. 먹는 꿈을 꾸는지 입을 오물거리며 뭐라고 중얼거리는 모습에 입 안이 타들어갔다. 저도 모르게 저 귀여운 입술을 만져보고 싶다는 충동이 일자 벌떡 일어섰다. 그리곤 주방으로 들어가 물을 벌컥벌컥 들이켰다. 아무래도 몸살 때문에 제정신이 아닌 것 같았다. 내친김에 몸살 약까지 한 봉지 먹고 나자 조금 정신이 돌아오는 것 같았다.
"정신 차려 이강현. 아직 어린애잖아."
 다시 거실로 돌아온 강현은 아직도 잠들어 있는 주원을 어떻게 해야 하나를 두고 고민에 빠졌다. 그대로 모른 척할까 하다가 언젠가 외할머니가 하신 말씀이 생각났다.
〔아무리 여름이라도 찬 바닥에서 잠들면 입 돌아가는 거다. 그러니 여름에도 몸을 따뜻하게 해야 하는 거야.〕

"휴우, 나도 모르겠다."

강현은 망설이듯 주원에게 다가가 조심스럽게 두 팔로 안아 소파에 뉘었다. 그리곤 얼굴을 가리고 있는 머리를 가지런히 쓸어준 후 조용히 일어나 이층으로 올라갔다.

"얘가 대낮에 웬 잠을 이리 곤하게 잔대? 주원아!"

누군가 어깨를 흔드는 바람에 간신히 눈을 떴다.

"엄……마."

"아니 학교 갔다 왔으면 네 방에 올라갈 일이지 왜 소파에서 잠들고 그래?"

"으응, 내가 얼마나 잔 거지?"

기지개를 켜던 주원은 거실 바닥이 아니라 소파 위라는 걸 깨닫고 주위를 두리번거렸다.

"어? 엄마가 여기다 눕혔어?"

"얘가 지금 무슨 소리 하는 거야? 그럼 소파에서 잠든 것도 모른 거야?"

소파에서 잠들었다고? 아닌데, 분명 거실 바닥에 누워 있었는데. 대체 누가 날 이리로 옮긴 거지? 혹시 내가 잠자다 불편해서 소파로 기어올라 왔나? 주원은 연신 이상하다는 듯 고개를 갸웃했다.

"어머, 강현이도 왔나 보네."

현관엔 강현의 신발이 가지런히 놓여 있었다.

"그런데 왜 이렇게 조용하지? 주원이 너 올라가서 오빠 있는지 확인해 봐."

"알았어요."

아직 잠이 덜 깬 얼굴로 가방을 집어 들고 터덜터덜 이층에 올라온 주원은 강현의 방문을 두드렸다. 아무런 반응이 없었다. 다시 한 번, 이번엔 좀 더 크게 두드렸지만 여전히 조용했다.

"어디 나갔나?"

방문을 열고 안을 확인하던 주원은 침대에 누워 있는 강현을 발견하곤 눈살을 찌푸렸다.

"아니, 안에 있으면서 왜 대답을 안 해?"

"……."

뭔가 이상했다. 방 안으로 들어온 주원은 침대 가까이 다가갔다. 강현은 잠이 든 듯 눈을 감고 있었다. 깊이 잠든 건가 싶어 돌아 나오려다 가늘게 들린 신음소리에 깜짝 놀랐다.

"오빠 어디 아파?"

여전히 대답도 못하는 게 이상해 머리에 손을 얹으니 이마가 불덩이 같았다.

"세상에! 엄마 오빠 아픈가 봐!"

방문을 열고 아래층을 향해 큰소리로 엄마를 불렀다. 주방에 계시다 놀란 엄마는 부리나케 강현의 방으로 들어와 그의 상태를 확인했다.

"아니, 이게 무슨 일이래니. 아프면 아프다고 말을 할 것이지 왜 이렇게 미련하게 혼자 끙끙 앓고 있어. 주원아 너 가서 찬물하고 수건 좀 가져와라. 아무래도 열을 내려야 할 것 같다."

"병원에 가야 하는 거 아냐?"

"몸살인 거 같으니까 일단 열부터 내리고 보자. 그리고 구급상자에서 해열제도 가져오고."

"약……먹었어요."

그때 정신이 든 강현이 간신히 입을 열었다.

"많이 아프니?"

"괜찮……아요."

"괜찮긴 뭐가 괜찮다고 그래. 이마가 이렇게 펄펄 끓는데."

"엄마, 여기."

주원이 찬물과 수건을 가져오자 엄마가 수건을 물에 적셔 강현의 얼굴을 닦아 줬다. 그리곤 손과 팔도 찬 물수건으로 계속 닦아냈다. 그러기를 30분 정도 하고 나자 어느 정도 열이 내린 듯했다. 그의 이마를 짚은 엄마의 얼굴에 안도의 빛이 어렸다.

"열이 내린 거 같구나. 아무것도 안 먹었지? 죽이라도 끓여 올 테니 눈 좀 붙여라."

강현의 방을 나가려던 엄마는 그때까지 옆에 서서 지켜보던 주원을 바라봤다.

"주원이 넌 오빠 귀찮게 하지 말고 어서 네 방에 가."

"내가 뭘 귀찮게 한다고 그래?"

"네가 옆에 있는 게 오빨 귀찮게 하는 거야."

"엄만, 괜히 나한테만 뭐라고 그래."

주원이 입술을 삐죽거리고 발을 동동 구르며 강현의 방을 빠져나가 버렸다.

"어머니, 괜찮습니다."

"죽이라도 끓여 올 동안 잠이라도 자두거라. 그동안 공부한다고 너무 무리했나 보다."

오한이 나는지 몸을 벌벌 떠는 강현에게 이불을 여며 준 후 방에서 나가면서도 연시 뒤를 돌아봤다. 제 부모와 떨어져 있으니 아프단 말도 제대로 못한 거 같아 못내 마음이 편치 않았다.

엄마가 아래층으로 내려가는 걸 문틈으로 확인한 주원은 살그머니 방을 빠져나와 강현의 방으로 들어갔다. 열에 들떠 뭐라고 중얼거리는 듯 입술이 달싹거렸다. 주원은 침대 가장자리에 걸터앉아 그의 이마에 손을 올려놓았다. 강현은 달뜬 가운데서도 이마에 서늘한 기운이 느껴지자 무거운 눈꺼풀을 들어 올렸다.

"주원아……."

"많이 아파?"

말라 버린 입술로 간신히 입가에 미소를 지어 보인 강현은 가슴 밑바닥에서부터 올라오는 아릿함에 고개를 가로저었다.

"조금……아주 조금 아프네. 걱정했니?"

주원은 그때까지 이마에 올려 있던 손을 치우고 정색을 했다.

"걱정은 누가 했다고 그래? 그런데 무슨 남자가 이렇게 아프고 그런데? 덩칫값도 못하게."

"후후, 그러게 말이다."

"웃는 거 보니 살 만한가 보네. 그런데 뭐 한 가지 물어봐도 돼?"

강현이 힘이 드는지 고개만 끄떡거렸다.

"혹시 오빠가 나……소파에 뉘었어?"

"응. 아무리 더워도 바닥에서……자면 안 될 거……같아서."

순간 주원의 얼굴이 붉게 달아올랐다.

"그럼 날 깨우지?"

"너무 곤하게……자는 걸 어떻게 깨워."

'젠장, 내가 얼마나 무거운지 다 알아 버렸을 거 아냐?'

그녀가 무슨 생각을 하는지 눈치 챈 강현은 슬그머니 웃음이 나오려는 걸 간신히 참았다. 괜히 웃다간 한 대 얻어맞기 싶었다. 그런데 자꾸만 장난을 걸고 싶은 건 왜일까? 아니면 슬슬 약기운이 돌아 기운이 나는 걸지도…….

"주원아 아무래도 내가 너 때문에 아픈가 보다."

"그게 무슨 말이야?"

"아까 너 안아 올리는데 엄청 힘들었거든. 그러고 나니까 이렇게 아프네."

"뭐어?"

주원의 얼굴이 더욱 빨개져 완전 홍당무가 되었다.

'아니 그럼 날 안고 소파에 뉘어서 몸살이 났다는 거 아냐? 뭐 이런 인간이 다 있어? 말이 되는 소리를 해야지. 아무리 내가 몸무게가 많이 나가기로서니 그 정도는 아니네 이 사람아.'

시근대며 그를 노려보는데 강현이 눈이 반짝이며 웃는 걸 보자 그가 장난을 친 거라는 걸 알았다. 주원은 침대에서 발딱 일어났다. 당장이라도 달려들어 한 대 쥐어박고 싶었지만 그래도 아픈 사람을 그럴 수는 없는 일이지.

"쳇! 죽을 만큼 아픈 것도 아닌가 보네."

돌아서나가는 그녀의 뒤로 강현의 나직한 목소리가 들렸다.

"고맙다 꼬맹아. 오빠 그렇게 많이 안 아파. 그러니까 너무 걱정하지 마라."

"흥! 누가 걱정한다고 그래? 잘났어 정말."

문을 탕 닫고 돌아선 주원의 얼굴이 발갛게 달아올랐다. 곧 죽어도 자존심 때문에 걱정했다는 걸 시인하진 못했지만 그래도 강현은 그녀의 마음을 아는가 보다. 주원은 자신의 방문에 기대서서 두근대는 가슴이 진정되기를 기다렸다. 뭐라 딱히 단정 지을 수 없는 이 감정을 어린 그녀는 알지 못했다. 어쩜 이때부터 그녀만의 짝사랑이 시작되었는지도 모르겠다.

3.

 여름방학이 끝나갈 무렵 친구 혜령과 영화관을 찾은 주원은 매표소 앞에서 실랑이를 벌이고 있는 남녀를 보자 발걸음을 멈추고 낯익은 얼굴에 눈살을 찌푸렸다. 옆에서 그녀의 팔짱을 끼고 걷던 혜령은 무슨 일인가 싶어 주원의 눈길을 따라갔다.
 "아는 사람이야?"
 "응, 우리 오빠 친구."
 주원은 여전히 강현에게서 눈을 떼지 않고 중얼거렸다.
 "그래? 오호, 끝내주는데?"
 주원의 고개가 혜령을 향해 돌아갔다.
 "무슨 소리야?"
 "아니, 네 오빠 친구라는 남자 사복을 입고 있어서인지 어른 같잖아. 키도 크고 남자답게 잘생겼다. 내 취향은 아니지만. 난 꽃남이 좋거든. 옆에 있는 여자도 예쁘게 생겼네. 둘이 애인 사이인가?"

"학생이 무슨 애인이냐?"

"요즘 고3이 학생이냐? 낼모레면 성인이다."

방학 동안 심심해서 혜령과 영화나 보러 나온 건데 강현과 그 옆에 있는 여자를 보자 기분이 좋지 않았다.

'고3이 영화는 왜 보러 온 거야?'

"그런데 고3이 공부는 안 하고 여긴 왜 온 걸까?"

"넌 영화관에 영화 보러 오지 뭐 다른 거 하러 오냐?"

혜령의 말에 더욱 부아가 치민 주원은 괜히 신경질을 냈다. 그러자 혜령이 그녀의 눈치를 슬슬 보더니 아직도 강현에게 눈길을 떼지 못하는 주원과 그를 번갈아 쳐다봤다.

"너, 혹시?"

"뭐?"

날카로운 반응에 혜령은 얼른 입을 다물었다.

"아니다. 우리 영화나 보러 가자."

꿈쩍도 않는 주원을 끌다시피 영화관으로 밀어놓고 다시 한 번 뒤돌아 강현을 훔쳐본 혜령은 어쩌면 자신의 짐작이 맞을지도 모른다는 생각을 했다.

주원은 영화를 보는 내내 내용은 머릿속에 들어오지 않고 아까 극장 앞에서 실랑이를 벌이던 두 사람 모습만 아른거렸다. 이제 중학교 1학년인 자신보다도 성숙해 보이는 여자의 모습이 주원을 더욱 화나게 했다. 그래서 영화가 끝나고 저녁을 먹고 가자는 혜령에게 생각 없다고 한 건 결코 빈말이 아니었다. 집으로 올라가는 언덕길을 터덜터덜 걷고 있던 주원은 자신이 지금 사춘기의 열병을 앓고 있는 것뿐이라고 스스로를 위로해 보지만 그래도 그녀를 동생으로밖에 생각하지 않는 강현이 섭섭하기만 했다.

"치, 내가 어른 되면 이렇게 뺑 차 줄 거다."

앞에 보이는 작은 돌멩이를 운동화 발로 힘껏 걷어차던 주원은 그래도 마음이 풀리지 않는지 씩씩거리며 땅을 굴렀다.

"어이, 그런다고 땅이 꺼질까?"

들려졌던 주원의 발이 허공에서 멈춰 버렸다. 너무 놀라 눈만 끔벅이고 있는데 저만치 강현이 다가오자 얼굴이 발갛게 달아올랐다.

'내 말 들은 거 아냐?'

"뭘 그렇게 넋을 놓고 있어?"

"아, 아니."

들렸던 발을 그가 눈치 못 채게 내려놓고 아무렇지 않은 듯 멋쩍게 웃었다.

"너 땅 꺼지라고 그런 거 아니었어?"

"에이, 내가 그런다고 꺼질 땅이었다면 벌써 꺼졌게. 그런데 오빠는 어디 갔다 오는 거야?"

입에서 나오는 말투가 그리 곱지만은 않았는지 강현이 의아하게 쳐다봤다.

"나? 잠깐 시내에 나갔다 왔지. 뭐 좀 살 게 있어서."

'여자랑 영화 보러 갔겠지.'

차마 입 밖으로 내뱉지 못한 주원은 괜히 얼굴만 찌푸렸다.

"그런데 너 기분 안 좋은 일 있냐?"

"그런 거 없어."

새침하게 말하는 모양이 '나 지금 삐쳤으니까 건드리면 죽어' 하는 것만 같아 강현은 눈을 가늘게 뜨고 그녀를 유심히 바라봤다. 주원은 그가 자신을 살피고 있다는 걸 알았지만 짐짓 아무렇지도 않은 척 눈도 마주치지 않았다.

"오빠랑 저녁 먹고 들어갈까?"

"……?"

주원이 강현을 뚫어져라 쳐다보며 왜? 라고 묻고 있었다.

"왜 싫어? 오빠가 우리 주원이한테 저녁 사주고 싶은데."

'우리 주원이란다.'

아니, 그러고 싶다고 당장 그의 팔에 매달리고 싶은 걸 간신히 참은 주원은 얼굴이 달아오르기 전에 얼른 고개를 돌렸다.

"엄마가 기다리셔."

말을 마친 주원이 앞으로 성큼 앞서 가자 강현은 왠지 서운한 생각이 들었다.

"휴우."

그의 낮은 한숨 소리에 뒤를 돌아보고 싶은 걸 간신히 참은 주원은 다시 말을 바꾸고 싶은 듯 움직이려는 입술을 손으로 꼬집었다.

"주원아!"

그의 목소리로 불리는 그녀의 이름이 새삼 낯설게 느껴져 그 자리에 우뚝 섰다. 강현은 등을 보이고 서 있는 그녀를 향해 외쳤다.

"저녁 먹고 정원으로 잠깐 나올래?"

여전히 대답이 없는 그녀를 향해 다시 한 번 외쳤다. 이번엔 그녀의 대답을 기다리지 않았다.
"오빠 기다린다."
다시 걸음을 옮긴 주원이 현관문에 손을 얹고 쌀쌀하게 대답했다.
"기다리지 마."
문을 열고 들어가 버리는 주원을 보면서 왜 저렇게 화가 났을까 궁금해 그녀를 붙잡으려다 어쩌면 그러지 않는 게 좋을지도 모르겠다는 생각을 했다.
'곧 떠날 텐데. 더 이상 정드는 건 안 좋을 수도 있겠군.'
주원이 열어 놓은 문을 단단히 잠그고 집 안으로 들어가는 강현의 뒷모습이 유난히 쓸쓸해 보였다.

저녁을 먹고 방 안에서 한참 동안 들썩거리면서 왔다 갔다 하던 주원은 창가로 다가가 혹시나 강현이 그녀를 기다리고 있나 싶어 내다봤지만 아무도 보이지 않자 괘씸하면서도 섭섭한 생각에 눈물이 나려고 했다. 세 시간이나 지났으니 없는 게 당연하다 생각하면서도 그 정도도 못 기다리나 싶은 게 괜히 화가 났다.
"에이, 아까 저녁 사준다고 할 때 먹을 걸 그랬나? 한 번 더 가자고 조르지. 무슨 남자가 거절 한 방에 포기를 하냐."
방 안을 서성대던 그녀는 침대에 털썩 주저앉아 다리를 모으고 무릎에 얼굴을 묻었다. 바로 그때 누군가 그녀의 방문을 조심스럽게 두드리는 소리가 났다. 번쩍 고개를 든 주원은 자신이 잘못 들은 줄 알고 다시 귀를 쫑긋 세웠지만 아무 소리도 들리지 않았다.

'쳇, 잘못 들었나 보네.'

혹시나 하는 마음에 그녀는 침대에서 내려와 문으로 향했다. 조심스럽게 문을 연 주원은 복도에 아무도 보이지 않자 역시 자신이 잘못 들은 거라 생각하고 문을 닫으려 했다.

"어?"

바로 그때 문 밑에 놓인 작은 상자가 그녀의 눈에 띄었다. 누군가 놓고 간 것이 분명했다.

'누구지? 태준 오빠?'

그녀는 세차게 도리질을 쳤다. 그럴 일이 없다. 태준은 이런 짓을 할 정도로 아기자기하지 않았다. 그럼 누구? 순간 주원의 고개가 강현의 방문을 향해 돌려졌다. 그리곤 상자를 집어든 그녀의 손이 점점 떨려오자 소리 나지 않게 문을 닫기 위해 조심해야만 했다.

강현은 문이 닫히는 소리가 나자 조용히 문을 열고 나와 주원의 문 앞을 살폈다. 그리곤 이내 만족스런 미소를 짓곤 계단을 내려갔다.

주원은 떨리는 가슴을 간신히 진정시키고 상자를 열었다. 뚜껑을 열던 주원은 눈이 휘둥그레졌다. 그리곤 안에 든 물건을 조심스럽게 들어 올렸다. 그건 보석도, 그렇다고 눈에 띄게 예쁜 것도 아닌 아주 소박해 보이는 목걸이였다. 그런데 그녀의 눈을 잡아끈 것은 그 끝에 매달린 물건이었다. 손바닥에 올려 자세히 살펴보니 그건 작지만 굉장히 섬세하게 제작된 나침반이었다. 나침반 목걸이라니.

"편진가?"

상자 바닥에 곱게 접힌 종이를 펼쳐든 주원의 얼굴에 행복한 미소가 지어지는가 싶더니 이내 눈가가 촉촉해졌다.

[어디를 가든 어디에 있든, 길 잃지 말고 돌아와라. 늦었지만 꼬마에서 여자가 된 기념이다. 강현.]

"쳇, 진짜 멋도 없네. 무슨 목걸이가 이렇게 볼품없어."

툴툴거리면서도 주원은 손에 든 목걸이를 얼른 자신의 목에 걸어 봤다. 거울에 비춰 보니 예뻐 보이진 않았지만 주원은 마치 보물이라도 되는 양 소중하게 매달린 나침반을 어루만졌다.

잠자리에 들 준비를 하던 주원은 창밖에서 반짝이는 빨간 불빛을 보자 가슴이 뛰기 시작했다. 강현이 나와 있나 보다. 다급한 마음에 방을 나서려던 주원은 잠옷 차림이라는 걸 깨닫곤 얼른 카디건 하나를 걸쳐 입고 방문을 나섰다.

정원으로 나오자 어디선가 알싸한 담배 냄새가 날아왔다. 언젠가 그가 앉았던 의자에서 강현이 담배를 피우고 있는 모습이 보였다.

"몸에도 안 좋은 데 그게 그렇게 좋아?"

"어! 주원이구나."

강현이 재빨리 담배를 껐다. 그리곤 행여 그녀에게 연기가 날아갈까 손으로 날려 버렸다. 주원은 도도한 공주처럼 그의 옆에 앉았다. 강현은 잠옷 위에 카디건을 걸치고 턱을 약간 쳐든 채 새침하게 자신의 옆에 앉는 그녀가 마냥 귀엽게만 보였다.

"늦었는데 왜 자지 않고 나와?"

"그러는 오빠는 공부는 안 하고 여기서 뭐해?"

"난 여태 공부하다 나온 거지."

"피이, 믿을 소릴 해야지. 그렇게 놀다가 대학 떨어지면 어쩌려고 그래?"

"원래 천재는 평소에 공부 같은 거 티 나게 안 해."

"천재? 누가 오빠가?"

어림없다는 주원의 반응에 강현은 믿거나 말거나 식으로 반응하며 의자에 몸을 기댔다.

"못 믿나 본데 태준이한테 물어봐."

담배가 간절했지만 차마 주원이 앞에서 피울 수가 없어서 몸을 한껏 뒤로 젖혀 하늘을 올려다봤다. 강현의 그런 모습이 14살 주원의 눈엔 어찌나 멋지게 보이던지. 눈도 깜박이지도 못하고 그에게서 눈을 뗄 수가 없었다. 아직 작고 여린 그녀의 가슴엔 어느새 사랑이란 감정이 조심스럽게 피어오르기 시작했다. 주원의 눈길을 느꼈는지 강현이 고개를 돌려 그녀를 봤다.

"왜? 무슨 할 말 있어?"

그제야 자신이 강현을 한참 동안 보고 있었다는 걸 깨달은 주원은 재빨리 고개를 돌렸다.

"응, 오빠 고마워."

"뭐가?"

"이거."

목에 매달려 있는 나침반을 손으로 감싸 쥐고 수줍게 웃어 보이자 강현의 눈이 그녀의 손길을 따라갔다.

"아, 그거. 마음에 드니?"

"응."

고개를 끄덕이며 고마움을 담뿍 담은 주원의 얼굴이 어둠 속에서 반짝였다. 강현은 그런 주원이 참 예쁘다는 생각을 하며 이런 기쁨을 느낄 시간이 얼마 남지 않았다는 생각에 얼굴이 굳어졌다. 며칠 전 아버지가 쓰러지셨다고 어머니에게서 연락이 왔었다. 그러니 얼른 미국으로 들어오라는 말에 부랴부랴 비행기 표를 끊었다. 아직 태준의 식구 누구에게도 말하지 않았지만 내일은 말해야 했다.

"주원아, 만약에 내가 떠나면 조금은 슬퍼해 줘라."

"떠나? 오빠 어디 가?"

"아니, 그냥 나중에 말이야."

"피이, 대학 가면 태준 오빠랑 안 만날 거야?"

"안 만나긴."

"그러면서 뭘. 지금도 이렇게 붙어 다니면서 나중에도 자주 놀러 오면 되잖아."

강현은 귀엽게 눈을 흘기는 주원의 볼을 살짝 쥐었다 놓았다. 아기 살처럼 보드라운 느낌이 손가락을 타고 그의 심장까지 전해져 오자 저도 모르게 주먹을 쥐었다.

"오빠, 나 오늘 오빠 봤어."

"어? 어디서?"

"극장 앞에서."

"그래? 그런데 왜 아는 척 안 했어?"

주원은 말을 해야 할지 말아야 할지 망설이며 손가락을 쥐어짜고 있었다.

"인마, 오빠를 봤으면 아는 척을 하지 그랬어. 그럼 같이 저녁 먹고 들어오는 건데."

"누구랑 같이 있던데?"

기어코 물어보고 말았다. 다행히 깜깜한 밤이라 빨개진 얼굴이 들키지 않은 것만도 어디인가?

"누구? 아······."

그러고 보니 영신이를 본 모양이다. 작년에 잠깐 알고 지내던 사이인데 티켓팅을 하고 오는 길에 우연히 마주치자 어찌나 달라붙던지 떼어 놓느라 꽤나 애를 먹었다. 별거 아니라고, 말을 하려고 입을 열려다 귀를 쫑긋 세우고 그의 대답을 기다리는 주원이 어찌나 귀엽고 예뻐 보이던지, 그만 웃음이 터져 나오려는 걸 간신히 참았다. 아마 지금 웃음을 터트렸다간 주원이 주먹을 날릴 것이 뻔해 보였다. 그래서 아까 그렇게 뾰로통해 있었던 모양이다.

"인마, 넌 오빠를 봤으면 아는 척을 해야지 그냥 가는 게 어디 있어?"

"아야!"

강현이 눈을 동그랗게 뜨고 그를 바라보고 있던 주원에게 꿀밤을 먹이자 그만 울상이 되어버렸다.

"아프잖아."

"그럼 아프라고 때리지. 그리고 새 나라의 어린이는 일찍 자고 일찍 일어나야 키 큰다더라."

작은 키를 놀리는 말에 주원은 순간 고개를 번쩍 치켜들었다.

"뭐 어린이? 우이 씨!"

"어쭈 오빠한테 우이 씨?"

"나 이제 어린이 아니거든?"

자리에서 벌떡 일어나 허리에 손을 올리고 씩씩대는 폼이 아직은 영락없는 개구쟁이 모습이었다. 강현이 주원의 앞에 마주 서자 키 차이 때문인지 정말 그의 말대로 어린애가 된 기분이었다.

"인마 많이 먹고 얼른 커라. 그래야 내가 상대를 해주지."

강현은 고개를 한껏 뒤로 젖힌 채 그를 노려보는 주원의 이마에 손가락을 튕기더니 얼른 자리를 피했다.

"주원아 나 먼저 들어간다."

"허!"

그가 사라진 곳을 기가 막힌 표정으로 쏘아보던 주원은 뒷목으로 손을 가져가 재빨리 목걸이를 풀었다.

"이걸 그냥."

어린애 취급을 받은 것도 억울하지만 낮의 그 여자가 누군지 끝까지 말하지 않고 가는 강현이 너무 얄미워 목걸이를 던지려고 팔을 치켜들었다. 하지만 그녀는 도저히 그걸 바닥에 내동댕이칠 수가 없었다. 자신의 자존심은 곤두박질쳤을지언정 그가 준 선물을 내던지는 짓은 절대로 못할 짓이다. 들었던 팔을 내린 주원은 목걸이를 다시 하면서도 분이 채 풀리지 않는지 연신 구시렁거렸다.

"자기가 나 크는데 뭐 보태 준 거 있어? 좋아, 두고 보라고 내가 억울해서라도 키 크고 만다."

그런 그녀의 행동을 창가에서 내려다본 강현은 아까 무심코 내뱉은 자신의 말의 속뜻을 주원이 알아채지 못한 게 천만다행이다 싶었다. 솔직히 그 자신도 무슨 마음으로 그런 말을 했는지 정확히 몰랐기에 당혹스러웠다. 아직 그녀는 너무 어리다. 그리고 그도 아직은 아니다. 서로에게 뭔가를 기대하기엔 더 많은 시간이 지나야 한다는 걸 강현은 알고 있었다.

"그래, 너무 어리지. 그저 동생일 뿐이야."

강현은 스스로에게 주문을 외듯 중얼거렸다.

※

"지금 뭐라고 했어?"

주원은 밥을 먹다 말고 태준의 말에 놀란 눈으로 올려다봤다. 다른 날보다 일찍 들어온 태준은 냉장고에서 물을 꺼내 한껏 들이켜더니 불쑥 강현이 모레 출국할 거라고 했다.

"강현이 아버님이 쓰러지셨대. 그래서 급하게 나가는 거라고 그러더라고."

'그런데 왜 나한텐 아무 말도 안 했는데?'

이 말을 소리쳐 묻고 싶었지만 간신히 속으로 삭이고 짐짓 상처받지 않은 척했다.

"그럼 얼마나 있다가 오는데?"

"그거야 모르지. 어쩜 아예 안 들어올 수도 있지 않겠니?"

"그런 게 어디 있어?"

"어디 있긴 인마. 그곳에 부모님이 다 계시고 가뜩이나 아버지가 편찮으신데 쉽게 돌아와 지겠냐?"

"그럼 대학은?"

"그곳에서 다니면 되지. 강현이 실력이면 문제없을 걸?"

담배나 피우고 휴학까지 했다기에 대학은 어떻게 가나 걱정을 했는데 정말 본인의 말대로 공부를 제법 하는 모양이었다.

"강현 오빠 공부 잘해?"

"그걸 말이라고 하냐?"

당연한 걸 묻느냐는 식으로 반응하는 걸 보니 정말인 모양이네.

"그런데 강현 오빠는 어디 갔어?"

"모레가 출국이니까 준비할 게 많은 모양이더라. 학교에도 일단 다시 돌아온다고 얘기는 한 모양이야."

"그래?"

주원은 강현이 그녀에게 이런 사실들을 얘기하지 않은 거에 마음의 상처를 받았다. 나름 그동안 두 사람 사이가 가까워졌다고 생각했는데 혼자만의 착각이었나 보다. 갑자기 입맛이 없어진 주원은 수저를 놓고 일어났다.

"왜 밥을 먹다 말아?"

"밥맛이 떨어졌어."

"나 때문에?"

태준을 한심하다는 듯 올려다본 주원은 식당을 빠져나가면서 한마디 던졌다.

"오빠 바보지?"

"뭐? 야 강주원 너 거기 안 서!"

조그만 게 자신을 딱하듯 쳐다보는 것이 기가 막혀 소리를 질렀지만 그녀는 벌써 이층으로 올라가 버렸다.

방으로 올라와 침대에 몸을 던진 주원은 옆에 있던 곰 인형을 향해 화풀이를 했다. 강현을 생각하자 자신한테 한마디 언급도 하지 않은 게 괘씸하게 생각됐다.

"나쁜 놈. 내가 다신 오빠라고 그러나 봐라."

곰 인형을 아무리 두드려도 분이 풀리지 않은 주원의 눈에 눈물이 고였다. 그 눈물의 이유가 뭔지 아직 어린 그녀는 몰랐기에 더 분했다. 그런데 왜 이렇게 가슴이 아픈 걸까? 어쩌면 다시는 만나지 못할지도 모른다는 생각에 괜히 슬펐다. 안고 있던 인형을 바닥에 던져 버리곤 침대에 엎드려 울음소리가 새어 나오지 못하게 막았지만 한 번 터진 울음은 쉽게 그치질 않았다.

태준은 이층으로 올라와 방으로 들어가려다 주원의 방문이 조금 열려 있는 게 보이자 좀 전에 자신을 놀린 거에 대해 따끔하게 한마디 해주려는 생각에 발걸음을 옮겼다.

"주원이 너……."

문을 열고 한마디 하려던 태준은 침대에 엎드려 소리 죽여 흐느끼는 주원의 모습에 그 자리에 얼어붙고 말았다. 지금껏 동생이 저렇게 서럽게 운 적이 있던가? 그가 기억하는 한 없었다. 그런데 지금 여리디 여린 그의 동생, 말로는 귀찮다 했지만 세상에서 누구보다도 보호해 주고 싶은 동생이 울고 있었다. 그것도 듣는 사람의 가슴이 저리게 울고 있는 모습에 그는 꼼짝도 하지 못했다. 뭣 때문에 저렇게 울고 있는지 선뜻 물어보지 못한 태준은 일단 문을 닫고 나오려고 하는데 뒤에서 들려오는 소리에 고개를 돌렸다.

"가지 마 오빠……."

"주원아."

 가지 말라는 말에 태준은 주원이 그가 여기에 있다는 걸 눈치 챈 줄 알았다. 그래서 그녀의 이름을 속삭이듯 조심스럽게 부르며 한 걸음 다가갔다.

"강현 오빠 가지 마……."

 태준은 말 그대로 그 자리에 못 박히듯 서 있었다. 지금 강현이라고 했나? 내 친구 이강현? 그의 고개가 주인 없는 방문을 향해 돌려지다가 이내 침대 위의 주원에게 향했다. 처음 강현을 보기만 하면 날을 세우는 주원 때문에 강현이 마음 상해할까 봐 얼마나 난감해 했었던가. 그런데 지금 강현 때문에 주원이 울고 있는 모습이 낯설기도 하면서 충격으로 다가왔다. 대체 두 사람에게 무슨 일이 있었던 걸까? 그가 아는 강현은 절대로 애를 상대로 장난을 하는 친구가 아니다. 오히려 그런 인간을 두들겨 패주는 성격인 것을 너무도 잘 알았지만 혹시나 하는 일말의 의구심이 일었지만 이내 고개를 가로저었다. 그렇다면?

'아, 주원이가?'

 이제 갓 중학생이 된 아이가 또래보다 성숙한 남자를 동경하고 좋아하는 건 어쩌면 지극히 당연한 건지도 모른다. 강현이 주원에겐 아버지와 오빠와는 다른 느낌으로 다가왔을 수도 있었다. 왜 미처 그럴 거라고 생각을 못했을까? 조금만 눈여겨봤어도 주원의 감정을 조금은 알아챌 수 있었을 텐데 말이다. 언제부턴가 오빠라고 부르기 시작하더니 강현이 앞에서 얼굴을 붉히던 모습, 그리고 다른 식구 눈치 채지 않을 정도로 조심스럽게 반찬들을 옮기던 손길이 이제야 떠올랐다.

'휴우, 널 어쩌냐.'

사춘기를 호되게 겪고 있는 동생이 안쓰러웠지만 지금 아는 척을 하는 건 별로 도움이 되지 못할 거라는 생각에 태준은 방문을 조용히 닫고 나왔다. 아래층으로 내려온 태준은 현관 계단에 앉아 정원을 내려다보며 강현이 오기만을 기다렸다.

얼마를 있다가 올지 모르기에 강현은 이것저것 소소한 문제들을 처리하느라 10시가 다 될 때쯤 태준의 집에 도착했다. 어제 강 판사와 태준에겐 미리 말을 했지만 주원에게는 아직 말하지 못해 마음에 걸렸다. 열쇠로 대문을 열고 마당으로 들어서던 강현은 계단에 앉아 있는 태준을 보자 조금 놀란 듯 보였지만 이내 평소의 얼굴로 돌아왔다.

"이제 오냐?"
"이 시간에 여기서 뭐하냐? 나 기다린 거야?"
강현이 태준의 옆에 털썩 주저앉았다.
"뭐 그렇다고 할 수 있지."
"무슨 대답이 그래?"
태준이 고개를 돌려 뚫어져라 바라보자 머쓱해진 강현은 가방을 등에 대고 계단 위에 눕듯이 기댔다. 그런 그를 한동안 더 바라보던 태준이 심각하게 입을 열었다.
"얼마나 있다가 올 거냐?"
"글쎄, 일단 가봐야겠지. 아버지 상태 봐서 금세 들어올 수 있으면 그렇게 하려고."

태준은 그렇게 쉽게 오지 못할 거라는 걸 알았지만 애써 입을 다물었다. 또다시 찾아온 침묵에 강현이 고개를 약간 들었다.

"할 말 있냐?"

"내가 주원이한테 말했다."

'이런. 내가 먼저 말하고 싶었는데.'

"그래? 주원이가 뭐래? 좋다고 그러지? 어쩜 다시 자기 방 쓰게 될지 모르니까 나더러 영영 오지 말라고는 하지 않냐?"

평소보다 유난히 말을 많이 하는 강현을 태준이 의심스런 눈빛으로 바라봤다. 애써 모른 척 그의 눈빛을 외면한 강현은 까만 하늘을 올려다보며 주원을 생각했다. 아직 어린애에 불과했지만 형제가 없는 강현에겐 친동생의 정을 느끼게 해준 주원이었다. 장난기 가득한 얼굴로 오빠라 불러 줬을 땐 가슴이 터지는 줄 알았었다. 그래서 주원이 처음 생리를 시작했다는 말을 들었을 땐 마치 친동생의 일인 것처럼 뿌듯한 마음이 들기까지 했다. 주원에게 나침반 목걸이를 사주려고 인사동 골목을 온통 뒤지고 다닐 때도 마냥 행복하기만 했는데.

"우리 주원이가 그러길 바라?"

갑작스레 들려온 소리에 퍼뜩 정신을 차린 강현은 정말 그걸 바라는 건지 곰곰이 생각해 봤다. 아니길 바라는 마음이지만 만약 그렇다고 해도 어쩌랴.

"주원이한테 가봐라."

왜? 라는 물음이 담긴 의아한 눈빛으로 쳐다보는 강현을 한 대 쳐주고 싶었지만 눈물을 펑펑 쏟아내던 주원이 생각나 간신히 참아냈다.

"네놈 간다니까 대성통곡을 하더라."

강현은 재빨리 몸을 일으켜 앉더니 의심스런 눈초리로 태준을 바라봤다. 장난인지 아니면 진담인지를 가늠하는 눈치였다.

"왜 울어?"

"네놈 간다는데 아무렴 좋아서 울었겠냐?"

아무리 그렇다고 대성통곡까지? 태준이 너무 과장을 한 것 같았다. 그래도 조금은 슬퍼해 줬다니 내심 고맙기까지 했다.

"농담 아니다."

그의 생각을 짐작했는지 태준이 정색을 하자 그제야 강현은 눈을 동그랗게 떴다.

"그 나이 때가 원래 사춘기 아니냐. 아빠나 오빠 아닌 다른 남자를 보니 그런 마음이 들었나 보더라. 그러니까 상처 받지 않게 잘 달래 줘."

"난……몰랐다. 그저 오빠처럼 대해 주기에 고맙기도 하고 기특하기도 하고 또……."

"또?"

"귀엽게 느껴졌거든."

괜히 태준의 의심을 살 일을 만들고 싶지 않아서 예쁘게라는 말이 나오려는 걸 얼른 바꿔 말했다. 정말 몰랐던 걸까? 강현은 스스로에게 물어봤다. 답은 알고 있었던 것 같다는 것이다. 아니 알면서도 모르는 척해 왔던 것이다. 한때의 감정이라는 걸 알기에 일부러 아는 척을 해서 일을 복잡하게 만들고 싶지 않았던 것이다.

"그렇군. 그렇다면 쉽겠네. 괜한 기대하지 않게 해라."

그저 귀엽다고? 태준은 다른 사람이 그런 말을 했다면 그게 당연한 거라고, 오히려 어린애를 다르게 생각했다면 미친놈이라고 했을 것이다. 그런데 이 더러운 기분은 뭔가? 자리를 털고 일어난 태준은 집 안으로 들어가 버렸다.

강현은 자신이 굉장히 나쁜 놈처럼 느껴졌다. 어린애가 해바라기 하는 걸 알면서도 모르는 척 즐긴 거 같아 얼굴을 찌푸렸다.

"젠장, 너무 어리잖아. 아직 어린애라고."

손으로 머리를 쓸어 올리며 일어나 고개를 들어 주원의 방 창문을 올려다봤다. 불이 꺼지지 않은 걸 보니 아직 울고 있는 걸까? 태준이 자식이 뭐라고 했지? 대성통곡을 했다고?

"휴우, 이거야 원."

한숨을 내쉬고 집 안으로 들어선 강현은 이층으로 올라가면서도 주원에게 뭐라고 해야 할지, 어떻게 말해야 하는지 망설이고 있었다. 주원의 방문은 장벽처럼 닫혀 있었다. 가볍게 노크를 했지만 아무 소리도 없기에 문고리를 잡은 손에 힘을 주고 문을 열었다.

"주원아."

'어?'

대성통곡을 한다더니 말짱한 모습으로 책상 앞에 앉아 있는 주원을 보자 바람 빠진 풍선처럼 기운이 쭉 빠졌다. 그럼 그렇지, 태준이 그 자식 허풍을 떨어도 정도껏 해야지. 괜히 긴장했네. 강현의 출현에 주원은 잠시 아무 말도 않고 슬쩍 올려다보더니 할 말 없으면 나가달라는 듯 다시 책으로 눈을 돌렸다.

"뭐해?"

여전히 대답이 없자 재차 물었다.

"공부하니?"

"보면 몰라?"

말투에 찬바람이 도는 걸 보니 내가 떠난다니까 그래도 조금은 섭섭했나 보군.

"오빠 할 말 있다."

"말해."

고개도 돌리지 않는 데 무슨 말을 하라고. 자식 얼굴 좀 돌려봐라. 강현의 속마음이 들렸는지 침묵이 이어지자 주원은 울어서 퉁퉁 부은 눈을 들키지 않을 만큼만 고개가 살짝 돌렸다.

"할 말 있다며?"

"아, 그랬지. 저, 주원아 오빠 모레 떠나."

"들었어. 그런데?"

"섭섭하지 않지?"

"내가 왜 섭섭해 하는데? 그리고 금방 온다며?"

"그래. 별일 없으면 그럴 거야. 그런데 만약에 금방 못 와도 섭섭해하지 마라."

목소리가 저절로 쓸쓸하게 나왔지만 주원이 그런 걸 알아채기엔 너무 어렸다.

"걱정 마. 만약 안 오면 다시 내 방 찾을 텐데 뭐."

인마, 그래도 말이라도 오빠 가지 말라고 해주면 안 되냐? 아니 서운하다는 말 한마디 해줄 수도 있잖아. 강현은 그런다고 달라질 게 없다는 걸 알지만 그래도 내심 주원에게 서운함이 느껴졌다. 강현은 손을 뻗어 주원의 뒷머리를 가볍게 쓰다듬다 뭔가에 몸이 굳어졌지만 이내 아무런 내색도 하지 않았다. 그리곤 일부러 밝은 목소리를 냈다.

"그렇구나. 이런, 주원이를 위해서 오지 말아야 하는 거 아닌가 모르겠다. 하하하 오빠 그만 자러 간다."

강현이 방을 나가고 문이 닫히는 소리가 나자 그때까지 빳빳하게 앉아 있던 주원은 책상 위에 팔을 포개고 얼굴을 묻었다. 그리고 소리 없이 눈물을 흘렸다.

출국 당일 강현은 배웅 나가겠다는 태준 부모님을 말리느라 한참을 애먹었다. 금방 돌아올 텐데 괜찮다며 다시 돌아오면 귀찮다 말고 받아 달라고 너스레까지 떨었다. 그런데 이번엔 태준까지 이 모양이다.

"내가 배웅 나간다는데도?"

"인마, 무슨 애인 떠나 보내냐?"

"솔직히 너 지금 나가면 한참 안 들어올 수도 있잖아?"

"들어온다니까. 그리고 나 공항 나와서 눈물 짜고 그러는 거 정말 싫다."

"내가 네 애인이냐? 눈물 짜게."

"애인 아니니까 오지 말라고. 그냥 잠깐 어디 놀러 갔다고 생각해 줘."

누군가 그를 배웅하러 나온다면 정말 영영 헤어지는 느낌이 들 거 같아 강현은 한사코 고집을 피웠다. 그의 마음을 눈치 챘는지 태준은 더 이상 따라나서겠다고 할 수가 없었다.

"진짜 아무도 안 가도 되겠냐?"

"그렇다니까."

손목에 찬 시계를 확인한 강현은 고개를 이리저리 돌리고 누군가를 찾는 눈치다.

"주원이 집에 없어."

일요일이니 학교에 갔을 리도 없고, 오늘 그가 떠나는 날이라는 걸 알면서도 일부러 아침 일찍 나가 버린 주원을 보지 못하고 가야 하는 게 마음에 걸렸다.

"계집애 누굴 닮아 성격이 그 모양인지. 늦겠다. 그만 가봐라."

"그래……."

아쉬움에 쉽사리 발길을 돌리지 못하던 강현은 태준의 재촉에 집을 나섰다.

제발 늦지 말아야 할 텐데. 주원은 자그만 선물 봉투를 한 손에 꼭 쥐고 숨이 막히도록 뛰고 또 뛰었다.

'강현 오빠 조금만 기다려 줘. 그냥 가버리면 안 돼.'

바로 눈앞에 집이 보이자 단숨에 달려가 대문을 벌컥 열어젖혔다.

"어? 너 어디 갔다 오는 거야?"

땀을 비 오듯 흘리며 헉헉 숨을 고르는 주원을 보자 다시 튀어나오려던 고함을 속으로 삼킨 태준은 걱정스럽게 쳐다봤다. 한 손에 작은 종이 가방을 꽉 쥐고 허리를 접은 채 숨을 가다듬은 주원이 이번엔 정신없이 두리번거렸다.

"무슨 일이야 주원아?"

"강현 오빠는?"

이런! 강현의 가는 모습을 보기 싫어 일부러 자리를 피한 게 아니었나? 간절한 눈빛에 순간 당황한 태준은 말을 더듬었다.

"그러니까, 강현이……갔어."

툭! 주원의 손에 들려 있던 가방이 떨어지는 소리에 태준의 가슴이 철렁 내려앉는 거 같았다.

"갔다고? 나한테 잘 있으란 말도 안 하고?"

땀으로 젖은 얼굴 위로 금방이라도 굵은 눈물을 쏟을 것 같은 주원의 모습에 태준은 입술을 깨물었다. 아쉬움에 발길을 돌리던 강현의 모습과 당장이라도 울음을 터뜨릴 것 같은 동생의 모습이 동시에 겹치자 이내 주원의 손을 잡아끌었다.

"가자. 지금 가면 잘하면 얼굴은 볼 수 있을 거야."

"오빠!"

"뭐해? 너 강현이 안 볼 거야?"

넋을 놓은 채 망설이는 주원을 향해 태준이 큰소리로 다그치자 그제야 정신을 차린 그녀가 떨어져 있는 종이 가방을 집어 들고 뒤를 쫓았다. 태준은 주원의 손을 잡고 택시를 잡기 위해 뛰었다.

"아저씨 공항으로 최대한 빨리 가주세요."

땀을 흘리며 서로의 손을 꼭 잡고 있는 두 사람을 백미러로 바라보던 기사는 절박해 보이는 모습에 가속 페달에 발을 얹고 힘차게 밟았다.

보딩 작업을 끝낸 강현은 아직 출국장으로 가기엔 시간이 조금 남아 있어서 카페테리아로 향했다. 커피 한 잔을 사들고 창가로 다가간 강현은 주원을 보지 못하고 온 게 못내 마음에 걸렸다. 말은 그가 가는 거에 신경 쓰지 않는다고 했어도 그것이 그녀의 진심이 아니라는 걸 알았다. 지난밤 책상 아래로 주먹을 꽉 쥐고 있던 그녀의 모습이 아직도 눈에 어른거렸다. 하지만 아직 어린 그녀에게 어떤 혼란도 안겨 주고 싶지 않은 마음에 모르는 척하고 돌아섰다. 지금에 와서 그게 잘한 짓이었는지 자신할 수 없기에 주원을 보고 오지 않은 게 더 안타까운 것일지도 몰랐다.

[15시 뉴욕행 대한항공 승객 분들은 42번 게이트에서 탑승하시기 바랍니다.]

"휴우, 잘 있어라 꼬마."

그가 탈 비행기의 탑승이 시작됐음을 알리는 방송에 강현은 들고 있던 종이컵을 버리고 출국장으로 향했다.

택시 한 대가 다급하게 공항으로 들어서자 몇몇 사람들이 이상하게 쳐다봤다. 미처 차가 멈추기도 전에 뒷문이 열리고 대학생인 듯한 남자와 어린 여자아이가 급하게 내리더니 손을 잡고 뛰어 들어갔다. 사람들이 의아해하는 시선에 아랑곳없이 인파를 헤치고 출국장으로 향하던 태준은 속으로 연신 욕을 해대고 있었다.

'젠장, 제기랄. 이강현 제발 기다려라.'

초초한 빛이 역력해 보이는 주원을 보자 손에 힘을 줬다.

"주원아 아직 안 갔을 거야. 그러니까 걱정하지 마."

말은 못하고 고개만 주억거리는 주원의 눈에 눈물이 어리는 거 같아 마음이 급해진 태준은 고개를 이리저리 돌리다 시계를 봤다.

〔2시 10분.〕

3시 비행기라고 했는데 벌써 나간 걸까? 이미 늦은 건가? 주원의 얼굴에 실망한 빛이 어리자 태준이 주원의 손을 놓고 주변을 뛰어다니며 소리를 질렀다.

"이강현! 강현아."

"오빠, 그만해."

태준이 미친 사람처럼 소리를 지르자 주원이 팔을 잡아끌었다. 태준의 입에서 욕설이 튀어나왔다.

"이강현 너 이 자식 이대로 가버리면 가만 안 둔다. 내가 너 쫓아가서 작살 낼 거야. 그러니까 어서 나와 봐!"

"오빠 이러지 마. 제발 그만해."

거의 울상이 된 주원이 태준을 말리자 그런 두 사람을 사람들이 신기한 듯 쳐다보며 지나갔다.

"젠장!"

태준은 울먹이며 그를 올려다보는 주원의 어깨를 잡아끌어 안았다.

"울지 마. 오빠가 그 자식 데려올게."

"그러지 마."

주원이 그의 품에서 도리질을 치며 간신히 울음을 참고 있었다. 마음 같아선 출국장 안으로 들어가 비행기라도 잡고 싶은 심정이었지만 불가능하다는 걸 알기에 허탈한 심정으로 주원을 안고 있었다.

'정말 갔나 보네. 자식 조금만 기다려 주지.'

태준은 주원을 안은 손에 힘을 준 채 떨어지지 않는 발길을 뗐다.

"강태준!"

뒤에서 들린 낯익은 목소리에 두 사람의 발걸음이 멈췄다.

"주원이?"

태준의 앞에 안긴 작은 주원의 몸이 보이자 강현의 눈이 커졌다. 태준이 주원을 떼어내고 천천히 뒤돌아섰다.

"두 사람 어떻게 된 거야?"

"아직 안 갔구나?"

이러다 우는 건 아닌지 모르겠다. 오늘따라 이 자식이 이렇게 멋져 보이긴 처음이네.

"지금 들어가려고."

강현의 눈이 주원에게 꽂히더니 천천히 다가와 허리를 굽혀 그녀와 눈을 맞췄다. 아직도 물기가 남아 있는 주원의 얼굴을 보자 강현은 그제야 그녀가 울었다는 걸 알았다.

"너를 보고 갈 수 있어서 다행이다."

강현의 두 손이 주원의 젖어 있는 볼을 감싸 쥐고 부드럽게 눈물을 닦아냈다.

"울지 마."

"오빠……안 가면 안 돼?"

참고 참았던 말을 내뱉고 말았다. 얼굴을 발갛게 물들인 채 그를 올려다보는 주원의 눈에 간절한 빛이 어렸다. 그녀의 말에 콧날이 시큰해져왔다. 그는 입가에 미소를 머금고 주원을 쓸쓸하게 내려다봤다.

"가야 하는 거 알잖아. 금방 다녀올게."

"꼭 돌아올 거지? 거짓말 아니지?"

"그럼. 우리 꼬마 보러 올게. 오면 주원이랑 놀이동산도 가고 영화관에도 같이 가자."

"꼬마 아니라니까!"

두 손으로 눈가를 훔치고 고개를 빠짝 치켜든 주원은 그를 향해 씩씩거렸다.

"그래도 아직 내겐 꼬마야."

뭐라고 항의하려고 입을 열려던 주원은 시간이 얼마 남지 않았다는 걸 알고 그에게 손을 내밀었다.

"약속해. 꼭 돌아온다고. 그리고 오면 진짜 나랑 놀러 간다고."

"풉!"

태준이 웃음을 참는 것이 보이자 주원이 몸을 돌려 오빠를 향해 눈을 흘겼다.

"그래 약속할게."

강현이 손을 내밀어 주원의 손을 잡고 가볍게 흔들며 다짐하자 그제야 주원의 얼굴에 미소가 지어졌다.

"아, 진짜 눈뜨고 못 봐주겠네. 그래 눈물의 상봉은 이제 끝난 거야?"

"고맙다."

강현이 태준의 어깨를 끌어안고 주먹으로 등을 내리쳤다. 태준도 강현의 등을 마주 꽉 끌어당겼다.

"잘 갔다 와라."

포옹을 푼 강현은 잠시 망설이더니 주원을 살짝 당겨 안았다.

"잘 있어."

강현의 가슴에 안긴 주원은 아무 말도 못하고 그저 고개만 끄덕였다. 강현이 주원에게서 몸을 떼자 태준이 눈을 흘겼다.

"이번만 그냥 봐주는 거다."

"고맙다 인마."

〔15시 뉴욕행 대한항공 승객들은 지금 바로 탑승해 주시기 바랍니다.〕

방송이 들리자 세 사람은 일제히 동작을 멈췄다.

"어서 가 봐라."

태준이 강현을 재촉하자 마지못해 발길을 돌리며 두 사람을 번갈아 쳐다봤다.

"금방 다녀오마. 그동안 잘 있어."

처음은 태준을 향해, 끝은 주원을 향한 말이었다.

"오빠 잘 가."

"그래 잘 다녀와라."

강현이 뒤돌아 출국장 앞에 줄을 섰다. 하나둘 사람이 안으로 들어가고 점점 그의 차례가 오자 주원은 기어코 눈물을 보이고 말았다. 태준은 그런 동생의 어깨에 손을 얹고 가까이 당겨 안았다.

"어! 주원아 그거?"

태준이 눈으로 밑을 가리키자 주원은 아래를 내려다보다 아직까지 손에 꽉 쥐어져 있는 선물이 보였다.

"어떡해. 오빠, 강현 오빠!"

주원이 태준의 품에서 빠져나가 앞으로 달렸다. 태준은 갑자기 옆이 허전해져 오면서 급하게 달려가는 주원을 보고 어이없는 미소를 지었다.

"자식, 되게 서운하네."

강현은 자신의 이름을 다급하게 부르는 소리에 공항 직원에게 티켓을 내밀다 뒤를 돌아다봤다. 주원이 숨을 헉헉대며 그 앞에 서더니 팔을 쭉 뻗어 뭔가를 들이밀었다.

"주원아……."

"오빠 주려고 샀어. 이거 사느라 늦은 거야."

순간 강현은 할 말을 잊었다. 그동안 선물이라는 걸 많이 받아 봤지만 지금처럼 가슴을 먹먹하게 하는 건 없었다. 강현이 선뜻 받지 않자 주원의 얼굴이 점점 실망으로 굳어지기 시작했다. 괜한 짓을 했나 싶은 생각에 팔을 내리려는데 강현이 그녀의 손에 들린 가방을 소중하게 받아들었다.

"내가 이런 거 받아도 되는 거냐?"

"괜찮아. 내가 용돈 모은 걸로 산 거니까 아무도 뭐라고 그러지 않을 거야."

"난 너한테 해준 거 없는데?"

"이거 줬잖아."

주원이 목에 걸린 목걸이를 흔들며 개구지게 웃었다.

"고맙다."

"나도 고마워……."

"그만 들어가셔야 하는데요?"

미처 말을 끝내지도 못했는데 옆에서 지켜보고 있던 공항 직원이 시간을 일깨워 줬다.

"오빠 꼭 돌아와."

"알았어. 그만 가."

이제는 정말 가야 한다. 강현은 다시 한 번 주원과 태준을 가슴에 새기며 안으로 들어갔다. 주원과 태준은 아쉬운 듯 그의 모습이 보이지 않을 때까지 서 있었다.

좌석의 위치를 확인하고 자리에 앉은 강현은 재킷을 벗어 좌석 위 사물함에 넣고 자리에 앉아 편한 자세를 취했다. 그리곤 주원이 주고 간 선물을 꺼내들었다. 예쁜 포장지에 감싸인 상자는 제법 묵직했다.

"이게 뭐지?"

더 이상 궁금해서 참기 어려워진 강현은 포장지를 뜯었다.

"이런."

상자 안엔 제법 값나가 보이는 시계가 들어 있었다. 물론 지금 자신이 차고 있는 시계에 비하면 별거 아닐 수 있지만 강현은 이걸 사기 위해 모은 돈을 다 털었을 주원의 마음에 가슴이 뭉클했다. 일말의 망설임도 없이 차고 있던 시계를 풀어내고 주원이 선물해 준 시계를 손목에 찼다. 강현은 다른 손으로 시계를 쓰다듬어 내려가며 느껴지는 따스함이 주원의 마음이라 여기며 미소를 지었다.

"주원아 그런데 강현이한테 준 거 뭐야?"

"알 거 없어."

새침하게 내뱉곤 앞서 걸어가는 주원의 뒤통수를 한 대 치고 싶어 손이 근질거렸지만 여자가 아닌가. 태준이 재빨리 주원을 따라잡았다.
"너 정말 말 안 할 거야?"
"싫다니까."
"오빠가 너를 위해 여기까지 데려와 줬는데도 말 안 할 거야?"
 주원의 어깨에 손을 얹고 자꾸 말해 보라고 어르던 태준은 그들의 등 뒤로 들리는 비행기 소리에 돌아섰다. 그러자 주원의 눈도 이륙하는 비행기를 향했다. 아마도 저 비행기에 강현이 타고 있겠지.
 '꼭 돌아와라.'
 태준은 멀어지는 비행기를 보며 속으로 중얼거린 뒤 아직도 넋 놓고 비행기가 사라진 하늘을 바라보는 주원이 어깨를 돌려세웠다.
"집에 가자."
 태준이 잡아끌자 어쩔 수 없이 발걸음을 떼면서도 주원은 자꾸만 뒤를 돌아봤다.

4.

우당탕탕!

"아야!"

학교에서 돌아온 주원은 급하게 뛰어오다 현관에서 넘어지고 말았다.

"넌 어째 여자애가 조신하질 못하니? 그래 다친 덴 없어?"

"헤헤, 다녀왔습니다."

엄마의 핀잔 소리에도 아랑곳하지 않고 정강이를 한 번 쓸어내리곤 엉덩이를 탈탈 털고 일어났다.

"넌 어째 갈수록 더 덜렁대니 걱정이다."

"엄마 걱정 하나도 안 해도 돼. 나 밖에선 얼마나 조신한데?"

"행여나 조신도 하겠다. 안에서 새는 바가지 밖에서도 샌다는 말이 괜히 있냐?"

"에이, 정말이라니까. 못 믿겠으면 혜령이한테 물어봐."

하긴 겉모습만 봐선 얌전 그 자체로 생기기야 했지. 개구지고 장난기 많던 얼굴에 이젠 제법 여자 티가 나니 말이다. 요 근래 키가 부쩍 커서 더 그렇게 보이는 것일지도 모르겠다. 원래 부모는 고슴도치라지만 그녀의 눈으로 봐도 점점 예뻐지는 주원이 자랑스럽기까지 했다. 가끔 이렇게 덜렁대는 모습조차도 귀엽게 보였다.

"엄마, 나 배고파."

"점심 먹었잖아?"

"그래도 또 배고픈 걸?"

"아무래도 너 먹는 거 전부 키로 가나 보다. 그새 부쩍 큰 거 보니 말이야."

"크크, 신난다."

키가 커졌다는 말에 팔짝팔짝 뛰며 주방으로 들어간 주원은 냉장고 문을 양쪽으로 활짝 열더니 사과 하나를 꺼내 들고 한입 크게 베어 물었다. 그리곤 이층으로 올라가려는데 뒤에서 들려온 엄마 목소리에 또 한 번 넘어질 뻔했다.

"네 방에 강현이한테 온 편지 갖다 놨다."

말이 끝나기가 무섭게 우당탕탕 계단을 뛰어올라가는 모습에 엄마가 혀를 끌끌 찼다.

"에그, 저런 선머슴아를 누가 데려갈지 벌써부터 걱정이다."

제 방으로 올라온 주원은 책상 위에 얌전히 놓여 있는 편지 봉투를 보자 가슴이 벅차올라 한동안 꼼짝도 하지 않았다. 그녀가 편지를 보낸 지 근 한 달 만에 온 그의 소식이었다. 강현이 미국으로 떠난 지 벌써 6개월. 그사이 두 번의 편지가 날아왔다. 자유의 여신상 엽서와 함께……. 주원은 편지를 조심스럽게 펼쳐들었다. 그러자 눈에 익은 굵은 필체가 종이를 가득 메워져 있는 게 보였다.

"휴우, 괜히 떨리네."

처음 받아 보는 것도 아닐 텐데 왜 이리 떨리는 건지 참 이상했다. 눈으로 그의 편지를 하나하나 읽어 내려가는 주원의 가슴을 또다시 쿵쿵대고 있었다.

〔……뉴욕의 겨울은 생각보다 춥다. 그래도 난 하나도 춥지 않으니 그건 아마 네가 보내준 털목도리 때문인가 보다. 주원아 할 수만 있다면 이곳의 모든 것들을 너와 함께하고 싶지만 그건 불가능하겠지? 하지만 언젠간 너의 나침반이 나에게 너를 데려다 줄 거라 믿으며 오늘도 밤을 지새운다. ……꼬맹이 밥 많이 먹고 얼른얼른 커라…….〕

"쳇, 무슨 남자가 만날 밥 많이 먹으라는 소리밖에 할 줄 모르냐고."

말투는 투덜거려도 그의 편지를 곱게 접은 주원은 책상 서랍 상자 속에 고이 모셔 놨다. 이걸로 3통의 편지가 그녀의 보물 1호가 되었다.

"엄마 오늘도 없어?"
"그렇다니까."
"이상하다. 올 때가 지났는데."

주원은 저 혼자 중얼거리며 이층으로 올라갔다. 혹시 태준은 강현 소식을 알지 않을까 하는 생각에 오빠의 방문을 두드렸다.

"오빠, 혹시 강현 오빠한테 연락 왔어?"

"아니. 편지 오면 너랑 나한테 같이 오는데 네가 못 받았으면 나도 모르지. 그렇지 않아도 슬슬 걱정이 되기 시작하네."

"무슨 일 생긴 거 아닐까? 전화라도 해보지."

"그렇지 않아도 엊그제 전화를 해봤는데 일하는 분이 집에 없다는 말만 하던데?"

정말 무슨 일이 생긴 게 틀림없었다. 그에게 연락이 안 온 지도 벌써 6개월이 지나갔다. 이렇게까지 연락이 없기는 처음이었기에 더 걱정이 됐다.

그렇게 며칠이 더 지난 어느 날 주원은 제 책상 위에 놓여 있는 봉투를 보는 순간 드디어 강현에게서 연락이 온 줄 알고 한달음에 편지를 집어 들었다. 그리곤 뒤이어 눈에 띈 빨간 글씨에 들고 있던 봉투를 떨어뜨렸다. 바닥에 떨어진 봉투엔 수취인 불명이라는 도장이 선명하게 찍혀 있었다. 그 자리에 서서 떨어진 종이를 내려다보는 주원의 눈에 서서히 눈물이 차오르더니 급기야 굵은 방울 하나가 봉투 위에 뚝 떨어졌다. 그러자 수취인 불명이라는 빨간 글자가 더욱 선명하게 보였다. 그 위로 계속해서 그녀의 눈물이 후두둑 내려앉았다.

강주원 14살 그녀의 첫사랑이자 짝사랑이 그렇게 추억 속으로 사라지려고 하고 있었다.

✱

짝사랑이 좋은 이유
-사랑 그 자체만으로도 행복할 수 있어서 마음에 들어.
-상대방이 날 좋아해 주지 않아도 나는 마음껏 사랑할 수 있잖아.
-기대하는 게 없으니 실망도 없고.
-이별의 아픔을 겪지 않아도 되니 얼마나 다행이야.

주원은 언젠가 강현이 들려준 이 말들을 혼자서 곱씹고 있었다. 그가 떠난 지도 어느덧 3년이라는 시간이 흘렀다. 그녀도 어느덧 고등학생이 되었다. 강현에겐선 처음 미국에 도착하고 나서 6개월 정도는 꾸준히 연락이 왔다. 자주는 아니어도 그녀의 편지에 답장도 주고 엽서도 보내주더니 그 뒤 편지가 수취인 불명으로 돌아온 뒤로는 아무런 연락도 없었다.

그가 남긴 이 짝사랑의 글귀 때문일까? 아니면 이강현의 저주라고 해야 할까? 주원은 누군가를 좋아할 수가 없었다. 아니 딱 한 사람만을 짝사랑했다. 첫사랑이자 짝사랑인 강현과 허무하게 인연이 끊기고 나니 더 안타까워서일까? 주원은 누군가를 좋아하는 마음이 생기지 않았다. 언젠간 그가 다시 돌아올지도 모른다는 생각에 그와의 끈을 놓으려 하지 않는지도 모르겠다.

"휴우, 뭐가 이리 어려운 걸까?"
"그런다고 땅이 꺼지겠냐?"

한숨을 내쉬던 주원은 혜령의 목소리에 고개를 들었다.

"왔냐?"

민망하게 웃던 주원이 보고 있던 노트를 얼른 닫다 혜령이 재빨리 낚아채자 입을 삐쭉 내밀었다.

"이제 아주 가지가지 해요. 짝사랑이 좋은 이유? 그렇게 하고도 좋은 게 남아 있냐?"

"그거 내가 한 말 아냐."

"그럼?"

"있어. 아주 나쁜 인간이."

이 순간 왜 이강현 그 인간이 생각이 나는지 모르겠다. 벌써 3년이나 흘렀건만 아직도 그가 떠나던 그 마지막 뒷모습이 가슴속에 남아 있었다.

"그래 이번엔 누구야?"

"뭐가?"

"모르는 척 시치미 떼지 말고. 이번엔 누가 널 찍었냐고?"

웃어야 할지 울어야 할지……아이러니하게도 누군가를 좋아하지 못하는 주원 대신 늘 누군가가 그녀를 좋아했다. 그래서일까 주변에선 그런 그녀를 얼음공주라고 놀리기까지 했다.

"휴우, 3학년 영우 선배."

"뭐 그 왕 싸가지?"

주원이 긍정의 표시로 고개를 끄떡거리자 혜령은 어이가 없다는 듯 피식 웃었다. 영우 선배가 누구냐? 바로 우리 학교 제일 킹카에다 공부면 공부, 운동이면 운동. 못하는 게 없는데다 노는 것도 어찌나 잘 노는지 그렇게 놀면서도 성적은 늘 상위권이니 여학생들의 동경이요 우상이었다. 그러면 뭘 하냐고 성질은 어디 약에 쓸래도 소용없는 왕 싸가지인 걸. 그런 선배가 주원이에게 대쉬를 했다니 센세이션도 토네이도 급이었다.

"그 선배 3학년 지연 선배랑 사귄다는 소문 있던데 그러면서 너한테 찝쩍댔다고? 그래서 뭐라고 했어?"

"뭐라고 하긴 뭐라고 해 관심 없다고 했지."

"그랬더니 그 싸가지가 순순히 알았다고 하던?"

주원이 머리를 가로 저으며 피식 웃었다.

"내가 튕기는 줄 알더라."

"그래서?"

"그래서는 뭐. 더 얘기해 봐야 입만 아플 거 같아서 와버렸지."

"그 선배 그냥 순순히 물러날 거 같지 않은데? 늘 누군가가 자신을 좋아했지 자기가 누굴 먼저 좋아한 적 없을걸? 그런데 네가 거기다 관심 없다고 불을 질렀으니 널 순순히 포기할 거 같지 않은데?"

"그러거나 말거나."

관심 없다는 투의 말투에 혜령은 참 세상은 불공평하단 생각을 했다. 좋아하는 사람에겐 연락 한 자락도 없는데 그 사람만을 생각하는 주원이 안타까웠다. 차라리 저 좋다는 사람들한테 눈길이라도 주면 좋으련만.

객관적으로 볼 때 주원은 그리 빠지는 인물이 아니었다. 아니 오히려 꽤 잘난 축에 속했다. 장난스럽고 귀여운 얼굴엔 늘 웃음이 달려있었다. 중학교 때 작았던 키는 지금은 제법 커서 미스코리아까지는 아니어도 아주 보기 좋게 늘씬했다. 날렵한 몸매에 교복을 입은 모습은 청순하면서도 묘하게 섹시했다. 모르는 사람에게도 늘 상냥하게 대해 그녀를 아는 사람들은 모두 그녀를 좋아했다. 본인은 아는지 모르지만 그동안 그녀를 사귀고 싶어 접근하던 남자애들도 꽤 있었지만 모두가 헛물만 켜고 돌아서야만 했다. 물론 그녀의 오빠 태준이 무섭게 버티고 있던 것도 있었지만 주원 본인이 그녀를 좋다고 하는 사람에겐 오히려 더 냉정했다. 미련 하나라도 남기지 말아야 상대방이 상처를 덜 받는다면서. 아마도 그 원인은 그 이강현이라는 사람 때문인 거 같았다. 아마 주원의 짝사랑 병은 그 사람이 나타나야 치료될 모양이었다. 그런데 그 인간은 3년이 지난 지금까지 연락 한 자락 없으니 더 답답할 노릇이었다.

"강주원, 그 끝나지 않을 짝사랑만 하지 말고 너 좋다는 사람 만나. 영우 선배 정도면 괜찮지 않냐? 조금 싸가지가 없지만."

"그 선배 진짜로 나 좋아하는 거 아냐. 내가 관심 없어하니까 더 그러는 거겠지."

"누가 아니? 그러다 진짜로 널 좋아하게 될지."

"그게 무슨 소용인데. 내가 그 선배 좋아하지 않는데 그건 그 사람을 기만하는 거야."

"너 이러는 거 내가 볼 땐 비겁한 거야."

"그게 무슨 소리야?"

혜령의 말에 주원의 눈꼬리가 날카롭게 올라갔지만 그만한 것에 겁먹을 그녀가 아니었다. 차라리 이렇게라도 해서 주원이 정신을 차렸으면 하는 마음에 그동안 마음에 담아두었던 말을 꺼냈다.

"너 겁나서 그러는 거잖아? 그동안 너 좋다는 애들 다 쳐다보지도 않은 건 행여라도 네 마음이 변할까 봐, 다른 사람을 좋아하게 될까 봐 그게 겁이 나는 거잖아. 이강현은 핑계일 뿐 그러다 상대방이 떠나 갈까 봐 겁이 나는 거잖아."

그녀조차도 인정하고 싶지 않은 심중을 아프게 집어내는 혜령의 말에 화가 나면서도 아무런 변명을 할 수가 없었다. 그랬다. 그녀는 사랑하고 그 사랑이 떠나는 게 두려웠다. 강현처럼 아무런 이별인사 조차 없이 떠나 버릴까 봐 누군가를 마음에 담지 않았다. 그냥 강현을 붙잡고 있는 게 더 편했다. 그래 말 그대로 편했다······.

"쓸데없는 소리 하지 마. 그런 거 아냐. 단지 영우 선배 같은 사람 지금은 내가 신비해 보이고 한 번 찔러보고 싶겠지. 하지만 그 관심도 내가 반응을 보이면 싫증내고 말 거야. 그런데 내가 그 장단에 맞춰줄 필요 없잖아?"

"이 답답아, 네가 뭐가 모자라 보이지도 않는 그 사람 뒤꽁무니만 쳐다보니? 너 좋다는 사람도 많건만. 그 사람들은 눈에도 안 들어오는 거야?"

"야, 우리 겨우 고등학교 1학년이야. 그런 것보다 공부가 더 중요한 때라고."

"주원아······."

"시끄럽고. 혜령아 우리 떡볶이나 먹으러 가자."

회피하려는 주원을 안타깝게 바라보지만 그녀가 팔짱까지 끼고 잡아당기는 바람에 더 이상 아무런 말을 하지 못했다.

떡볶이와 순대로 배를 채운 주원은 혜령과 헤어져 부리나케 집으로 향했다. 요즘 들어 조금만 늦어도 오빠 태준이 도끼눈을 뜨고 잔소리를 하는 통에 해만 지면 걱정이 됐다. 그녀의 부모님은 태준의 유난스런 통제를 오히려 반가워하는 눈치여서 뭐라고 하소연할 수도 없었다.

"에구, 이게 웬 시집살이냐."

언덕을 오르는 그녀의 발놀림이 빨라졌다. 거의 집 앞까지 다 와갈 때 갑자기 그녀를 가로막는 어둠 때문에 깜짝 놀라 뒤로 한 발 주춤거렸다.

"어, 뭐야?"

주원은 대뜸 반말로 큰소리를 쳤다. 그러자 눈앞에선 검은 물체가 고개를 들었다.

"헉! 영우 선배?"

"내 이름을 기억하는 거 보니 내가 아주 차인 건 아닌가 보네."

좀 전까지 혜령과 그에 대해서 얘기를 나누고 왔는데 그 인간이 지금 눈앞에 있으니 깜짝 놀랄 수밖에. 다른 사람도 아닌 우리 학교 킹카 서영우 그가 지금 눈앞에 있었다. 혜령이 옆에 있었다면 아마 뒤로 자빠졌을 것이다.

"여긴 무슨 일로?"

"내가 우리 집하고 정반대인 이곳까지 왜 왔을 거라 생각해? 시간이 남아돌아서? 아님 나도 모르게 발길이 이곳을 향해서? 홋! 천만의 말씀. 날 보기 좋게 물 먹인 널 내 자존심이 도저히 가만있지 못하겠데."

이 선배 보기보다 귀여운 구석이 있네. 웃음이 삐져나오려는 걸 간신히 참은 주원은 쌀쌀맞게 대답했다.

"그래서 뭘 어쩌게요?"

"잠깐 시간 되냐?"

"아니요. 시간 없는데요?"

일말의 망설임도 없이 안 된다는 말에 잠시 영우의 얼굴이 굳어졌다. 누구도 지금까지 그에게 거절을 하는 사람이 없었다. 아니 오히려 자기들이 먼저 달려들었는데 이 겁 없는 신입생은 그걸 모르는 모양이었다.

"저 지금 얼른 가 봐야 해서요. 그럼 안녕히 가세요."

주원이 늦으면 태준이 난리를 치는 것도 짜증났지만 영우 선배가 그녀를 만나러 왔다는 거에 더 놀라 얼른 자리를 피하고 싶었다. 그런데 영우가 그녀의 팔을 잡아 세웠다.

"잠깐이면 돼."

주원은 그에게 잡혀 있는 팔을 내려다봤다. 아, 좀 전까지 그녀가 비겁해서 다른 사람을 좋아하지 않는다고 하던 혜령의 비난이 생각났다. 그런데 그에게 팔을 잡혔는데도 아무런 설렘이 일지 않았다.

'젠장! 비겁하다고? 무슨 감정이 일어야 누군가를 좋아할 거 아니냔 말이야.'

"저 지금 얼른 들어가 봐야 하거든요. 얘기는 내일 학교에서 하면 안 될까요?"

끝까지 팔을 놓지 않고 단호한 표정으로 그녀를 내려다보는 그를 보면서 주원은 속으로 한숨을 내쉬었다.

'이렇게 눈을 마주 봐도 가슴이 떨리지 않는 걸.'

아무래도 영우가 그냥 돌아갈 것 같지는 않아 보였다.

"좋아요. 여기서 얼른 얘기해 보세요."

"좋아. 네가 바쁘다니 간단하게 말하지. 너 나랑 정식으로 사귀자."

"그 얘긴 끝난 걸로 아는데요?"

"난 시작도 안 했는데 너 혼자 뭘 끝냈다는 건데? 네가 이러는 거 여자의 자존심에 한 번 튕겨보는 거라면 이젠 그만해도 돼."

참 여전히 저 잘난 척하는 건 어쩔 수 없는 모양이다.

"튕기는 거 아닌데요?"

"뭐?"

"튕기는 거 아니라고요."

환했던 얼굴이 금세 심하게 일그러졌다. 젠장! 찡그린 모습마저 잘나 보인다는 건 인정해야겠다. 조금 아까운 생각이 들기도 했지만 이내 마지막으로 쐐기를 박았다.

"두 번 말해 줘요? 난 선배랑 사귀기 싫다고요?"

"왜?"

'왜라니? 그거야 내 맘이지.' 라는 이 말이 입 밖으로 튀어나오려는 걸 간신히 참았다.

"왜냐고요? 그건……우린 아직 어리니까요."

"그게 무슨 소리야?"

"말 그대로예요. 누군가를 좋아한다고 하기엔 아직 어리다고요."

"푸홉! 내가 널 좋아한다고 그랬니? 말 그대로 그냥 사귀자고 한 거지. 음……그러니까 네게 사귄다는 의미는 좋아한다는 의미라는 거지? 가만 보니 너 정말 귀엽다."

이런, 말뜻이 그렇게 되는 건가? 한발 앞서 생각하고 말한 주원은 얼굴이 발개졌다.

"선배 고3이잖아요? 그런데 이럴 시간 있는 거예요?"

주원은 이 당황스런 상황을 모면하기 위해 얼은 말을 바꿨다.

"오호! 그러니까 너 지금 내 걱정하는 거지?"

영우는 능글거리며 웃었다. 이렇게 보니 만날 잘난 척만 하는 사람인 줄 알았는데 이 선배도 은근 재미있는 구석이 있어 보였다.

"뭐 맘대로 생각하든지요."

영우는 쌀쌀맞게 외면하는 입술 끝에 매달린 주원의 미소를 놓치지 않고 봤다. 오랜만에 느껴보는 편안함에 영우는 저도 모르게 손을 내밀었다.

"좋아. 사귀는 건 너 졸업한 뒤로 미루고 우리 친구하자."

"네?"

"말 그대로 사귀는 건 서로 좋아해야 하는 거라며? 그러니까 친구로 시작하자고. 그 정돈 할 수 있지? 이것마저도 거절한다면 내 자존심이 도저히 회복하지 못해 여기서 팍 쓰러진다."

가슴을 부여잡고 쓰러지는 시늉을 하는 영우의 모습에 주원의 입가에 스르르 미소가 걸렸다. 그러자 영우는 다시 손을 내밀고 최대한 슬픈 표정을 지었다. 그 모습에 주원의 미소가 점점 더 커지더니 급기야 그의 손을 마주 잡았다. 영우는 제 손안에 쏙 들어오는 그녀의 손을 힘주어 잡고 한참 동안 놔주지 않았다.

"강주원 너 거기서 뭐해?"

갑자기 들려온 태준의 고함소리에 깜짝 놀란 두 사람은 동시에 손을 내렸다.

"아이, 깜짝이야. 오빤 소리 좀 내고 다녀."

그녀의 핀잔에도 태준의 눈은 영우를 향해 험악하게 빛나고 있었다.

"누구야?"

딱히 누구에게 질문하는 게 아닌 듯한 말투에 영우가 얼른 앞으로 나서서 고개를 숙여 인사를 했다.

"형님 처음 뵙겠습니다 서영우라고 합니다."

형님? 이놈 보게. 넉살이 좋은 건지 간댕이가 부은 건지…….

"야 인마 내가 왜 네 형님이야? 그리고 누가 네 이름 알고 싶다고 했어? 여기서 우리 주원이랑 뭐하고 있는 거야?"

자신보다 머리 하나는 더 큰 태준의 모습이 위협적일 만도 한데 영우는 눈 하나 깜짝하지 않고 오히려 느물거리며 웃었다.

"아무것도 안 했습니다."

"아무것도 안 했다고? 분명 네가 우리 주원이 손잡고 있는 걸 내 두 눈으로 봤는데 거짓말을 하는 거야?"

"친구 된 기념으로 악수한 겁니다. 그것도 죄가 됩니까?"

어쭈 이놈 봐라? 배짱은 두둑한데?

"친구? 너 우리 주원이와 동갑 아닌 거 같은데?"

말끝마다 우리 주원이 우리 주원이 하는 게 오누이 사이가 꽤나 각별한 것 같았다.

"고3입니다."

"그럼 공부를 해야지 이렇게 여자 뒤꽁무니 쫓아다닐 정신이 어디 있어? 인마, 너 우리 주원이랑 친구 하고 싶어?"

"네."

"그럼 대학 붙고 찾아와. 아니다 우리 주원이도 대학 가야 하니까 3년 후에 친구 해."

"그런 게 어디 있습니까?"

태준은 기가 막히고 억울해하는 영우는 아랑곳하지 않고 주원을 잡아끌고 집으로 향했다.

"억울하면 3년 후에 와서 따지던가."

"선배 잘 가요."

주원은 태준에게 끌려가면서 영우에게 미안한 얼굴로 가라는 손짓을 했다. 영우는 멀어져가는 두 사람을 보곤 어이없는 웃음을 지으며 중얼거렸다.

"알겠습니다. 3년 후에 뵙지요."

"인마, 내가 뭐라고 그랬어? 일찍 일찍 다니라고 그랬지? 다시 한 번 더 저런 꼬랑지 달고 다니면 그땐 통금 시간 두 시간 앞당길 테니까 알아서 해."

주원이 혀를 쏙 내밀며 팔짱을 껴오자 싫지 않은 듯 더 이상 화를 내지 않았다.

"알았네요 오라버니. 그리고 아직 그렇게 늦지 않았네 뭐."

'아주 이게 점점 여우가 되어간다니까.'

"왜 징그럽게 팔짱을 끼고 그래?"

"아니 이렇게 예쁜 동생더러 징그럽다니. 나 무지 섭섭하려고 한다."

거의 울상이 되어가는 주원을 보자 태준은 속으로 혀를 끌끌 찼다.

'어휴, 저 여우. 우는 시늉도 엄청 잘해요.'

지금 달래주지 않으면 분명 집에 들어가서 아버지에게 죄다 일러바칠 텐데. 그렇게 되면 아주 고달파지는 것이다. 아버진 주원이 말이라면 껌뻑 넘어가시니 보나마나 그에게만 뭐라고 하실 게 뻔했다.

"아니, 미안. 징그럽다는 말은 취소다. 그리고 언제든 오빠 팔이 필요하면 빌려 줄게."

"진즉에 그럴 것이지. 오빤 내가 이러는 걸 영광으로 아셔. 내가 이래 봬도 엄청 인기가 좋거든."

"알아 모시겠습니다 누이동생아."

"진짜라니까."

"누가 뭐라고 했어? 누구 동생인데 당연 인기짱이겠지. 하하하……"

"맞아, 누구 동생인데 그지? 헤헤."

두 사람은 금세 죽이 맞아 주거니 받거니 하면서 집 안으로 사라졌다.

바로 그때 집 앞 골목 한쪽에서 두 사람이 사라진 곳을 하염없이 바라보는 그림자가 있었다. 머리에 스포츠 모자를 푹 눌러쓴 남자는 어둠 속에서도 두 사람의 모습을 마음에 새기듯 한참을 서 있었다. 그리곤 모자를 다시 고쳐 쓰곤 떨어지지 않는 발걸음으로 그 자리를 떠났다.

그 후 영우는 가끔 주원을 찾았고 주원도 그런 그를 막지는 않았다. 영우가 그녀를 찾는 건 편한 친구가 필요해서라는 걸 알았고 그녀도 그런 영우가 점점 편해지기까지 했다. 전처럼 사귀자고 우기지도 않았고, 그녀 앞에선 잘난 척도 많이 하지 않았다. 그래서 어쩌면 이 선배를 좋아할 수도 있지 않을까 하는 기대감이 생기기 시작했을 때였다. 영우 선배가 갑자기 유학을 떠난다는 소식이 들려왔다. 영우는 떠나기 며칠 전 주원을 찾았다.

"강주원 화났냐?"

"뭐가?"

찬바람이 도는 말투에 영우의 입가가 살짝 올라갔다.

"너 내가 유학 간다니까 삐친 거 아냐?"

"내가 왜 삐치는데? 그리고 선배 유학 가는 거 하고 나하고 무슨 상관인데?"

"이거 점점 섭섭해지려는데? 넌 내가 떠나는데 아무렇지도 않냐?"

"어디 죽으러 가는 거 아니잖아?"

"얌마, 친구가 몇 년간 떠나 있는다는데 섭섭해 하지 않으면 그게 친구냐?"

그래, 선배랑 그녀는 친구다. 영우 선배가 그는 아니잖아. 오버하지 말자 강주원. 그런데 왜 자꾸 이강현 그 사람이 생각나는 걸까? 그때 그 사람도 아무렇지 않게 다시 돌아온다고 하고 떠났지. 주원은 애써 감정을 다잡곤 영우를 향해 웃어보였다.

"그래, 조금 섭섭해 선배. 그래도 공부하러 가는 거니까 축하할 일이잖아."

"인마, 그렇게 억지로 얘기하지 않아도 돼. 내가 강제로 친구하자고 한 거니까 더 바라는 건 내 욕심이지."

"아니, 정말 섭섭해."

그의 너스레에 주원이 미소를 짓자 그제야 영우의 얼굴이 펴졌다.

"그래, 그렇게 웃으니까 좋네. 강주원 너 나 올 때까지 얌전히 있어야 한다. 아니, 뭐 지금처럼만 있으면 되겠네."

"웃기시네."

"너 지금 뭐라고 한 거야?"

"웃긴다고 했어. 선배 그 왕자병 사라진 줄 알았는데 여전하네. 딴생각하지 말고 공부나 열심히 하셔. 난 친구로서 응원해 줄 테니까."

친구라고 단정 짓는 주원이 얄미웠지만 그래도 싫다는 말은 안 하니 그걸로 된 거지 싶었다.

"입만 살아가지고. 아무튼 밝은 네 얼굴 보고 가니까 나도 마음이 한결 놓인다. 건강하게 잘 먹고. 잘 자고 알았지?"

"푸읍!"

"그래, 웃어라 웃어."

"선배 고마워. 그리고……잘 가."

주원이 살며시 내민 손을 한참 동안 물끄러미 내려다본 영우는 활짝 웃으며 그녀의 손을 마주잡았다. 그렇게 그녀는 또 하나의 아련한 추억을 간직한 채 여고 시절을 마감했다.

5.

 약속 시간에 늦은 주원은 평소 잘 신지도 않던 구두를 원망스런 눈길로 한 번 내려다보고는 뛰었다. 다른 때 같으면 집에 들러 옷을 갈아입었을 테지만 새로 온 경찰청장의 취임식이 생각보다 길어지는 바람에 어쩔 수 없이 경찰 정복을 입고 올 수밖에 없었다.
 "혜령이 계집애한테 한소리 듣겠네."
 그녀가 정복을 입으면 주위 사람들이 긴장한다고 제발 자신을 만나러 나올 땐 입고 나오지 말라고 했지만 오늘은 어쩔 수 없었다. 주원은 바로 앞 건널목의 신호등이 깜박거리자 더욱 속력을 내어 달리기 시작했다.
 끼이익!
 주원이 건널목을 거의 다 건넜을 때쯤 달려오던 차가 갑자기 그녀 앞에서 급정거를 하는 바람에 그만 다리를 삐끗하고 말았다.

"아야!"

"괜찮아요?"

길 한쪽에 차를 세운 운전자가 차에서 내리더니 걱정이 묻어나는 목소리로 물었다. 놀란 가슴을 진정시킨 주원은 다친 곳이 없는지 아래를 내려다봤다. 다리를 움직여보니 아픔이 있기는 했지만 못 참을 정도는 아니었다.

"네 괜찮습니다. 저 때문에 놀라셨죠? 제가 약속 시간이 늦어서요. 미안합니다."

주원은 남자에게 고개를 반정도 숙여보이곤 그대로 다시 내달리기 시작했다.

"아, 저 저기요? 정말 괜찮겠어요?"

저만큼 달려간 주원이 뒤를 돌아보고 크게 소리쳤다.

"정말 괜찮아요. 걱정하지 마세요."

활짝 웃으며 손까지 흔들고 사라지는 주원을 보며 남자는 뭔가에 홀린 사람처럼 한참 동안 그 자리에 서 있었다.

새로 부임한 경찰청장에게 복직 인사를 하고 나오다 횡단보도 건너편에서 차와 사람이 부딪칠 뻔한 사고를 걱정스럽게 바라보던 강현은 여자가 운전자에게 손을 흔들며 사라지는 걸 보곤 미소를 지었다. 다행히 잘 해결된 것 같아 돌아서려던 강현은 퍼뜩 머릿속을 스치는 영상에 여자가 사라진 곳을 되돌아 봤다. 그리곤 이내 자신의 착각일 거라는 생각에 고개를 저었다.

'그 녀석일 리 없지.'

강현은 쓸쓸히 웃으며 약속 장소로 향했다.

주원은 다리의 아픔 따윈 잊고 연신 시간을 확인했다.
"혜령이 요게 엄청 화내겠네."
혜령이 기다리고 있는 카페에 들어선 주원은 주변을 두리번거렸다. 혜령은 카페 문을 밀고 들어오는 주원을 보는 순간 아뿔싸! 눈을 질끈 감고 말았다. 어딘가 어색하게 걸으며 안으로 들어서는 주원이 보이자 실내에 있던 사람들의 시선이 모두 그녀를 향했다. 주원은 이런 반응이 익숙한지 일부러 모르는 척 혜령이 앉아 있는 곳으로 걸어갔다.
"내가 늦었지?"
맞은편에 앉는 주원을 난감하게 쳐다보던 혜령은 마지못해 아는 척을 했다.
"야, 너 나 만나러 나올 때 절대 그 옷 입고 오지 말라고 그랬지?"
주원은 자신의 경찰 정복을 내려다보고는 미안한 듯 장난스럽게 웃어 보였다.
"미안, 오늘 행사가 있어서 어쩔 수 없었어. 집에 들렀다간 약속 시간에 늦었을 걸?"
"지금도 늦었는 걸? 그리고 너 '나 경찰이오.' 하고 광고하고 다니는 거냐? 좀 전에도 봐라. 너 들어오니까 카페 분위기가 싹 얼어붙은 거. 괜히 죄 없으면서도 너하고 눈 안 마주치려고 그러는 거 안 보이냐?"
주원이 고개를 들어 주변을 쭉 둘러보자 정말 그녀와 눈이 마주친 사람들이 재빨리 고개를 돌리고 눈길을 피하는 게 보였다.

"후후, 어쩔 수 없지 뭘. 그래도 시시껄렁한 인간들이 꼬일 일은 없으니까 다행 아니냐?"

"퍽이나 다행이겠다."

"그래도 오늘은 좀 봐주라. 나 여기 오다가 황천길 갈 뻔했단 말이야."

"왜 무슨 일 있었어?"

죽을 뻔했다는 말에 금세 얼굴색이 바뀐 친구를 보자 주원은 내심 찔렸지만 그래도 아주 거짓은 아니라고 스스로를 정당화시켰다.

"그러니까 그게 말이지……."

주원은 경찰청 앞 건널목에서 있었던 일을 살을 조금 붙여서 줄줄이 쏟아냈다. 그러고 보니 얼핏 보기에도 그 남자 꽤 멋져 보였는데 말이야. 에이, 약속 시간만 아니었어도 얼굴이라도 자세히 보고 오는 건데. 주원은 아쉬운지 입맛을 다셨다.

"그래서 그냥 괜찮다고 하고 왔다고?"

"응."

"너 좀 전에 들어오는 거 보니까 다리 절던데?"

"아, 그거? 그건 이 구두가 영 익숙하지 않아서 그래. 그런데다 늦을까 봐 뛰어오느라 발 아파 죽겠다."

"하긴……."

그녀가 누군가? 유도 2단에 태권도 3단, 합이 5단인 무술 유단자 아닌가. 순발력 또한 뛰어난 그녀가 그까짓 차를 못 피했을 리 없을 테니.

"하긴 뭐?"
"아니, 차가 널 피하면 피했지 감히 널 치었겠나 싶어서."
"야!"
"아이, 깜짝이야. 왜 소리는 지르고 그래?"
"넌 내가 뭐로 보이냐?"
"뭐로 보이긴? 열혈형사로 보이지."
"기집애……."

주원이 밉지 않은 얼굴로 눈을 흘기자 혜령은 속으로 혀를 찼다. 저런 모습 보면 천상 여자인데 말이야.

"강주원. 너도 꾸미면 참 예쁜데 말야. 어째 만날 청바지와 운동화만 고집하는지 모르겠다."

"넌 형사가 그렇게 한가한 사람인 줄 알아? 갑자기 범인 쫓는 일도 생기는데 이런 하이힐 신고 가당키나 한 일이냐고. 그런데 너 갑자기 왜 그러는데? 나 그러는 거 한두 번 본 것도 아닌데."

"하긴. 그게 네 매력이라 생각하는 사람이 있긴 있겠지. 그나저나 왜 이렇게 안 오지?"

혜령이 카페 문 쪽으로 눈을 돌리자 주원도 같이 움직였다.

"누구 오기로 했어?"
"어! 저기 오네. 진호 씨!"

혜령의 외침에 남자친구인 진호가 손을 들어 아는 척을 했다. 그 뒤를 낯선 남자가 따라오는 걸 보곤 주원이 혜령에게 눈을 흘겼다. 아무래도 혜령이 오지랖 넓게 그녀에게 누군가를 소개시켜주려고 한 모양이었다. 고등학교 졸업 이후 학교생활이 바빴던 것도 있지만 주원은 남자들에게 전혀 관심을 갖지 않았었다. 그런 그녀에게 여자답게 치마 좀 입어라, 여자가 헤어스타일이 그게 뭐냐, 신발이 운동화밖에 없냐고 늘 잔소리를 쏟아낸 혜령이 여러 차례 남자를 소개 시켜주려고 했지만 그럴 때마다 요리조리 핑계를 대며 빠져나갔었다. 그런데 아마 오늘은 단단히 작심을 한 모양이다. 미리 말하면 또 피할 걸 알았는지 전혀 언질을 주지 않았던 것이다.

"많이 기다렸지? 이 녀석이 늦게 나타나는 바람에 그랬으니까 얘를 원망해."

진호가 옆에 있는 남자를 가리키며 억울하다는 듯 항변하자 주원과 혜령의 시선이 일제히 진호 옆에 서 있는 남자의 얼굴에 박혔다.

"아, 이런 미안합니다. 오다가 조그만 사고가 있어서요."

고개를 약간 숙여 미안함을 나타낸 남자가 고개를 들다 주원을 보곤 눈꼬리를 치켜 올렸다.

"당신은?"

"누구? 저요?"

잠시 당황해하는 주원을 보던 남자의 얼굴에 놀람이 사라지고 흥미로운 미소가 떠올랐다.

"나 모르겠어요?"

"글쎄요······?"

혜령이 궁금한 듯 두 사람을 번갈아 쳐다봤다.

"주원아 아는 분이야?"

"뭐야? 두 사람 아는 사이 거야?"

진호도 이 상황이 몹시 궁금한 모양이었다. 주원은 앞에 서 있는 남자의 얼굴을 한참 동안 들여다보다 낯익은 색깔의 슈트를 보자 그제야 눈을 반짝였다.

"아, 알았다."

순간 남자의 눈이 반짝 빛이 났다.

"횡단보도에서 그 차 주인 맞죠?"

기쁨으로 빛나던 남자의 얼굴이 잠시 실망의 눈초리를 던지더니 이내 활짝 웃었다.

"맞습니다. 그런데 이거 조금 섭섭한데? 나 서영우야."

서영우? 그게 누군데? 아! 갑자기 주원의 눈이 놀람으로 크게 떠지더니 입을 다물지 못했다.

"서영우? 서영우……주원아 너 누군지……아, 그 싸가지 선배?"

혜령은 저도 모르게 싸가지라고 말한 뒤 아차 싶었는지 손으로 입을 막고 놀란 눈으로 영우와 주원을 번갈아 가며 쳐다봤다.

"내가 그렇게 싸가지가 없었나? 강주원 너 나 기억 못해?"

그제야 주원은 정신을 가다듬고 눈앞에서 웃고 있는 영우를 자세히 뜯어봤다. 그게 몇 년 전인가? 고등학교 1학년 때 잠시 그녀의 기억 속에 머물렀던 그가 지금 눈앞에 나타났다. 자세히 보니 장난스레 웃는 모습에서 그때 모습이 조금 보이는 듯도 했다.

"영우 선배라고요?"

"그래 인마. 아까 건널목에서 그렇게 급하게 가버리지만 않았어도 진즉에 알아봤을 거 아냐?"

"아니, 어떻게……"

주원은 여전히 말문이 막혀 말끝을 흐렸다.

"이러지들 말고 일단 앉지?"

진호가 아직도 어리둥절해 있는 주원과 혜령을 재촉하며 옆에서 싱글거리며 웃고 있는 영우을 잡아끌었다.

"그런데 두 사람 아는 사이야?"

진호가 주원과 영우를 번갈아 쳐다보다 혜령과 눈이 마주쳤다. 그녀도 아는 듯 보이자 눈으로 물었다.

"고등학교 선배야."

"정말? 와아, 이런 인연도 다 있네. 그런데 영우 너 꽤 유명했나 보다 여기 두 사람이 아는 걸 보면?"

"유명? 글쎄, 내가 그랬나?"

능청을 피우는 모습은 예전이나 지금이나 변한 게 없는 듯 보였다.

"잘 지냈니?"

"네. 선배는요?"

"나 공부 마치고 돌아온 지 얼마 안 돼. 그런데 진호 이 자식이 여자 소개해 준다고 했을 때 싫다고 했으면 큰일 날 뻔했는데?"

"거봐 내 말 들어서 손해날 거 없다고 했지? 주원 씨도 나오길 잘 했죠?"

"글쎄요?"

주원의 떨떠름한 표정에 진호가 머쓱한 얼굴로 혜령을 쳐다봤다. 그러자 혜령은 어색하게 웃었다.

"소개팅한다고 얘기하지 않았어."

"어째 넌 나 만나서 별로 반가운 거 같지 않아 보인다?"

섭섭한 얼굴로 주원을 바라보는 모습은 10년 전 그때랑 전혀 달라

보이지 않았다. 주원은 그제서야 미소를 지었다.

"반가워요 선배."

"어째 엎드려 절 받는 거 같아서 찜찜한데?"

영우는 불쑥 내민 주원의 손을 덥석 잡으면서도 겉으론 툴툴거렸다.

몇 년 만에 한국에 다시 돌아온 강현은 예전 경찰청에서 같이 근무했던 동료를 만나기 위해 카페로 들어섰다. 아직 만나기로 한 친구가 오지 않은 걸 확인하곤 창가에 자리를 잡고 앉았다. 창밖을 바라보며 그사이 별로 달라진 것이 없어 보이는 거리를 보며 낮게 한숨을 내쉬었다. 다시 이렇게 멀쩡하게 한국에 돌아오게 될 줄은 몰랐다. 다시는 이곳에 오지 않으려고 했는데…….

"휴우……."

시간을 확인한 강현은 카페 문이 열리는 소리에 고개를 들었다. 문이 열리고 훤칠한 남자 둘이 들어서자 이내 실망스런 표정으로 고개를 돌리다 남자들이 가까이 다가간 테이블에 눈길을 고정시켰다. 그곳엔 여자 둘이 앉아 있었는데 놀랍게도 한 명은 경찰인 것 같았다. 그와 같은 경찰이라는 거에 평소의 그답지 않게 호기심을 가지고 여자를 바라봤다. 옆에서 보이는 대로라면 경찰 정복이 꽤나 잘 어울렸다. 남자들이 테이블에 앉고 몇 마디 말이 오가더니 이내 웃음소리가 그의 테이블까지 들렸다. 해맑게 웃는 여자의 모습에 문득 아까 경찰청 앞에서 본 그 경찰인 듯싶었다. 그러고 보니 네 사람이 커플인 듯 보였다.

'풋!'

여자의 웃음소리에 저절로 미소가 지어졌다. 그리곤 뒤이어 누군가가 생각나자 이내 얼굴이 굳어졌다. 왜 자꾸 오늘따라 그녀 생각이 나는 걸까? 강현은 갑자기 이는 갈증에 물 잔을 들어 입으로 가져가다 이쪽으로 고개를 돌린 그녀를 정면으로 보고 말았다. 그리곤 그대로 굳어 버렸다.

"아!"

그녀가, 아니 그 꼬맹이가 맞는 건가? 떨리는 손 때문에 물이 넘치자 그제야 정신을 차린 강현은 다시 한 번 그녀를 뚫어지게 쳐다봤다. 설마, 아닐 거라 생각하며 쳐다봐도 여전히 웃고 있는 주원의 모습에 강현은 가슴이 터질 것만 같았다. 얼마 만인가, 주원이 고등학교 1학년 때 멀리서 본 것 말곤 13년 만이다.

'주원아. 네가 경찰이었다니……'

강현은 기가 막힌 우연에 너무 놀라 꼼짝할 수가 없었다. 애써 찾지 않으려 했건만. 그저 같은 하늘 아래에 있다는 것만으로 만족하려 했는데……그런데 막상 이렇게 눈앞에서 그녀를 보니 그동안 그 자신이 얼마나 스스로를 기만했는지 깨달았다. 이렇게 우연히, 그것도 같은 경찰 신분으로 만나게 될 줄이야. 어쩌면 그에게 아직 기회가 있다는 건 아닐까? 놀라움도 잠시 주원이 맞은편에 앉은 남자와 손을 맞잡고 웃는 모습에 강현은 저도 모르게 주먹에 힘을 줬다. 대체 저 기생오라비같이 생긴 놈은 뭐지? 애인인가?

'젠장!'

강현은 그제야 그녀가 그가 아닌 다른 남자와 웃을 수 있다는 걸 깨닫고 쓴웃음을 지었다. 그리곤 저도 모르게 화가 치솟는 걸 간신히 참았다.
 강현은 주원이 일어나는 걸 보고 아직 도착하지 않은 친구에게 전화를 해서 급한 일이 생겼다고 한 뒤 그녀의 뒤를 따랐다.

 저녁을 먹고 혜령의 일행과 헤어져 전철역으로 가던 주원 앞에 낯선 차가 와서 멎더니 창문을 아래로 내리며 장난스레 웃고 있는 영우의 얼굴이 보였다. 주원은 의아한 표정을 지으며 고개를 갸웃했다.
 "타라."
 "약속 있다고 그랬잖아요?"
 "진호 녀석 떼어 놓고 너와 단둘이 얘기하려고 거짓말 좀 했지."
 "풉! 싱겁기는……."
 주원은 어린애 같은 영우의 행동에 웃음을 지으며 조수석에 올랐다.
 "집은 그때 거기?"
 "네. 아직도 그곳에 살고 있어요. 그런데 지금도 기억해요?"
 "그럼 워낙 인상 깊었던 기억이 남아 있는 곳인데 잊을 리가 있나. 오늘은 일단 집까지 가는 시간 동안만 얘기 나누자. 나중에 따로 보는 걸로 하고."
 "여전하네요 선배는. 하나도 변하지 않은 거 같으면서도 많이 변했어요."
 "그건 칭찬이야? 아니면 그 반대?"
 "일단은 칭찬이라고 해두죠."

"그런데 어떤 면이 많이 변한 거 같은데?"
"글쎄요……선배 예전엔 남 생각 별로 안 했잖아요?"
"그런데 지금은 다르다?"
"물론 자기가 마음대로 하는 건 있는데 그 이면엔 상대를 배려하는 것도 있는 거 같아요."
"이거, 한 방 먹었는데? 형사라서 그런가 예리한데? 하하하……."
정말 예전이랑 닮은 것 같으면서도 많이 편해 보이는 영우를 보면서 주원은 문득 또 다른 한 사람을 떠올렸다.
'아, 아직도 그 사람이 떠오르는 건 왜일까? 이 사람이랑은 전혀 다른 사람인데. 젠장! 오늘도 푹 자긴 그른 거 같다.'
"뭘 그렇게 골똘히 생각해?"
그제야 자신이 한참 넋을 놓고 있었다는 걸 깨달은 주원은 고개를 가로저으며 머릿속에 떠오른 영상을 떨쳐내려고 했다.
"아니, 그냥 옛날 생각이 나서요."
"내 생각?"
눈을 동그랗게 물어오는 모습에 주원은 어이가 없어 웃음을 터뜨렸다.
"푸하하하, 참 그 착각하는 병은 10년 전이나 지금이나 달라진 게 없는 걸 보니 선배가 맞기는 맞나 봐요?"
"하하하……."

집 앞에 도착한 두 사람은 차에서 내렸다.
"여전하구나."

영우는 딱 한 번 와본 곳이지만 기억이 생생한 듯 주변을 둘러봤다.

"선배 오늘 반가웠어요."

"나도. 사실 한국에 들어온 지 얼마 되지 않아서 이것저것 정리되면 널 한 번 찾아봐야겠다 생각했는데 이렇게 만나진 걸 보니 아무래도 우린 인연인 거지?"

"그런가요? 후후."

"넌 아무것도 변한 게 없는 거 같다. 새침을 떼는 것도 여전해."

그윽하게 바라보는 영우의 눈빛이 부담스러워진 주원은 애써 그의 눈길을 피하며 딴청을 피웠다.

"그만 들어가 봐야겠어요."

순간 영우의 눈빛에 아쉬움이 묻어났지만 곧바로 감춰버렸다.

"이거 내 명함이다. 연락해. 만약 며칠 내로 연락 없으면 내가 먼저 찾아갈 거다."

그가 내민 종이를 받아든 주원은 명함에 적힌 걸 보곤 피식 웃음이 나왔다.

'정신과 전문의 서영우.'

고등학교 때의 그를 생각하면 가장 어울리지 않는 직업이 바로 이 정신과 의사일 것이다. 그런데 전혀 생각지도 못했던 그가 그것도 정신과 의사가 되어 나타나니 그저 웃음이 나올 뿐이었다.

"왜 웃어?"

"아니, 그냥……조금 의외라서."

"뭐가? 의사라는 게?"

은근 삐친 듯 입을 삐죽거리는 모습에 참고 있던 웃음을 터뜨렸다.

"풉 하하하……이거 선배랑 안 어울리잖아요? 그것도 정신과 의사? 하하하……."

"하아! 그러는 넌? 경찰인 것 보고 사실 조금 깼다."

"그래요? 그럼 비겼네. 하하하."

어이가 없는지 연신 콧방귀만 뀌던 영우는 차가 세워져 있는 곳으로 저벅저벅 걸어가다 말고 뒤돌아 한마디 뱉어냈다.

"내가 그렇게 밥맛이었냐?"

"푸하하하……."

주원이 대답은 않고 이젠 아예 허리를 꺾고 웃자 영우는 고개를 절레절레 저었다.

"젠장! 아무튼 나중에 연락하마."

차를 타고 부리나케 사라지는 영우를 바라보던 주원은 그제야 웃음 멈추고 한동안 그 자리에 서 있었다. 얼마 만에 실컷 웃어보는 건지 모르겠다. 그가 유학을 가고 나서 연락이 왔을 때 답장을 하지 않은 건 강현 때처럼 아픔을 겪을지도 모른다는 생각에 일부러 연락을 하지 않았었다. 그 후 몇 번이나 연락이 왔지만 그때마다 냉정하게 모른 척한 것이었다. 그런데 이렇게 10년 만에 우연히 만나게 될 줄은 몰랐다.

"휴우."

이런 우연도 있는데 왜 정작 보고 싶은 사람은 나타나지 않는 걸까? 주원은 오늘따라 자꾸 떠오르는 강현 생각에 낮게 한숨을 내쉬었다.

강현은 당장 달려가 주원과 실실 웃고 있는 저놈을 땅바닥에 패대 기치고 싶은 걸 겨우 참고 있었다. 그리곤 너무도 천진하게 웃는 주원을 보며 또다시 가슴이 저렸다. 그녀가 저렇게 밝게 웃는 걸 보는 게 몇 년만인가? 어떻게 그동안 저걸 잊고 있을 수 있었을까? 아니, 한 번도 잊은 적이 없었다. 다만 기억 속에서 지워버리려고 했을 뿐인데 그럴수록 더 가슴속 깊이 다 파고드는 바람에 이젠 익숙한 저림만 남았다고 생각했다. 그런데 그건 그의 착각이었나 보다. 지금 다른 남자와 장난치며 해맑게 웃는 모습을 보니 그 상처가 그의 가슴을 후벼 파고 있었다. 강현은 뜻하지 않은 감정에 당황스러우면서도 뭔가 결심한 듯 이를 악물고 뒤돌아섰다.

'강주원 이렇게 돌아서는 게 아마도 이번이 마지막일지도 모르겠다.'

*

작은 소회의실에 모인 사람들의 표정이 하나같이 모두 굳어 있었다. 앞에서 보드판에 뭔가를 적으며 열변을 토하는 홍정일 반장의 모습에 방 안에 있던 남자들의 얼굴에서 분노가 이는 게 보였다.

"지난밤에 또 한 사람이 당할 뻔했다. 이번엔 다행히 미수에 그쳤는데 지금까지 이게 5번짼데 대체 범인 윤곽도 못 잡고 있으니 이게 어떻게 된 거야?"

반장의 심각한 표정에 회의실 안의 분위기도 무겁게 가라앉았다. 요즘 관할지역에 20대 여자들만 골라서 성폭행을 일으킨 범죄가 4건이나 일어났는데 어제 또 한 건이 추가되었다. 그런데 그게 아무래도 동일범의 소행일 거라는데 모두의 의견이었다. 주원은 어떤 놈인지 꼭 잡고 말겠다는 듯 앞에 놓인 파일을 노려봤다. 세상에서 그녀가 가장 경멸하는 인간이 바로 힘없는 여자들과 아이들을 상대로 하는 범행이다. 그중에서도 성범죄는 가장 최악이었다. 이번엔 다행히 미수로 그쳤지만 앞으로도 계속 그러리라는 보장을 할 수가 없기에 모두들 어서 범인이 잡히길 바라고 있었다.

"그래서 말인데 본청에서 이번 사건의 심각성을 고려해 지원사격을 한다는군."

"지원사격이요?"

앞에 있던 형사의 물음에 반장이 고개를 끄덕였다.

"아무래도 이런 쪽으로 경험이 많은 사람이 필요할 거 같다고 그쪽 방면으로 경험이 많은 사람을 파견했더군."

"아니, 우리 서 여성계에도 능력 있고 경험이 많은 형사들이 많은데 굳이 본청에서까지 이럴 필요가 있습니까?"

동혁이 기분이 상한 듯 툴툴거리자 반장의 얼굴에 미안한 표정이 떠올랐다.

"물론 우리 서에도 능력 있는 형사들이 많다는 건 나도 잘 알아. 하지만 인력이 많이 모자란다는 건 인정해야지 않겠어? 지금 이 사건에만 매달릴 수도 없는 거 알면서 그래? 그래서 본청에서 먼저 제의해 왔기에 그러자고 한 거니까 그렇게 서운해 하지들 마라."

반장의 말이 하나도 틀리지 않다는 걸 안 동혁과 다른 형사들은 더 이상 반대하지 못했다.

"이번에 우릴 도와주러 온 이 형사는 사법고시에 패스한 뒤 경찰로 자원한 사람이야."

판검사를 마다하고 그 험하다는 경찰에 뛰어들었다는 말에 회의실 안에 있던 사람들은 놀라움에 웅성거렸다.

"그리고 바로 미국으로 유학 겸 연수를 갔다가 돌아온 지 얼마 안 된다."

"그렇다면 오히려 저희보다 실전 경험이 더 없는 거 아닌가요?"

"연수라고 해서 이 사람이 놀다 온 게 아니야. 우리 경찰청과 결연을 한 뉴욕경찰청에서 근무하고 있었고 성범죄 전담반에도 몇 년간 있었으니까 성범죄범들의 심리를 파악하는 건 우리보다 한 수 위야."

특이한 이력 때문인지 지금까지 은근 투덜대던 사람들의 입이 다물어졌다. 주원은 사법고시까지 패스하고 경찰에 들어왔다는 것도 놀라운데 뉴욕경찰청에 있었다니 더욱 호기심이 일었다. 본청에서 몇 년에 한 번 정도 우수한 인재를 뽑아 미국으로 연수를 보내준다는 건 알고 있었지만 워낙 인력이 딸리다 보니 사실상 그 연수라는 걸 간다는 게 흔한 일이 아니었다. 그런데 일이 년도 아니고 몇 년씩 갔다 온다는 건 경찰계에서 그만큼 투자를 한다는 건데 대체 어떤 사람일까 궁금해 미칠 때쯤이었다.

"어, 저기 오는구먼."

사람들의 웅성거림 속에서 회의실 문이 열리자 브리핑을 하고 있던 반장이 안으로 들어서는 사람을 향해 손을 내밀어 악수를 청했다. 그러자 안으로 들어선 남자가 반장이 내민 손을 마주 잡았다. 언뜻 보기에도 체격이 건장하다는 걸 느낄 수 있을 정도로 어깨가 떡 벌어졌다. 다들 숨죽여 두 사람을 주시하자 반장이 남자의 손을 잡은 채 돌려세웠다.

"이번에 우리와 함께 수사에 참여할 서울경찰청의 이강현 형사다."
"안녕하십니까? 이강현입니다."
"헉!"

숨이 막힌다는 말이 이럴 때 쓰이는 걸까? 주원은 가슴을 짓누르는 느낌에 숨이 막힐 것만 같아서 한순간 비틀거렸다. 그리곤 쓰러지지 않기 위해 책상 모서리를 부여잡고 손발이 얼어붙은 사람처럼 꼼짝도 못하고 눈앞에 있는 남자를 뚫어져라 바라봤다. 그녀가 제대로 들은 건가? 이강현이란다.

'세상엔 동명이인도 많으니까 설마 그럴 리가 없을 거야. 그 사람은 미국에서 돌아오지 않은 거잖아?'

속으로 되뇌지만 분명 눈앞에 있는 사람은 그 사람, 이강현이 틀림없었다. 이강현 이 남자는 변한 게 하나도 없었다. 주원은 갑자기 눈앞이 흐려지는 느낌에 재빨리 눈을 껌뻑거려 맺히려는 눈물을 차단해 버렸다. 그리곤 책상 위에 놓인 두 손을 맞잡고 제발 떨리지 않기만을 빌었다.

"오늘부터 우리와 같이 근무를 시작해야 하는데……아, 강 형사가 이 사건 담당이니까 이 형사에게 사건에 대해 자세히 알려 주는 게 좋겠군."

반장은 지시를 내리며 강현을 끌고 주원에게 다가오고 있었다. 제발 그러지 말라고 간절한 눈빛을 보내보지만 반장은 눈치가 없는 건지 아니면 모른 척하는 건지 알 수 없었다.

"강 형사 어디 아파?"

'젠장! 노친네 눈치하곤.'

"아, 아닙니다."

"이 형사 인사하지. 여성계에서 근무하고 있는 강주원 경월세."

홍 반장의 소개를 기다리던 강현은 강주원이라는 말에 눈빛을 날카롭게 빛내며 그녀를 쏘아봤다. 잠시 흔들렸던 눈빛에 반해 그의 표정은 하나도 바뀌지 않았다. 뚫을 듯한 그의 눈빛을 주원은 말없이 맞받아 쏘아봤다. 대체 저 눈빛은 무슨 뜻이지? 마치 상처 입은 듯한 그의 눈빛에 주원은 어이가 없었다. 대체 누가 누구에게 상처를 준 건데.

"처음 뵙겠습니다. 이강현이라고 합니다. 앞으로 잘 부탁합니다."

분명 그의 눈빛에서 그녀를 알아챘다는 걸 눈치 챘다. 그런데 뻔뻔하게 처음 보는 사람 취급을 하다니. 주원은 순간 울컥했다.

'그래, 그렇다면 나도 똑같이 해주지 뭐.'

"처음 뵙겠습니다. 강주원이라고 합니다."

지극히 사무적인 태도로 맞받아 인사를 하자 강현의 눈꼬리가 살짝 치켜 올라갔다 제자리로 돌아왔다.

"이제 인사도 했으니 두 사람 파트너로서 이사건 잘 해결해봐. 이 형사 기대가 크네."

"알겠습니다."

그 후 사건에 대해 몇 시간의 토론이 끝난 후 반장과 나머지 형사들이 회의실을 빠져나갔지만 주원은 제자리에 앉아 꼼짝하지 않았다. 저만치 자료들을 정리하던 강현도 가버리고 나자 참고 참았던 눈물 한 줄기가 뺨을 타고 내렸다. 분명 그녀를 알아봤을 텐데도 어찌 저리 냉정하게 모른 척할 수가 있는 건지······. 13년 그 시간 동안 그를 잊고 산 시간이 과연 얼마나 될까? 그녀에겐 첫사랑이었고, 아픔이자 로망이었다. 강현으로 인해 애틋함을 알았고, 가슴이 시리다는 느낌이 어떤지를 알게 되었다. 그런데 그런 그가 지금 눈앞에 있는데 그 사람은 그녀가 알던 그가 아닌 것 같았다.

회의실을 나와 벽에 기댄 강현은 심장이 타버릴 것만 같은 느낌에 숨을 몰아쉬었다. 일부러 그녀가 있는 곳으로 오기 위해 경찰청장까지 설득해야만 했다. 몇 년 만에 나타난 그가 난데없이 강남서로 파견 보내 달라고 했으니 이상하게 생각할 만도 했다. 하지만 그의 눈으로 꼭 확인해야만 했었기에 무리수를 뒀다. 이곳에 오기 전 홍 반장님에겐 미리 양해를 구해 직급과 상관없이 편하게 대해 달라고까지 당부를 했었다. 이곳으로 자청해서 오면서도 혹시나 자신이 잘못 알고 있는 걸 거다, 그날 분명 잘못 본 걸 거라고 생각했었다. 그런데 막상 주원을 보자 해머로 머리를 한 대 맞은 것 같았다. 정말 그녀였던 것이다. 그 작았던 꼬맹이가 경찰이라는 신분으로 눈앞에 서 있는 걸 보는 순간 와락 끌어안고 싶은 걸 간신히 참느라 주먹을 꽉 쥐어야만 했다. 다시 돌아오지 말았어야 했던 걸까? 다시는 못 볼 줄 알았다. 아니 보지 않으려 했다. 안 보면 잊혀질까, 찾지 않으면 괜찮을 거란 생각에 긴 시간을 참고 또 참았다. 그런데······그런데 지금 눈앞에 그녀가 있었다. 그것도 그와 같은 경찰로. 강현은 피곤한 듯 손바닥으로 얼굴을 쓸어내리며 한숨을 내쉬었다.
"휴우. 대체 어떻게 된 거니?"

"여기 있는 게 이번 사건의 자료들입니다."

주원은 강현의 앞에 두툼한 자료들을 쌓아올렸다. 처음의 충격이 지나고 며칠이 지나서인지 이젠 제법 초연함을 유지할 수 있었다.

"지난 석 달 동안 4건의 사건이 일어났는데 범행 수법이 거의 일치하고 있습니다. 그런데 엊그제 또 한 건 발생했는데 그건 다행히 미수에 그쳤습니다."

"그래요? 그럼 지금 그 피해자의 상태는 어떻습니까?"

"병원에 입원해서 치료 중입니다. 그런데 진술을 받기가 쉽지는 않을 거 같습니다."

"당연하죠. 일단은 충격이 커서이기도 하지만 수치심 때문에도 더 그럴 겁니다."

성폭행의 경우 대부분의 피해자들이 여자이다 보니 수치심 때문에 진술을 꺼리는 경우가 많았다.

"내일은 미수에 그쳤던 사건의 피해자를 만나러 갈 겁니다."

제 말만 하고 자리로 돌아가려는 주원을 보자 강현이 더 이상 참지 못하고 그녀를 붙잡아 세웠다.

"강 형사?"

주원이 천천히 그를 향해 돌아섰다. 무슨 말을 하려고 했지? 나를 모르겠냐고, 이강현을 기억하냐고 묻고 싶었다. 어쩌다 경찰이 된 거냐고 따져 묻고 싶었다. 하지만 차갑게 쏘아보는 그녀의 눈을 마주하자 입을 다물어 버리고 말았다. 그녀가 그를 기억하고 있다는 걸 눈빛에서 알 수 있었다. 원망하는 눈초리에 강현은 가슴이 찢어질 것처럼 아팠다. 요 며칠 두 사람 사이에 흐르는 냉랭한 기운은 누군가 먼저 건드리면 금방이라도 터져버릴 것만 같이 위태로웠다.

"할 말……있습니까?"

"아닙니다."

돌아서는 주원을 보고 아는 척을 하고 싶었지만 강현은 끝내 아무 말도 하지 않았다. 그가 무슨 말을 할 수 있을까? 뭐라고 해야 그녀가 그를 용서해 줄 수 있는 것일까? 그런데다 지금 자신 앞에 있는 그녀의 모습이 아직은 낯설기만 했다. 수줍게 웃던 사춘기 소녀 주원. 공항에서 가지 않으면 안 되냐고 눈물을 글썽이던 어린 소녀가 당당한 사회인으로 그 앞에 서 있다. 그가 영원히 고등학생일 수 없듯이 그녀도 더 이상 중학생이 아니었기에 선뜻 다가갈 수가 없었다. 강현은 지금의 상황이 마음에 들지 않았다. 이런 위험한 일을 그것도 주원이 해야 한다는 거 자체가 화가 났다. 순간 과거의 영상이 또다시 그를 괴롭히는 것만 같았다.

"나가죠."

오전 내내 그동안 일어났던 사건들의 파일을 보는 걸로 시간을 보내고 있던 강현의 앞에 주원이 다가왔다. 뻑뻑해진 눈을 두어 번 껌벅거리고 주원을 올려다봤다.

"어딜 가자는 겁니까?"

"점심 안 먹어요?"

벌써 시간이 그렇게 됐나 싶어 눈을 들어 시계를 쳐다본 강현은 보고 있던 파일들을 정리했다. 주원은 도와줄 생각은 않고 벌써 밖으로 나가고 있었다. 그런 그녀의 뒷모습을 보며 피식 헛웃음을 지었다.

"여전하네 녀석."

밖으로 나가던 주원의 발이 멈칫하더니 의아한 얼굴로 뒤를 돌아보며 그를 쏘아봤다.

"방금 뭐라고 했죠?"

아차! 너무 큰소리로 중얼거렸나 보다. 강현은 아무런 표정을 드러내지 않고 그저 어깨를 한 번 들썩거렸다.

"아무 말도 안 했는데?"

분명 무슨 소리가 들린 것 같았는데. 녀석이라는 말을 들은 것도 같은데……. 의심스럽기는 하지만 뭐 본인이 아니라니 그녀가 잘못 들은 거지 싶었다. 어떻게 저 사람은 저리도 태연하게 모른 척을 할 수 있는 건지 정말 신기하기만 했다. 하긴 그녀도 시간이 지나니 과연 그를 예전부터 알던 사이였었기는 한가 싶었다. 주원은 그녀를 지나쳐 벌써 저만치 앞서 가는 저 인간 뒤통수를 한 대 때려 주면 얼마나 통쾌할지를 마음속으로 가늠해 보지만 그래 봐야 미친 사람 취급을 받을 게 뻔해 애써 마음을 가다듬고 부리나케 그의 뒤를 쫓아갔다.

"조금 천천히 가면 안 되나?"

그녀의 중얼거림을 들은 걸까? 그의 발걸음이 조금 느려진 것 같았다. 아니면 그녀의 착각일 수도. 구내식당 안으로 들어선 두 사람은 식판에 음식을 담아 빈자리에 마주 앉아 말없이 음식을 먹기 시작했다.

"어, 강 형사님 아닙니까?"

웬 남자가 반가운 얼굴로 주원에게 다가오더니 아는 체를 했다. 주원은 고개를 들어 누군지 확인하자 활짝 웃었다.

"박 기자님 어쩐 일이세요? 한동안 안 보여서 걱정했어요."

이곳에 드나드는 기자들 중 가장 인간적이고 주원과도 말이 잘 통하는 사이였다. 나이도 비슷하다 보니 다른 형사들이 없을 땐 자연히 친구처럼 스스럼없이 지냈었다.

"바빴어요. 거물급 정치인 쫓아다니느라 정신이 없었죠. 다시 사회부로 가라 그래서 어찌나 반갑던지. 우리 강 형사 얼굴도 보고 싶고, 냄새나는 건 정치인이나 범죄자나 다를 게 없더라고요. 차라리 범죄자들이 더 인간적이기까지 하다고 느껴지니 말 다했죠."

"고생 많으셨네요. 식사는 했어요?"

"아니, 아직……그런데 누구?"

강현이 찌를 듯이 쳐다보는 걸 느낀 박 기자가 주원에게 눈짓을 보냈다. 강현은 아까부터 주원의 어깨에 슬쩍 손까지 얹고 실실거리며 떠드는 기자라는 놈을 이를 악다물고 노려봤다. 젠장 그래 이 기분은 그저 친구의 동생? 아니, 주원이 친동생 같아 걱정이 되는 거라고. 그런데 감히 어디다 팔을 올리는 거야? 그리고 그걸 가만히 두는 주원에게도 못마땅한 눈길을 줬다. 하지만 주원은 그에게 눈길 한 번 주지 않고 박 기자의 팔을 잡아끌었다.

"이쪽은 이강현 형사님이시고 여긴 매일일보의 박진중 기자님이세요."

참 소개 한 번 간단하네. 강현은 고개를 까딱하는 걸로 인사를 대신했다. 진중은 강현의 무뚝뚝한 반응엔 기분이 상했다기보단 호기심이 일었다. 기자의 날카로운 직감이 두 사람 사이에 흐르는 이상한 기류를 감지했다고나 할까? 결정적으로 주원을 향했던 강현의 눈빛을 보곤 깜짝 놀랐다. 잠깐이었지만 그건 동료를 바라보는 눈빛이 아닌

애틋함이었기 때문이었다. 진중은 고개를 갸우뚱하면서 주원과 강현을 번갈아 쳐다봤다. 애써 강현의 눈길을 피하는 주원, 그런 주원을 안타깝게 바라보면서도 들키지 않기 위해 억지로 고개를 돌려버리는 강현을 보자 심증을 굳혔다. 자리에 앉으며 슬쩍 강현을 올려다보니 잔뜩 굳어 있는 그와 눈이 마주쳤다. 진중은 그 눈빛에 불타 버릴 거 같아 얼른 눈길을 돌렸다.

"요즘 연쇄 성폭행범이 날뛴다는 소문이 있던데 맞아요?"

아직 공식적인 보도를 하지 않았건만 박 기자가 눈치 챘다는 건 어느 정도 소문이 났다는 것인데 더 이상 시간을 끌기엔 시간이 촉박했다.

"아직은 뭐라고 말 못해요."

"아, 그렇겠지. 하지만 발표하기 전에 살짝 귀띔 정돈해줄 수 있죠?"

애교스럽게 윙크까지 해보이는 통에 주원은 웃음을 참지 못하고 입을 막고 웃었다.

"푸웁! 하하하, 알았어요. 우리 사이에 그 정도는 해줘야죠."

"하하, 역시 강 형사님하곤 말이 통한다니까."

사람을 앞에 두고 둘이 하하호호 웃고 떠드는 모습에 기분이 상한 강현은 저도 모르게 들고 있던 젓가락을 소리 나게 내려놨다.

탁!

'아이, 깜짝이야.'

생각보다 큰소리에 주변에 있던 다른 사람들의 눈길이 강현에게 꽂혔다. 진중은 속으로 웃음을 삼키며 재빨리 식판에 얼굴을 묻고 열심히 먹기 시작했다. 주원이 눈살을 찌푸리며 쳐다보자 강현이 자리에서 일어났다.

"다 먹었으면 그만 일어나지."

"아직 다 먹지 않았는데 바쁘시면 먼저 가세요."

주원이 아직 수저를 들고 있는 진중을 돌아보자 그가 손사래를 치며 그녀를 말렸다.

"강 형사 바쁜 거 같은데 얼른 가봐. 난 아주 천천히 먹다 갈 거니까."

일부러 천천히 라는 말에 힘을 실으며 강현을 쳐다보며 웃었다. 그러자 강현은 못마땅한 듯 고개를 까닥했다.

"그럼 다음에 또 뵙죠."

강현의 무례함은 개의치 않는지 진중은 주원을 향해 얼른 가보라고 손을 흔들어 보였다. 강현의 뒤를 쫓던 그녀가 기어코 한마디 내뱉었다.

"꼭 이렇게까지 할 필요 없잖아요?"

앞서 가던 그가 갑자기 멈추는 바람에 주원은 그의 등짝에 코를 박고 말았다.

"아야, 젠장! 갑자기 멈추면 어떻게 해요?"

"여전하군."

"뭐라고요?"

작게 중얼거리는 말이라 정확하게 들리진 않았지만 분명 여전하다고 했다. 여전하다고? 그럼 그녀가 누군지 알고 있다는 거야? 그런데 왜 모른 척한 거지? 순식간에 머릿속에 떠오른 의문들 때문에 혼란스러워진 주원은 벌써 저만치 앞서 가는 강현의 따라잡기 위해 뛰었다.

"지금 뭐라고 한 거죠?"

주원은 저도 모르게 그의 팔을 잡아 세웠다. 그러자 그의 눈길이 그의 팔에 닿아 있는 손에 멈추자 얼른 내렸다. 그리곤 조금 전과는 다르게 한풀 꺾인 기세로 물었다.

"방금 전에 하신 말씀이 무슨 뜻이죠?"

"……?"

"여전하다고 했잖아요? 그게 무슨 뜻이냐고요?"

강현은 속으로 뜨끔했다. 아직은 마음의 준비가 되어 있지 않았기에 아는 척을 하지 않았다. 그런데 박 기자와 다정히 얘기를 나누는 모습에 저도 모르게 울컥 화를 내다 무의식중에 중얼거렸나 보다. 강현은 더 이상 그녀를 모른 척하기가 힘이 들었다. 하지만 입 밖으론 다른 말을 내뱉고 말았다.

"강 형사는 기자들에게 말조심해야 하는 거 모릅니까? 개인적으로 친한 거와 일과는 분명 선을 그었으면 좋겠는데?"

강현이 정색을 하며 예의 냉정한 말투로 나무라자 주원의 얼굴이 시뻘게졌다. 억울하고 화가 나서 눈시울이 뜨거워지려는 걸 애써 참았다. 그러나 그동안 참고 참았던 울분과 서러움이 한꺼번에 밀려들자 도저히 참을 수가 없었다.

"뭔가 착각하시는 거 같은데 저에게 이런 말 할 정도로 저에 대해 잘 아세요? 저에 대해 뭘 안다고 이래라저래라 하는 건데요? 그리고 제가 공과 사도 구분 못할 정도로 바보는 아니니 그런 걱정은 붙들어 매 두시죠 이강현 경정님!"

야물딱지게 제 할 말을 마친 주원은 입을 앙다물고 그를 노려보다 이내 몸을 돌렸다. 참았던 눈물이 흘러내릴까 봐 얼른 몸을 돌려 그 자리를 벗어나려 했다. 주먹을 꽉 쥐고 제발 그 앞에서 눈물을 보이지 않기만을 빌며 발걸음을 뗐다.
　'나쁜 놈. 왜 날 잊었는데? 난, 난……아직도 절 기억하는데……나쁜 놈.'
　한 걸음, 한 걸음 뗄 때마다 그에 대한 원망과 서운함이 묻어났다. 그러다 기어이 참았던 눈물 한 방울이 발등 위로 떨어지고 말았다.
　"제기랄!"
　주먹으로 흘러내린 눈물 줄기를 훔쳐내면서도 제발 강현이 모르기만을 바랐다.
　강현은 저만치 성큼성큼 걸어가는 그녀의 굳은 등을 바라보며 낮은 한숨을 내쉬었다. 속마음과는 다른 말이 나가고 말았는데 대뜸 자기를 아느냐고? 따지는 그녀의 원망 섞인 눈망울이 자꾸만 눈에 밟혔다. 그 작고 여린 어깨를 돌려세워 미안하다, 정말 미안하다 빌고 싶었다. 하지만 마음과 달리 발이 떨어지지 않아 그 자리에서 그녀의 등만 하염없이 바라봤다. 그런데 그렇게 당당히 말하고 돌아서던 그녀가 울고 있다는 걸 느낄 수 있었다. 가는 등이 살짝 떨리는 것 같더니 주먹 쥔 손이 얼굴을 훔치는 걸 봤다. 강현은 순간 공항에서 가지 말라고 울며 매달리던 작은 소녀가 생각났다. 자그마한 얼굴 가득 눈물로 범벅이 되어 안 가면 안 되냐고 묻던 아이가 생각났다. 강현은 아무 생각도 할 수 없었다. 가슴이 찢어질 듯 아팠다. 그는 뛰다시피 빠른 걸음으로 그녀를 따라잡았다. 그리곤 팔을 낚아채 돌려세웠다.

그의 갑작스런 행동에 놀랐는지 주원의 눈물 먹은 눈이 화등잔만 해져 그를 올려다봤다.

"무슨……?"

그녀의 말이 끝나기도 전에 강현의 손이 그녀의 얼굴을 감쌌다. 그러자 그녀의 눈이 더 커지며 말을 더듬었다.

"왜, 왜……."

"울지……마 주원아……."

그의 손이 아직 마르지 못한 그녀의 눈물을 조심스럽게 닦아냈다. 하지만 그녀의 눈에선 더 많은 눈물이 흘러내렸다. 너무 놀란 그의 행동을 말릴 생각도 못한 채 그저 눈물만 흘리고 있었다.

"미안해, 미안해. 그러니까 그만 울어 주원아."

그의 달래는 말에 주원은 급기야 그의 가슴에 얼굴을 묻고 목 놓아 울고 말았다. 참았던 서러움이 한꺼번에 밀려들었다.

"어엉! 으어엉……. 나쁜 놈. 으흐흑."

강현은 그런 주원의 등을 말없이 쓸어주며 하염없이 하늘을 올려다봤다.

"이제 괜찮니?"

피곤에 지친 경찰들을 위해 옥상에 마련된 아담한 정원과 휴식처엔 그리 크지 않은 나무들과 제철 꽃들로 꾸며져 있었다. 다들 한창 일에 파묻혀 있을 시간이어서인지 의자에 나란히 앉은 두 사람은 그들만의 시간을 가질 수 있었다. 이젠 눈물이 마른 얼굴로 제 손만 비틀고 앉아있던 주원은 강현을 돌아봤다. 그를 바라보는 두 눈에 더 이상 나오지 않을 것 같았던 눈물이 또다시 어리기 시작했다. 하지만 아까처럼 목 놓아 울거나 볼 위로 흐르진 않았다. 그런 그녀가 너무 안쓰러운 마음에 강현은 저도 모르게 손을 뻗어 그녀의 뺨을 감쌌다. 하지만 그의 손이 뺨에 닿자마자 주원은 고개를 돌려버리고 말았다. 강현은 차마 더 이상 다가가지 못한 채 손을 떨구고 말았다.

"잘……지냈니?"

"……"

한참동안 말없이 저만치 버티고 서 있는 라일락나무를 바라보던 주원이 마침내 입을 열었다.

"왜 아는 체했어요? 그냥 계속 모른 체하지. 그럼, 그럼……좋았잖아요."

주원은 제 마음과는 반대의 말을 내뱉으면서도 자신이 무슨 말을 하고 있는지조차도 모르는 듯했다. 그저 그가 밉고, 야속하기만 할 뿐이었다. 그래서 그가 아프기를 상처받기를, 그녀가 받았던 상실감을 느껴보길 바랐다.

"그래……그랬으면 좋았을 텐데……그러질 못해서 미안하다."

답답해진 강현이 와이셔츠 위 주머니를 더듬다 아차 싶었던지 손을 내렸다.

"내 앞에서 피우지 말아요."

"……끊었어. 가끔 습관처럼 담배를 찾지만 이젠 안 피워 주원아."

그게 나랑 무슨 상관이냐고 소리치고 싶었지만 그를 처음 본 날 그녀의 방에서 담배 피우면 죽는다고 한 말을 기억하는 것 같아 설마 하는 얼굴로 그를 돌아봤다. 그러자 그녀와 마주친 그의 눈이 말을 하고 있었다.

'그래, 네가 담배 피우는 거 싫어했잖아. 그래서 그때 이후로 다시는 안 피워.'

강렬히 다가드는 그의 눈빛에 주원은 세차게 고개를 저으며 그의 눈길을 피했다. 이러면 안 되는 거잖아? 그냥 계속 끝까지 모른 척해야 하는 거잖아? 왜 갑자기 이러는 건데?

"주원아……."

주원은 갑자기 자리에서 벌떡 일어나서 주변을 정신없이 왔다 갔다 했다. 정리할 시간이 필요했다. 13년 만에 그를 만나 충격에서 이제 조금 벗어나려 하는데 갑작스레 돌변한 그의 행동을 이해할 수 없었다.

"주원아 제발!"

강현은 정신없이 왔다 갔다 하는 그녀의 어깨를 잡아 세워 그를 바라보게 했다. 그녀의 엉뚱한 행동에 어이없게도 웃음이 나면서도 한편으론 안쓰러움에 가슴이 아팠다. 그래서 그녀의 어깨를 잡은 손에 힘을 줬다.

"왜 이러는 건데요? 오빠 나 모른 척했잖아? 그런데 왜 갑자기 이러는 건데?"

흥분한 나머지 제 입에서 오빠라는 말이 나온 줄도 모르는 주원은 더 크게 소리 질렀다.

"13년 동안 연락 한 번 없었던 건 그렇다고 쳐도 왜 날 보고도 아는 척하지 않았는데? 내가 너무 많이 변했다고 하는 그런 우습지도 않은 변명 같은 건 하지도 말아요. 내가 그 정도로 바보는 아니니까.

그래놓고 이제 와 미안하다고? 하! 그러면 내가 오빨 반갑게 아는 체 할 줄 알았나 보지? 젠장!"

화를 못 이겨 그에게 잡힌 어깨를 돌리며 한 손으로 자신의 머리를 흐트러뜨렸다. 그리곤 곧바로 그를 노려봤다.

"착각하지 마시죠 이강현 형사님! 전 이제 중학생이 아니거든요. 처음부터 우린 모르는 사이였으니까 끝까지 그럴 겁니다."

주원은 제 말만 하고 그곳을 빠져나오려 돌아서서 성큼성큼 걸어 갔다.

"보고……싶었다 주원아……."

뒤에서 들려온 그의 말에 주원은 그 자리에 멈춰 서고 말았다. 그 렇게 석상처럼 서 있기를 몇 분. 그녀는 끝내 그를 돌아보지 않고 그 곳을 빠져나와버렸다.

강현은 멀어져가는 그녀의 뒷모습을 보며 가슴이 무너져 내릴 것 같으면서도 한편으론 오빠라고 불러준 것에 희망의 끈을 놓지 않았 다.

"아직은 너에게 용서받을 기회가 있는 거니?"

6.

 "아이, 얘가 미쳤나 뭔 술을 숨도 안 쉬고 마시고 난리야. 야, 강주원 너 뭔 일 있었냐?"
 혜령은 자리에 앉자마자 연거푸 맥주를 들이켜는 주원을 걱정스럽게 바라봤다.
 "……아저씨 여기 한 잔 더 줘요."
 그녀의 걱정에도 아무런 대꾸도 않고 또다시 주문을 하는 주원의 얼굴엔 실소가 어렸다.
 "너 정말 무슨 일 있지? 혹시 서장한테 쪼인트 까였냐?"
 술잔을 내려다보던 주원이 고개를 들고 혜령을 노려봤다.
 "기집애 아니면 말고……그럼 대체 왜 이러는 건데?"
 아무리 화가 나고 속상한 일이 있어도 절대로 폭음을 하지 않는 주원이 오늘따라 이상했다.

"자 마시자."

주원은 잔을 들어 혜령의 술잔에 부딪치곤 또다시 단숨에 들이켜더니 빈 잔을 소리 나게 내려놨다. 그러더니 잠시 술잔을 노려보다 어렵게 입을 열었다.

"혜령아……그 사람 왔다……휴우."

"그 사람? 그 사람이 누군데?"

난데없이 그 사람이 나타났다니 대체 누구를 말하는지 감을 잡지 못한 혜령은 주원의 얼굴만 빤히 쳐다봤다. 하지만 주원은 더 이상 말하고 싶지 않은지 입술을 깨물기만 했다.

"야! 대체 누가 왔다는 건데? 이 기집애야 누구 속 터지는 꼴 보고 싶은 거야?"

"그 사람, 그 인간이 왔다고 이강현 그 나쁜 놈이……왔다고."

순간 혜령은 이강현이 누군지 잠시 생각해야 했다. 그러다 그가 누군지 깨닫자 너무 놀라 아무 말도 하지 못했다. 그런 그녀를 바라보던 주원이 피식 웃었다.

"후우, 너도 놀랐지? 나도 놀랐거든. 그런데 그 사람이 날 모른 척 하더라고."

"널, 널 모른 척한다고?"

"모른 척했지. 그래서 나도 아는 척 안 했거든. 그런데 말야……날 보고 싶었데, 그 나쁜 놈이 이제야 나타나서 날 보고 싶었단다. 흐윽, 젠장!"

주원은 억울하고 분한 마음에 눈물이 나려고 하자 손바닥으로 눈가를 힘껏 눌렀다. 그런 주원을 바라보던 혜령의 코끝이 찡했다. 그렇게 기다리던 강현이 나타났는데도 마음껏 울지 않는 그녀가 안쓰럽기까지 했다.

"그런데 왜 이제야 온 거래니?"

"몰라."

"그럼 여태껏 어디서 뭘 했데?"

"몰라. 안 물어봤어."

"야, 그럼 네가 아는 게 뭔데?"

주원이 한참 만에 입을 열었다.

"그 사람 경찰이야."

"뭐 경찰……."

이 무슨 귀신 씻나락 까먹는 소리며, 개풀 뜯어먹는 소리냐고 소리치고 싶은 걸 간신히 입을 틀어막은 혜령은 너무 어이가 없는지 눈만 껌뻑거렸다.

"웃기지 않니? 그 사람도 경찰이란다. 그것도 아주 유능한."

"같은 경찰인데 지금까지 왜 몰랐을까?"

"미국에 몇 년 동안 파견 나가 있었나 봐."

"그래도 그렇지. 잠깐이라도 한국에 있었을 거 아냐? 그런데 널 찾지 않았다는 건……."

혜령은 끝까지 말을 할 수 없었다. 그가 주원을 찾지 않았다는 건 일부러 그렇게 했다는 것으로밖에 생각되지 않았기 때문이었다. 그게 그녀에게 얼마나 큰 상처일까 생각하니 아차 싶었다.

"일부러 날 찾지 않은 거라고?"

'기집애 그냥 모른 척하지.'

"무슨 사정이 있었겠지."

"사정은 무슨 개뿔! 나도 그 사람 잊은 지 오래라고."

그런데 지금 이 꼴은 뭐냐고 묻고 싶었지만 주원이 또다시 술을 들이켜는 모습을 보자 가슴이 답답해졌다. 어릴 적 짝사랑이자 첫사랑이 이리 오래 사람의 마음속에 남아 있을 수 있다는 게 신기하기까지 했다.

"그래, 이거나 마시고 다 잊자."

혜령은 제발 그녀가 더 이상 아프지 않기만을 바라며 술잔을 마주쳤다.

택시에서 내린 주원은 집으로 향하는 언덕길을 걷고 있었다. 바로 그때 검은 그림자가 앞을 가로막자 주춤거리며 뒤로 물러나려다 비틀거리고 말았다. 그러자 앞에 버티고 서 있던 남자의 팔이 쑥 뻗어 나와 그녀를 잡았다.

"누구?"

"나다 주원아."

이건 분명 술을 너무 마셔서 환청이 들리는 걸 거라 도리질을 쳤다. 하지만 지금 그녀의 어깨를 잡고 있는 남자는 분명 강현, 그였다.

"저리 가요."

취한 와중에도 그에게서 벗어나려 몸을 빼려 했지만 또다시 비틀거리는 바람에 더욱 가까이 안긴 꼴이 되었다.

"많이 마셨니?"

"젠장! 웬만하면 이 팔 좀 놔주면 안 되겠어요?"

고개를 바짝 쳐들고 차갑게 내뱉어도 강현은 눈 하나 깜빡이지 않고 마주 내려다봤다. 어둠 속에서도 그의 모습은 조금도 흔들림이 없어보였다. 어쩜 저리 변한 게 없을까? 아니, 더 남자답고 강해 보이는 것은 뭔 조홧속인지. 이건 분명 술 때문인 게 틀림없다. 취하긴 취했나 보다.

"가자, 집에까지 데려다 줄게."

"됐거든요."

그의 팔을 다시 한 번 더 뿌리쳐보지만 강철처럼 꿈쩍거리지도 않았다. 무슨 남자가 고집도 있네. 강현은 술이 잔뜩 취해 비틀거리면서도 그를 내치려는 그녀의 모습이 안쓰러우면서도 못내 섭섭했다. 그래서 일부러 어깃장을 놓았다.

"한 번만 더 그러면 번쩍 안고 간다. 핑계김에 안기고 싶으면 그러던지."

'이 무슨 귀신 씻나락 까먹는 소리래. 누가 누굴 안아? 이 인간이 미쳤나.'

열 받은 얼굴로 고개를 휙 돌려 그를 올려다봤다.

'그런데 이 인간 키는 왜 이리 큰 거야?'

강현은 흰자가 안 보일 만큼 눈을 동그랗게 뜨고 그를 외계인 보듯 하는 주원의 모습에 정말로 안아볼까 하는 충동이 생겼다.

"왜? 안고 갈까?"

여기서 조금만 더 지체하다간 정말 안아들 기세였다.

'아, 미치겠다. 강주원 넌 정말 바보다.'

정말 술김에 한 번 안겨보고 싶다는 생각이 드는 건 무슨 심보인 건지. 주원은 이런 미친 생각을 하게 만드는 강현이 더 미워졌다.

"정말로 혼자 갈 수 있으니 그냥 가죠?"

"주원아……."

"내가 미친 짓 하기 전에 어서 가세요 제발."

그녀가 말한 미친 짓이 뭔지 짐작이나 할까? 하지만 그는 다른 뜻으로 이해를 한 것 같았다.

"그래……네가 그러길 원한다면 어쩔 수 없지. 하지만 네가 무사하게 들어가는지만 멀리서 볼게."

"그건……."

"아니, 그것까진 양보 못해."

떡 버틴 채 한 발짝도 안 움직일 기세에 주원은 기가 막혔지만 지금은 일보 후퇴하는 게 상책이라 생각했다.

"마음대로 하시던지."

뚝하니 한마디 내뱉고 그에게 벗어나 걷기 시작했다. 가만히 들어보니 몇 발짝 떨어져서 따라오는 그를 느낄 수 있었다. 늘 누군가의 뒷모습을 쫓다 이렇게 누군가에게 뒷모습을 보인 채 걷는다는 게 영 불편하면서도 한편으론 보호받고 있다는 그 느낌에 가슴 한쪽이 아려왔다. 주원은 제발 비틀거리지 않게 속으로 빌고 또 빌었다.

강현은 다섯 발자국 앞서 걷고 있는 주원의 뒷모습을 따라 걸으며 비록 뒷모습뿐이지만 이렇게라도 마음껏 볼 수 있다는 거에 가슴이 벅차올랐다. 강현은 그녀가 비틀거리지 않기 위해 안간힘을 쓰며 걷고 있다는 걸 느낄 수 있었다. 그런 그녀의 애씀이 더 그의 가슴을 아프게 적셔왔다.

좀 더 길었으면 하는 그의 마음과는 달리 이미 집 앞에 도착한 주원이 잠시 머뭇거리다 슬쩍 뒤를 한 번 돌아보곤 집 안으로 들어가 버렸다. 강현은 한 번 뒤돌아봐 준 걸 그에게 인사를 건넨 거라 스스로 달래며 떨어지지 않는 발걸음을 돌려야만 했다.

 강현이 운전하는 차를 타고 피해자를 만나러 가는 동안 주원은 숙취로 인한 두통에 시달려야 했다. 지금 옆에 있는 이 인간 때문에 평소 잘하지 못하는 술을 잔뜩 퍼마신 후유증을 앓고 있는 중이었다.
 '나쁜 놈.'
 옆으로 눈을 돌려 그를 노려보면서 속으로 툴툴거리던 주원은 강현과 눈이 마주치자 시치미를 떼고 얼른 고개를 돌렸다.
 '저 인간은 옆에도 눈이 달렸나?'
 "괜찮니?"
 '괜찮지 않음, 대신 아파 주게?'
 "신경 쓰지 말아요."
 "두통은 괜찮고?"
 "······."
 한 손으로 머리를 누르고 있던 걸 재빨리 치웠다. 강현은 더 이상 아무 말도 않더니 갑자기 길가에 차를 세웠다.
 "기다려."
 차에서 내린 강현이 어딘가로 급하게 가는 걸 보자 주원은 얼른 머리를 감싸 쥐었다.
 "갑자기 어딜 가는 거야? 아, 머리 아파. 내가 다시는 술을 먹나 봐라."

잠시 후 돌아온 그의 손에 봉지가 들려 있는 게 눈에 띄였다. 강현이 봉지를 그녀의 무릎 위에 올려놓았다.

"……?"

"머리 아픈 거 같아서, 술 깨는 약이야."

"필요 없어요."

그가 건네는 봉지를 밀어내자 험한 눈길로 그녀를 쏘아봤다.

"쓸데없는 고집 피우지 마라. 너 지금 피해자 만나러 가는데 술 냄새 풍길 거야? 네가 안 먹겠다면 강제로 입을 벌려서라도 먹일 테니까 마음대로 해."

아, 맞다 지금 성폭행 피해자를 만나러 가는 길이었지. 그런데 정말 이런 상태로 갔다가는 망신당하기 딱 이었다. 주원은 마지못해 봉지를 받아들고 안에 든 약을 삼켰다. 그러자 굳었던 그의 얼굴이 조금 펴지는 게 보였다.

'뭐야 저 표정은?'

그녀의 따가운 눈총에 강현은 모르는 척 운전에만 집중했다. 약기운 때문인지 슬슬 잠이 오려는 걸 간신히 참은 주원은 정신을 차리기 위해 도리질을 쳤다. 그러다 운전하느라 앞만 곧게 바라보는 강현의 옆모습을 훔쳐봤다. 권태로움이 묻어나던 눈매엔 진지함이 보였고, 무슨 생각을 하는지 굳게 다문 입매에 살짝 미소 같은 게 어리는 게 보였다. 그러자 생각지도 못하게 그의 볼우물이 살짝 파이면서 보조개가 들어갔다. 그 모습에 흔들리지 않을 것 같던 가슴에 작은 파문이 일었다. 스스로 놀라 훔쳐보던 눈길을 돌리고 등받이에 머리를 기대며 속으로 한숨을 내쉬었다.

'휴우, 강주원 미친 짓은 그만하자.'

"13년 만이지 우리?"

"……."

아, 시간이 그렇게 흘렀나? 그래 13년 만이지. 그런데 그걸 기억하는 강현이 놀랍기만 했다. 그걸 기억할 정도면 그녀를 못 알아봤을 리가 없다.

"많이 변했네."

강현은 굳이 그녀의 대답을 기다리지 않았다. 그저 이렇게 그녀와 함께 있다는 것조차도 믿기 어려워 현실에 감사를 하면서도 불안감이 밀려들었다.

"짧은 시간은 아니니까요."

"그렇지. 지금은 중학생이 아니지."

쓸쓸해 보이는 그의 옆모습에 주원은 가슴 한 귀퉁이가 조금 무너지는 걸 느끼지 못했다. 그녀가 알고 있던 예전 강현의 모습은 더 이상 찾아볼 수 없었다. 아니, 더 위험스럽게 보인다고 해야 할까? 꾹 다문 입술은 강직해 보이고 그녀를 바라보는 눈매는 꽤나 날카로워 보였다.

"네가 경찰이 됐을 거라곤 전혀 생각도 못했다."

"나도 이 형사님이 이곳에 있을 거라곤 생각 못했는데요?"

이 형사님이라고 내뱉는 그녀의 말투에 비꼼이 가득했지만 강현은 일부러 모르는 척했다. 그러고 보니 그녀는 그가 아직까지 미국에 있는 걸로 알고 있었던 거 같았다.

"왜 모르는 척했어요?"
"널 못 알아봤다면 믿어줄 거니?"
하아! 누굴 바보로 아나?
"······무서워서 그런 거 같다."
"무서워서라고요?"
"네가 날 잊었을까 봐. 날 못 알아볼까 봐······그래서 먼저 그런 거 같아."

사실과 다른 말이 술술 잘도 튀어나왔다.

'아, 정말 알다가도 모를 남자네. 이게 말이 된다고 생각해?'

주원은 어이가 없어 한마디 해주려다가 아파 보이는 그의 눈빛에 더 이상 아무 말도 하지 못했다.

'아니, 분명 내가 잘못 본 걸 거야.'

주원은 자꾸만 흔들리려는 마음을 다잡았다.

"태준 오빠는 알아요?"

대답을 못하는 걸 보니 더욱 괘씸한 생각이 들었다. 자신에겐 그렇다고 쳐도 오빠에겐 연락을 해야 하는 거 아닌가? 아마 태준이 알면 죽일 것처럼 덤빌지도 모르겠다.

"오빠 지금 검찰청 특수부에 있어요. 태준 오빠도 경찰이거든요."
"아! 그래."

표정을 보니 알고 있는 듯했다. 나쁜 놈! 아마도 그녀를 만나고 나서 조사를 해봤겠지. 젠장! 대체 이 사람은 지금까지 우릴 생각이나 했었던 걸까?

"아마 오빠가 알면 죽이려고 들 거예요."

"그럼……죽어 줘야지."

길게 한숨을 내쉬는 그를 붙잡고 그동안 왜 연락도 안 했냐고 따져 묻고 싶었다. 나와 한 약속을 잊은 거냐고 떼를 쓰고 싶었지만 차마 그러지 못했다. 어쩜 13년 전 주원은 그렇게 할 수 있었을지 모르지만 지금은 중학생이 아니지 않은가.

어느새 차는 병원 앞에 멈춰 섰다. 차에서 내린 주원이 그를 지나치려 하자 그의 목소리가 그녀의 발목을 붙잡았다.

"많이 변한 거 같다."

그의 말투에 쓸쓸함이 묻어 있는 거 같았지만 설마 하는 눈빛으로 그를 돌아다봤다. 그러나 그의 얼굴엔 아무런 표정도 나타나지 않았다. 역시 그녀의 착각이었다.

"이제 중학생이 아니잖아요."

"꼬박꼬박 존댓말 하는 것도 그렇고."

"그땐 철이 없었죠."

"그래도 난 그때의 모습이 그립다."

강렬하게 내려다보는 강현의 눈빛에 떨려오는 다리에 힘을 준 주원은 고개를 돌려 그의 눈빛을 피했다. 그렇게 보고 싶었다면 진즉에 찾았어야지. 내가 또다시 당신한테 마음 주나 봐라. 어림도 없지. 주원이 고개를 약간 쳐들고 그의 앞을 지나쳐 가자 낯익은 그녀의 몸짓에 강현이 쓸쓸한 미소를 지었다.

"그래도 변하지 않은 게 한 가지는 있군."

·

피해자가 입원해 있는 병실 앞에 도착한 주원은 강현이 뒤따라오는지 보기 위해 고개를 돌렸다. 피해자는 20대 젊은 여성이기에 어쩌면 비록 형사라 할지라도 젊은 남자를 대하기가 쉽지 않을 거란 생각에 잠시 망설였다.

"저 혼자 들어가는 게 어떻겠어요?"

강현의 눈꼬리가 올라갔다가 제자리로 돌아왔다. 그녀가 뭣 때문에 그러는지 짐작이 갔다. 하지만 때론 하기 곤란한 일이 있어도 해야 할 때가 있는 법이다.

"아니, 대신 난 뒤에서 듣기만 하지."

노크를 하고 들어오라는 소리에 두 사람은 조심스럽게 문을 열고 안으로 들어섰다. 그들이 들어서자 침대 옆에 앉아 있던 피해자의 어머니인 듯한 여인이 엉거주춤 일어났다. 주원은 보일 듯 말 듯 고개를 숙여 입모양으로 인사를 건네곤 신분증을 내보였다. 그제야 경계심을 푼 여자가 조금 뒤로 물러났다.

'아!'

주원은 차마 입으로 소리 내지 못하고 손으로 입을 막았다. 피해자의 모습은 말 그대로 처참하다고 밖에는 표현을 할 수가 없었다. 얼굴 어디 한 군데도 성한 곳이 없어서 원래 얼굴이 어떤 모습인지 짐작조차 할 수가 없었다. 주원이 눈을 돌려 강현을 쳐다보자 그도 놀랐는지 입을 열지 못하고 꼭 다문 입에 힘을 주는 게 보였다. 그녀와 눈이 마주친 강현은 손으로 머리를 쓸어 올리더니 낮게 뭐라고 중얼거리며 창가로 돌아섰다. 주원은 그가 분명 젠장이라고 한 것을 들었다. 정말 젠장이다. 누워 있던 여자는 통통 부은 눈을 간신히 뜨려고 했지만 잘 안 되는지 얼굴을 찌푸렸다.

"안녕하세요 이지연 씨. 전 강남경찰서에서 나온 강주원 형사입니다. 그리고 이쪽은 이강현 형사구요."

형사라는 말에 여자가 잠시 반응을 보이는 거 같더니 이내 고개를 옆으로 돌렸다. 지금 상태라면 말하기도 쉽지 않아 보였지만 되도록이면 기억이 생생할 때 증언을 듣는 게 중요했다.

"지금 많이 힘드신 건 압니다. 그래도 기억나시는 게 있으면 얘기해 주실 수 있겠어요?"

여전히 대답이 없었다. 주원은 더 이상 질문을 하지 않고 그저 그녀의 손을 잡고 가만히 앉아있었다. 어느새 잠이 든 피해자를 보면서 주원이 난감한 얼굴로 강현을 바라보자 그가 고개를 가로젓더니 나가자고 고갯짓을 했다.

"나중에 다시 오겠습니다."

작은 목소리로 그녀의 어머님께 인사를 하고 나온 주원은 벽을 치지 않기 위해 주먹을 꽉 쥐어야만 했다.

"어떤 인간이기에 사람을 저 지경으로 만들 수 있는 거죠?"

"미친놈이지."

미국에서 생활하면서 별의별 범죄자를 만나본 강현이지만 그래도 매번 이런 피해자를 볼 때면 피가 거꾸로 솟는 거 같았다.

강현은 검찰청 앞에 서서 곧게 서 있는 건물을 올려다봤다. 태준이 근무하는 곳에 찾아오기는 했는데 지은 죄가 있어서인지 선뜻 발길이 떨어지지 않았다.

"휴우, 이거 진짜 죽이는 건 아니겠지."

안내로 가서 강태준 형사를 찾자 잠시 기다리라는 말에 로비를 왔다 갔다 하고 있었다.
"누가 왔다는 겁니까?"
잠시 후 태준이 계단을 뛰어 내려오며 큰소리로 외치자 그를 등지고 있던 강현이 천천히 돌아섰다.
"누구……?"
"태준아…….."
태준의 표정이 심상치 않음을 느낀 강현은 선뜻 앞으로 나서지 못했다.
"나, 강현……."
퍽!
채 말을 끝맺기도 전에 태준의 주먹이 날아들었다. 순간 눈앞이 번쩍하더니 뒤로 나동그라졌다.
"이 개자식. 여긴 뭐 하려고 나타났어? 다신 내 눈앞에 나타나지 마!"
매몰차게 돌아서는 태준을 보자 더 이상 그를 잡지 못한 채 그 자리에 주저앉았다.
"미안하다, 미안해."

강현은 태준이 나타날 때까지 검찰청 로비에서 마냥 기다렸다. 퇴근시간이 됐는지 하나둘 사람들이 빠져나가고 어스름한 어둠이 밀려들 즈음 저만치 검은 형체가 보였다.
태준이 그를 흘깃 한 번 쳐다보는 것 같더니 이내 무심히 고개를 돌리고 가려 하자 그를 불러 세웠다.

"태준아 미안하다."

그의 사과에도 태준은 발걸음을 멈추지 않았다.

"보고 싶었다 인마."

보고 싶었단 말에 잠시 태준의 발걸음이 멈추는 거 같더니 천천히 돌아섰다. 강현이 한 걸음 앞으로 나서자 갑자기 날아든 주먹에 또다시 바닥으로 나뒹굴었다. 그러자 근처에 있던 사람들이 흥미롭게 두 사람을 쳐다보며 말려야 할지 말아야 할지를 가늠하는 것 같았다.

"보고 싶었다고? 그래서 이제 나타난 거라고? 개자식!"

주먹을 쥐었다 폈다 하면서 씩씩거리던 태준은 입가를 손으로 쓸어내며 일어나는 강현에 또다시 주먹을 날렸다. 강현은 아무런 반응도 하지 않고 그가 내리꽂는 주먹세례를 고스란히 받아냈다. 태준은 강현이 주먹을 피하지 않는 게 더 화가 나서 연신 주먹을 날렸다.

"일어나! 그깟 거 맞고 나가떨어질 네가 아니잖아?"

아직 화가 채 풀리지 않았는지 힘겹게 일어나는 강현의 왼쪽 뺨을 강타했다.

"이건 아무 소식도 없다가 13년 만에 나타난 네 뻔뻔함에 대한 거다."

다음 주먹은 오른쪽 뺨에 내리꽂혔다.

"이번 건 우리 부모님께 실망감을 안겨 드린 대가다."

입 안이 터진 거 같았다. 강현은 입 안에 고인 피를 뱉어냈다. 하지만 태준은 아직 그를 봐줄 기분이 아닌 거 같았다.

"그리고 이건 친구라고 믿었던 놈한테 느꼈던 내 배신감이다."

젠장! 이번엔 입술이 터졌다. 강현이 손으로 입가를 닦아내더니 태준을 바라봤다.

"다 끝났냐?"

겨우 이 정도냐는 식의 말투에 태준의 눈이 불꽃이 일었다.

"그래 이게 마지막이다."

태준의 주먹이 이번엔 배를 강타하자 강현은 그 자리에 무릎을 꿇고 주저앉아 버렸다. 아, 이번이 제일 아팠다. 강현이 한 손은 배를 움켜쥐고 한 손은 바닥을 짚고 숨을 골랐다.

"하아, 하아."

"이건……우리 주원이를 울린 죄다. 이게 제일 괘씸한 거야."

울어? 그 꼬맹이 주원이가? 그를 처음 만나고서도 전혀 놀라는 기색을 보이지 않던 그녀가 아닌가? 물론 지난번 그 눈물은 억울하고 분해서 보인 눈물이지 그를 위해 흘린 건 아니었다. 당차고 똑똑했던 주원이 자신 때문이 울었을 리 없다. 아니, 그러지 않았어야 한다. 강현이 흠씬 두들겨 맞아 제대로 몸을 가누지 못하는 거 같자 태준이 얼굴을 찌푸리며 손을 내밀었다.

"엄살 피우지 마. 그 정도로 쓰러질 네가 아니란 거 알아."

강현이 고개를 들고 태준을 올려다보며 그가 내민 손을 힘주어 잡더니 천천히 일어났다.

"미안하다."

강현의 눈에 어린 아픔을 느꼈을까? 태준은 그동안 줄곧 굳어 있던 얼굴을 약간 풀었다. 무슨 사정으로 금방 다녀온다는 녀석이 이제야 나타났는지 궁금했지만 그래도 연락 한 자락 없었다는 게 너무 괘씸했다.

"그만 가봐라."

역시나 누가 남매 아니랄까 봐 매정한 것도 닮았다. 태준이 냉정하게 돌아서자 강현이 그를 잡아 세웠다.

"용서가 안 된다는 거 안다. 그래도 용서 받고 싶다 태준아."

"미안한 놈이 이제야 오냐?"

"너무 많은 시간이 흘러버리니까 어쩌면 나 같은 놈 잊었을 수도 있다는 생각에 그랬다."

"너 지금 그걸 말이라고 해? 너를 잊어? 인마 넌 13년이 지나니 내가 잊어졌냐?"

아니 잊지 못했다. 외로웠던 그를 따듯하게 보듬어 줬던 강 판사 내외와 그가 부담을 느낄까 봐 친형제처럼 대해 준 태준을, 그리고 까칠하지만 사랑스럽고 귀여웠던 주원이까지 어떻게 잊을 수 있었겠는가? 어쩌면 그래서 더 찾아가지 못했는지도 모르겠다. 그 모든 게 부러워서, 부러워 미칠 거 같아서 욕심을 낼 수도 있었기에, 그러다 사랑하는 사람들이 자신 때문에 아파할까 봐 찾지 못했는데⋯⋯두 남매가 모두 그와 같은 경찰이란다. 참 이 무슨 아이러니인가?

"나쁜 자식!"

태준은 13년 만에 나타난 강현으로 인해 머릿속이 복잡했다. 건강해 보이는 모습을 보니 그동안 그렇게 힘들지는 않았나 보다. 그래서 더 괘씸했다. 하긴 학창 시절 잠깐 친했다고 그 마음을 10년이 넘게 간직해 줄 거라고는 믿지 않았다. 하지만 이렇게 서운한 건 주원이 때문이 더 컸다. 어린 동생이 사춘기를 호되게 겪은 뒤로 지금도 그 누군가를 온전히 사랑하지 못하는 게 마음이 아팠다. 말은 아니라고 다 잊었다고 하지만 그는 안다. 주원이 아직도 강현의 그늘을 벗어나지 못했다는 걸. 그러기에 더 용서할 수가 없었는지도 모르겠다.

"네 마음이 풀릴 때까지 더 때려라. 그리고 한 번만 봐주면 안 되겠니?"

"널 때릴 사람은 내가 아니다."

"그게 무슨 소리야?"

"그런 게 있다. 그러니까 그만 가봐라."

그를 놔두고 돌아서 가던 태준이 그 자리에 멈췄다. 그러다 강현을 돌아봤다.

"술 한잔하자."

몇 잔의 술잔이 오고 가고 나자 거나하게 취기가 오른 태준은 방금 들은 말에 들고 있던 잔을 내려놓았다. 너무 놀라 입 안에 고여 있던 술을 뿜어 낼 뻔했다.

"컥! 그러니까 너도 경찰이라고?"

"서울경찰청에 있다."

"정말인가 보네. 그런데 어떻게 한 번도 네 소식을 들을 수 없었을까? 하긴 이 바닥이 워낙 넓어야 말이지."

"나도 네가 여기 있다는 걸 알고 많이 놀랐다."

두 사람은 서로의 술잔을 부딪치고 단숨에 마셨다.

"그런데 내가 여기 있다는 건 어떻게 알았냐?"

잠시 뜸을 들인 강현은 아까 태준에게서 맞아 퉁퉁 부어오른 입가를 슬쩍 만져 봤다.

'제길 이러다 또 맞는 거 아냐?'

"주원이 만났다."

"······?"

"나 지금 강남서에 파견근무 나와 있거든."

강현이 주원이 있는 강남서에 파견 나와 있다고? 그런데 왜 강현을 만났다는 말은 하지 않았을까? 태준은 눈을 가늘게 뜨고 태연히 술잔을 기울이는 강현을 노려봤다.

'혹시 주원이 고게 저 자식이 내 손에 죽을까 봐 그런 거 아냐?'

하긴 아깐 정말로 죽이고 싶을 정도로 화가 났었다. 하지만 아무 소리도 않고 묵묵히 맞고만 있던 강현을 보니 그만 기운이 빠졌었다. 태준은 내내 참았던 질문을 던졌다.

"그런데 왜 지금 나타난 거야?"

"······."

한동안 대답을 못하고 술잔만 내려다보던 강현이 툭 농담을 던졌다.

"네 손에 맞기 전에 맷집 좀 키우려고 그랬다."

"맞을 짓을 한 건 아나 보네?"

태준의 핀잔에 강현이 피식 웃고 말았다. 그 웃음이 너무 슬퍼 보여 그동안 그에게 무슨 일이 있었는지 알고 싶었다. 그가 알고 있던 이강현은 결코 그런 식으로 뒤돌아설 놈이 아니었기 때문이다.

"그런데 왜 연락 안 했냐?"

정말로 심각하게 물어오는 태준을 바라보던 강현이 아무 대꾸 없이 술잔만 들여다보자 분명 무슨 일이 있기는 있었나 싶어 보였다. 태준이 소주를 입 안으로 털어놓고 안주를 하나 집어먹을 때 비로소 강현은 어디까지 얘기를 해야 하나 망설이다 어렵게 입을 열었다.

"미국에 도착하니 아버지의 상태가 그리 좋지 않았다. 그래서 금방 연락할 수 없었다."

"그랬구나."

"췌장암이셨어. 애초에 미국에 가실 때 이미 알고 가신 거였던 거더라고. 한창 공부해야 하는 나에겐 비밀로 하고 말이야. 그러나 가망이 없다는 말에 어머니가 연락을 하신 거고. 그 뒤 아버지가 돌아가시기 6개월 동안 많은 일이 일어났지. 아버지가 그렇게 소원하시던 의대에 들어가려고 공부도 했지. 그런데 어느 날 아버지가 날 부르시더니 내 손을 가만히 잡으시는 거야. 그리곤 환하게 웃으시면서 이제 그만 됐다고 하시는 거야. 그리곤 일주일 후에 돌아가셨다."

강현은 소주를 잔에 붓더니 단숨에 들이켰다. 그때만 생각하면 아직도 가슴이 먹먹해졌다. 그의 아버지가 돌아가셨다는 말에 태준은 술잔을 든 채 움직일 수 없었다. 그때의 강현이 스물한 살이었다고 해도 아직은 부모의 죽음을 담담하게 받아들일 나이는 아니었을 텐데. 그가 겪었을 아픔에 가슴이 먹먹해져 아무 말도 하지 못했다.

"아버지 장례를 마치고 난 뒤 공부를 그만두고 여기저기 떠돌아다녔다. 그렇게 일 년을 보내고 정신을 차려 보니까 한국에 와 있더라고."

그런데 왜 연락하지 않았냐고, 내가 너한테 그 정도였냐고 따져 묻고 싶었지만 강현의 얼굴을 보니 그럴 수 없었다.

"연락이라도 하지······."

차마 연락을 하지 못했다고, 사랑이 넘치는 너의 가족들을 보면 내가 갖지 못한 거에 대한 상실감 때문에 너무 부러워 미쳐 버릴지도 몰라서 연락하지 못했다고 어떻게 말을 할 수 있을까? 그리고 두려웠다고……. 순간 기억조차 하고 싶지 않은 일들이 한꺼번에 밀려오는 느낌이었다. 하지만 차마 그 말은 할 수가 없었다. 그 기억을 떨쳐내기 위해 어떤 희생을 치렀는데…….

"한국에 들어와서도 한동안 넋 놓고 있다가 공부를 다시 시작했다. 그리고 법대에 들어갔지. 그리고 경찰이 됐다."

"법대에? 너 그럼 사법고시 패스하고 검사 관두고 경찰이 된 거야?"

"그래."

"미쳤군."

"너도 잘 알잖아. 내가 원래 몸으로 부딪치는 거 좋아하는 거."

"그럼 그 후엔 왜 못 왔는데? 마음만 먹으면 얼마든지 찾을 수 있었을 거 아냐?"

"그러려고 했지. 그런데 경찰에 임용된 후 바로 미국으로 파견근무를 가게 되었다. 그리고 얼마 전에 다시 돌아온 거고."

파견근무? 그래 봐야 보통은 일 년 정도인데 대체 몇 년씩 있다 온 이유가 궁금했다. 그의 표정에서 미처 말하지 못한 게 있다는 걸 알았지만 더 이상 캐묻기를 중단하고 술잔을 기울였다. 어쩌면 시간이 지나면 말해 줄지도 모르겠지만 그렇지 않다 해도 지금이라도 이렇게 만났으니 된 거라고 위안을 삼았다.

"부모님은 모두 편안하시지?"

말을 바꾸는 걸 보니 그도 더 이상 말하고 싶지 않은 거 같았다.

"그렇지 뭐. 아버진 판사직 그만두시고 변호사 개업하셨어."
"그런데 어쩌다 주원이까지 경찰이 된 거냐?"
"그것 때문에 한바탕 난리가 났었다. 아버진 여자들이 하기엔 너무 험한 일이라고 하시면서도 대놓고 반대는 하지 않으셨지만 못마땅해 하셨고 어머닌 며칠을 앓아누우시기까지 했어. 그런데 걔가 누구 말 듣는 애냐? 나중엔 어머니가 나한테 화살을 돌리시더라고."
"뭐라고?"
"내가 경찰대에 가니까 주원이가 그거 보고 따라간 거라고."
"경찰대학 나온 거야?"
"그래. 그것도 아주 우수한 성적으로 졸업했지."
강현은 주원이 악바리처럼 남자들을 따라잡으려고 애쓰는 모습이 그려지자 입가에 미소를 지었다.
'넌 어떻게 하다 경찰이 된 거냐? 법대까지 들어가 고시 패스했으면 당당히 검사를 해야지 왜 경찰을 해?"
이번엔 태준이 강현이 어쩌다 경찰이 된 건지 정말 궁금했다.
"대학에 들어가서는 미친 듯이 공부만 했다. 모든 걸 다 잊고 싶어서. 그리고 다행인지 불행인지 사법고시도 단번에 붙었다. 그런데 막상 진로를 결정하는데 모두 내가 당연히 검사를 하는 줄 알더라고. 그런데 판검사가 내겐 맞지 않더라고. 그래서 이쪽으로 왔다."
"미친놈. 남들은 판검사 되겠다고 난리인데 참 특이한 놈이네. 그런데 왜 강남서로 차출된 건데?"
"최근 강남 쪽에 5건의 성폭행 사건이 일어났는데 그게 동일범 소행인 거 같다는 거야. 아무래도 뉴욕경찰청에서 오래 근무했으니 범인의 패턴을 잘 알 거라 생각한 거겠지."

"젠장! 그런 개자식을……."

성폭행 같은 그런 못된 짓을 하는 인간은 갈아 먹어도 시원치 않았다. 긴 시간이 지난 후에도 만나면 반갑고 즐거운 게 친구라더니 태준의 다혈질 같은 성질은 여전한 것 같았다. 마치 고등학교 시절로 다시 돌아간 느낌에 가슴이 저려왔다.

"그런데 주원이는 안 보고 싶었냐?"

어느 정도 취기가 오른 태준은 강현의 눈치를 보며 슬쩍 운을 띄웠다. 고 어린 게 강현이 떠나고 한참을 힘들어했던 게 아직도 눈앞에 선했다.

"……."

강현이 아무 말도 못하고 술잔만 붙잡고 있는 걸 보자 슬슬 부아가 치밀었다. 하긴 중학교 1학년이면 한참 어렸으니 그래도 가소롭게 생각했을 것이다. 하지만 떠나던 날 강현이 주원에게 보여준 모습은 그렇게 가벼운 게 아니었던 거 같았는데.

"나쁜 새끼."

태준은 잇새로 욕설을 중얼거리곤 술을 들이켰다.

"보고……싶었다. 너보다 더."

강현도 남아 있던 술을 단숨에 비웠다.

'자식!'

"우리 주원이 많이 예뻐졌지? 키도 많이 크고. 난 걔가 하도 작아서 거기서 멈춰 버리면 어쩌나 조금 걱정했는데 이렇게 자랄 줄 몰랐다."

하긴 150센티를 간신히 넘었던 어린애가 지금은 167센티 정도 될까? 아마 그쯤 되지 싶다. 그러고 보니 많이 크긴 컸다.

"주원이 예전에도 예뻤어, 인마."

'어라, 애가 취했나?'

장난기가 발동한 태준은 일부러 취한 척 중얼거렸다.

"걔가 뭘 예뻤냐? 키는 쪼그만 게 성깔만 살아서 어찌나 뻣뻣한지 여자로선 꽝이었지."

얼큰하게 취기가 오른 강현이 못마땅한 얼굴로 태준을 딱하게 쳐다봤다.

"넌 여자 볼 줄을 그렇게 모르냐? 그리고 성깔 없는 여자 별로 재미없다."

"그래서 넌 주원이가 여자로 보이냐?"

취기 때문이라고 하기엔 너무 노골적인 질문이었기에 얼굴이 달아오르는 걸 느꼈다. 태준은 벼르는 마음으로 얼굴을 들이밀고 강현의 답을 기다리고 있었다.

"인마, 쓸데없는 소리 그만 하고 술이나 마셔."

'젠장! 대체 속을 알 수 없는 놈이라니까.'

태준은 속으로 툴툴거리면서 밤이 깊도록 강현과 술잔을 기울였다.

강현과 헤어져 집 안으로 들어선 태준은 정원 한쪽에 앉아 있는 주원을 보자 가슴이 아렸다. 오늘따라 저 녀석 등이 왜 저리 작아 보이는 걸까? 태준은 그녀가 뭘 그렇게 뚫어져라 쳐다보는지 궁금해 가까이 다가가 그 옆에 다가가 앉았다.

"뭐 그렇게 보는 거야?"

주원이 고개를 돌려 태준을 확인하자 환하게 웃어 보였다.

"어? 오빠 왔네. 오빠 이거 봐. 꽃잎이 다 열렸어."

"어, 어디?"

태준의 눈길이 그녀가 가리키는 곳을 향했다. 야래향나무에 맺힌 작은 꽃망울이 수줍게 얼굴을 드러내놓고 있었다. 꽃은 작지만 그 향기만은 다른 꽃에 비할 게 못 됐다. 어쩐지 마당에 들어서는데 향기가 진동을 하더니 바로 야래향 나무 향기였던 것이다.

"오빠 야래향은 왜 낮엔 안 피고 밤에만 꽃잎을 피우는 걸까?"

"글쎄?"

"그건 너무 수줍어서일 거야. 아니면 너무 자신이 못생겼다 생각해서 잘 보이지 않는 밤에만 피는 걸지도. 그래서 마치 남자를 꼬시는 여자처럼 말이지 향기로 홀리는 거지."

야래향을 바라보는 주원의 눈빛이 무척이나 쓸쓸해 보였다.

'강현이 때문이니?'

태준은 차마 물어볼 수가 없어서 주원의 어깨를 감싸 안았다.

"왜 말 안 했니?"

"뭘?"

"강현이……."

"그건 내가 나설 일이 아니잖아. 강현 오빠 스스로가 오빠를 찾아가길 기다린 거야. 그런데 얼굴 보니 만난 거 같네? 술까지 한 걸 보니 그 인간 맞아 죽진 않았나 보지?"

태준이 피식 웃었다.

"죽일까 하다가 네 생각나서 그만뒀다."

"내가 뭘?"

"나보다 네가 더 때려 주고 싶을 거 같아서."

"……."

"너 괜찮은 거지?"

"나도 잘 모르겠어. 때려주고 싶은 건지."

"그 자식 많이 힘들었나 보더라. 말로는 별거 아닌 것처럼 얘기하는데 분명 뭔가 힘든 일이 있었던 거 같아."

"그래? 그런데 왜 그렇게 연락을 안 했대?"

무심하게 내뱉어도 그녀의 목소리가 긴장하고 있다는 걸 알 수 있었다.

"강현이 아버님이 돌아가셨다는구나. 미국으로 들어가고 6개월쯤 있다가. 그러고 나서 방황했나 봐……."

태준은 주원의 어깨를 감싸 안은 채 오늘 강현이 들려주었던 얘기를 하나하나 풀어냈다. 그런 오빠의 말을 귀담아듣던 그녀의 표정이 그리 밝지만은 않아 보였다. 얘기가 끝나고 나서도 한동안 말이 없던 주원이 갑자기 바닥에서 일어나 엉덩이를 탈탈 털어냈다.

"뭐야 그러니까 그 인간은 내 생각 요만큼도 안 했다는 거잖아?"

"그런 거 같지는 않아 보였어. 그런데 뭔가 다른 큰 이유가 있는 거 같던데 그건 얘기를 안 하더라고."

태준도 일어나 주원과 마주 보고 섰다.

"그게 그거지 뭐. 할 말이 없으니까 그러는 거잖아. 아, 이거 괜히 기분 나빠지려고 하네."

"네가 기분 나쁠 게 뭐가 있어? 막말로 니들 어렸잖아. 강현이랑 사랑하는 사이도 아니었고 우리 집에 잠깐 있다 간 것뿐인데 좀 오버하는 거 아니냐? 오히려 화를 내야 할 사람은 나 같은데?"

주원의 짝사랑을 알고 있는 태준이지만 그건 어디까지나 사춘기 시절의 한 자락 추억일 뿐이었다. 혹시 지금 다른 마음이 있는 거라면 모르지만…….

"강주원 너 혹시 아직도냐?"

"뭐가?"

"너 아직도 강현일 다르게 생각하느냐고?"

"글쎄 나도 잘 모르겠어. 단순히 어렸을 적 감정의 찌꺼기인지 아니면 다른 감정인지."

"어쩌면 착각인 줄도 모르지. 아니면 자기암시거나."

"그게 무슨 말이야?"

"가장 감수성이 예민할 때 느꼈던 감정을 아직도 사랑이라고 믿는 일종의 자동인식 장치 같은 거 말이야."

"오빠 정신과 의사해라. 어찌 됐든 날 보고서도 아는 척 안 한 건 도저히 용서할 수가 없어."

아무렇지 않게 말은 하고 있지만 그녀의 속마음을 모를 그가 아니다.

"나라도 그랬을 거야."

"그게 무슨 뜻이야?"

"13년 만에 갑작스레 맞닥뜨렸는데 선뜻 반갑다고 손 내밀 수는 없었을 거란 말이지."

"그래도……."

"주원아 강현이에게 조금만 시간을 주자. 그 녀석 분명 뭔가가 있어. 그러니까 제 놈 스스로 말할 때까지 기다려주자. 그러고 나서 혼내도 될 거 같은데?"

"오빠는 그게 되나보지? 난, 난 말이야 그 오빠 보는 순간 숨이 탁 막혔어. 숨 쉬는 것을 잃어버린 사람처럼 한참 동안 숨을 쉴 수가 없었다고. 그 순간 난 그 사람을 한 번도 잊은 적이 없었다는 걸 깨달았어. 아니, 잊은 척했었지. 그런데 그 사람은 너무나 멀쩡해 보이는 거야. 화가 났어. 그래서 다짐했지. 나도 아무렇지 않은 척하리라고."

태준은 주원의 아픔이 느껴지는 것 같아 어깨를 잡은 손에 힘을 줬다.

'이강현 이 자식 우리 주원이 안 잡으면 죽여 버릴 거다.'

"그게 가능할 거 같니 주원아?"

한참을 말없이 앞을 응시하던 주원은 입술을 깨물었다.

"……모르겠어. 아니, 그렇지 못할 거 같아서 두려워."

"그냥 마음 가는 데로 놔두자. 네 마음이 그쪽을 향하면 어쩔 수 없는 거니까."

진한 야래향 꽃향이 두 사람 주위를 맴돌더니 바람에 실려 담장을 넘어 그녀를 생각하느라 잠 못 이루는 누군가에게 날아가는 것 같았다.

주원은 사무실 앞에서 호흡을 가다듬었다. 태준의 마음 가는 데로 놔두자는 말이 자꾸만 머릿속을 맴돌았다. 한 번 더 그를 믿어볼까?

아니, 그러기엔 상처가 너무 컸는데. 갈피를 잡지 못하는 마음을 채 추스르기도 전에 뒤에서 들려온 소리에 소스라치게 놀랐다.

"안 들어가고 뭐해?"

"아이 깜짝이야."

놀라 돌아서보니 강현이 따뜻한 시선으로 그녀를 바라보고 있었다. 순간 그를 어떻게 대해야 할지 마음을 정하지 못한 주원은 얼떨결에 그가 들고 있는 커피를 향해 손을 내밀었다.

"그거 나 주는 거예요?"

주원이 커피 하나를 냉큼 받아들려고 하자 강현이 두 팔을 높이 쳐들었다.

"착각하지 말고 문이나 열지."

"쳇, 나 같으면 옛다 먹어라 하겠다. 어서 들어가시지요 이 형사님."

주원은 구시렁거리며 문을 열어 그가 들어갈 수 있게 한쪽으로 비켜섰다. 주원은 고개를 모로 돌리고 서 있는 바람에 강현의 입가에 머문 미소를 보지 못했다.

바로 자리로 가지 않고 홍 반장을 만나고 나온 주원은 책상 위에 얌전히 놓인 커피를 보자 얼굴이 달아올랐다. 고개를 돌려 그를 찾아보니 뭔가에 열중하고 있는 모습이 보였다.

'나 줄 거 아니라면서······.'

주원은 커피를 집으며 피식 웃었다. 아마도 대놓고 주기가 민망했나보지. 커피를 홀짝이면서 그를 쳐다보고 있는데도 이쪽으론 눈길조차 주지 않고 있었다. 커피가 다 줄어들 때까지 그를 바라보다 한순간 그와 눈이 마주쳤다. 눈이 마주친 강현은 한동안 무표정한 표정으로 그녀를 바라보더니 먼저 눈을 피했다.

'강현 오빠, 대체 무슨 일이 있었던 거야? 오빠의 눈을 보면 너무 황폐해 보여. 그래서 오랫동안 화를 낼 수도 없단 말이야.'

주원은 바닥을 들어낸 커피를 소리 나게 계속 빨아대며 어쩌면 이미 그녀의 마음이 그를 향해 있을지도 모른다는 느낌에 스스로 놀랐다.

강현은 자신이 정리한 파일을 내밀자 그녀가 눈을 들어 쳐다봤다.
"이게 뭐예요?"
"범인에 대한 걸 정리해 봤어. 범인의 행동 패턴이라든가 수법, 그리고 다른 사건들과의 연관성 그리고 동일 수법의 다른 사건들과의 비교 파일이야."
"그 많은 걸 벌써 다 조사했다고요?"
"응. 미국에 있을 때의 자료들을 참고로 한 건데 이게 다 맞다고는 못하지만 범인의 동기나 심리 정도는 알 수 있지 않을까?"

며칠 전 넘겨준 자료들을 이미 다 읽어 보고 정리를 끝냈다는 말에 놀라는 눈치였다. 파일을 훑어보던 주원의 얼굴에 놀라움이 번졌다.
"아주 꼼꼼하게 하셨네요. 이거 다음 회의 시간에 다른 사람들에게 자료로 돌려도 될 거 같은데요?"
"네가 만족하니 다행이다."

주원은 강현이 주고 간 파일을 다시 한 번 들여다보며 흐뭇한 미소를 지었다.

"괜찮냐?"

태준을 택시에서 잡아끌어내 간신히 버티고 선 강현은 걱정스런 얼굴로 그를 쳐다봤다.

"엄청 무겁네."

태준이 갑자기 전화를 해선 술이나 한잔하자고 하더니 먼저 이렇게 뻗어 버리고 말았다. 강현은 아직도 정신을 못 차리는 태준을 집 앞에 놓고 가버릴까 하다가 그랬다가는 정말 그에게 맞아 죽을지도 모른다는 생각에 차마 그러지도 못했다. 그리 취한 거 같지 않은데 몸을 흐느적거리는 거 보면 아닌 거 같기도 하고. 어쩐지 미심쩍었지만 그냥 모르는 척하기로 했다. 강현은 고개를 들고 13년 전 잠깐 동안 살았던 집을 올려다봤다. 그리곤 갑자기 밀려드는 감정에 잠시 멍하니 서 있었다.

"으응!"

태준이 몸이 뒤틀자 그제야 정신이 든 강현은 신중하게 생각했다. 그가 지금 벨을 누르지 못하는 이유는 언젠간 태준의 부모님을 뵙고 사죄를 드려야 한다는 걸 알았지만 이렇게는 아니었기에 차마 누르지 못했다. 강현은 태준을 계단에 앉힌 후 쓰러지지 않게 벽에 기대어 놓았다. 잠시 어떻게 할까 망설이다 휴대폰을 꺼내 들었다. 몇 번의 신호음이 울리고 상대방이 전화를 받자 강현의 몸이 눈에 띄게 긴장을 했다.

-강주원입니다.

"……"

-누구세요?

"나 이강현."

─…….

이번엔 주원이 입을 다물어 버렸다. 강현은 입 안이 타들어가는 것처럼 말랐지만 애써 평상시 목소리를 유지하려고 애를 썼다.

"집 앞인데 잠깐 나와 봐라."

─……?

"태준이가 많이 취했어."

─……알았어요.

잠깐 동안의 침묵이 무슨 의미일까? 실망 때문일까 아니면 안도하는 걸까? 강현은 전자이길 바라는 자신의 이기적인 모습에 코웃음이 났다.

'내가 이런 생각을 하는 줄 알면 아마 주먹이 날아들겠지?'

잠시 후 문이 열리고 주원이 모습을 드러냈다.

"이게 대체 뭐야?"

계단에 쭈그리고 앉아 있는 태준을 발견한 주원은 한심한 얼굴로 두 사람을 번갈아 쳐다봤다. 그러자 강현이 어깨를 으쓱해 보였다.

"생각보다 일찍 나가떨어지네."

주원은 엉망으로 취해버린 태준을 한심하게 쳐다봤다.

"오빠 일어나 봐."

"아, 주원이구나."

비틀거리며 일어나는 태준을 부축하던 주원은 짜증이 나기 시작했다.

"무겁기는 또 왜 이리 무거운 거야. 오빠만 아니면 확 내팽개치고 말지."

 좀 전에 그녀와 똑같은 생각을 했던 강현의 입가에 웃음이 비어져 나왔다.

 "저 자식 그렇게 많이 먹지 않았어. 괜히 엄살 피우는 걸 거야."

 웃음기 묻어나는 강현의 얼굴을 보자 얼굴이 달아올랐다. 어째 저 인간은 웃는 모습도 여전하냔 말이지. 운동으로 다져진 몸매는 여자들이 군침을 흘릴 만큼 단단해 보였다. 조금만 뚱뚱했더라도, 조금만 키가 작았더라면, 조금만 못생겨졌다면, 그랬다면 덜 약이 올랐을 것을. 왜 저 인간은 아직도 내 가슴을 뛰게 하냔 말이다.

 "정신 못 차리지? 아빠 깨울까?"

 괜히 애꿎은 태준에게 분을 토해냈다. 그녀의 목소리에 진실성이 들어 있었던지 아니면 강현의 말대로 그 정도에 나가떨어질 그가 아니었는지 태준이 주원에게 기댄 채 한쪽 눈을 살짝 떴다. 그리곤 주원과 눈이 마주치자 슬며시 미소를 지어 보였다.

 "알았다 동생아."

 "얼른 들어가."

 "아, 잠깐."

 주원에게 기대어 있던 태준이 갑자기 주머니를 뒤지더니 뭔가를 꺼내 들었다.

 "너 저 자식 좀 데려다 주고 와."

 태준은 열쇠꾸러미를 주원의 손에 억지로 쥐여줬다.

 "오빠!"

 "난 괜찮……."

두 사람이 동시에 말을 하다가 눈이 마주치자 어색하게 고개를 돌렸다.

"착각하지 마 내가 뭐 이 자식 예뻐서 데려다 주라는 건 줄 알아? 사는 데가 어딘지 확실히 알아 오라는 거지. 또다시 도망가 봐. 그땐 진짜 끝까지 쫓아가서 죽여 버린다."

열쇠를 억지로 주원에게 쥐어준 태준은 문을 닫아 버리고 집 안으로 들어가 버렸다.

"강태준, 나 어떻게 들어가라는 거야?"

갑자기 문이 닫히자 당황한 주원이 문고리를 붙잡고 목소리를 높였다. 주원의 앙칼진 반응에 태준이 문 가까이 다가오는 소리가 들렸다.

"강주원, 너 감히 오빠 이름을 함부로 불러? 어디 담이라도 넘어오던가. 난 들어간다."

"하! 그렇게 나오시겠다. 알았어 그럼 할 수 없이……"

주원의 눈이 강현을 한 번 훑어 내리다 이를 악물더니 이내 야릇한 미소를 지었다.

"여기 있는 오빠 친구 집에서 자는 수밖에."

"켁! 콜록, 콜록."

난데없는 폭탄선언에 강현은 사레가 들려 연신 기침을 해댔다. 그러자 문 저쪽에선 태준이 낄낄대기 시작했다.

"크크크……"

"가죠."

주원이 어디 내가 못 할 것 같으냐 하는 오기를 내보이며 강현을 재촉하자 그제야 태준이 웃음을 그쳤다.

"으음……일단 그 자식 데려다 주고 반드시 돌아와. 열쇠는 거기 있는 거 아무 거나 꽂아 보고."

태준의 발걸음이 멀어지는 거 같아 강현이 돌아서서 주원을 내려다봤다. 그래 예전보단 확실히 키가 크긴 큰 거 같았다. 이젠 그의 어깨까진 오는 거 같으니 말이다. 그리고 보니 늘 단단히 묶고 다니던 머리를 푸니 예전엔 단발이었던 머리가 이젠 등까지 내려오네. 꼭 다물고 있는 저 입은 여전히 그녀의 고집스러움을 보여주는 거 같아 반갑기까지 했다. 아무래도 그도 슬슬 취기가 올라오는 모양이었다.

"그냥 들어가. 난 가다가 택시 타고 갈 테니까."

말은 그러면서도 주원이 꼼짝을 않자 강현도 움직이지 않았다. 고개를 숙이고 열쇠 꾸러미를 쥐었다 놨다 하는 폼이 갈등을 하고 있는 거 같았다. 불빛에 반사돼 윤기가 느껴지는 머리에선 갓 감은 듯 샴푸 향이 그의 코끝을 간질였다. 손을 뻗어 만져 보고 싶은 걸 간신히 억누른 강현이 돌아서 가려고 할 때 주원이 먼저 고개를 들어 그를 노려봤다.

"타요."

"난 그냥……."

"내가 태준 오빠한테 맞았으면 좋겠어요?"

"어?"

'설마.'

태준이 주원을 때린다니 말도 안 된다.

"하라는 대로 안 하면 분명 한 판 붙자고 할 거고 그럼 날 바닥에 메다꽂을 텐데. 그냥 가요."

"한 판?"

점점 모를 소리만 하는 주원의 뒤를 얼떨결에 따라 차에 탄 강현은 정말 궁금해 하는 눈치였다.

"유도."

이 한마디면 모든 게 설명이 된다고 생각했는지 더 이상 입을 열지 않았다.

"유도 좀 하나 보지?"

그의 물음에 그저 어깨만 으쓱해 보일 뿐이었다. 한 번쯤 그에게 왜 연락을 안 했냐고 따져 물을 법도 하건만 그녀는 내내 모른 척하고 있었다. 그래서 더 마음이 쓰였다.

"어디로 가면 돼요?"

강현은 주소를 일러준 뒤 의자를 뒤로 조금 젖히곤 눈을 감았다. 주원을 보고 있으면 말보단 손이 먼저 나가 그녀를 안고 미안하다 말하고 싶을 거 같아 팔짱을 끼고 잠든 척했다.

주원은 그가 잠들지 않았다는 것을 알 수 있었다. 그의 숨소리 하나하나가 그녀의 온몸의 감각을 들뜨게 했다. 하지만 어떤 내색도 하지 못한 채 운전에만 정신을 쏟아 부었다. 마음 가는 대로 했다간 아마도 길바닥에 차를 세워놓고 왜 이제야 왔냐고 악다구니를 치고 무지 보고 싶었다고 소리를 지를 것만 같았기 때문이었다.

"다 온 거 같은데요?"

정말 잠이 들었는지 강현이 반응을 보이지 않자 그의 어깨에 살짝 손을 얹었다. 그러자 따스한 온기가 그녀의 팔을 지나 심장까지 전해졌다.

"일어나요."

그녀의 손길에 감았던 눈을 천천히 뜬 강현은 주원의 얼굴이 바로 코앞에 있자 당황한 기색이 역력했다. 잠깐 눈이나 감고 있자던 게 그새 잠이 들었었나 보다.

"도착한 거야?"

주위를 두리번거리더니 자신의 오피스텔이 보이자 그제야 정신이 돌아온 건지 허둥지둥 차에서 내렸다. 그러자 주원도 문을 열고 따라 내리며 눈앞의 건물을 올려다봤다.

"여기서 살아요?"

"그래."

짤막하게 대답하곤 입을 닫아 버리는 그를 보며 주원은 괜히 심술이 났다. 그녀는 이렇게 흔들리는데 강현은 말짱한 거 같은 게 마음에 안 들었다. 입을 삐죽거리며 오물거리는 모습에 강현의 입가에 미소가 지어졌다.

"가봐. 운전 조심하고."

'그래 간다 가. 당신이 붙잡고 매달려도 뒤도 돌아보지 않을 거라고. 이제 중학생이 아니란 말이야.'

운전석 문에 손을 얹고 열어젖히던 주원은 갑자기 강현을 향해 몸을 돌리더니 매서운 눈초리로 쳐다봤다.

"왜? 할 말 있어?"

"며칠 전부터 궁금해 하던 건데 처음엔 꼬박꼬박 말을 높이더니 이젠 왜 반말해요?"

왜 만나러 오지 않았냐고 물어올까 봐 긴장하고 있던 강현은 밀려드는 안도감을 감추기 위해 어깨를 한 번 으쓱해 보였다.

"이제 굳이 너를 모르는 척 안 해도 되니까. 그리고 너보단 내가 계급이 높은 걸로 아는데 경위?"

경위? 그래 난 경위고 당신은 경정이었지? 그걸 잊었네. 얼마 전 우연히 그의 신상 기록을 보게 된 주원은 놀라기도 했지만 더욱 열이 치받쳤었다. 태준에게 이미 들어서 알고는 있었지만 그래도 막상 제 눈으로 확인하고 나니 더 화가 치밀었다. 그가 버젓이 한국에 있었다는 것도 화가 날 일인데 한국에서 대학을 그것도 법대를, 그리고 사법고시에 합격해 경찰이 됐다는 자료들을 보면서 주먹을 부르르 떨었다. 만약 그가 그 자리에 있었다면 그녀의 주먹에 코피를 쏟았을 수도 있었을 것이다. 그런데 뭣 때문에 몇 년 동안 미국으로 파견 나가 있었는지는 알 수 없었다.

"아무리 상급자라도 아랫사람에게 함부로 반말하지 않아야 된다는 거 몰라요?"

"난 친구 동생한테 존댓말을 해본 적이 없어서."

'젠장, 그렇게 말하지 말란 말이에요. 자꾸 그러면 어쩌면, 어쩌면 또 기대하게 될지 모른단 말이야.'

얼굴을 찌푸리며 손가락으로 차 지붕을 톡톡 두드리던 주원이 정색을 하며 그를 돌아봤다.

"만약 내가 그동안 왜 찾아오지 않았냐고 물으면 솔직히 말해 줄래요?"

"이미 태준이한테 들었을 텐데?"

강현이 긴장하는 게 느껴졌다. 아니면 잠시 착각한 것일 수도. 그래도 한 번 밀어붙여 봤다.

"아니 그 사실 말고 오빠 가슴에 묻고 있는 그 이야기 말이에요."

"……."

강현은 잠시 물끄러미 그녀를 바라봤다. 어떻게 그 이야기를 할 수 있을까? 어쩌면, 아니 어쩌면 좀 더 시간이 지나면…….

"언젠간, 언젠가는……."

"됐어요. 그 언젠가가 꼭 오길 바라요."

그래, 지금은 이 정도로 만족하자. 그가 마음을 열고 그녀에게 다가올 때까지 기다려 보자고. 주원이 탄 차가 멀어질 때까지 그 자리에 서 있던 강현의 입가에 쓸쓸한 기운이 감돌았다.

"휴우, 너한테 어디서부터, 뭐라고 말해야 하는 거냐."

7.

〔눈앞에 남자가 그를 감싸 안으며 쓰러지는 걸 간신히 받쳐 든 강현은 너무 놀라 비명을 지를 수도 없었다. 점점 아래로 내려가는 파트너의 몸을 부여잡은 손에 미끈한 게 느껴졌다. 아래로 고개를 숙인 그의 눈에 선명한 붉은빛이 눈에 들어왔다. 그리고 코끝에 느껴지던 피비린내에 올라오는 구역질을 억지로 참았다.

그가 바닥에 누워 있는 사내를 사정없이 때리고 또 때렸다. 죽이고 싶었다. 아니 죽일 것이다. 아래 누워 있는 사내의 얼굴이 짓이겨져도 아무 느낌이 없었다. 사방은 온통 피바다였다. 그게 자신의 피인지 놈의 피인지 이제는 중요하지 않았다. 그저 마음속에선 사내를 죽여야 한다는 생각뿐.〕

"아아악!"

고함을 치며 잠에서 깬 강현은 급하게 숨을 몰아쉬었다.

"하아, 하아."

한동안 꾸지 않던 꿈이었다. 아직도 코끝에 피비린내가 느껴지는 듯했다. 강현은 침대에서 급하게 뛰쳐나와 화장실로 달려갔다. 그리곤 변기를 부여잡고 구역질을 했다. 속에 있는 걸 다 쏟아내고도 한동안 욕지기가 가라앉지 않은 강현은 밤새 잠을 이룰 수가 없었다.

연쇄 성폭행 사건이 계속 답보 상태를 유지하자 월요일 아침마다 열리는 회의실 안이 무겁게 가라앉았다.

"강 형사, 마지막 피해자한테선 뭐 좀 알아냈어?"

"아직……."

"아직 증언도 확보하지 못하면 어떻게 해? 시간이 지나면 지날수록 범인은 또 다른 상대를 물색하고 다닐 거 아냐?"

"피해자가 아직 충격에서 벗어나지 못하고 있습니다. 그래서 말인데 정신과 의사한테 자문을 구해 보는 건 어떻겠습니까?"

주원의 제안에 방 안에 있던 사람들의 시선이 일제히 그녀에게로 향했다.

"다른 피해자들도 그렇고 모두 극도로 민감한 상태입니다. 아무래도 전문가가 도와준다면 더 수월하지 않겠습니까? 그리고 피해자도 치료가 필요해 보이고요."

주원은 며칠 전 강현이 건네준 파일을 사람들에게 나눠 줬다.

"그리고 이건 이강현 형사님이 정리한 자료인데 이걸 읽다 보니 어쩌면 정신과 전문의에게 범인의 심리 상태에 대해 자문을 구해 보는 것도 좋을 거 같다는 생각이 들었습니다."

"으음. 일리가 있는 말이긴 한데 갑자기 정신과 의사를 어디서 찾아? 그것도 범죄 심리를 잘 아는 의사를 말야. 그렇다고 아무 의사한테 가서 의뢰를 할 수도 없고."

반장의 말이 끝나기 무섭게 마침 기다렸다는 듯 주원이 재빨리 말을 꺼냈다.

"제가 아는 정신과 의사가 있습니다."

"그래?"

"네. 제가 한 번 자문을 구해 보겠습니다."

"그래 그럼 그 문젠 강 형사가 알아보고 제발 다들 정신 바짝 차리고 범인 잡는데 신경 좀 쓰라고. 그리고 전과자의 소행일 수도 있으니까 동일 전과를 가진 자들의 사진을 추려서 피해자들에게 보여 보고."

반장이 마지막 훈계를 빼놓지 않고 나가 버리자 여기저기서 불만이 터져 나왔다.

"젠장 누군 잡고 싶지 않아서 안 잡나? 실마리가 있어야 잡지."

"누가 아니래. 그런데 그런 짓을 저지르는 놈은 대체 어떻게 생긴 거야?"

"몰라서 그래? 그런 놈일수록 지극히 평범한 놈인 거."

"아무튼 요즘은 그놈 때문에 집사람한테 매일 확인 전화한다니까."

몇 명의 형사들이 모여서 얘기하고 있는 모습을 보며 주원은 이마를 찌푸렸다. 그 모습을 본 강현은 갑자기 그녀의 이마를 펴 주고 싶다는 생각이 들자 스스로 어이가 없었다. 그녀는 그가 보듬어 줘야 하는 중학생이 아니지 않은가. 강현은 그녀에게 다가갔다.

"진짜 아는 의사가 있는 거야?"

"네."

주원이 늘어져 있는 자료들을 주워들며 어깨를 으쓱해 보였다. 그의 앞을 지나쳐 자리로 돌아간 주원은 가방을 열심히 뒤지기 시작했다. 나중엔 안 되겠는지 가방을 통째로 뒤집어 흔들어댔다.

"아, 찾았다."

얼굴이 시뻘게진 채 작은 종잇조각을 쥐고 좋아하는 모습에 강현이 가까이 다가가 그녀가 쥐고 있는 명함을 뺏어 들었다.

[정신과 전문의 서영우.]

"어, 왜 남의 거를 함부로 뺏고 그래요?"

주원이 그의 손에서 다시 명함을 낚아채곤 혹시나 구겨졌을까 봐 손바닥으로 곱게 폈다.

"아는 사람이야?"

"네. 고등학교 선배예요. 10년 만에 만났는데 정신과 의사라잖아요."

"남자?"

"홍! 그럼 영우라는 이름이 여자겠어요?"

굳어져 있는 그의 얼굴을 보지 못한 주원이 자리에 앉아 전화기를 들자 답답해진 강현은 밖으로 나갔다. 남자 선배라는 말에 명함을 뺏어서 찢고 싶은 충동에 스스로 깜짝 놀랐다. 그는 주원을 어떻게 생각하고 있는 걸까? 단순히 13년 만에 만난 친구의 동생? 과연 그걸로 그가 주원을 향한 이 모호한 감정을 정의할 수 있을까? 아니면? 아니면 뭘까? 강현은 순간 떠오르는 생각에 당혹감을 감출 수 없었다. 설마, 설마 자신이 그녀를 여자로 보고 있는 거란 말인가? 강현은 떨리는 손으로 얼굴을 쓸어내렸다.

"아싸."
주먹을 쥐고 팔을 위에서 아래로 내리며 기운차게 외치던 주원은 사무실로 들어서는 강현과 눈이 딱 마주쳤다. 그가 위협적인 기운을 풍기며 가까이 다가오자 들려졌던 팔을 슬그머니 내렸다.
"잘 해결됐나 보지?"
"도와주겠다고 했어요. 이따 점심때에 온다는군요."
"그래?"
어딘지 모르게 쓸쓸하게 느껴지는 그의 목소리에 잠시 그를 물끄러미 쳐다봤다.
"오빠 점심 먹을래요?"
오빠라는 말에 강현의 얼굴이 붉게 달아올랐다. 근 13년 만에 다시 들어보는 오빠라는 말에 가슴이 벅차올랐다.
"오늘은 동료 형사가 아닌 오빠 동생 사이로 먹자는 거예요. 싫어요?"
"아니, 좋아."
두 사람은 경찰서를 빠져나와 차를 타고 조금 멀리 나왔다. 조용한 한정식집에 자리를 잡고 앉은 강현이 음식을 주문했다.
"여기 자주 오나 봐요?"
"자주는 아니고 좋은 사람 만나면 오는 곳이야."
"좋은 사람?"

"우리 어머니."

그러고 보니 그의 어머니가 어떻게 지내는지 듣지 못했다.

"오빠 어머니는 어디 계세요?"

"미국에. 몇 년 전에 재혼하셔서 잘 살고 계셔. 어쩌다 한국에 오시면 유난히 한정식을 좋아하셔서 그때 알게 된 곳이야."

"그랬구나."

식당은 외곽에 자리 잡고 있는데 주변이 온통 나무들과 꽃들로 둘러싸여 있어서 마치 다른 곳에 와있는 착각을 들게 했다. 잠시 후 음식이 하나하나 나오기 시작하자 두 사람은 말없이 음식을 먹는 데만 신경을 쏟았다. 강현은 그녀가 눈치 채지 못하게 맛있는 음식들을 밀어 주었다. 예전 그녀가 그를 위해서 한 것처럼. 하지만 주원은 그의 손짓 하나 눈길 하나하나를 느끼고 있었다.

점심을 먹고 다시 경찰서로 돌아오는 동안 두 사람은 아무런 말도 하지 않았다. 그 순간만큼은 13년이란 시간도 아무 의미가 없는 것처럼 느껴졌다. 주원은 운전을 하는 그의 옆모습을 훔쳐보며 이번엔 풋사랑이 아닌 정말 그를 사랑하게 될지도 모른다는 생각이 들었다.

영우는 근 2주 만에 연락이 온 주원 때문에 깜짝 놀랐다. 왠지 그녀에게서 먼저 연락이 오지 않을 거 같았기에 막상 전화를 받으니 약간 놀랐다.

"풉!"

영우는 자신의 설레발에 절로 웃음이 나왔다. 이게 웬일인가 하고 좋아하던 그때 그녀가 그에게 도움을 청하기에 그럼 그렇지 했다. 참

직업이 정신과 의사이니 망정이지 피부과나 이비인후과였으면 절대로 연락하지 않았을 것이다. 그러면 어떠랴 그래도 그녀가 먼저 전화한 게 어디냐.

경찰서 앞에 도착한 영우는 입구에 서 있는 경찰에게 고개를 까딱해 보이고 형사과가 어디인지 물었다. 그가 일러준 곳으로 가던 영우는 괜히 죄지은 것도 없는데 온몸이 섬뜩했다.

"역시 사람은 죄짓곤 못 사는 거야."

형사과라는 팻말을 보고 입 안에 고여 있던 침을 삼키자 침 넘어가는 소리가 귓가에 울리는 것만 같았다.

"젠장! 왜 내가 긴장을 하고 난리야. 난 자문 의사로 온 거라고."

어깨를 펴고 사무실로 들어선 영우는 정신없는 상황에 눈을 동그랗게 떴다. 한쪽에선 고성이 난무하고 다른 한쪽에선 눈물을 흘리는 사람들이 있는가 하면 또 다른 형사는 들고 있던 서류철로 책상을 내리치면서 맞은편에 앉은 사람에게 호통을 치고 있었다. 눈을 어디다 둘지 몰라 이리저리 주변을 살피던 영우는 자신을 뚫어져라 쳐다보는 남자와 눈이 마주치자 그쪽으로 걸어갔다.

'그래도 이곳에서 제정신인 사람이 한 명 정도는 있군.'

"무슨 일입니까?"

남자가 먼저 목소리에 위엄을 담고 물어왔다. 저런 스타일의 남자는 자기 본능이 강한 남자다. 자신의 소유물이라 생각되는 건 그것이 사람이건 물건이건 절대 뺏기는 법이 없지. 속으로 제발 저런 인간하곤 엮이지 않기만을 빌면서 입을 열었다.

"강주원 형사님을 만나러 왔는데요?"

영우의 말에 남자의 눈썹이 약간 치켜 올라갔다 제자리로 돌아왔다. 정신과를 전공하고부터 사람들의 표정이나 말투를 유심히 살피는 버릇이 생긴 영우는 앞에 있는 남자의 반응을 흥미롭게 쳐다봤다.
 '내가 뭔가 마음에 안 드는 말을 한 모양이군.'
 이럴 땐 먼저 선수를 치는 게 수다.
 "전 서영우라고 합니다. 정신과 의사죠."
 명함과 함께 자신의 소개를 하자 남자가 이번엔 눈에 띄게 싫은 내색을 하는 거 같더니 이내 평상시 표정으로 돌아왔다. 하지만 이미 그가 왜인지는 모르지만 자신을 별로 좋아하지 않을 거란 느낌이 강하게 들었다.
 "그러시군요. 전 이강현 형사입니다. 강 형사는 잠깐 자리를 비웠는데 여기서 기다리시죠."
 강현이 앞에 놓인 의자를 권하자 영우는 마지못해 앉았다.
 "강 형사완 잘 아시는 사이입니까?"
 "그렇다고 할 수 있죠."
 이 남자 가만 보니 아까부터 나한테 신경을 곤두세우는 거 같은데 왜 그러는지 알 수가 없나.
 "만난 지 얼마나 됐습니까?"
 강현은 영우가 사무실로 들어서는 순간 그때 그 카페에서 주원과 시시덕거리던 놈이란 걸 알아챘다. 그래서 더 집요하게 물고 늘어졌다.
 "예?"
 지금 그게 왜 궁금한데? 이거 뭐야 나 지금 심문 받고 있는 거야? 어째 물어오는 폼이 범인을 다루는 듯해 눈살이 찌푸려졌다. 아참, 이

걸 말해야 하는 거야 말아야 하는 거야? 바로 그때 주원이 사무실 안으로 들어서는 게 보였다. 영우가 자리에서 일어나 한 손을 가볍게 들자 주원의 얼굴에 반가운 미소가 걸렸다.

"미안해 선배. 많이 기다렸어요?"

"아니. 여기 계신 이분이 아주 친절하게 대해 주셔서 편안했어."

"끄음!"

아주라는 말을 길게 늘이는 걸 보고 주원이 미심쩍은 표정을 지으며 강현을 쓰윽 쳐다봤다. 그러자 그는 헛기침만 할 뿐이었다.

"그럼 서로 인사는 나눴겠네요?"

"그렇다고 할 수 있겠죠?"

영우가 동의를 구하듯 쳐다보자 강현은 난감한 얼굴로 그저 고개를 주억거렸다. 여전히 뭔가 께름칙했지만 주원은 더 이상 캐묻지 않고 주변을 두리번거렸다.

"반장님은 외근 나가셨어."

그녀가 누굴 찾는지 강현은 금방 알아챘다.

"그럼 어떻게 할까요? 일단 영우 선배한테 어떤 사건인지는 말해야 하지 않을까요?"

"회의실로 가지."

강현이 앞서 가자 주원과 영우는 그 뒤를 쫓았다.

"그동안 별 일 없었어?"

영우가 주원의 곁에 바짝 붙어 서서 걸으며 나지막이 속삭였다.

"네. 그런데 이런 부탁드려도 되는 건지 모르겠어요."

"난 괜찮아. 오히려 널 도울 수 있게 되어서 반가운 걸?"

"그렇게 생각해 주시면 고맙구요."

뒤에서 두 사람이 속삭이는 소리가 강현의 심기를 불편하게 했다. 왜 저 기생오라비같이 생긴 인간이 신경 쓰이는지 모르겠지만 아무튼 기분 나쁜 걸 어쩌란 말인가.

"안 들어올 겁니까?"

회의실 문을 열어 놓고 두 사람이 들어오길 기다리던 강현은 목소리를 낮게 깔았다.

"저분 원래 저렇게 까칠한가 보지?"

영우가 고개를 절레절레 젓자 주원은 억지로 웃음을 삼켰다.

"글쎄요. 저도 저런 모습 처음 보는데요?"

"피해자는 주로 20대에서 30대 사이의 여성들을 노렸는데 현재 마지막 범행에선 미수에 그쳤습니다. 마지막 피해자는 병원에서 치료를 받고 있는데 좀처럼 입을 열지 않으려고 해서 전문가의 도움이 필요한 겁니다."

"정신과 의사라면 경찰에서도 자문 의사가 있으리라고 보는데 굳이 제가 나서야 하는 이유가 있습니까?"

가만히 주원의 브리핑을 듣던 영우의 지적에 강현은 그가 보기보다 꽤 똑똑하다는 걸 느꼈다.

"물론 범죄심리학을 전담하고 있는 분이 계시지만 그건 보통 범인의 심리를 파악하는 경우고 저흰 지금 피해자들을 다루어야 합니다. 그것도 여성들이지요. 그러다 보니 아무래도 일반 정신과 의사 선생님이 하시면 피해자들이 안정감을 느끼지 않을까 생각했습니다. 피해자들과 상담을 토대로 범인의 심리나 행동 패턴 같은 걸 알게 된다면 더 좋고요."

영우는 주원의 말을 듣고 고심하는 눈치더니 이내 결심한 듯 고개를 끄떡였다.

"좋습니다. 사실 전 이런 경험은 없지만 한 번 해보죠. 제가 도움이 될 수 있으면 좋겠군요."

영우의 승낙이 떨어지자 강현이 사건 파일을 건넸다.

"이건 이번 사건들의 자료들입니다. 자세한 건 뺐지만 필요한 건 다 있으니 한 번 보시죠."

영우가 파일을 훑어보는 모습을 지켜보던 주원은 그도 꽤 진지해질 수 있는 남자구나 생각했다. 잠시 후 영우의 미간이 잔뜩 찌푸려졌다.

"왜요?"

"아니 대체 이런 짓을 저지르는 인간은 어떤 놈이야?"

대외비다 보니 영우에게 건넨 파일엔 피해자들의 사진들 중 심하다 싶은 건 걸렀건만 아무래도 민간인이 보기엔 끔찍할 것이다.

"글쎄요, 보통은 지극히 평범한 사람들이죠."

주원이 회의적인 표정을 짓자 강현이 자리에서 일어났다.

"그럼 이번 피해자를 만나보겠습니까?"

"이 형사님도 가시게요?"

주원이 강현을 향해 놀란 표정을 지었다.

"그럼 두 사람만 가게?"

"그래도 되지 않을까요?"

두 사람만 가겠다고? 갑자기 기분이 더러워졌다.

"공식적으론 이번 사건은 강남서 관할이지만 본청에서도 관심 있게 지켜보는 사건이니 내가 가는 게 당연하다고 보는데?"

주원은 그의 말이 틀린 게 없었기에 할 말이 없었다. 강현이 영우를 돌아봤다.

"제 차로 가시겠습니까?"

"전 제 차로 가지요."

영우는 마음 같아선 주원과 둘이 가고 싶었지만 공과 사는 분명히 구별해야 한다는 지론 때문에 참았다.

"그럼 대한 병원으로 오시죠. 그리고 자넨 나랑 같이 가지."

차를 타고 가는 동안 말이 없던 강현이 불쑥 입을 열었다.

"왜 경찰이 된 거니?"

주원이 그를 돌아봤다. 의외라는 표정이었다. 그게 왜 궁금하냐고 쏘아주려다 진지한 모습에 사실대로 말했다.

"강해지고 싶어서요."

"강해지고 싶어서라고?"

"그래요. 여자라고 늘 누구의 보호만 받는 건 아니잖아요. 나 스스로 강해지고 싶었어요."

"그건 경찰이 아니어도 할 수 있는 거잖아."

"처음엔 그저 태준 오빠와 같이 운동을 시작했어요. 그런데 오빠가 경찰대학에 들어가서 하는 걸 보니까 흥미가 생기더라고요. 그래서 나도 경찰대학을 들어간 거예요. 그리고……."

"그리고?"

"……그리고 경찰이 되면 오빠를……찾을 수 있을 거 같았어요."

강현이 놀란 눈으로 그녀를 바라봤다. 솔직한 그녀의 고백에 운전 중이라는 것도 잊을 뻔했다. 강현은 다시 앞을 주시하고 입을 열었다.

"그런데 왜 찾지 않았니?"

학교를 졸업한 지도 3년이나 지났으니 마음만 먹으면 그가 무슨 일을 하는 줄 알았을 것이다.

"오빠가 우리를 찾지 않은 데엔 사정이 있을 거라 생각했어요. 그래서 오빠가 원치 않는데 먼저 찾고 싶지는 않았어요. 그리고……."

주원이 말을 하다말고 끊자 강현이 재촉하듯 쳐다봤다. 그러자 마침내 그녀는 자신의 속마음을 내비쳤다.

"아마 마음 한편엔 나도 오빠한테 잊혀졌을지도 모른다고 생각했나 봐요."

'상처받기 싫어서 그래서 찾으려고 하지 않았어요.'

주원은 뒷말을 속으로 삭였다. 그러나 강현은 그녀의 뒷말을 들은 것만 같았다. 가슴이 답답해진 강현이 길가에 차를 급하게 세웠다. 그리곤 핸들을 꽉 쥐고 숨을 가다듬었다. 주원은 자신의 속마음을 보인 게 한편으론 민망해 모르는 척 창밖만 쳐다봤다.

"너, 너를 잊은 적 없다. 한 번도. 너희 부모님, 태준이 그리고 친동생 같은 너를 어떻게 잊을 수 있겠니?"

'친동생 같은'이라는 말이 그녀의 가슴에 비수를 꽂았다. 처음부터 그녀 혼자 짝사랑한 거니 상처 받지 않을 줄 알았는데 시간이 지난 지금도 아픈 걸 보니 그녀의 짝사랑은 끝나지 않았나 보다.

'그래도 그가 잊지 않았다잖아. 내가 기억하고 있었던 것처럼 강현 오빠도 날 기억하고 있었다잖아.'

주원은 그래도 좋았다. 그녀는 지금 중학생이 아닌 어엿한 성인이다. 그런 걸로 섭섭해 할 나이는 아니다. 지금 내 감정이 그를 고등학생으로 보지 않는 것처럼 그도 날 중학생으로 보지 않을 날이 올지도 모르니까.

"한 번도 날 잊지 않았다면서 우리를 만나러 오지 않은 이유가 뭔데요?"

그의 고뇌가 뭔지 그걸 알고 싶었다. 그래서 그녀가 그를 치유해 주고 싶었다. 그녀를 바라보는 강현의 눈빛이 아프게 빛났다. 뭔가를 얘기하려고 입술을 달싹이다 이내 입을 굳게 다물어 버리고 말았다.

"말을 해보라고요? 말을 못하는 걸 보니 한 번도 잊지 않았다는 건 거짓말인 거지?"

"주원아!"

그녀는 떼를 쓰고 있었다. 뭔가 중요하게 할 말이 있으면서도 끝내 하지 않는 그가 너무 미웠다.

"나 오빠 말 믿지 않아요. 어떻게 잊어 본 적 없다면서 내가 오빠 앞에 나타날 때까지 소식도 없을 수가 있어요? 그것도 13년 동안이나."

"그런 거 아니야. 네 가족과 너를 잊은 적 없다는 건 내 진심이야. 그리고 이유는 지난번에 태준이에게 들었잖아?"

"말이 되는 소리를 해요. 미국에 가기 전에 얼마든지 찾을 수 있었다고요!"

"그건……나중에 얘기해 줄게. 내가 용기가 생길 때……."

그의 말에 주원이 뭐라고 항의하려는데 갑자기 그녀의 휴대폰이 울렸다. 액정을 보니 영우였다. 그러고 보니 그들은 지금 공무 수행 중이었지.

"어, 선배?"

-어디야? 난 벌써 병원 도착했는데?

주원은 강현을 한 번 쳐다보곤 이내 고개를 돌리자 강현이 차를 출발시켰다.

"우리도 거의 다 와 가요. 조금만 기다려 주세요."

두 사람은 병원에 도착할 때까지 서로에게 아무런 말도 하지 않았다.

병원에 먼저 와서 기다리고 있던 영우는 무언가에 화가 난 듯한 주원과 그 뒤에 모호한 표정을 짓고 따라오는 강현을 보며 분명 두 사람 사이에 뭔가가 있음을 알아챘다. 영우는 10년 만에 만난 주원의 마음을 잡기도 전에 다른 사람에게 뺏기는 게 아닌가 은근 신경이 쓰였다.

"오래 기다렸어요?"

"아니, 방금 왔어."

"올라가요."

"일단 난 오늘은 그냥 지켜보는 걸로 하자. 상담은 피해자가 퇴원한 후 우리 병원에서 진행하도록 하는 걸로 하고."

주원이 강현을 향해 돌아서며 동의를 구하는 시선을 보내자 그가 앞으로 나섰다.

"일단 거부감을 주지 않는 게 우선이니 그렇게 하죠. 피해자가 동의를 하지 않으면 할 수 없는 거니까요."

세 사람이 병실로 들어서자 피해자는 마침 깨어 있었다.

"안녕하세요? 지난번에 왔었는데 기억하시죠?"

퉁퉁 부어 입을 열 수조차 없었던 얼굴은 이제 제법 사람의 형상으로 돌아와 있었다. 이렇게 보니 꽤 아름다운 미모를 갖고 있었다.

"이지연 씨 이쪽은 지난번에 저와 같이 왔던 이강현 형사입니다. 그리고 이쪽은······."

"내가 하지. 서영우라고 합니다."

앞으로 나선 영우는 따뜻한 미소를 지어 보이며 그녀에게 손을 내밀었다. 지연은 엉겁결에 그가 내민 손을 잡았다.

"앞으로 자주 보게 될 겁니다."

지연이 무슨 뜻인지 몰라 하며 주원에게 눈으로 물었다.

"우리를 도와주시고 계시는 의사 선생님이세요."

"의사요?"

그제야 영우는 지갑에서 명함을 꺼내 지연에게 건넸다. 그녀의 얼굴에 의아함이 묻어나자 주원이 설명을 했다.

"사고 후 많은 사람들이 사건을 잊으려고만 하죠. 하지만 그건 근본적인 치유는 아닙니다. 그래서 서영우 선생님이 이 일을 극복하는 데 도움을 주시려는 건데 괜찮으시겠어요?"

지연이 눈을 들어 앞에 서 있는 세 사람을 둘러보다 영우와 눈이 마주쳤다. 아무것도 묻지 않는 그의 눈빛이 그녀를 편하게 해주는 것만 같아 조심스럽게 고개를 끄덕였다.

"이제 그때의 일을 말해 줄래요?"

지연은 말라 버린 입술을 깨물고 한참을 망설이다 힘겹게 입을 열었다.

한 시간 후쯤 병실을 나선 세 사람은 한동안 말이 없었다. 피해자의 진술을 듣고 나자 그녀가 당했을 공포와 고통이 느껴지는 것만 같아 주원은 드러난 팔을 쓸어내렸다.

"전 그만 들어가 봐야겠습니다. 강주원 내가 나중에 전화할게."

예전의 거침없고 껄렁대는 모습은 간데없고 진지한 영우의 모습에 주원이 감사의 눈빛을 담아 고개를 끄덕였다.

"고마워요."

영우는 억지로 미소를 지어 보이며 먼저 차를 타고 출발했다. 그가 떠나고도 움직일 줄 모르던 주원은 팔꿈치에 느껴지는 따스함에 고개를 돌렸다.

"우리도 가자."

피해자의 이야기를 듣는 내내 침묵하고 있었지만 분노를 참기 위해 주먹에 힘을 주고 있던 그의 모습이 생각나 주원은 그의 얼굴을 살폈다. 피해자가 묘사한 범인은 정말 잔인하고 소름 끼쳤다.

"괜찮아요?"

"……."

대답하지는 않았지만 그녀의 팔꿈치를 잡고 있는 손에 힘이 들어간 걸 보니 아직도 분노가 가라앉지 않은 모양이었다. 주원 또한 그에 못지않게 화가 났다. 여자에게 저런 짓을 하는 인간을 기필코 그녀의 손으로 잡고 싶었다.

"어떤 일이 있어도 그놈을 꼭 잡고 말 거예요. 아야!"

강현이 갑자기 잡고 있던 팔을 비틀 듯 힘껏 잡아 돌려세우는 바람에 주원은 깜짝 놀라 소리치고 말았다.

"왜 그래요?"

그가 그녀의 어깨를 잡고 벽에 밀어붙이자 그녀의 목소리가 떨려 나왔다.

"강주원 절대로 위험한 짓 하지 않겠다고 약속해."

"그게 무슨 말이에요? 범인을 잡으려면 위험해질 수 있는 거잖아요."

주원이 그의 품에서 빠져나오려고 몸을 비틀자 강현이 더욱 힘을 줬다.

"난 네가 이 일에서 빠졌으면 좋겠다. 그냥 본청에서 다뤄도 될 것 같은데?"

"미쳤어요? 이 일은 내 일이라고요."

"널 위험에 빠뜨리고 싶지 않아."

억눌린 감정을 간신히 제어하고 있는 듯한 강현은 마치 딴사람 같아 보였다.

"잊었나 본데 난 경찰이에요. 그리고 언제부터 오빠가 나를 그렇게 걱정했는데요?"

"강주원!"

순간 그의 눈에서 고통을 본 듯도 했지만 그녀는 애써 외면했다.

"13년 만에 나타나서 날 걱정하는 거예요? 웃기지 말아요. 난 당신한테 이래라저래라 하는 말을 들을 사이도 아니고 그러고 싶지도 않아요."

그의 손에서 빠져나온 주원은 터져 나오려는 눈물 때문에 뒤도 돌아보지 않고 걸어갔다. 이렇게까지 그를 몰아붙이고 싶지는 않았지만 그녀를 위한다면서 이 일에서 빠지라고 말하는 바람에 그만 그동안 참았던 울분을 토해내고 말았다. 그녀가 내뱉는 말을 고스란히 들으며 고통을 참고 있던 그의 눈동자가 떠오르자 힘주어 주먹을 그러쥐었다. 대체 무엇 때문에 그러냐고 다시 따져 묻고 싶었지만 지독히도 입을 꾹 다물고 있는 그에게 화가 났다. 그를 피해 화장실로 도망쳐온 주원은 어떤 결정도 내리지 못한 채 말라 버린 눈물 자국을 닦아내며 자리에서 일어났다.

'젠장, 또 시작이군. 강주원 너 또 병 도졌어.'

이왕 이렇게 된 거 한 번 부딪쳐보자는 오기가 생겼다. 그래 이렇게 된 바에야 그 어떤 후회도 남기지 말자 결심했다.

그녀에게 왜 갑자기 그런 행동을 하게 됐는지 강현 자신도 이해할 수가 없었다. 피해자에게 진술을 들으면서 범인이 눈앞에 있다면 목이라도 조르고 싶은 심정이었다. 그러면서 한순간 그 피해자가 주원이 아니라는 거에 저도 모르게 안도의 한숨을 쉬고 있던 자신을 발견하곤 등 뒤로 식은땀이 흘러내렸다. 그러다 어쩌면 그녀가 잘못될 수도 있다는 생각에까지 미치자 그녀에게 그런 말도 안 되는 요구를 하고 말았다. 왜 지금 이 순간 그때의 일이 떠오르는 걸까? 다시는 그의 눈앞에서 누군가가 잘못되는 걸 보고 싶지 않았다. 그 사람이 다른 누구도 아닌 주원이라면 더더욱 안 될 일이다.

한참 만에 나타난 주원은 아무 일도 없었다는 듯 차에 올라탔다.

"가요."

"미안하다. 아깐 나도 모르게 흥분을 했나 보다."

"그럴 수도 있겠죠 뭐. 그런데 뭐 하나 물어봐도 되나요?"

"그래."

"오빠……나 좋아해요?"

주원은 그의 당황하는 모습이 보고 싶었다. 그래서 일부러 이런 질문을 한 건데 생각보다 충격이 컸는지 강현은 운전 중인 것도 잊고 순간 핸들을 잡은 손에 힘이 빠지는 게 보였다.

빵! 빵!

주원은 얼른 손을 뻗어 차가 옆 차선으로 넘어가려는 걸 막았다.

"미쳤어요? 누구 죽일 일 있어요?"

"이런!"

강현은 그제야 정신이 드는지 핸들을 제대로 잡고 그녀를 노려봤다.

"날 좋아하냐고요?"

"……."

"대답 못하는 거 보니까 맞나 보네."

"그래, 너 좋아해. 그런데 그건……."

급하게 말을 더듬는 그를 대신에 그녀가 말을 끝맺었다.

"친동생 같은 마음이다?"

"……."

'흥! 얼굴은 왜 빨개지는데?'

주원은 다시 따져 묻고 싶은 걸 간신히 참았다. 너무 몰아붙여 그를 도망가게 하고 싶진 않았다.

"나도 오빠 좋아해요. 물론……."

그녀의 고백에 입을 다물지 못하는 그를 흘깃 쳐다본 뒤 말을 이었다.

"태준 오빠와 같은 감정으로요."

"……푸읍!"

코끝을 살짝 치켜세우며 선심이나 쓰듯 도도하게 구는 게 어찌나 귀여운지 강현은 저도 모르게 피식 웃고 말았다. 13년 전처럼 한 방 먹고 말았다. 그가 어이없어하거나 말거나 주원은 입가에 작은 미소를 지으며 앞만 쳐다봤다. 어쩌면 주원과 예전처럼 돌아갈 수 있다는 기대감에 그의 입가엔 더 큰 미소가 패였다.

주원은 그의 웃는 모습에 가슴이 두근거렸다. 그를 다시 만난 뒤로 이렇게 환하게 웃는 모습은 처음 보는 것이다. 다시 예전의 강현으로 돌아온 것만 같아서 기대감에 부풀었다.

'그래 이렇게 시작하는 거야. 어렵지 않잖아?'

그 후 강현이 주원을 대하는 태도가 많이 달라져 있었다. 어딘가 긴장하고 거리를 두려던 행동은 이젠 조금은 자연스러워졌다. 그저 동생이라고 생각해서일까 이젠 농담도 편하게 하게 됐다. 일찌감치 출근한 주원은 껄끄러운 입 안을 달래기 위해 커피 한 잔을 뽑아들었다. 강현은 아직 출근을 하지 않은 건지 아니면 그새 어디를 가버린 건지 코빼기도 볼 수가 없었다.

"어, 여기 있었네."

홍정일 반장이 주원을 발견하곤 반갑게 아는 체를 하자 들고 있던 커피를 내밀었다.

"반장님도 한 잔 하실래요?"

"아니, 됐어. 그런데 진전은 있는 거야?"

"정신과 전문의 선생님이 피해자와 치료 중입니다. 피해자가 조금씩 안정을 찾아가고 있는 거 같습니다."

"그래? 그나저나 다음번 사건이 터지기 전에 놈의 신원이라도 파악해야 하는데 말야. 동일 전과범들 수사는 아직이지?"

"네."

홍 반장은 미안한 마음에 고개를 숙이고 눈을 마주치지 못하는 그녀의 어깨를 툭 쳤다.

"참, 이 형사가 체육관으로 오라는 거 같던데?"

"절요? 그리고 체육관엔 왜요?"

"몰랐어? 이 형사 이곳 파견 나온 날부터 아침마다 한 시간씩 운동하는 거 같던데."

"그래요? 그런데 저는 왜 오라는데요?"

"거야 난 모르지. 휴우, 그렇게 운동하는 거 보니 몸은 좋아졌나 보네."

혼자 중얼거리듯 작은 소리로 한 말이지만 왠지 반장이 강현을 예전부터 알고 있는 느낌이 들었다.

"이 형사님과 예전부터 아는 사이세요?"

"조금. 그 친구 경찰에 들어온 첫해에 보곤 나도 이번에 처음 보는 거야."

"그래요? 이 형사님은 어떤 사람이었나요?"

"사법고시를 우수한 성적으로 패스한데다 실력도 꽤 뛰어났던 모양이야. 재원이어서 다들 검찰로 갈 줄 알았나 봐. 그런데 경찰을 택하니 검찰 쪽에서 난리였지. 검찰총장까지 나서서 이 형사를 말려 봤지만 소용없었나 보더라고. 그런 사람이 경찰청에 왔으니 다들 궁금해 했었어. 이 형사는 형사로서도 자질이 있었던 모양이야. 거기에다 범인의 심리에 대해 꽤 뚫고 있었지. 아무튼 경찰 쪽에선 10년 만에 한 번 나올까 말까 하는 인재라는 말까지 나돌았으니까. 그러니 그 친구를 아끼는 건 당연한 거고."

"그런데 어떻게 해서 미국 연수를 가게 된 거죠?"

"자세히는 모르지만 그때 큰 사건이 터졌었는데 이 형사가 그때 많이 다친 것 같아. 그래서 치료차 미국으로 보낸 거 같아."

"다쳐요? 어딜, 얼마나 다쳤었는데요?"

저도 모르게 소리를 지르자 홍 반장은 약간 놀란 듯 그녀를 의아하게 쳐다봤다.

"강 형사 왜 이렇게 흥분하고 그래?"

"아, 아니. 다쳤다니 놀라서요."

"하긴. 우리 같은 사람들에게 다친다는 건 이 생활 종치는 거니까. 그때 당시 경찰을 그만둔다 아니다 말들이 많았어. 그런데 결국엔 형식상으로 파견 근무 나가 있는 걸로 결론난 거지."

그가 경찰을 그만둘 정도로 많이 다쳤었다니 도저히 믿기지 않았다. 위험이 따르는 직업인 걸 충분히 알았을 텐데도 대체 얼마나 큰 사건이었기에 그랬을까? 주원은 점점 더 그의 지난 13년간의 일들이 궁금해졌다.

"그리곤 그 후 몇 년간 그곳에서 본격적으로 범죄심리학을 전공하면서 뉴욕경찰청에서 근무한 거지."

"그랬군요. 그런데 그게 가능해요? 그건 특혜나 마찬가지잖아요."

"하긴. 그 이유야 난 잘 모르지. 위에서 하는 일을 우리 같은 밑에 사람이 어찌 다 알 수 있겠어. 그렇게 해서라도 그 친구가 필요했나 보지. 에구, 나 회의 있는데 늦겠다."

늦었다며 부리나케 사라지는 홍 반장의 뒷모습을 멍하니 쳐다보던 주원은 강현이 있다는 체육관으로 발걸음을 옮겼다.

체육관으로 들어선 주원은 벤치프레스에 누워 역기를 들고 있는 강현을 보자 방금 전 들었던 얘기가 자꾸 떠올랐다.

'에이, 반장님이 잘못 알았을 거야.'

마음속으로 아닐 거라 부정해 보지만 자꾸만 얼마나 다쳤을까? 지금은 괜찮을까 신경이 쓰이는 건 어쩔 수 없었다. 꽤 무거운 바벨을 가뿐히 들었다 내렸다 하는 걸 보니 갑자기 장난기가 동했다. 아침 시간이라 사람들이 하나도 없어서인지 유난히 그의 모습이 두드러져 보였다. 역기 양쪽에 족히 60킬로는 매달려 있는 걸 보자 괜히 심통이 났다. 그래서 되도록 발소리를 죽이고 그가 있는 곳으로 다가갔다.

"불렀다면서요?"

"헉!"

가슴까지 내려가 있던 역기를 힘껏 들어 올리려던 강현은 갑작스레 얼굴을 들이미는 주원 때문에 호흡을 하다 박자를 놓치고 말았다.
"푸읍!"

역기는 들어 올려야겠는데 힘이 빠져 버린 팔이 말을 듣지 않는지 가슴께에서 간신히 지탱하고 있는 그의 모습을 보니 어찌나 통쾌한지……. 조금만 더 아래로 누르면 그의 목인데. 그 순간 강한 유혹을 느낀 주원은 자신의 손을 한 번 내려다보고 다시 그를 쳐다봤다.

"계속 그렇게 웃고 있을 거야?"
"으음, 지금 살짝 고민 중이었어요."
"무슨 고민인지 결코 듣고 싶지 않군."
"하긴 저도 별로 말하고 싶진 않네요."
"어서 이거나 도와주지?"
"아직 버틸 만한 거 같은데요?"

강현이 낑낑대는 모습이 재미있어 더 약 올릴까 하다 불을 뿜어낼 것 같은 그의 눈을 보자 여기서 그만두는 게 상책이라는 결론에 도달했다. 주원이 그가 역기를 들어올리기 쉽게 위에서 버티자 역기를 제자리에 올려놓은 강현이 무서운 눈초리로 그녀를 노려보며 일어났다. 주원은 그의 눈빛에서 위험을 감지하곤 슬금슬금 뒤로 뒷걸음질 쳤다. 강현이 점점 다가오자 주원은 곁눈질로 출구까지의 거리를 가늠해 보았다. 거리는 얼마 되지 않았지만 문제는 문까지 가려면 그를 지나쳐야 한다는 데 있었다.

"꿈도 꾸지 마시지."
"뭐, 뭘요?"
"지금 도망갈 궁리하고 있잖아?"

"어머, 아닌데요?"

눈을 동그랗게 뜨며 부인하는 모습이 어찌나 귀여운지 강현은 방금 전까지 화가 났던 것도 잊고 그녀와의 장난이 즐겁게 느껴졌다.

"그래? 그런데 왜 자꾸 눈동자를 굴릴까?"

강현은 몸으로 입구를 막은 채 이젠 팔짱까지 끼고 그녀의 하는 양을 재미있다는 듯 바라봤다.

"내가 언제 그랬다고 그래요?"

이젠 그녀도 그와 맞서 당당히 허리를 폈다.

"내가 그렇게 겁나면 그런 장난을 하면 안 되지."

"적반하장도 유분수지. 난 오빠가 위험해질 뻔한걸 구해 준 거라고요."

"그 위험이 누구 때문에 생긴 거지?"

눈은 그를 바라보면서도 머리로는 문까지 도망갈 기회만 엿보고 있던 주원은 그의 주의를 딴 곳으로 돌리기 위해 제자리에서 이리저리 왔다 갔다 했다.

"거기다가 아까 네 표정을 보니까 그대로 역기를 눌러 버릴 태세던데?"

"내가 언제 그랬다고 그래요?"

"그럼 전혀 그런 생각도 안 했다는 거야?"

"그건, 그러니까……잠시……."

천성적으로 거짓말엔 소질이 없는 주원은 더 이상 피할 도리가 없자 눈을 질끈 감았다 떴다.

'에이, 모르겠다.'

그녀의 몸이 앞으로 튀어나가자 순간 방심하고 있던 강현은 잠깐 어리둥절해하다가 재빨리 정신을 차렸다. 그리곤 앞으로 돌진해 그녀의 허리를 낚아채 매트 위로 굴렸다. 정신을 차리고 보니 주원이 그의 밑에 눌린 채 간신히 숨을 쉬고 있었다. 아직도 무슨 일이 벌어진 줄 미처 깨닫지 못한 그녀는 가쁜 숨을 몰아쉬었다. 강현은 행여 그녀가 다쳤을까 봐 상체를 들어 올렸다. 하지만 그녀가 또다시 달아날까 봐 두 팔로 가두는 걸 잊지 않았다.

"괜찮아?"

"지금 이게 괜찮아 보여요?"

강현이 아래에 누워 있는 주원을 내려다봤다. 묶여 있던 머리가 풀어지면서 매트 위에 부채처럼 펼쳐져 있는 모습은 흡사 여신 같아 보였다. 강현은 그녀의 얼굴을 가리고 있던 머리카락을 손으로 쓸어 올려주며 사악한 미소를 지었다. 그리곤 그녀를 조금 놀려 주고 싶은 마음에 천천히 고개를 숙였다.

"좋아 보이는데?"

위험스런 미소와 달리 너무도 부드러운 그의 손길에 그녀의 눈이 점점 커지더니 그의 머리가 자꾸만 아래로 내려오는 거 같아 너무 놀라 입이 다물 수가 없었다.

'이 사람 지금 뭐하려는 거지?'

가슴은 왜 이리 또 제 맘대로 뛰기 시작하는지 정말 정신이 하나도 없었다. 이건 그저 불편한 상황이 아니라 지독히 난감한 사태였다. 특히나 그의 하체가 이렇게 달라붙어 있는 상태에선 제정신을 차릴 수가 없었다.

강현은 입만 뻐끔거린 채 표정이 시시각각 변하는 주원을 보자 자신의 몸이 흥분하는 걸 느끼곤 그녀에게 들키지 않기 위해 몸을 들었다. 그러자 주원이 그 틈을 이용해 빠져나오려고 몸을 비틀다 그를 치고 말았다.

'아, 아프겠다.'

"젠장! 가만 좀 있을래!"

그의 억눌린 고함소리에 주원이 동작을 멈추고 그를 올려다봤다. 그녀의 말랑한 품에서 떨어지긴 아쉽지만 이러다 여기서 뭔 일을 내고 말지도 모른다는 생각이 든 강현은 그녀에게서 몸을 떼고 일어섰다. 그리곤 주원의 손을 잡고 반동을 이용해 벌떡 일으켜 세웠다. 그의 손이 그녀의 뺨을 한 번 쓸어내리더니 아쉬운 듯 한숨을 내쉬고 떨어졌다.

"머리 다시 묶어야겠다."

그제야 정신을 차린 주원은 떨어져 있던 핀을 주워들고 문 쪽으로 걸어가더니 다시 몸을 돌려 그에게 다가왔다.

"……?"

바로 그때 주원의 주먹이 정확히 그의 눈두덩을 가격했다.

"윽!"

강현이 두 손으로 얼굴을 가리고 신음을 내뱉었다.

"까불지 말아요."

주원이 손바닥을 짝짝 소리가 나게 두어 번 마주치곤 이를 갈면서 한마디를 내뱉고 사라졌다.

"푸하하하……"

그녀가 가버리고 나서도 강현은 한 손으론 얼얼해져 오는 눈을 가린 채 그 자리에서 한참을 웃었다. 벌써 그녀 때문에 두 번이나 웃는 것이었다.

"이 형사님! 눈이 왜 그래요?"
얼마나 손이 매웠던지 점심시간이 채 지나기도 전에 주원에게 맞은 눈두덩이 벌겋게 부어오르더니 점점 색깔이 진해지기 시작했다. 역시나 그의 그런 모습을 그냥 지나칠 리 없는 동혁이 신기하게 쳐다봤다.
"별거 아닙니다."
"에이 별거 아니긴요. 그거 조금 지나면 더 시퍼레지겠는데요? 누구한테 맞으셨어요?"
"맞긴 누가 맞았다는 겁니까?"
강현이 한쪽 손으로 눈을 가리려 하자 동혁이 바짝 다가들더니 빤히 들여다봤다.
"아니, 분명 맞은 건데……"
"그래요. 맞았습니다. 이제 됐습니까?"
신경질적으로 툭 내뱉고 자리로 돌아가는 강현을 보면서 동혁은 간신히 웃음을 참고 있었다.
"으, 음! 이 형사님 정말 궁금해서 묻는 건데요. 혹시 때린 사람은 무사한가요?"
강현이 가던 길을 멈추고 획 뒤돌아봤다. 무사하지 않으면? 아무렴 내가 주원일 때리겠냐? 그때 조금 떨어진 곳에 있는 그녀가 웃고 있는 걸 발견한 강현은 애꿎은 동혁을 한껏 노려보더니 한숨을 내쉬며 자리에 앉았다.

"쓸데없는 소리 그만 하고 어서 가서 이번 사건 동일 수법 전과자들 조회나 하죠?"

"넵! 그런데 이 형사님……."

"왜요?"

"거기 꽤나 아팠겠는데요?"

동혁이 손가락 하나를 들어 시퍼렇게 물들기 시작하는 눈두덩을 찌르려 하자 강현이 눈을 치떴다.

"그 손 치우죠?"

"아, 죄송."

동혁은 한쪽 눈만 판다 곰처럼 거무스름하게 변하는 걸 바라보면서 터져 나오려는 웃음을 애써 참고 자기 자리로 돌아갔다. 결코 누군가에게 맞고 다닐 사람으로 보이지 않던 강현이 눈두덩을 얻어맞지를 않나 그러고도 아무렇지 않게 돌아다니는 걸 보니 까칠해 보이던 처음과 달리 편해 보였다.

"참 세상 오래 살고 볼일이라니까."

최 형사의 중얼거림을 무시한 강현은 주변을 휘둘러보다 또다시 주원과 눈이 마주치자 가까이 오라고 손가락을 까딱해 보였다. 주원이 조금 겁먹은 표정을 지으며 손가락으로 자신을 가리키며 입모양으로 나요? 했다.

'그럼 너 말고 누구겠냐?'

강현은 차마 대놓고 소리칠 수 없어서 눈을 부릅뜨고 고개를 끄덕였다. 그러자 그녀가 엉거주춤 일어나 그에게 다가갔다.

"무슨?"

"거울 있으면 가져와."

"……?"

"말 안 들려? 네가 만든 작품 좀 감상하려고 그런다."

"풉!"

차마 소리 내 웃지 못한 주원은 검게 변하고 있는 그의 눈 주위를 조심스럽게 쳐다봤다. 스스로 생각해도 많이 아팠을 듯싶어 조금은 미안한 생각이 들었다. 그러게 누가 그런 장난을 치라고 그랬나? 갑자기 아침에 체육관에서 그의 밑에 깔렸던 생각이 난 주원은 그 민망한 상황이 다시 떠오르자 얼굴을 붉혔다. 그런 그녀의 모습을 흥미롭게 바라보던 강현은 손가락으로 주원의 이마를 튕겼다.

"아야!"

주원이 눈앞이 번쩍할 정도로 아파오자 손으로 이마를 감싸고 그를 노려봤다.

"뭔 생각을 그렇게 해? 넌 여자가 거울도 없어?"

"한 대 더 맞고 싶어요?"

주먹을 불끈 쥐는 주원의 모습에 강현이 가소롭다는 듯 콧방귀를 꼈다.

"어디 한 번 해보지? 하지만 결과는 책임 못진다?"

마치 그녀의 도발을 유도하는 듯한 그의 발언에 주원은 걸려들지 않기 위해 간신히 돌아섰다. 그리곤 가방을 뒤져 조그만 손거울을 그에게 내밀었다. 어찌 됐든 그녀가 때려서 저렇게 됐으니 조금의 미안함이 드는 건 어쩔 수 없었다.

"어? 이거 너무 작아서 보이겠냐?"

"그럼 도로 가져갈까요?"

주원이 거울을 뒤로 빼려 하자 강현의 손이 빠르게 뻗어 나와 가로챘다. 그리곤 그만 가보라고 손짓을 했다.

얼마의 시간이 지났을까 전과자의 사진만 하루 종일 봤더니 어깨가 뻐근해져와 팔을 머리 위로 들어 올리고 한껏 기지개를 켜던 주원은 강현의 자리로 눈길을 돌리다 하마터면 큰소리로 웃을 뻔했다. 강현이 의자를 돌려 앉은 채 뭔가를 열심히 들여다보는데 그게 바로 그녀가 준 조그만 손거울로 검게 물든 눈두덩을 요리조리 고개를 돌려가며 뜯어보고 있는 게 아닌가? 천하의 이강현이 자신의 눈을 자세히 보기 위해 조그만 거울에 얼굴을 들이밀고 있는 모습은 귀엽기까지 했다. 주원은 그가 눈치 채지 못하게 자리에서 일어나 밖으로 나갔다. 그리곤 참았던 웃음을 터뜨렸다.

"푸 하하하하……."

주원은 빠른 걸음으로 경찰서를 나섰다. 지난번 병원에서 영우와 헤어진 뒤 그에게서 먼저 연락이 왔다.

"어딜 그렇게 급하게 가?"

외근 나갔다가 들어오던 동혁이 주원을 보자 활짝 웃었다.

"약속이 있어서. 그런데 어디 갔다 오는 거야?"

"사건 장소. 범행시간이 밤이지만 주변에 혹시나 목격자가 있을까 싶어 탐문조사를 하고 오는 길이야."

"성과는 있었어?"

주원의 물음에 동혁의 얼굴이 굳어지더니 머리를 가로저었다.

"별로. 외진 곳인데다가 바로 옆이 재개발 지역이라 사람들이 이주하고 몇 집 남지 않았는데 아무도 본 사람이 없어."

"아마 범인이 그런 것까지 다 계산하고 그곳에서 범행을 저질렀을 거야."

"혹시 면식범이 아닐까?"

"글쎄. 그건 아닐 거 같아. 마지막 피해자의 증언에 의하면 전혀 짐작 가는 사람도 없을뿐더러 아는 사람이 아니라고 했거든."

"그럼 묻지 마 식 범행이라는 건데 나 참, 이놈을 어디 가야 잡을 수 있을지 답답하네."

"아마 조만간 또 다른 범행을 저지를지 모르는데 단서라도 잡았으면 좋겠어."

"그러게 말이야. 참, 약속 있다면서 얼른 가봐야 하는 거 아냐? 그런데 누굴 만나러 가시는데 이렇게 예쁘게 차려입고 가실까?"

동혁이 능글맞게 웃으며 주원의 위아래를 훑어 내리자 그녀는 자신의 매무새를 다시금 살폈다. 그러고 보니 평소와 다르게 오늘은 치마를 입어서인지 다소곳해 보이긴 했다. 주원은 얼굴을 살짝 붉히며 눈을 흘겼다.

"이상해?"

"아, 아니. 그냥 좀 생소한 모습이라 그러지. 그런데 예쁘다."

"너무 과장이 심한 거 아냐?"

"누군지 모르지만 좋겠네."

"하하, 정말 그만 놀려."

주원이 웃으며 막 돌아서려 할 때 뒤에서 클랙슨 소리가 울렸다. 두 사람은 하던 얘기를 중단하고 동시에 뒤를 돌아봤다. 그들의 뒤에 멈춰선 차에서 영우가 내리자 동혁의 눈이 주원에게 향했다. 그러고 보니 동혁관 정식으로 인사를 한 적이 없었다.

"주원아!"

영우가 주원에게 다가와 활짝 웃자 동혁의 눈이 의심스럽게 가늘어졌다. 마치 적에게서 새끼를 보호하기 위해 털을 곤두세운 고슴도치 같다고 해야 할까?

"선배 벌써 오셨네요. 아, 이쪽은 동료 최동혁 형사님이세요. 최 형사, 정신과 전문의이신 서영우 선생님."

정신과 의사라는 말에 지난번 반장이 주원에게 정신과 의사 섭외를 떠넘긴 일이 생각났다.

"서영우라고 합니다."

"최동혁입니다. 그런데 두 분이 원래 아는 사이였습니까?"

"응. 마침 정신과 의사가 필요하다는 말에 내가 선배를 추천한 거야."

"선배?"

"고등학교 선배거든, 10년 만에 만났어."

"그래?"

"어디 가서 점심이라도 먹죠?"

영우가 두 사람에게 권하자 주원이 동혁을 쳐다봤다.

"아니, 난 들어가 봐야 돼. 말씀은 고마운데 두 분이서 드시고 오세요."

"그럼 갔다 올게."

"다음에 뵙겠습니다."

영우가 동혁에게 고개를 숙여 보이고 주원의 팔꿈치를 잡고 차로 이끌었다. 두 사람이 탄 차가 눈에서 멀어지자 동혁은 그제야 발길을 돌려 경찰서 안으로 들어섰다.

사건 파일을 들여다보던 강현은 사무실에 들어서는 동혁을 보곤 아는 체를 했다.

"그래, 갔던 건 어땠습니까?"

"아, 그게 별로 소득이 없습니다. 놈이 치밀하게 계획하고 일을 저지른 거 같습니다."

"그래요? 하긴 지금껏 단서를 남기지 않고 일을 저지른 거 보면 보통은 넘는 놈일 겁니다. 아니면 굉장히 신중한 거 거나."

강현이 다시 사건 파일로 고개를 숙이자 동혁이 책상 가까이 다가와 몸을 숙였다.

"……?"

강현은 이상한 듯 몸을 젖혀 그를 올려다봤다.

"눈에 멍이 많이 가셨네요. 그런데 정말 누구한테 맞은 거예요?"

그동안 조금 친해졌다 싶었는지 동혁이 장난스레 웃자 강현은 이를 갈았다.

"관심 끄죠?"

강현이 다시 고개를 숙이자 재미가 없어진 동혁은 기지개를 켜며 몸을 늘였다.

"아아윽! 그나저나 좀 전에 강 형사 봤는데 남자랑 점심 먹으러 가던데요?"

"남자?"

순간 강현의 얼굴이 굳어졌지만 동혁은 눈치 채지 못한 모양이다.

"아주 잘생긴 의사 선생이더라고요. 이번 우리 수사에 도움을 주기로 한 사람이라면서요? 난 지금껏 많은 의사를 만나 봤지만 그렇게 잘난 의사는 첨보네. 뭔 남자가 재수 없게 잘생겼냐고요."

"의사?"

영우를 말하는가 보다. 강현은 갑자기 입 안이 썼다.

"어디로 갔는데요?"

"그야 모르죠. 그 남자 차 타고 쌩하고 가버리던데요? 차도 외제차던데."

갑자기 강현이 벌떡 일어나 밖으로 뛰어나갔다.

"아이구 깜짝이야. 어디 가세요?"

동혁이 소리쳐 불러 보지만 강현은 이미 사라져 버린 후였다.

주원과 영우는 경찰서에서 그리 멀리 벗어나지 않은 조용한 이탈리아 식당에 마주 앉았다.

"스파게티 좋아해?"

클래식한 분위기의 식당 안을 둘러보던 주원의 눈길이 영우를 향했다.

"좋아해요. 그런데 경찰서 근처에 이런 곳이 있는 줄은 몰랐네요."

"내가 원래 맛있는 거만 먹거든."

"경찰서에 들어가서 얘기해도 되는데……."

"오늘은 공적인 것보단 개인적인 거라서."
"개인적요?"
"그냥 네 얼굴 보고 밥 한 끼 먹고 싶어서 말야."
"싱겁긴."

피식 웃으며 테이블 끝을 손가락으로 더듬었다. 그녀를 유심히 바라보던 영우는 그녀의 행동에 속으로 미소를 지었다.

'초조한가 보네. 귀엽다니까.'
"뭐 먹을래?"

그녀의 초조함을 모르는 척 영우가 메뉴판을 그녀에게 내밀었다.

"크림 스파게티요."

종업원에게 주문을 마친 영우가 앞에 놓인 물 잔을 천천히 들어 올리며 그녀를 바라봤다. 제법 길 거 같은 머리를 단정하게 틀어 올린 모습이 무척이나 여려 보였다. 하지만 영우는 그 모습 속에서 또 다른 그녀를 볼 수 있었다. 모르는 사람은 겉모습만 보고 저런 여자가 어떻게 경찰이 됐을까 생각할 수도 있겠지만 오랫동안 사람들의 심리를 다뤄온 영우는 그녀의 눈빛에서 강인함을 볼 수 있었다. 그래서 더 그녀에게 더 끌렸는지도 모르겠다.

"너 나 이후로 남자 많이 사귀어보지 않았지?"
"푸웁!"

주원은 입에 물고 있던 물을 뿜어내고 말았다. 그녀의 입에서 나온 그 물은 곧바로 영우의 상의를 적시고 말았다.

"이런! 괜찮아요?"
'젠장, 얼굴이 아니길 다행이네.'

당황한 주원이 냅킨을 빼들고 얼른 그의 옷에 묻은 물기를 걷어내며 속으로 중얼거렸다.

"하하하, 내 말이 그렇게 충격이었니? 괜찮은 거 같으니까 그만해."

영우가 그녀의 손에 들린 냅킨을 뺏더니 스스로 닦았다.

"그런데 내가 남자를 만나봤는지 안 만나봤는지 선배가 어떻게 알아요?"

"내 직업이 뭐니? 바로 정신과 의사 아냐? 사람들 심리나 행동을 읽는 게 직업인 사람이 너 하나 못 읽을까 봐?"

"내가 그렇게 보였다고요?"

"그래."

"돌팔이는 아닌가 보네."

작은 소리로 중얼거렸지만 영우의 귀엔 똑똑히 들렸다. 왠지 기분이 좋아지기 시작했다.

"강주원."

갑자기 은근하게 이름을 부르는 소리에 그녀가 긴장한 표정을 지었다.

"나랑 사귀어보지 않을래?"

"……?"

"인마, 뭘 그렇게 놀라? 지금 네 옆에 아무도 없다면 나랑 사귀자고."

주원은 한동안 말문이 막혀 아무 대답도 할 수가 없었다. 그의 말처럼 그녀는 누군가를 제대로 사귀어본 적이 없었다. 아니, 그럴 생각조차 하지 않았다. 과연 그녀가 누군가를, 그것도 이강현이 아닌 다른 누군가를 좋아할 수 있을까? 강현을 제외하곤 처음으로 영우와 제법 친하게 지냈었는데 지금 그가 정식으로 사귀어보자고 하자 당황스러웠다. 그런데 왜 하필 지금이냔 말이다. 이강현이 다시 나타난 이때에 이 남자한테 이런 말을 들어야 하는가? 조금만 일찍 영우를 만났더라면? 주원은 웃어야 할지 울어야 할지 솔직한 마음을 알 수 없었다.

"내 질문이 너무 어려웠나?"

영우의 중얼거림에 주원은 얼른 정신을 차리고 목소리를 가다듬었다.

"으음, 저 선배 난······."

〔따르릉······.〕

무슨 말인가를 하려는데 갑자기 울린 전화벨 소리에 멈칫했다. 주원이 잠시 어리둥절해하자 영우가 그녀를 향해 고갯짓을 했다.

"네 것 같은데?"

그러고 보니 그녀의 가방에서 쉼 없이 전화벨이 울리고 있었다. 미안한 얼굴로 액정을 확인한 주원의 얼굴이 눈에 띄게 굳어지자 영우의 눈이 호기심에 그녀를 향했다.

"강주원입니다."

한참을 망설이다 전화를 받는 그녀의 목소리가 가라앉았다.

-지금 어디야?

다짜고짜 들려온 목소리에 주원은 화가 났다. 영우와의 편치 못한 상황에서 때맞춰 그의 전화까지 받으니 이 모든 게 그의 탓인 것만 같았다.

"식당인데요?"

-…….

"왜 하셨는데요?"

-점심 먹고 있는 거니?

그의 목소리가 조금 누그러진 게 느껴졌지만 주원은 그런 걸 신경 쓰고 싶지 않았다.

"그럼 식당에 밥 먹으러 오지 뭐 하러 오겠어요?"

-누구랑 같이 있는 거지?

주원의 눈이 잠시 앞에 앉은 영우를 바라보다 눈길을 돌렸다.

"그런 것까지 보고해야 해요?"

-서영우……그 사람이랑 같이 있는 거니?

어떻게 알았지? 아! 경찰서 입구에서 만난 동혁이 생각났다. 그런데 강현이 왜 그것을 궁금해 하는 걸까?

"네."

-…….

"그만 끊을게요."

낮은 한숨 소리를 들은 것도 같은데 이내 전화를 끊은 바람에 확실치 않았다.

"누구?"

"이 형사님이요."

이 형사라는 말에 영우는 처음부터 두 사람 사이의 이상한 기류에 대해서 궁금해졌다.

"이런 말 물어도 될까?"

"뭐요?"

"이 형사님과는 어떤 사이인 거야?"

주원이 즉각 입을 열려고 하는 찰나 영우가 가로막았다.

"아니, 같은 직장 선후배 사이라는 거 말고 개인적으로 아는 사이인 거 같아서 물어보는 거니까 솔직하게 말해 줄래?"

주원은 잠시 망설였다. 아마 그의 눈에 강현과 그녀가 그냥 아는 사이론 보이지 않았나 보다.

'이 남자 보기보단 꽤 날카로운 구석도 있네.'

"오빠 친구예요."

그의 눈이 의외라는 듯 살짝 크게 떠졌다. 오빠 친구라지만 왠지 어색해 보인 두 사람이었다. 그런 그의 의중을 알아챈 주원은 말문을 열었다.

"13년 만에 만난 거예요. 예전엔 오빠랑 꽤 친했었는데 미국으로 가고 난 뒤 13년 동안 연락이 한 번도 없었거든요. 그런데 이곳에서 만난 거예요."

"아, 그랬군."

마침 음식이 나오자 두 사람의 대화는 잠시 끊어졌다. 그리곤 서로 약속이나 한 것처럼 파스타를 먹는 데만 온 신경을 쏟았다. 후식으로 나온 커피를 다 마실 즈음 영우가 먼저 입을 열었다.

"아까 내가 한 말 한 번 생각해 봐."

"선배!"

"나 장난으로 그러는 거 아냐. 예전의 내가 아니라는 건 네가 더 잘 알 거고. 그러기에 아무한테나 사귀자고 하는 것은 더더욱 아니야. 솔직히 나 꽤 괜찮은 놈이다. 그러니까 영광으로 알아야 돼."

"영광이요?"

"그럼. 나 이래 봬도 잘나가는 놈이거든. 인물 받쳐줘, 학벌에 직업 빵빵하지. 나 같은 남자 그리 흔하지 않다고 보는데?"

"푸하하하……. 지금 나 웃으라고 농담하는 거죠?"

"어? 농담 아닌데?"

어쩜 저리도 제 자랑을 얼굴색 하나 변하지 않고 늘어놓을 수 있을까? 예전엔 저 정도로 뻔뻔하진 않았는데 말이지. 정말 연구 대상이다. 주원은 커피 잔을 들고 그에게 눈을 흘겼다.

"쓸데없는 소리 하지 말고 커피나 마셔요."

"주원아 난……."

"한마디만 더해요? 그러면 누구처럼 얼굴에 멍 자국 생기게 해줄 테니까."

주먹을 불끈 쥐며 엄포를 놓자 영우는 어쩔 수 없이 입을 다물었다. 누구처럼? 그 누구가 설마 그 사람은 아니겠지? 영우는 내쳐 묻고 싶은 걸 간신히 참았다. 기회는 또 있으니 잠시 후퇴하는 것도 나쁘진 않다.

식사를 끝내고 다시 경찰서로 돌아온 두 사람은 차에서 내렸다.

"선배 오늘 점심 잘 먹었어요. 잠시 사무실에 들렀다 갈래요?"

"아니야. 오늘은 일 때문에 온 게 아니니 그냥 돌아가지."

"그럼 언제쯤 나올 거예요?"

"조만간 피해자와의 상담 내용을 분석 좀 해보고."

"그래요, 그럼."

영우가 주원에게 손을 내밀어 악수를 하는데 뒤에서 강현의 목소리가 들렸다.

"강 형사! 그리고 서영우 선생."

두 사람이 동시에 돌아봤다. 강현의 눈이 악수하느라 잡고 있던 두 사람의 손으로 향했다. 주원은 천천히 영우의 손을 놓았다.

"안녕하십니까 이 형사님!"

영우가 먼저 아는 체를 했다. 주원은 강현이 영우를 바라보는 눈길이 너무 차가워 차마 입을 열 수가 없었다. 강현은 그런 그녀에겐 눈길조차도 주지 않고 영우만 똑바로 응시했다.

"서영우 선생 오랜만입니다. 그래 피해자와 이야기를 나눠 보셨습니까?"

지극히 사무적이면서도 차가운 말투에 주원은 온몸에 소름이 돋았다. 그런데 영우는 오히려 그런 강현을 흥미롭게 바라봤다. 처음엔 그래도 이 정도까지는 아니었는데 갑자기 이렇게까지 예민하게 구는 건 분명 주원과 연관이 있는 게 확실했다.

"그때 병원에 다녀온 뒤 몇 번 대화를 나눠 봤는데 아직 크게 진전은 없지만 그때보다는 충격이 많이 가라앉은 거 같았습니다."

"범인에 대해서 알아내는 것도 중요하지만 그것보다도 피해자가 우선입니다. 그러니 피해자의 상처를 치유하는 게 더 중요하다는 걸 명심해 주셨으면 좋겠습니다."

이거 누가 누굴 가르치는 건지 원. 그 정도도 모를 거라 생각했나? 영우는 어이가 없었지만 그는 범죄심리학을 공부한 사람이라니 사람의 심리나 정신세계에 대해서 전혀 무관하지 않을 것이다. 그래도 범인을 잡는 것보단 피해자를 먼저 생각하는 마음을 갖고 있다는 건 조금 마음에 들었다.

"그런 건 염려 마시지요. 그런데 다른 피해자들도 상담치료를 했으면 좋겠다는 생각을 했는데요? 피해자들과 얘기를 하다 보면 어쩜 범인의 특징 같은 걸 알게 되지 않을까요? 그리고 이번 일을 계기로 이런 피해자들을 위해 무료로 상담치료를 해주고 싶은 생각이 들었습니다."

"선배, 정말요? 그러면 너무 고맙죠. 제가 피해자들에게 한 번 의견을 구해 볼게요. 사실 정신과 치료를 받고 싶어도 사람들의 선입견 때문에 망설이는 사람들이 많거든요."

"그래, 그래 주면 고맙고."

"좋은 생각입니다. 그런 것까지 신경을 써주다니 감사합니다."

강현의 입에서 칭찬의 말이 나오자 영우는 약간 어리둥절했다.

"아니, 뭐 그렇게까지……"

"사실 아무런 대가 없이 누군가를 돕는다는 게 쉬운 일이 아니죠. 그것도 물건이 아닌 시간을 할애한다는 건 결코 쉬운 일이 아니라고 생각합니다."

"그렇게 말씀해 주시니 제가 대단한 놈 같은데요?"

"대단한……놈 맞습니다."

엥! 이 사람 지금 나한테 농담한 거야? 그의 눈꼬리가 살짝 웃는 걸 보곤 큰소리로 웃었다.

"하하하……이거, 제가 한 방 먹은 거 맞죠?"

"무슨 그런 말씀을. 그저 서 선생의 말투를 따라 한 거뿐인데요."

"하하하. 아무튼 충고 감사히 받아들이고 전 그만 가보겠습니다."

영우가 고개를 까닥하고 인사를 한 뒤 차를 타고 가버리자 두 사람만 남았다. 주원이 먼저 돌아서려 하자 강현이 그녀의 팔목을 잡았다. 굳어진 얼굴엔 알 수 없는 쓸쓸함이 배었다. 그런데 손의 온기는 너무 따듯해 눈물이 나올 뻔했다. 차라리 큰소리로 화라도 냈으면.

"앞으론 그런 식으로 전화 끊지 마라."

"기다렸어요? 걱정했어요?"

그의 눈 속엔 그녀에 대한 새로운 갈망이 일렁이고 있었다. 하지만 그녀가 볼 수 없게 고개를 돌려 버렸다. 그게 욕심인 줄 알면서도 안 된다는 걸 알면서도 자꾸 그녀에 대한 사랑이 움트려고 했다. 강현은 그녀의 팔을 놓아주곤 건물 안으로 들어가 버렸다.

자료 조사를 끝낸 파일을 열고 찬찬히 읽어내려 가는 태준의 이마엔 굵은 주름이 잡혔다. 13년 만에 강현을 만나고 나서 비밀리에 그에 대해 조사를 했다. 그의 말을 전적으로 믿기는 하지만 뭔가 말하지 못한 게 있다는 걸 그의 눈을 보고 알 수 있었다. 그리고 그게 결코 유쾌한 건 아니라는 것도 알 수 있었다. 그래서 걱정이 됐다. 대체 무엇이 그를 그렇게 옭아매고 있는 것인지 알고 싶었다. 할 수만 있다면 그가 해결해 주고 싶었다. 다시 강현을 마음에 담아 버린 주원을 위해서. 그런데 그에 대한 파일에 쉽게 접근할 수가 없었다. 대외비로 접근 금지를 시켜놓은 바람에 애를 먹었다. 파일을 다 읽고 난 태준은 강현에 대한 연민과 안쓰러움에 가슴이 아팠다. 이건 그가 해결할 수 있는 게 아니라는 걸 알았다. 이 문젠 강현 그 스스로가 풀어야만 하는 것이다. 주원일 위해서도 꼭 그래야만 했다. 태준은 파일을 서랍 속 깊숙이 넣고 열쇠로 잠가 버렸다.

8.

탁!

"이게 뭐예요?"

강현이 던져 놓은 두툼한 파일을 집어든 주원은 하나둘 들춰 봤다. 옆에 있던 동혁도 의아하게 강현을 올려다봤다.

"동일 전과 수법의 전과자들이야. 현재 복역 중인 사람들은 빼고 남은 사람들인데 내일부터 탐문수사 들어갈 거야."

"알겠습니다. 그런데 왜 내일부터입니까?"

동혁의 물음에 강현은 주원을 한 번 힐끗 쳐다봤다.

"오늘은 갈 데가 있거든."

"아, 네."

동혁이 강현이 건네준 파일들을 챙겨들고 자리로 돌아갔다.

"가지."

"저요?"

주원은 보고 있던 파일에서 고개를 들어 강현을 올려다봤다.

"그럼 여기에 자네밖에 누구 있나?"

그제야 주원이 주변을 두리번거리더니 고개를 끄덕였다.

"그러네요. 그런데 어디 갈 데 있다고 그러시지 않았어요?"

"그러니까 가자는 거지."

"내가 왜요?"

"따라오기나 해."

무조건 따라오라는 말만 하고 나가 버리는 강현의 뒤를 멀뚱히 쳐다보던 주원은 그가 가다 말고 뒤를 돌아서서 노려보자 부리나케 뒤쫓아 갔다.

"어디 가는 데 그래요?"

"가보면 알아."

강현은 어리둥절해하는 주원을 데리고 시내의 극장 앞에 섰다.

"여긴 왜 왔어요? 범인이 이곳에 나타난대요?"

순간 강현의 얼굴이 살짝 붉어졌다고 느낀 건 그녀의 착각일까?

"극장에 왜 오겠어? 그리고 갑자기 여기서 범인 얘기가 왜 나와?"

"아니, 그럼 영화를 볼 것도 아닌데 극장엔 왜 오냐고요?"

"영화 볼 거 아니라고 누가 그래?"

"영화 보러 왔어요?"

도저히 믿기지가 않은지 눈을 동그랗게 뜨고 바라보는 주원을 보자 강현의 얼굴에 홍조가 어렸다. 이 남자 정말인가 보네. 그런데 난 왜 데리고 온 거야? 혹시? 에이 아니겠지. 설마……?

"뭐 볼래?"

"엥? 나요?"

"자꾸 두 번 말하게 할래?"

지난번 한 방 맞고 나더니 머리가 이상해진 건가? 아니지 그땐 눈을 때렸지 머리카락은 한 올도 안 건드렸는데. 그런데 왜 갑자기 나랑 영화를 보겠다는 거야?

"지금 나랑 영화 보자는 거예요?"

잠시 뜸을 들이 강현이 진지한 얼굴로 바라봤다.

"언젠가 내가 그랬지? 내가 돌아오면 영화도 보고 놀이동산에도 데려간다고."

'하아!'

주원은 너무 놀라 벌어진 입을 손으로 가리며 눈을 크게 떴다. 13년 전 공항에서 비행기를 타기 전에 다급하게 그녀에게 했던 약속을 기억하고 있었단 말인가? 가지 말라고 떼를 쓰던 중학생이었던 그녀에게 눈물을 쓸어주며 약속했던 걸 잊지 않고 있었단 말인가?

주원은 점점 차오르는 눈물을 감출 생각도 못하고 그 자리에 굳어버린 채 강현을 노려봤다. 그런 그녀를 강현이 안쓰러운 눈길로 바라보고 있었다. 잊지 않고 있었으면서 왜 찾지 않았냐고, 한낱 어린애에 불과했던 그녀와의 약속도 잊지 않았으면서 그동안 왜 한국에 있다는 걸 알리지 않았냐고 소리쳐 묻고 싶었다. 정말 그녀가 모르는 뭔가가 있었던 걸까? 그렇다면 왜 얘기를 하지 않는지 궁금했다.

"그걸……기억……해요?"

더듬거리며 말을 하는 주원을 가만히 바라보던 강현이 무의식적으로 그녀의 눈물을 닦아 주면서 한숨을 내쉬었다. 그러자 그의 부드러운 손길에 깜짝 놀란 주원이 뒤로 한 발짝 물러났다.

'제기랄!'

그녀의 그런 몸짓에 강현은 속으로 스스로에게 욕을 퍼부었다.

"다 기억해. 아니 하나도 잊지 않았다."

"그런데 왜?"

왜 연락하지 않았느냐고 물어보려는데 목이 메여 말이 나오지 않았다.

"나중에, 주원아 나중에……얘기해 줄게."

그의 눈에 어린 고통을 보자 주원은 더 이상 강요할 수가 없었다. 한참 동안 마음을 가다듬은 주원은 그의 말대로 그 문젠 나중에 다시 물어보기로 했다. 그리곤 손바닥으로 얼른 눈물을 닦아냈다.

"으음, 이런 걸로 내가 오빠를 용서했다고 생각하지 말아요. 이거 보죠?"

주원이 팔을 들어 올려 손가락으로 영화 하나를 찍었다. 그러나 강현의 눈은 그녀를 향해 있었다.

"오빠 소리 참 듣기 좋다."

"새삼스럽긴."

"오늘은 더 듣기 좋다고."

물론 아직 그를 완전히 이해하고 용서한 건 아니다. 다만 어린애와의 약속을 잊지 않은 것에 대한 작은 보답으로 오늘은 예전의 주원으로 돌아가 보고 싶었다.

"표나 끊어 와요."

그의 팔을 뿌리치고 안으로 들어가 버리는 주원의 당당한 뒷모습을 보자 피식 웃음이 나왔다. 역시 강주원에겐 저런 도도한 게 어울린다는 생각을 하면서 그런 모습에 행복을 느끼는 자신을 깨닫자 이런 행복이 어쩌면 그의 몫일지도 모른다고 또 다른 그가 속삭였다.
　'그래, 시간이 많이 지났잖아. 그러니 나도 조금은 행복해져도 되는 거잖아.'
　마음을 정하고 나니 한결 마음이 편해졌다. 표를 끊는 내내 강현의 얼굴엔 기대감에 환하게 밝아졌다. 하지만 그 기대감도 그녀의 까칠함에 점점 사그라지고 있었다.
　"영화 보는 데 팝콘도 사와야죠?"
　그가 팝콘을 사오자 이번엔 콜라를 사와야 한다고 툴툴거렸다.
　"인마 그러면 한꺼번에 시켜야지."
　"아니, 그런 것도 몰라요? 영화 처음 보나."
　"알았다."
　콜라를 사오자 이번엔 오징어가 먹고 싶다나?
　"너 정말……."
　한마디 하고 싶은 걸 꾹 참고 오징어를 사와 그녀의 무릎에 던지다시피 하곤 옆자리에 털썩 주저앉았다. 만약 한 번만 더 뭐 사오라고 시키면 가만 안 두겠다고 이를 갈던 강현은 그런 그를 힐끗거리는 주원과 눈이 마주쳤다. 그러자 주원이 얼른 눈길을 피하며 팝콘 상자에 얼굴을 파묻고 어깨를 들썩이는 게 보였다. 필시 웃고 있는 거겠지. 조금씩 그를 향해 마음의 문을 열어 보이는 그녀의 모습에 강현은 가슴이 따뜻해져 왔다.

영화를 보고 돌아오는 길에 강현이 저녁까지 사주자 주원은 못 이기는 척 그와 같이 마주 앉았다. 그러고 보니 예전에 영화관 앞에서 그를 보았던 기억이 나자 그때 그 여자는 어떻게 됐는지 궁금했다.

"왜?"

강현은 내내 잘 먹다가 수저를 든 채 그를 바라보는 주원이 이상했는지 물었다. 그러자 주원이 어깨를 으쓱했다.

"아니, 옛날 일이 생각나서요."

"무슨?"

"여름방학에 영화를 보러 갔었는데 그때 오빠를 봤거든. 그런데 그때 어떤 여자랑 같이 있었는데 그 여자는 지금 뭐해요?"

이젠 정말 예전의 두 사람으로 돌아온 것만 같았다. 기억을 더듬던 강현은 그녀가 말한 그때의 일이 생각이 나자 빙긋 미소 지었다. 그때 같이 있던 여자에 대해 호기심을 나타냈지만 애써 그 답을 주지 않자 툴툴대던 주원의 모습이 어제 일처럼 눈앞에 보이는 것만 같았다.

"영신이 말이야?"

그 여자 이름이 영신이었군. 젠장 아직까지 이름을 기억하고 있다면 어쩌면 계속 만나고 있는 건가? 정말 그렇다면 다시는 저 인간 얼굴도 보지 않으리라.

"영신인지 뭔지 내가 알 도리가 없죠."

불을 뿜을 것처럼 그를 노려보는 주원을 보자 강현은 이대로 불타 버리는 건 아닌가 움찔했다. 이거 더 장난치다간 정말 뼈도 못 추리지 싶었다.

"아마 지금쯤 결혼해서 애가 둘쯤은 되지 않겠어?"

"꼭 아무것도 모르는 사람처럼 얘기하네요."

미심쩍어하면서도 그녀의 눈엔 이미 즐거움이 묻어났다.

"그거야 그때 이후로 보지 못했으니까 그렇지. 아마 잘살고 있겠지."

"꽤 예쁘던데."

그때의 기억을 더듬으며 무심코 내뱉던 주원은 강현의 다음 말에 젓가락을 든 채 얼어붙고 말았다.

"네가 더 예뻐."

툭! 들고 있던 젓가락이 떨어지는 소리에 정신을 차린 주원은 얼굴이 달아오르려 하자 얼른 고개를 돌렸다. 그녀의 허둥대는 모습에 묘한 만족감을 느낀 강현은 떨어진 젓가락을 주워들며 슬쩍 그녀의 표정을 살폈다.

"뭘 그렇게 놀래?"

"놀라긴 누가 놀랐다고 그래요?"

"하긴 강주원이 이 정도에 놀란다면 말이 안 되지."

"그건 또 무슨 뜻이에요?"

주원이 고개를 바짝 치켜들고 민감하게 반응하자 강현이 어깨를 으쓱해 보였다.

"예쁘다는 소리 나한테 처음 듣는 것도 아니잖아."

"물, 물론 그렇긴 하죠. 하지만 이렇게 대놓고 하는 사람은 처음 보네요."

솔직히 그녀는 자신이 눈에 띄게 예쁘다고는 생각하지 않았지만 그런대로 봐줄 만은 하다는 건 알았다.

'그래 나 정도면 봐줄 만은 하지.'

그와 눈이 마주치자 조금은 부끄러웠는지 주원은 고개를 숙이고 먹는 데에만 집중했다. 강현이 그저 바라보기만 하자 더 이상 참을 수 없어진 그녀가 발개진 얼굴로 그를 노려봤다.

"그만 볼 수 없어요?"

발끈하는 모습까지 예전 그대로인 것을 깨달은 강현은 예의 그 나른한 미소를 지었다.

"미안, 13년의 공백을 채우려면 많이 봐 둬야 할 거 같아서 말이야."

이 인간 뭐 잘못 먹은 거 아냐? 그리고 이 느끼함은 또 뭐야? 어쩌면 민망한 말들을 얼굴색 하나 변하지 않고 말할 수 있는 거지?

"나이를 먹더니 얼굴도 두꺼워졌나 봐요?"

"너와 나 사이에 부끄러워할 게 뭐 있다고 그래?"

"오빠와 나 사이?"

"난 네가 여자가 되는 순간에도 함께했던 사람인데 기억 안 나?"

이 인간 지금 무슨 말을 하는 거지? 여자? 설마! 주원의 놀란 눈이 강현에게 꽂혔다. 징그럽게 웃고 있는 걸 보니 맞나 보네. 아, 세상에!

"컥! 켁."

마침 목으로 넘어가던 음식물이 그가 던진 한마디에 목구멍에 걸렸는지 주원은 연신 가슴을 두드리기 시작했다. 강현이 앞에 놓여 있던 컵을 건네주며 등을 두드려 주자 주원은 그 와중에도 컵에 있는 물을 그에게 끼얹고 싶다는 유혹을 느꼈다.

"일단 마시는 게 좋지 않을까?"

그녀의 의중을 간파했는지 강현이 달콤한 목소리로 달랬다. 주원은 그를 한 번 노려봐 주곤 물을 들이켰다. 간신히 진정이 된 그녀는 아직도 어이가 없는지 그를 노려보는 걸 멈추지 않았다.

"인마 그만 노려보고 마저 먹어."

"나한테 이러는 이유가 뭐예요?"

"내가 뭘?"

"영화를 보더니 옛날 일까지 들춰가면서 날 자극하는 이유가 뭐예요?"

왜일까? 강현은 그 스스로도 자신의 행동을 어찌 설명해야 할지 갈피를 잡지 못했다. 하지만 마음 한쪽에서 그녀를 잡으라는 소리가 자꾸 그를 유혹했다.

"13년 동안의 공백을 메워 보려고 한다면 설명이 될까? 너 예전에 오빠 좋아했잖아? 그러니 그때처럼 생각해 주면 안 되겠니?"

"내가……언제 오빠를……좋아했었다는 거예요?"

당황하면서 애써 부인하려는 그녀의 노력이 안쓰러워 보였다. 조금만 일찍 용기를 냈다면. 조금만 일찍 그녀를 찾았더라면……. 아쉬움에 터져 나오려는 한숨을 간신히 참은 강현은 그녀의 손을 잡아끌었다.

"늦었다. 가야지."

"왜 말을 바꾸는데요?"

그에게 질질 끌려오면서도 분한 마음이 가시지 않는지 여전히 따지고 들었다. 그녀의 그런 집요함까지 매력적으로 보이기 시작한 걸 보니 그의 마음도 이제는 조금씩 열리기 시작한 것 같았다.

"바꾸긴 뭘 바꿔? 생각해 봐라. 내일모레면 성인인 남자를 중학교 1학년의 눈으로 봤을 때 얼마나 멋있었을까? 거기다 나같이 외모에 분위기까지 따라 주는 사람이면 좋아하는 게 당연하지."

"하아! 정말 착각도 자유라지만 혼자 보기 아깝네."

심각해지려는 분위기를 장난스럽게 넘기려는 방법도 아주 수준급이고. 분한 마음이 없는 것도 아니지만 하긴, 그의 말대로 그녀가 그를 짝사랑했던 건 사실이니까. 주원은 그의 장단에 맞춰 주기로 했다. 그 사실을 인정하고 나니까 오히려 홀가분한 생각이 들었다. 그녀 혼자서 좋아한 거였지만 강현이 그걸 알고 있었다는 사실에 왠지 마음이 따듯해졌다. 이젠 그를 편한 마음으로 볼 수도 있을 것만 같았다. 다시 예전의 그 오빠처럼 대할 수 있을 것만 같았다.

'그래, 오빠처럼……. 그리고 어쩌면……사랑하는 사람으로…….'

달라진 그녀의 표정을 바라보던 강현이 의아한 듯 바라보자 주원이 그의 손을 뿌리치고 먼저 차에 올랐다.

"오빠 빨리 안 가고 뭐해?"

강현은 차창 밖으로 손을 내밀며 활짝 웃고 있는 그녀의 모습에 가슴이 철렁 내려앉는 느낌을 받았다. 너무 놀라 내려앉은 심장을 얼른 주워 담으려 했지만 이미 늦었다는 걸 깨달았다.

며칠째 이어진 탐문수사에도 이렇다 할 진전이 없자 저절로 한숨이 나올 지경이 되었다. 날카로워질 대로 날카로워져 있던 강현은 요즘 들어 고분고분해진 주원을 못마땅하다는 듯 쳐다봤다. 차라리 전처럼 날을 세우고 대들기라도 했으면 하는 마음까지 들었다. 마치 정말 친오빠 대하듯 하는 모습에 나중엔 오빠 소리 한 번만 더하면 그녀의 목을 조를 것만 같았다. 처음엔 그녀가 예전처럼 오빠라고 하면서 편하게 대해 주니 마냥 행복했다. 그래서 조금씩 마음을 열기 시작했고. 그런데 어느 때부턴가 그 오빠 소리가 귀에 거슬리기 시작했다. 그런데다 이젠 아주 일부러 더 들으라는 듯 면전에 대고 말끝마다 오빠, 오빠 하는데 정말 짜증이 났다. 거기다 눈앞에 있는 저 기생오라비 같은 영우를 보고 있자니 손이 근질거려 미칠 것만 같았다.

"제가 피해자들과 상담을 해본 결과 범인은 굉장히 우월감에 차 있는 거 같습니다. 말하자면 자길 잡아 볼 테면 잡아 보라는 식의 자신감이라고 할까요?"

"한마디로 우릴 엿 먹이고 있다는 거군요."

영우의 말에 주원이 불쑥 반응을 나타냈다.

"뭐 그렇다고도 할 수 있겠네."

"그럼 다음 범행 시기가 언제가 될지 짐작할 수는 없을까요?"

"글쎄요, 제 생각에 범행 주기가 처음보다 조금씩 빨라지고 있는 걸 봐서 조만간 되지 않을까 싶은데……."

"이 형사 그놈을 끌어내리려면 어떻게 하는 게 좋겠어?"

그동안 가만히 듣고만 있던 반장이 갑자기 강현을 향해 질문을 던졌다. 의자에 기댄 채 팔짱을 끼고 지금까지의 얘기를 가만히 듣고만 있던 강현이 천천히 일어나 앞으로 나가더니 지도에 뭔가를 표시하기 시작했다. 그리고 그가 빨간색으로 동그라미들의 정중앙에 펜을 갖다 댔다.

"이 사건들이 이곳을 중심으로 반경 100미터 안에서 일어났다는 겁니다. 그렇다면 범인은 이곳 근처에 사는 놈이거나 아니면 예전에 살았던 놈으로 이곳 지리를 훤히 꽤 뚫고 있는 놈일 겁니다."

"그곳은 현재 재개발 준비 중이라 주민 거의 대부분이 이주한 상태가 아닌가?"

"그러니까 범행을 저지르기에 아주 좋은 장소죠. 그리고 아직 이주하지 않은 사람들이 몇 있기는 하지만 그들도 밤이 되면 바깥출입을 거의 하지 않다 보니 이곳이 우범지대가 된 거지요."

"그곳은 이미 탐문수사를 했었는데 특별한 건 없었습니다."

주원의 말에 강현이 그럴 줄 알았다는 듯 고개를 끄덕였다.

"당연히 그렇겠지. 범인이 날 잡아가라고 그곳에서 기다리고 있다면 이상한 거겠지."

"자네 말대로라면 놈이 스스로 나타날 때까지는 어쩔 수 없이 마냥 기다려야 한다는 건가?"

"놈의 행동 패턴 중에 한 가지 공통된 게 있습니다."

"그게 뭔가?"

"다섯 건의 사건 파일을 살피다 보니 놈은 남자친구를 만나고 돌아가는 여자들을 공격했는데 우연인지 범행을 저지른 날에 모두 비가 왔다는 겁니다."

"비가 왔다고? 하아! 그 새끼 변태 아냐?"

"반장님도 참. 변태니까 이런 범행을 저지르지 정상인 놈이 그러겠어요?"

동혁의 말에 반장이 못마땅한 눈빛으로 쏘아봤다.

"뚫린 입이라고 말은 잘하지. 그렇게 잘 아는데 어째 놈의 머리카락 하나도 못 잡누?"

"누가 안 잡고 싶어서 안 잡나요?"

머쓱해진 동혁이 머리를 긁적거리며 반장의 눈길을 피했다.

"그럼 비 오는 날 기다려 잠복근무하면 되는 건가?"

"그게 그렇게 쉬운 문제가 아닙니다. 놈의 다음 범행 대상을 모르는 상태에선 이 모든 게 아무 소용이 없습니다. 그리고 우리가 그걸 안다고 해도 놈은 머리가 좋은 놈입니다. 분명 우리가 자기를 기다리고 있다는 걸 알고 있을 겁니다. 그러니 섣불리 했다가는 놈이 아주 잠적해 버릴지도 모릅니다."

"그럼 대체 방법이 있다는 거야? 없다는 거야?"

반장이 언성을 높이며 강현을 쳐다보자 뭔가를 얘기하려다 입을 다물어버렸다.

"그렇게 놈을 잘 알고 있으면 방법도 알고 있을 거 아니냔 말이야?"

바로 그때 강현이 입을 열었다.

"놈은 아주 우월감이 강한 놈이죠. 애인이 있는 여자들만 범행대상으로 삼았다면 분명 본인은 여자친구가 없거나 아니면 헤어진 지 얼마 안 됐을 겁니다. 그러니 자신을 좋아하는 여자가 없다는 거에 피해의식 같은 걸 가지고 있죠. 양면성을 지니고 있는 거죠. 그러니 우월감을 자극하면서 피해 의식을 더 부각시키는 방법이 있기는 합니다."

"그러니까 그 방법을 구체적으로 얘기해 보란 말이야."

반장은 답답한 듯 들고 있던 파일로 책상을 탁탁 쳤다.

"혹시, 조금 위험하긴 한데 어쩜 효과가 있을지 모르겠습니다. 누군가를 미끼로 범인을 밖으로 끌어내는 건 어때요?"

주원이 눈을 반짝이며 제안을 하자 반장이 눈에 띄게 흥미를 나타냈다.

"일명 함정수사를 하자는 말인가?"

"그렇지요."

"전 그건 반대합니다."

강현이 강하게 반대를 하고 나서자 일제히 그를 향해 눈길을 돌렸다.

"이번 사건은 모두 여자를 상대로 한 겁니다. 그렇다면 그 미끼가 여자여야 하는데 그렇다면 여경 중에 한 명이 그 일을 해야 하는 건데 그건 너무 위험도가 높습니다. 아무리 훈련을 받고 무술 유단자라 해도 순간의 방심으로 목숨이 위험해질 수 있습니다."

"그건 남자 형사들도 마찬가지 아닌가요? 반장님 드릴 말씀이 있습니다."

"강주원 형사!"

강현은 그녀가 무슨 말을 하려는지 눈치 채고 의자를 박차고 일어나 성큼성큼 주원의 곁으로 다가왔다.

"왜들 그래?"

반장이 심상치 않은 분위기에 얼굴을 찌푸리며 소리치자 강현은 못마땅한 얼굴로 자리에 앉았다.

"다들 자리에 앉아. 그리고 강 형사는 무슨 말인지 해 보고."

"지금까지의 얘기를 종합해 보면 범인은 우월감과 패배감에 동시에 사로잡혀 있는 놈입니다. 그놈을 끌어내리면 그걸 자극하는 방법밖에 없습니다."

"그래서? 하지만 놈이 언제 어디서 나타날 줄 알고 함정수사를 하느냔 말야?"

"그게 꼭 놈이 나타날 때까지 기다리기보단 먼저 끌어내는 거죠."

"생각해 놓은 방법은 있고?"

"아직 구체적인 건 없지만 분명 방법이 있을 겁니다."

"그래, 함정수사하려면 미끼가 필요한데 그걸 누가 하는데?"

주원이 잠시 주변을 둘러보다가 강현과 눈이 마주쳤다. 그의 눈은 한마디만 더하면 가만두지 않겠다는 듯 그녀를 노려보고 있었다. 주원은 얼른 그의 눈길을 피하고 반장과 눈을 맞췄다.

"접니다."

"강주원!"

"주원아!"

강현과 영우 두 사람은 동시에 소리치며 벌떡 일어났다.

"이건 말도 안 됩니다."

먼저 정신을 차린 영우가 반장과 주원을 번갈아 쳐다보며 고개를 저었다. 그때 강현이 주원의 팔을 낚아채 끌고나갔다.

"너 나 좀 보자."

"오빠!"

두 사람이 나가고 나자 반장은 어리둥절한 표정으로 영우를 바라봤다.

"오빠? 저 두 사람 왜 저럽니까?"

나도 모르죠. 그걸 왜 내게 묻냐고요? 나도 궁금하단 말입니다. 영우가 어리둥절한 얼굴로 고개를 가로저었다.

"그런데 강 형사 말 대로 그게 가능성이 있다고 봅니까?"

내 참 정말 미치겠네. 날 더러 어쩌란 말이야? 영우는 두 사람이 나간 문을 바라보며 발을 동동 굴렀다.

"너 지금 미쳤어? 뭐? 미끼?"

그녀를 옥상으로 끌고 온 강현은 화가 나는지 연신 씩씩거리며 그녀의 앞을 왔다 갔다 했다.

"그게 그렇게 허황된 게 아니잖아요. 범인은 지금 자신감에 빠져 있다고요. 그걸 자극한다면 수면 위로 떠오를 거고 그러다 보면 실수를 하지 않겠어요?"

"그래서? 지금 나 잡아 봐라 하겠다고?"

"안 될 게 뭐가 있어요? 일반인들보단 내가 낫지."

"너 지금 말이라고 해?"

이거 미치겠군. 이 여자를 어떻게 하면 좋을까? 꽁꽁 묶어 둘 수도 없고. 왜 하필 경찰이냐고.

"뭐 전혀 말이 안 되는 것도 아니잖아요. 조금만 자극을 주고 기다리는 거예요. 그러다 보면 걸려들 거고 그때 잡아들이면 되는 거죠."

"인마, 범인이 그렇게 호락호락하게 나올 거라고 생각해? 네가 아무리 경찰이라고 해도 무방비 상태에 노출이 되는 거라고."

"왜 무방비예요? 오빠가 있는데."

빤히 쳐다보며 오빠가 지켜줄 거라는 말에 강현은 아무 말도 할 수 없었다. 물론 지켜줄 거다. 그것도 평생 지켜주고 싶다. 그런데 이건 너무 위험한 일인데다 그녀가 다칠 수도 있었다.

"네가 다칠 수도 있어."

"오빠가 늘 가까이 있으면 되잖아요?"

"말이야 쉽지. 어떻게 24시간을 붙어 있어? 그리고 태준이 알면 날 죽일 거다."

"여기서 왜 태준 오빠가 끼어드는데? 난 엄연히 공무를 수행하려고 하는데 그게 무슨 문제야?"

"그게 네 안전을 내걸고 하는 거니까 문제지."

"그럼 다른 방법 있어?"

"……."

"없잖아. 지금 상태에선 다음 범행이 있을 때까지 기다리는 수밖에 없는 거잖아. 그러기 전에 범인을 유인하자는 거잖아?"

"젠장! 그렇다고 네가 미끼가 된다는 게 말이 되니? 좋아 그렇다면 나도 조건이 있어."

"무슨 조건?"

지금 그의 조건이 여기에 왜 필요한 건지 모르겠지만 주원은 그의 다음 말을 기다렸다.

"놈은 애인이 있는 여자들만을 범행 대상으로 삼았어. 그래서 말인데 난 네 애인으로 네 옆에 붙어 있을 거야."

애인? 주원은 잠시 할 말을 잊고 그를 올려다봤다.

"그게 싫으면 나도 이번 수사 못하게 막을 거다. 그러니 선택해."

그의 조건을 받아들이지 않으면 정말로 그렇게 할 태세였다. 주원은 그가 애인을 하겠다는 말이 수사 때문이 아닌 그의 진심이길 바라는 마음이 더 간절했지만 애써 감정을 감추었다. 이건 어디까지나 사적인 일이 아닌 공무니까.

"알았어요. 그럼 어떻게 놈을 끌어들일지 의논해요."

눈을 반짝반짝 빛내며 열의를 보이는 그녀를 보고 있자니 너무 답답했다. 다른 사람도 아닌 주원이 위험을 자처하는 게 정말 마음에 들지 않았지만 어느 정도 그녀의 말이 일리가 있다는 걸 부정할 수 없어서 더 화가 났다. 그래서 애인을 자처하겠다고는 했는데 불안한 이 마음은 대체 뭘까? 강현은 담배 하나를 꺼내 입에 물었다. 불을 붙인 담배를 한 모금 길게 빨아들이자 빨간 불빛이 반짝였다.

"아직도 그거 못 끊었어요?"

"너 때문에 다시 피우기 시작한 거야."

좀 전까지도 반말로 꼬박꼬박 대들더니 다시 말을 높이는 걸 보니 이제 흥분이 가라앉은 모양이었다. 강현은 갑자기 예전의 일이 생각나 피식 웃었다.

"풉!"

"왜 웃어요?"

"강주원이 한 말이 생각나서."

"……?"

"내 방에서 담배 피우면 죽어!"

주원도 생각이 났는지 미소를 지었다.

"그걸 아직도 기억해요?"

강현은 아무런 대꾸도 하지 않고 하늘을 올려다봤다. 그리곤 그녀를 돌아봤다. 그 눈빛이 너무 강렬해 눈이 부실 정도였다. 그의 입매가 굳어지더니 나직하게 말했다. 주원도 그의 눈을 똑바로 쳐다봤다.

"다 기억해. 네 말투, 표정 하나하나까지 다 기억하고 있어."

"오빠 나 좋아해?"

"……"

"오빠 나 좋아하냐고? 이렇게 화내고 그러는 거 나 좋아해서 그러는 거잖아."

"착각하지 마 인마, 걱정이 돼서 그러는 거야."

"웃기지 마! 다 기억한다며?"

"내가 원래 기억력이 좋아."

강현은 목소리에 장난기가 묻어났다.

"좋아하는 거 아니면 오빠 나 사랑하는 거야?"

이젠 빙빙 돌려서 말하고 싶지 않았다. 봐줄 만큼 봐줬고, 모른 척해 줄 만큼 했다. 주원은 그에게 솔직하게 다가가기로 했다.

"오빠 나 사랑하는 거지?"

강현은 사랑하느냐는 그녀의 물음에 방금까지 느꼈던 장난기가 싹 가셨다. 그 자신도 인정하고 싶지 않았던 감정이 아닌가. 그런데 그녀가 당돌하게 물어왔다. 그대로 아니라고 부정해 버리면 되는 거다. 그런데 그럴 수 없었다. 마치 입술이 얼어붙은 것처럼 떨어지지 않았다. 강현은 그대로 몸을 돌려 그녀에게서 멀어지려고 했다.

"강현 오빠! 왜 또 도망가려고? 이번엔 어디로 숨을 건데? 다시 한번 나한테서 도망가면 그땐 오빠 기억하지 않을 거야. 내 기억 속에서 완전히 지워 버릴 거라고."

"너!"

그동안 참았던 강현이 드디어 폭발하고 말았다.

"……?"

갑자기 돌아선 강현이 성큼성큼 다가와 그녀의 어깨를 잡고 소리쳤다.

"너! 오빠 소리 한 번만 더하면 입을 막아 버린다."

"입을……막아……?"

바로 그때 강현의 입술이 그녀의 입술을 정말로 막아 버리는 바람에 말을 끝맺을 수가 없었다. 놀라 벌어진 입술 사이로 그의 혀가 느껴졌을 땐 갑자기 눈앞이 깜깜해지는가 싶더니 몸이 붕 뜨는 기분이었다. 아! 죽을 만큼 아찔한 기분이 이런 거구나 하고 느낄 때쯤 그의 입술이 떨어져 나갔다.

"한 번만 더 오빠 소리 하면 다음엔 이걸로 끝나지 않을 줄 알아."

강현은 스스로의 행동에 당황한 듯 아직도 얼이 빠져 있는 그녀를 내버려 두고 돌아섰다. 그가 저만치 떨어졌을 무렵 정신을 차린 주원이 소리쳤다.

"나도 오빠를 좋아하는 거 같아."

그녀의 외침에 강현의 발걸음이 그 자리에 멈췄다. 그녀에게 되돌아있는 상태에서 1초, 2초, 3초……다시 발걸음을 뗀 강현은 그대로 옥상을 내려갔다.

"바보. 오빠가 오지 않으면 내가 갈게."

주원은 떨리는 손으로 부풀어 오른 입술을 느낀 순간 그저 방금 일어났던 일이 꿈이 아니라는 것만 느낄 뿐이었다.

내가 대체 무슨 짓을 한 거지? 요 며칠 오빠 소리를 지긋지긋하게 들은 데다 주원의 폭탄 발언 때문에 잔뜩 화가 났었다. 속에서 천불이 나는데다 기름을 쏟아 붓듯 오빠라는 소리에 급기야 주원의 목을 조를 것만 같아 저도 모르게 폭발하고 말았다. 젠장! 그저 약간 겁만 주려고 한 건데 왜 입술을 밀어붙였을까? 뭐, 사실 그녀가 함정수사 얘기를 꺼냈을 때부터 그 입을 막아 버리고 싶었던 건 사실이었으니까.

강현이 다시 회의실 안으로 혼자 들어서자 영우와 반장, 그리고 동료들의 눈에 호기심이 가득 찬 걸 알 수 있었다. 하지만 그의 표정을 보고는 누구도 감히 입을 열려고 하지 않았다. 잠시 후 뒤따라 들어선 주원의 표정은 더 가관이었다. 무슨 일이 있었는지 얼굴에 생기가 돌고 혼자 생글거리는 모습에 영우의 눈빛이 날카롭게 주원과 강현을 번갈아 노려봤다.

강현은 회의 시간 내내 모든 게 마음에 들지 않는 얼굴로 주원과 영우 그리고 반장을 번갈아 노려보고 있었다. 주원은 그의 눈길에 아무런 표정도 드러내지 않으려고 안간힘을 써야만 했다.

"이 형사와 강 형사가 아는 사이인 줄 몰랐는데? 왜 말하지 않았나?"

반장이 어색한 분위기를 돌려 보려고 말꼬리를 돌렸다.

"그게 중요합니까?"

"그래도 내겐 귀띔을 해줄 수도 있었잖아."

"죄송합니다."

강현이 순순히 사과를 하자 반장은 헛기침을 두어 번 하더니 본론을 꺼내들었다.

"그건 그렇고 함정수사에 대한 자네 생각이 궁금한데?"

"지금 이 일이 얼마나 위험한지 누구보다도 반장님이 더 잘 알고 계시지 않습니까? 놈이 누군지도 모른 상태에서 함정수사를 한다는 건 모험입니다."

"나도 위험한 건 아는데 그럼 범인이 다음 피해자를 만들 때까지 기다리는 게 좋을까?"

"그렇다고 무턱대고 기다린다고 해서 제 발로 놈이 나타날 거라곤 생각지 않습니다. 놈을 끌어낼 방법이 필요한데."

"뭐 좋은 방법이라도 있나?"

"놈을 자극한다고 다음 타깃을 강 형사로 삼을지 장담할 수 없습니다. 괜히 또 다른 피해자만 생기는 게 될 수도 있단 말입니다."

반장은 잠시 고민이 되는지 고개를 숙이고 생각에 잠겨 있다가 영우에게 시선을 돌렸다.

"서 박사도 그렇게 생각합니까?"

영우는 자신의 말 한마디로 일의 방향이 어디로 진행될지 결정될 수도 있다는 생각에 잠시 뜸을 들였다.

'이거야 원. 이러지도 저러지도 못하게 생겼군.'

객관적인 대답을 해야만 하는 상황이 마음에 들지 않는지 손으로 머리를 쓸어 넘겼다.

"제가 피해자들과 나눈 대화와 여러 가지 정황들을 토대로 분석한 결과는 범인은 자신의 피해 의식을 남에게 과시하고 싶은 욕구로 풀고 있는 거 같습니다. 이런 사람들 중엔 일상생활 속에서 지극히 소극적이고 내성적인 면을 갖고 있는 경우가 흔합니다. 하지만 나약한 존재라 여겨지는 여자들을 상대로 범행을 저지를 땐 자신이 최고라는 착각에 빠지는 거지요. 피해자들의 머리카락 일부가 잘려나간 이유도 그런 맥락일 수 있습니다. 마치 전리품처럼 자신을 과시하고 싶었던 거죠. 만약 놈을……자극한다면 놈은 어떠한 형식으로든지 자신을 드러낼 겁니다."

말을 마친 영우는 주원을 안타깝게 쳐다봤다. 제발 나서지 말고 가만히 있어 줬으면 좋으련만 경찰이라는 직업이 그녀의 발목을 잡고 있는 게 보였다.

"그렇다고 꼭 누군가가 그를 자극할 필요는 없습니다. 그냥 언론에 조만간 범인의 윤곽이 잡힐 것이다. 범인은 엄청난 실수를 저질렀다는 암시만 흘려도 놈은 자극을 받을 겁니다."

"그러다 또 다른 피해자가 나오면요?"

주원의 말에 홍 반장이 나섰다.

"자네가 전면에 나선다고 놈이 꼭 자넬 타깃으로 삼으리라는 보장도 없잖아?"

"그렇다면 날 타깃으로 삼게 만들면 되지요?"

"어떻게?"

"방금 서영우 선생님 말씀 중에 생각난 건데 언론!"

"언론?"

"언론을 이용하는 겁니다. 언론에서 공개적으로 놈을 약 올리는 거죠. 놈의 자존심을 건드려 스스로 제 정체를 드러내게 하는 거죠. 예를 들면 여자인 나조차도 너 같은 건 우습다는 그런 식이죠. 그러면 놈은 분명 그 미끼를 물고 행동으로 옮기겠죠."

"강 형사 그건 너무 위험해. 우린 놈을 모르는데 자네는 놈에게 완전 노출되는 거라고."

강현이 강력히 반대를 했다.

"하지만 이 방법이 가장 확실한 거 같은데요? 안 그런가요 영우 선배?"

주원은 일부러 영우를 끌어들였다. 영우는 안 그렇다고 말하고 싶은데 입이 떨어지지 않았다. 그러고 보니 영우는 자신이 주원을 이런 딜레마에 빠뜨린 장본인이란 생각에 속으로 연신 욕설을 내뱉고 있었다.

'젠장! 제기랄!'

"장담은 할 수 없겠지만 놈의 성향을 봐선 그냥 넘어가진 않겠죠. 하지만 어쩌면 그 반대의 경우도 있을 수 있다는 걸 염두에 뒀으면 좋겠는데요?"

"그 반대라면?"

강현의 눈초리가 매섭게 영우를 노려봤다.

"아예 땅속으로 숨어들어가는 경우죠."

다들 입을 다물고 침묵에 빠져들었다. 한참만에 반장이 입을 열었다.

"솔직히 나도 이 방법이 마음에 드는 건 아니지만 언제까지 놈이 다른 피해자를 만들 때까지 기다릴 수도 없고 아무래도 강 형사가 나서 준다면 어쩌면 놈을 잡을 수 있지 않겠나? 대신 강 형사를 보호할 방법을 강구하도록 하지."

"그건 제가 맡겠습니다."

강현의 말에 모두의 눈이 그에게 쏠렸다.

"자네가? 그래 좋은 생각이라도 있는 건가?"

"제가 강 형사 옆에서 지켜줄 수 있는 방법 중 가장 자연스러운 건 우리 두 사람이 서로 사랑하는 사이라고 하는 겁니다. 그래야 의심을 안 사겠죠. 놈은 유독 연인과 헤어지고 집에 돌아가는 여자들한테만 그랬습니다. 어쩌면 이것도 그를 자극할 수 있는 방법 중 하나겠네요. 그러니 제가 강 형사의 애인 역할을 맡고 그녀와 함께 수사에 참여하겠습니다."

"좋아. 나도 자네가 강 형사 옆에 붙어 있다면 조금 안심이 될 것 같네. 그럼 어떻게 놈을 수면 위로 끌어 올릴지 구체적으로 의논하면 되겠군."

범인의 미끼가 되겠다는 주원이나 그녀의 애인 행세를 하겠다는 강현, 그리고 그 둘을 지켜보는 영우나 다들 기분이 착잡하기는 마찬가지였다.

9.

"그러니까 지금 우리 신문에 범인을 유인하는 기사를 실으라는 말입니까?"

매일일보 기자인 진중은 주원을 의아하게 쳐다봤다.

"박 기자님이 저의 인터뷰 기사를 실어줬으면 좋겠는데……."

주원이 슬쩍 강현의 눈치를 살피더니 말을 정정했다.

"아니, 우리 두 사람의 인터뷰요."

"인터뷰 기사를요? 그것도 두 사람의?"

의아해하는 진중을 위해 강현은 세세한 부분은 생략하고 그들이 지금부터 하려는 바를 간략하게 설명해 나갔다. 그의 설명에 진중의 눈빛이 시시각각 변하더니 나중엔 흥미롭게 반짝이다 이내 걱정스럽게 변했다.

"해줄 수 있겠습니까?"

"글쎄요, 그게 강 형사가 위험할지도 모르는 일이라……."

"제 걱정은 안 해도 돼요. 제 직업이 경찰인데 그 정도의 대비는 하고 하는 거니 걱정하지 마세요."

주원이 짐짓 대수롭지 않다는 듯 으쓱했다.

"그래도 이건 많이 위험할 수 있습니다."

망설이는 진중에게 히든카드를 내밀었다.

"만약 범인이 체포될 경우 독점 보도할 수 있게 해줄게요."

독점이라는 말에 진중의 마음이 흔들리는 것이 보였다. 주원은 마지막 쐐기를 박았다.

"그럼 할 수 없군요. 다른 일간지를 알아봐야겠네요. 어, 마침 저기 대한일보 김 기자가 보이는군요."

주원이 의자에서 반쯤 일어나자 진중이 재빨리 그녀를 잡아 앉혔다.

"정말 괜찮겠어요? 나야 기사만 실어주고 기사 독점권을 얻으면 좋은 일이지만 강 형사가 걱정돼서 그러지. 정말 문제없겠어요?"

두 사람을 지켜보던 강현은 진중이 주원을 향한 걱정이 단순한 걱정이 아닌 그 이상의 감정이 있는 건 아닌지 의심스러웠지만 애써 모른 척했다.

"그건 걱정하지 않아도 됩니다. 내가 지킬 거니까."

강현의 말에 주원과 진중 누가 더 놀랐는지 모르겠다. 진중은 그 말의 의미가 주원을 단순히 동료로서 지키겠다는 단순한 뜻이 아닌 내 여자니 더 이상 나서지 말라는 것으로 들렸다. 진중이 주원의 얼굴을 보니 그녀도 놀란 듯했지만 그리 싫지 않은 반응에 흥미롭게 눈을 반짝였다.

'으음. 두 사람 사이에 내가 모르는 게 있다는 거군. 이거 특종도 흥미롭지만 이 두 사람도 재미있는데?'

"좋습니다. 하죠."

[이달의 포커스.]

서울경찰청 여성계 소속 강주원 경위.

이달의 포커스에선 요즘 연쇄 성폭행범 수사를 맡고 있는 강남경찰서 소속 강주원 경위를 만나봤다.

기자: 이렇게 인터뷰에 응해 주셔서 감사합니다.

강주원 형사: 별말씀을요. 오히려 저같이 평범한 사람을 인터뷰한다기에 긴장되는 걸요?

─중략─

기자: 현재 강남 연쇄 성폭행범을 수사 중이시라고 알고 있는데 범인의 윤곽은 잡혔는지 궁금합니다.

강주원 형사: 아직 자세한 건 말할 단계가 아니라 밝히진 못하지만 조만간 좋은 소식이 있을 겁니다.

기자: 그렇군요. 그런데 자신 있으십니까? 아무래도 여자이다 보니 힘든 점도 많을 텐데요?

강주원 형사: 제가 이래 봬도 무술 유단자입니다. 그 어떤 성폭행범도 당해낼 자신이 있습니다. 현재까지 수사 상황에 의하면 이번 범인은 지극히 소극적이고 소심한 사람입니다. 남 앞에 나서길 두려워

하는 경향이 있지요.

기자: 그걸 어떻게 그렇게 단정 지으십니까?

강주원 형사: 정신과 전문의 선생님의 자문을 구해 본 결과 범인의 성향이 겉으론 지극히 평범해 보일지 모르지만 내면은 폭력성을 가지고 있다고 했습니다. 그런데 현실에선 겁이 많아 자신을 드러내놓지 못하는 거죠. 한마디로 현실 부적응자라고 해도 좋을 거 같습니다. 그렇다 보니 자신보다 약자인 여자들만 노리는 거죠.

기자: 하하하, 형사님도 여자인데요?

강주원 형사: 범인은 자신보다 강해 보이는 사람한텐 다가가지 못합니다. 아마 저한테 걸리면 오히려 도망갈 걸요?

기자: 그렇겠네요. 부디 범인이 강 형사님껜 잡히면 안 되겠습니다. 여자한테 잡히는 건 범인의 자존심에 금이 가는 걸 수도 있으니까요?

강주원 형사: 오히려 전 꼭 저에게 잡히기만을 벼르고 있는데요?

기자: 보기보다 꽤 강하신 거 같습니다. 처음에 봤을 땐 굉장히 여리게 봤거든요?

강주원 형사: 별말씀을요.

기자: 참 제가 듣기로 서울경찰청 소속 이강현 형사님과 사귄다는 소문이 있던데 사실입니까?

강주원 형사: 박 기자님의 소식통에 깜짝 놀랐습니다. 네 맞습니다. 이강현 형사님과는 좋은 감정을 가지고 만나는 사이입니다.

기자: 아, 그렇군요. 축하드립니다. 범인이 두 분 무서워서 안 나타나는 거 아닙니까?

강주원 형사: 어쩌면요. 나타날 용기가 있을까요? 하하하.

기자: 그러고 보니 마침 이강현 형사님이 이곳에 같이 와 계시는군요. 같이 자리할 수 있을까요?

강주원 형사: 이 형사님이 이런 자리를 워낙 쑥스러워하십니다. 그러니 이해해 주세요.

기자: 아쉽군요. 두 분이 나란히 앉아있는 모습을 사진에 담고 싶었는데 말이죠. 다음에 다시 기회가 있겠죠?

강주원 형사: 그럼요. 범인을 잡으면 그땐 같이 인터뷰를 하죠.

기자: 약속하셨습니다. 오늘 여러 가지로 바쁘실 텐데 이렇게 시간 내주시고 정말 감사드립니다.

강주원 형사: 저도 감사합니다.

주원의 인터뷰 기사가 일간지 일면을 장식한 그날 아침. 교외 외곽에 자리한 한 저택에서 기사를 유심히 살피던 한 남자는 입가에 쓰디쓴 미소를 머금었다. 그리곤 들고 있던 신문을 움켜쥐더니 단숨에 갈기갈기 찢어 버렸다. 그리곤 이를 갈더니 갑자기 전화기를 집어 들었다.

"나다, 준비해. 시간이 된 거 같다."

전화를 끊은 남자의 눈이 기대감에 유난히 반들거렸다.

신문의 한쪽 면 가득 장식한 주원의 웃는 모습을 못마땅한 듯 바라보던 강현은 기사를 읽어내려 가면서 점점 얼굴이 굳어져 버렸다. 이거야말로 나한테 덤벼 봐라 식의 인터뷰였다. 물론 그렇게 지시한 게 그이기는 하지만 그래도 마음에 들지 않아 들고 있던 신문을 책상 위로 집어던졌다.

"젠장!"

"뭔데 그래요?"

옆에 있던 동혁이 강현이 내던진 신문을 집어 들었다.

"이렇게 보니까 강 형사도 사진발 잘 받는데요?"

인터뷰 기사를 읽어 내려가던 동혁의 입가에 재미있다는 듯한 미소가 걸렸다.

"하하. 말발도 죽이네. 이거 읽고는 자존심이 상하지 않을 수 없겠는데요?"

"그러니 걱정이죠."

창가 쪽으로 몸을 돌린 강현이 답답한지 머리를 쓸어 올렸다. 그 모습이 단순히 동료를 걱정하는 모습이 아닌 거 같은 모습에 동혁이 조심스럽게 입을 열었다.

"그런데 이 형사님 뭐 하나 물어봐도 돼요?"

"뭔데요?"

강현이 고개를 돌려 동혁을 바라봤다.

"강 형사랑 어떤 사이입니까? 다른 사람들 말로는 잘 아는 사이인 거 같다던데."

동혁을 한참 동안 바라보던 강현은 다시 창밖으로 시선을 줬다.

"친구 동생입니다."

"진짜요? 그런데 왜 처음에 아는 척 안 했어요?"

"13년 만에 만나서 못 알아봤거든."

강현은 더 이상의 호기심을 막기 위해 거짓말을 했다.

"그랬군요. 그래서 그렇게 걱정하시는 거군요."

동혁이 고개를 끄덕이다 주원이 사무실 안으로 들어서자 강현의 눈치를 살폈다. 아직도 창밖을 바라보고 있는 강현을 한 번 쳐다보다 주원을 번갈아 쳐다보곤 자리를 피했다.

주원은 강현의 책상 위에 놓여 있는 신문을 흘깃 쳐다보곤 얼굴을 찌푸렸다. 그리고 바로 아무렇지 않은 것처럼 표정을 바꿨다.

"인터뷰 괜찮았어요?"

그녀의 목소리에 뒤돌아 있던 강현이 서서히 돌아섰다. 그리곤 그녀를 찌를 듯이 쳐다봤다.

"왜 그렇게 봐요? 나름대로 조금 건방지고 자신감 있어 보이려고 했는데 별로예요?"

"너무 자신감이 넘쳐서 탈이지. 아주 대놓고 덤벼 보라던데?"

"그렇게 느꼈어요? 성공했네."

"아직 태준이가 못 본 모양인데 그 자식이 이거 보면 당장 나 죽이려고 달려올 거야."

아니나 다를까 말을 마친 강현의 휴대전화가 시끄럽게 울어댔다. 액정을 확인한 강현의 얼굴이 심하게 일그러졌다. 통화 버튼을 누르며 주원을 등진 강현의 목소리가 긴장했다.

"나다."

-너 당장 이리로 달려와! 네가 안 오면 내가 간다.

"무슨 일인데?"

강현은 알면서도 일단 시치미를 떼고 버텼다.

-지금 내 손에 뭐가 들렸는지 알 텐데? 지금 당장 주원이랑 같이 달려와.

태준은 강현의 변명조차 듣지 않겠다는 듯이 제 할 말만 하고 끊어 버렸다.

"제기랄!"

"오빠예요?"

강현이 주원을 노려봤다.

"이 일 때문에 내가 잘못되면 네가 책임져!"

"오빤 아직 어떤 사정인지 모르니까 그러는 거예요. 제가 잘 말할 테니까 너무 걱정하지 말아요."

"잔말 말고 따라나서."

강현이 팔을 잡아끌자 주원이 뒤꿈치에 힘을 주고 끌려가지 않기 위해 버텼다. 아직도 그가 갑자기 한 키스의 충격에서 벗어나지 못했는데 이렇게 팔을 잡히자 온몸이 화끈거렸다.

"어딜 가는데요?"

"태준이 호출이야. 당장 안 오면 쳐들어온다잖아."

"나도 같이요?"

"그럼 내가 인터뷰했냐?"

인상을 잔뜩 쓰는 강현에게 약간 미안한 감정이 생긴 주원은 배시시 웃었다.

"설마 죽이기야 하겠어요?"

"그러니까 진짜 내가 죽는지 아닌지 네 눈으로 확인하라고."

주원은 강현에게 팔을 잡힌 채 억지로 차에 태워졌다. 태준이 근무

하고 있는 검찰청까지 가는 동안 주원은 그의 신경을 긁지 않기 위해 달싹거리려는 입을 단속했다.

"지금 내가 들고 있는 이 기사가 뭔지 해명해 봐."

태준은 두 사람이 앉아 있는 테이블로 오더니 다짜고짜 신문을 내던지며 소리쳤다. 태준의 표정은 만약 자신이 납득하지 못하면 가만 안 두겠다는 얼굴로 강현과 주원을 노려봤다.

"태준아 그게……."

"내가 얘기할게요."

주원이 강현의 말을 자르며 나섰다.

"어차피 이 일을 하겠다고 한 것도 나니까 설명도 내가 해야 할 거 같네. 오빠 그게 어떻게 된 거냐 하면……."

주원의 얘기를 듣는 태준의 얼굴이 점점 굳어지더니 급기야 험악하게 변했다.

'젠장! 저 자식 폭발 직전이구만.'

강현은 주원이 말을 끝마치자 눈을 질끈 감았다. 태준이 분명 그를 향해 눈을 부릅뜨고 있을 텐데 도저히 마주 대하고 싶지 않았다.

"그러니까 얘가 이런 돼먹지 않은 생각을 말할 때 넌 옳다구나 하고 맞장구쳤다 이거냐?"

"오빠 아니라니까 강현 오빠는 반대했어."

이번엔 태준이 동생을 노려봤다.

'강현 오빠? 이거 봐라? 아니지 지금은 그게 중요한 게 아니지.'

"그럼 넌 반대하는 데도 이런 위험한 일을 하겠다고 자청했다고?"

"응."

주원이 겁먹은 표정을 하고 고개를 주억거리자 태준이 주먹을 그러쥐었다. 물론 수사를 하다 보면 함정수사를 하게 되는 경우도 적지 않게 있는 건 사실이다. 하지만 그게 자신의 동생일 경우엔 객관적이지 못하게 된다. 아마 다른 여경이 이런 제안을 했다면 위험한지 알면서도 어쩌면 그게 맞을 수도 있다고 생각했을 수도 있다. 태준은 심각한 얼굴로 아직도 눈을 감고 있는 강현을 쏘아봤다.

"야! 이강현."

강현이 눈을 번쩍 떴다.

"이 시간 이후부터 넌 내 동생 책임지고 보호해. 만약 애 머리칼 하나라도 상하는 날엔 그날이 네 제삿날이 될 테니까."

결코 빈말처럼 들리지 않은 태준의 으름장에 강현의 눈빛이 반짝였다.

"최선을 다 하마."

"최선 가지고는 안 돼. 확실해야 돼."

강현의 눈이 주원을 향하더니 뭔가 결심한 것처럼 입을 열었다.

"염려 마. 주원인 내가 책임지고 안전하게 보호하마."

그의 말에 잠시 안심하는 눈치이던 태준은 곧바로 고소한 표정으로 강현을 노려봤다.

"너 지금 당장 집으로 가봐야 할 것 같다."

"집?"

"아버지 호출이다. 그것 때문에 내가 먼저 보자고 한 거야. 아무래도 그냥 넘어가시지 않을 모양이다. 강주원 너도 같이 인마."

그렇지 않아도 조만간 찾아뵈려고 했는데 이런 일로 불려가게 생겼으니 죄송하기만 했다. 대체 뭐라고 해야 할지 난감하기만 했다.

"오빠 아빠가 아신 거야?"

"그럼 넌 이렇게 신문에 대문짝만 하게 광고를 해놓고 무사할 줄 알았어? 기집애가 사람을 작작 놀래켜야 말이지. 거기다 뭐? 이강현과 사귀는 사이라고? 13년 동안 코빼기도 못 본 놈이랑 사귄다는데 어느 부모가 가만있을 거 같냐? 아무튼 너희 두 사람 각오하고 가는 게 좋을 거다."

어디 된통 당해 보라는 듯 제 할 말만 하고 돌아서는 태준의 팔을 잡아당긴 주원이 실실 애교 떤 미소를 지었다.

"오라버니 왜 이러실까. 오누이 좋다는 게 뭐유? 이럴 때 도와야지. 안 그래?"

"허! 글쎄 이 미천한 오라비가 도울 일이 뭐 있을까?"

짐짓 거드름을 피우는 모습이 아니꼬웠지만 지금은 그의 도움이 절실했기에 참았다.

"오빠야, 그러지 말고 같이 가주라. 가서 지원사격해 주라 응?"

"푸읍!"

코맹맹이 소리에 자칫하면 몸까지 비틀 태세인 주원을 보자 강현은 피식 웃고 말았다. 그러자 그녀의 날카로운 눈초리가 와서 박혔다. 강현이 자리에서 일어나 그녀의 손을 잡아끌었다.

"인마, 그만하고 어서 가자. 매도 빨리 맞는 게 낫다고. 이러고 있다 늦으면 더 혼날지도 몰라."

"내가 지원사격 안 해줘도 괜찮겠냐?"

"됐다. 죽이기까지 하시겠냐? 혹여 죽이시더라도 어쩔 수 없고."

이미 문을 열고 반쯤 나간 두 사람을 향해 태준이 큰소리로 웃었다.

"하하하, 아마 반쯤은 죽이실 거다. 그땐 내가 안 도와준 걸 후회할걸?"

"걱정 마라. 주원이 지키려면 살아남아야지."

13년 만에 나타난 강현을 바라보는 강 변호사의 얼굴이 차갑게 굳었다. 13년 만에 나타난 건 그렇다고 쳐도 감히 자신의 딸 주원과 사귀는 사이라고 신문에 광고까지 한 게 괘씸하기 짝이 없었다. 그것도 본인 입으로가 아닌 다른 사람을 통해 듣게 되니 더 용서할 수가 없었다.

"그러니까 대체 이 내용이 뭔지 설명해봐."

주원의 얼굴이 전면을 채운 신문을 탁자 위로 던지며 딱히 누구에게라도 아닌 엄명에 주원이 먼저 입을 열려고 하는 걸 강현이 말렸다. 그러더니 의자에서 일어나 강 변호사 앞에 무릎을 꿇는 게 아닌가? 그 자리에 있던 부모님과 주원은 너무 놀라서 그가 하는 양을 그냥 지켜볼 수밖에 없었다.

"아버님 죄송합니다."

"허어! 이게 뭐 하는 짓인가? 그만 일어나게."

"아닙니다. 이제야 나타나서 이런 일을 겪게 해 정말 죄송합니다."

"당신은 주원이 데리고 잠시 나가 있지?"

"알겠어요."

이미 강현이 도착하기 전에 태준으로부터 대충의 얘기를 들은 터라 강 변호사는 그간 강현에게 필히 말 못한 사연이 있는 거 같아 두 사람을 서재 밖으로 내보냈다.

"이제 그만 자리에 앉지."

재차 일어날 것을 종용하자 강현이 어쩔 수 없이 일어나 다시 의자에 앉았다.

"아버님 정말 죄송합니다."

"뭐가? 이제야 나타난 게, 아니면 이런 말도 안 되는 기사를 낸 게?"

"전부 다 죄송합니다."

"태준이한테 대충 얘기는 들었다. 하지만 내 눈엔 다하지 못한 얘기들이 있는 거 같은데 맞니?"

"……"

강현은 아무 대답도 못하고 그저 고개를 주억거렸다.

"그 사연이 뭔지는 난 모르겠지만 그렇다고 네가 우리한테 한 행동이 정당화되는 게 아니란 건 알겠지?"

"네 잘 알고 있습니다."

"괘씸한 놈."

그간의 섭섭함을 끝내 참지 못한 강 변호사의 입에서 거친 말이 튀어나오자 강현의 얼굴이 벌겋게 달아올랐다. 못 본 새 건장한 사내가 되어 돌아온 강현을 보니 감회가 새롭기까지 했다. 대체 무슨 일이 있었기에 저 얼굴에 그늘이 드리워져 있는지 궁금했지만 스스로 입을 열지 않는 한 캐묻지 않기로 했다.

"그나저나, 이건 또 뭐야? 너와 주원이 사귄다고?"

"그건……."

강현의 설명을 듣고 있던 강 변호사의 얼굴이 울그락 불그락거리더니 급기야 들고 있던 신문을 그에게 내던졌다.

"그러니까 저 자식이 하자는 데로 그냥 놔뒀다고? 이런 못난 놈!"

"죄송합니다. 그러나 걱정하실 일은 없을 겁니다. 제가 무슨 일이 있어도 주원일 지킬 거니까요."

단호하게 단정 짓듯 말하는 강현을 지그시 바라보던 강 변호사의 얼굴에 짓궂은 미소가 어렸다 사라졌다.

"강현아 한 가지만 물어보자."

"네? 아 네."

갑자기 다정하게 이름을 불러주자 당황해 말을 더듬거렸다.

"너 우리 주원이 좋아하냐?"

"……!"

말문이 막힌다는 게 이런 걸까? 강현은 태어나서 처음으로 할 말을 잊고 그저 멍하니 강 변호사를 쳐다봤다. 그런 그를 바라보는 강 변호사는 강현이 주원을 남다르게 생각하고 있다는 걸 확신했다. 그러나 정작 본인은 아직 그걸 모르고 있거나 아니면 그 사실을 인정하고 싶지 않은 것일 뿐.

"말을 못 하는 거 보니까 내 짐작이 틀리진 않았나보구나."

"아버님……제가 그러면 안 될까요?"

"지금 나에게 허락을 구하는 거냐? 그것보단 너 자신에 대한 확신이 먼저 아닐까?"

"주원이에 대한 저의 감정을 말씀하시는 거라면 이미 정리를 끝냈습니다. 솔직히 주원일 처음 만났을 땐 너무 어려서 감히 그런 생각을 해보지도 못했지만 지금은 놓치고 싶지 않습니다."

솔직한 그의 고백에 강 변호사는 은근 만족스럽기도 하면서도 내심 괘씸했다. 강현을 처음 봤을 때부터 말수가 적지만 상대방을 배려할 줄 알고, 그 나이 같지 않게 진중한 면까지 있어서 욕심이 났었다. 그러다 그가 미국으로 떠나고 13년 동안 연락이 끊기자 처음엔 괘씸했지만 나중엔 거의 잊고 살았었다. 그런데 얼마 전 태준이로부터 강현의 소식을 듣곤 놀랐다. 조만간 본인이 찾아올 거라는 말에 기다렸건만 신문에 대문짝만 하게 두 사람의 기사가 실린 후에, 그것도 그의 호출에 이렇게 만나게 되니 그저 호락호락 허락해 주고 싶은 맘이 없었다.

"그런 놈이 이제야 나타나? 그것도 제 발로 찾아온 것도 아니고?"

"그것에 대해선 할 말이 없습니다. 하지만 제 진심만은 믿어주십시오."

"난 우리 애들의 애정사에 관여하고 싶은 마음이 없는 사람이야. 네가 정말 우리 주원일 원한다면 그 애의 마음을 잡을 수밖에."

"그러면 아버님은 반대는 아니시라는 거죠?"

나이를 먹더니 능청이 느는 걸까? 강현의 입꼬리가 짓궂게 슬쩍 올라갔다. 그러자 강현의 또 다른 모습이 나타났다. 방금 전까지의 진지해 보이던 모습은 간데없고 장난기 가득한 그가 보였다. 강 변호사는 저도 모르게 그를 따라 미소를 지었다.

"으음, 그건 차후 문제니까 우선 주원이부터 해결해 이놈아."

"아버님만 제 편이 되어주시면 자신 있습니다. 감사합니다."

마치 천군만마를 얻은 것처럼 친근하게 아버님이라는 소리를 스스럼없이 하는 모습에 강 변호사의 마음도 어느 정도 누그러졌다.

"그건 그렇고 아버님 소식은 들었다……."

"강현인 그동안 뭐하고 지냈다니?"

"몰라요. 경찰이 된 걸 안 지도 얼마 되지 않았는걸?"

"어쩌다 경찰이 된 거라니?"

"그걸 내가 어떻게 알아? 말을 해야 알지."

"그나저나 신문에 난건 또 뭐야? 너희 정말 사귀는 거야?"

"사귀긴 뭘 사귀어. 그건 어디까지나 함정수사라고요."

'오호, 그러셔?'

어머니 정 여사의 질문에 성의 없이 툭툭 내뱉은 주원은 서재를 자꾸만 힐끔거렸다. 그런 딸아이를 바라보는 정 여사의 입가엔 의미심장한 웃음이 묻어났다.

"강현이 결혼은 했다던?"

"아니. 그런데 엄만 그게 왜 궁금한데?"

"아, 혼기 꽉 찬 나이니까 당연히 궁금하지. 안 했으면 주변에 아는 사람이라도 소개시킬까 그러지."

"엄마!"

"아이고, 깜짝이야. 왜 소리는 지르고 그래?"

"아, 아니 그게 아니라. 강현 오빠한테 애인이 있을지도 모르는데 너무 앞서 가지 말라는 거지."

"그래? 그렇다면 나중에 물어보면 되겠네."

정 여사는 못마땅한 빛이 역력한 주원의 얼굴을 보면서 은근 속내가 다 드러나는 모습에 웃음을 삼켰다. 가만 보니 어쩌면 신문에 난 얘기가 사실로 될 수도 있다는 생각이 들자 강현에게 저녁이나 먹여야겠다는 생각에 부엌으로 향했다. 그런 엄마의 뒷모습을 쳐다보는 주원의 심기가 편치 않았다. 아니, 대체 두 사람은 무슨 얘기를 하기에 아직도 모습을 나타내지 않는지 궁금하면서도 불안한 생각이 들었다. 강현이 과연 아빠에게 무슨 말을 어떻게 하고 있는 것인지. 바로 그때 엄마의 목소리가 들렸다.

"얘! 너 이리 와서 이것 좀 도와라."

"알았어요."

다시 한 번 더 서재를 힐끔거리던 주원은 마지못해 부엌으로 향했다.

10.

 첫날부터 감시라니. 강현은 그녀 곁에 있을 수 없을 땐 다른 사람을 붙여서까지 감시를 한다고 했을 땐 처음엔 그저 장난이겠거니 했었다. 하지만 현실은 강현이 말한 그대로였다. 공식적인 커플이 되어 버린 이상 두 사람이 늘 붙어 다니는 건 그리 이상한 일이 아니었다. 그런데 일하다 보면 서로 다른 곳에 있을 때가 많았기에 그때마다 누군가가 그녀를 보고 있다는 생각을 하니 숨이 막힐 것만 같았다. 그것도 그녀는 모르는 누군가가 하루 종일 따라다닌다는 생각을 하니 한숨이 나왔다. 그리고 마치 이런 일이 생길 줄 알았다는 듯 모든 걸 준비한 강현이 무섭기까지 했다. 그녀가 갑자기 자리에서 벌떡 일어났다.
"지금 누구 숨 막혀 죽일 일 있어요?"
"말 안 들은 건 너야. 내가 위험하다고 하지 말라고 했을 때 안 했으면 이런 짓까진 하지 않았을 거다."

"내가 대한민국 경찰이라고요. 그런데 누가 누굴 보호한다는 거예요?"

"경찰도 때론 보호 받아야 할 때가 있는 거야."

강현은 갑자기 떠오른 영상에 얼굴을 굳혔다. 그리곤 이내 그걸 감추기 위해 술을 들이켰다. 태준은 그런 강현의 모습을 하나도 놓치지 않았다.

"아악! 정말 돌겠네. 오빠 뭐라고 얘기 좀 해봐."

"나도 그건 강현이와 같은 생각이야."

태준이 못 박듯 대꾸하자 주원은 그대로 밖으로 나가면서 톡 쏘아붙였다.

"따라오면 죽을 줄 알아요. 빈말 아니에요."

주원이 이를 갈면서 뒤도 돌아보지 않고 밖으로 나가 버렸다.

"괜찮을까?"

태준이 주원이 사라진 곳을 바라보며 걱정하자 강현이 안심을 시켰다.

"걱정하지 마."

"정말 주원이 말이 사실이냐? 벌써 꼬리를 붙여 놓은 거야?"

"당연하지. 나랑 있을 땐 상관없지만 주원이 혼자 다닐 땐 그림자처럼 따라붙으라고 했다."

'철두철미한 자식. 아니 어느새 그런 것까지 준비해 놓았던 걸까? 설마 저 자식?'

강현은 단숨에 술을 들이켜곤 그에게 다시 술잔을 내밀었다. 태준이 또 한 잔을 따라 주자 연거푸 마셔 버렸다.

"너 주원이 좋아하지?"

강현의 팔이 허공에서 멈췄다. 천천히 술잔을 내려놓은 강현은 태준을 똑바로 바라보지 않았다. 태준은 어쩌면 자신의 짐작이 맞을지도 모른다는 생각에 그저 놀라울 따름이었다.

"대답해!"

일부러 강하게 밀어붙였다. 적어도 태준에겐 강현에게 대답을 들을 필요가 있다고 생각했다. 그의 친구와 동생이다. 물론 주원이 예전에 강현을 연모했다는 건 안다. 하지만 그때는 한창 사춘기 때였고 지금은 다를 수도 있다고 생각하지만 그 녀석이 아무래도 수상했다. 그러니 강현의 본심을 알 필요가 있었다. 이번에도 또 주원이 혼자만의 짝사랑으로 끝나는 건 아닌지 걱정이 되었다.

"그래."

"뭐?"

생각에 잠겨 있던 태준은 갑작스런 강현의 대답에 당황했다. 방금 그의 귀에 들린 말은 그렇다는 거지? 강현은 고개를 들고 태준을 똑바로 쳐다봤다.

"그래 주원이를 좋아하는 거 같다. 아니, 좋아해."

태준은 그의 고백에 아무 말도 못하고 눈만 끔벅거렸다. 한참 동안 강현을 바라보던 태준은 궁금증을 참지 못하고 입을 열었다.

"언제부터 그런 마음인 거지?"

"나도 잘 모르겠다. 어릴 땐 그저 귀엽고 사랑스럽다고 생각했는데 13년 만에 주원일 본 순간 가슴이 철렁 내려앉았다. 처음엔 너무 놀라서일 거라고 그리고 예전의 애틋한 감정 때문이라고 생각했다. 물론 어렸을 때부터 주원이에게 딴 맘 먹은 거 아니었다. 그땐 정말 사랑스런 동생이었다. 그런데 13년 만에 만난 주원은 내게 또 다른 감정을 일으켰어. 내 삶에 누군가를 마음에 담아두지 않으려던 결심을 그 녀석이 바꿔 버렸다."

약간의 취기가 오른 강현이 마음속에 담아놓은 말들을 내비치자 태준은 그가 장난하는 게 아니라는 걸 알았다.

"좋아 그러니까 예전엔 그저 사랑스런 동생이었는데 다시 만나고 보니 이성으로 좋아하는 감정이 생겼다는 얘기인데 대체 이제껏 연락을 안 한 이유가 뭔지 이젠 네 솔직한 얘기를 해야 할 거야."

"……"

"네 가슴을 좀먹고 있는 그 일이 뭔지 이젠 얘기할 때인 거 같은데?"

강현은 놀란 듯 태준을 바라봤다. 젠장! 아마 그의 기록들을 조사한 모양이다. 그렇지만 그건 겉으로 드러난 표면일 뿐 그를 지금껏 괴롭히는 건 거기에 없었을 것이다. 할 수만 있다면 모든 걸 잊고 싶었다. 그리고 다시 찾아온 이 행복을 잡고 싶었다. 하지만 한 번쯤은 이런 날이 올 것이라 생각해서일까 의외로 덤덤하게 말할 수 있었다. 그런데 강현은 처음엔 어떻게 말을 꺼내야 좋을지 몰랐다. 그동안 그가 믿고 생각했던 이유들이 지금 이 순간 아무 일도 아닌 것처럼 느껴져 두려워졌다. 태준은 그가 입을 열 때까지 참을성 있게 기다려 줬다. 드디어 강현의 입이 천천히 열렸다.

"아버지가 돌아가시고 모든 게 끝인 것 같던 그때 난 더 이상 미국에 있을 이유가 없었다. 하지만 어머닌 그곳에 남기를 바라셨지. 그래서 나 혼자 들어왔다. 그런데 막상 한국에 오니 갈 데가 없더라고. 물론 아버지가 떠나시기 전에 남겨 놓은 집이 있었지만 그땐 다른 사람이 살고 있었어. 그래서 떨리는 마음으로 너희 집 근처까지 갔었다. 멀리서 바라본 집은 내가 떠나올 때 그대로여서 얼마나 기뻤는지 몰랐다."

그때의 감정이 되살아나는지 그의 입가에 미소가 걸렸다.

"그런데 선뜻 나서서 벨을 누를 수가 없었다."

"왜?"

"왜인지는 나도 잘 몰랐어. 그래서 혹시나 싶어 네가 나타날까 기다렸지……. 지난번에도 얘기했지만 한국으로 돌아오기 전 여기저기 무작정 돌아다녔다. 그러다 보니 거지가 따로 없었지. 어떻게 비행기 삯만 구해서 한국에 들어왔을 땐 벌써 3년이라는 시간이 흘러 있었다. 돌아오자마자 네 집에 갔다. 그리곤 거기서 주원이와 너를 봤지."

강현의 앞에 있는 술잔이 비어 있는 게 보이자 한 잔 따라 줬다.

"그런데 왜 그냥 갔니?"

"너희 두 사람이 너무 행복해 보여서. 나 같은 패배자가 그 속에 낄 수 없다고 생각했어."

"그런 미친 생각은 어디서 나온 거야?"

"아니 그때 내 마음은 그랬다. 공부도 포기하고 뭐하나 나 자신에 대해서 확실한 게 없었어. 그래서 아직은 나타날 때가 아니라고 생각했다."

"그럼 그 후에도 얼마든지 찾아올 수 있었잖아. 당당히 사법고시 합격하고 경찰까지 됐는데 왜?"

그때를 회상하는지 그의 눈이 먼 곳을 바라봤다. 그리곤 이내 그 참혹했던 날들이 떠오르자 저도 모르게 몸서리를 쳤다. 아직은 아니다.

"너를 만나러 갔던 그 길로 난 유일하게 알고 있는 고모를 찾아갔다. 그리고 다시 공부를 시작했지. 하지만 그해엔 실패를 하고 말았다. 그 이듬해가 돼서야 대학엘 들어갔지. 난 내가 뭔가를 이루고 나서 당당하게 나서고 싶었다. 단지 대학에 입학한 거 가지곤 성에 차지 않았어."

"인마 그런 게 어디 있어? 너와 나 사이에 그런 겉으로 드러나는 게 뭐가 중요하다고 그래?"

"지금은 그걸 알아. 하지만 그땐 많이 어렸지. 난 검사가 된 모습으로 너나 너의 가족 앞에 서고 싶었어. 푸웃! 웃기지? 그런데 난 검사는커녕 이렇게 경찰이 되어 있잖아."

태준은 아버지를 갑자기 잃고 방황했던 강현이 뭔가를 이루고 싶어했을 거라는 걸 알 것만 같았다. 하지만 그래도 너무 긴 시간이었다.

"미친놈."

태준의 말에 강현은 부끄러운지 얼굴을 붉혔다. 하긴 지금 생각해도 정말 유치하기 짝이 없는 행동이었다.

"인마, 얼마 전까지만 해도 주원이 별명이 뭐였는지 알아?"

"……."

"짝사랑의 달인이다, 짝사랑의 달인. 왜 그런 별명이 붙었는지 알아?"

태준은 앞에 놓인 술잔을 단숨에 들이켜곤 또다시 한 잔을 따라 연거푸 마셨다. 그리곤 탁 소리 나게 내려놨다.

"지금부터 내가 하는 말은 절대로 주원이 앞에서 내색하지 마라. 그 녀석 성미에 내가 이런 말을 한 걸 알면 난 죽은 목숨이다."

"뭔데 그래?"

"네가 떠난다는 말을 들은 그날 난 주원이가 그렇게 서럽게 우는 걸 처음 봤다. 방문이 열려 있기에 무심결에 열었는데 침대에 엎드려 울고 있었어. 혹시나 우는 모습을 들키면 창피해 할까 봐 돌아 나오는데 오빠라고 부르는 거야. 그래서 다가가는데 '오빠 가지 마' 그러더라."

태준의 말에 강현은 입이 벌어진 채 다물어지지 않았다.

"어찌나 서럽게 울던지 달래 주지도 못하고 나와 버렸다. 네가 떠나던 날 난 주원이가 널 피해 나가 버렸는지 알았다. 그런데 네가 가고 나서 숨 가쁘게 뛰어 들어온 녀석이 널 찾는 거야. 손에는 작은 선물 가방을 들고 말이야. 난 그 길로 주원이 손을 잡고 공항으로 달렸다."

생각난다. 출국장 앞에서 두 사람이 그를 애타게 부르던 일이 어제 일처럼 눈앞에 펼쳐졌다. 눈물이 글썽이며 선물을 내밀던 주원의 모습에 가슴이 아려왔던 기억도. 그때 그녀가 준 시계는 아직도 간직하고 있다. 더 이상 시간이 맞지 않고 바늘이 제대로 움직이지 않지만 버릴 수가 없었다.

"녀석은 네가 돌아올 날만을 손꼽아 기다렸다. 난 처음엔 그러다 말겠지 했어. 다들 그러잖아. 사춘기 시절엔 누구나 한 번쯤 그런다고. 그런데 주원인 조금 달랐다. 집에 돌아오면 제일 먼저 편지함부터 보는 습관이 생기더라. 행여나 너한테서 연락이라도 왔을까 싶은지 가끔씩 내 방 앞에서 이유 없이 얼쩡거리기도 했지. 솔직히 그때 네가 내 눈앞에 있었다면 두들겨 패줬을 거다."

"지금이라도 늦지 않았어. 때리고 싶으면 때려."

"6개월쯤 됐나? 네가 미국 가자마자 보내온 엽서에 적힌 주소로 편지를 보내는 거 같더니 어느 날 수취인 불명으로 돌아온 걸 보더니 방문을 닫아걸고 한바탕 서럽게 울어댔다. 한참을 울고 나더니 그 뒤론 네 얘기를 하지 않게 됐어. 그리곤 원래 자기 방으로 돌아갔어. 주원이 그때까지 손님방에 있으면서 너를 기다렸거든."

태준의 말에 강현은 눈을 질끈 감았다. 어린 주원이 날마다 그를 기다렸을 걸 생각하니 가슴이 아려왔다. 그녀가 편지를 보냈을 때가 아마도 아버지가 돌아가시고 방황했을 때쯤이었던 거 같았다.

"그 뒤 주원인 누군가를 좋아하지 못했어. 네가 봐도 우리 주원이 정도면 남자들이 좋아할 타입이잖아? 그런데 누군가가 좋아한다고 다가서면 더 냉정해지더라고. 처음엔 그냥 그러려니 했는데 나중에 보니 네놈 때문인 거 같더라니까. 그래서 너 나타나면 내 손으로 죽일 거라 다짐했던 게 한두 번이 아냐."

주원이 그를 그렇게까지 생각하고 있을 줄은 정말 몰랐다. 그저 단순히 지나가는 바람이려니 여겼었다. 강현 자신도 그러지 않았는가. 한동안 태준과 주원이 보고 싶었고 힘들었지만 잘 극복하지 않았는가. 정말로 극복했던 걸까? 일부러 잊기 위해 애쓴 건 아니고? 강현은 차마 고개를 들지 못하고 술잔만 기울였다. 그런 친구를 바라보는 태준의 눈에 연민이 서렸다.

"그런데 이강현! 아직 말하지 않은 게 더 있지?"

'귀신같은 놈.'

강현이 속으로 욕설을 내뱉었다. 이런 걸 형사의 직감이라는 걸까?

태준은 그의 눈에서 아직도 뭔가 말하지 않은, 아니 말하지 못한 게 있다는 걸 느꼈다.

"지금까지 얘기한 이유로 네가 그동안 우리랑 연락을 않고 살았다는 건 솔직히 이해가 가질 않는다. 네가 말하기 꺼리는 뭔가 다른 이유가 있는 거지? 네가 많이 다쳤다는 건 알고 있다. 어느 정도인지는 잘 모르겠지만 그것 때문인 거니?"

어떻게 얘기를 할까? 거의 죽을 뻔한 목숨을 부지하기 위해 미국으로 갔고 그곳에서 모든 걸 잊기 위해 얼마나 노력했는지 어떻게 말해야 할까? 그가 뭣 때문에 목숨까지 걸어야 했는지 어떻게 말한단 말인가. 그 지옥 같은 기억을 또다시 끄집어내야 한다는 건가? 강현의 입은 끝내 열리지 않았다. 태준은 그런 그를 더 이상 밀어붙이지 않았다. 아마 그 사실은 자신보단 주원에게 먼저 해야 하는 건지도 모르기 때문이다.

"좋아, 네가 말하기 싫다면 더 이상 묻지 않으마. 그 대신 지금부턴 그 무엇도 나나 주원이한테 감추는 게 없었으면 좋겠다. 자 술이나 마셔."

"고맙다."

강현은 그 말밖에 할 수 없었다. 어떻게 그 일을 말할까? 그 자신도 괴로운 일을.

"태준아 너무 늦은 걸까?"

"뭐가?"

강현과 눈이 마주친 태준은 그가 뭘 얘기하는지 금방 알았다.

"글쎄, 그렇게 궁금하면 직접 알아보던지."

"자식! 여전히 네 동생이 아까운가 보지?"
"당연한 거 아니냐?"
강현의 입가에 자조적인 미소가 떠올랐다.
"그래 나라도 아까웠을 거다."
두 사람은 밤이 깊을 때까지 주거니 받거니 술잔을 기울였다.

"제발 그만 따라다녀요."
"내가 뭘 따라다녔다고 그래?"
주원은 퇴근하고 집으로 가다 말고 그를 노려봤다. 화장실 가는 것 빼고는 줄기차게 쫓아다니는 강현 때문에 주원은 돌아 버리기 일보 직전이었다.
"오빠가 이렇게 붙어 다니는데 범인인들 나타나고 싶겠어요?"
갑자기 강현의 얼굴이 일그러졌다.
"너 오빠 소리 그만 하라고 그랬지?"
주원은 아차 싶어 저도 모르게 한 발짝 뒤로 물러났다. 그가 언제 달려들지 몰라 흘끔 뒤를 돌아보는 것도 잊지 않았다.
"쳇! 오빠 소리가 뭐 어떻다는 건지 원. 그럼 이 형사님이라고 할까? 아무튼 따라오든지 말든지 맘대로 해요."
"어디 가는데?"
"남자 만나러요."
약 좀 오르라고 일부러 남자라는 단어에 힘을 줬다.
'남자?'
제 말만 하고 획 돌아서 가버리는 주원의 뒤통수를 보며 되물었다.

티를 내지 않으려 해도 어쩔 수가 없었나 보다. 그녀의 팔을 잡았다.
"내가 아는 남자냐?"
"그래요."
"태준이?"
"흥, 오빠가 무슨 남자야?"
"그럼 누군데? 혹시 무슨 제보 들어온 거니?"
긴장한 얼굴로 되묻자 주원은 낮게 한숨을 내쉬었다.
"영우 선배 만나러 가는 길이에요."
"서영우?"
"그래요. 같이 저녁 먹자고 그러더라고요."
"두 사람만?"
"왜 안 돼요?"
"너 그 사람이랑 어떤 사이냐?"
그의 다그침에 어이가 없었다. 그렇게 암시를 주고 했는데도 무슨 남자가 저렇게 무딜까 싶었다. 아니, 알면서 모른 척하는 건 아닌지 의심스러웠다. 그래서 더 어깃장을 놨다.
"그런 건 오빠가 상관할 게 아니잖아요?"
"너 무슨 말이 그래? 지금 네 상황이 어떤지나 알고 그러는 거야?"
"잘 알고 있거든요. 24시간 이강현의 감시체제하에 놓여 있는 불쌍한 처지잖아요."
"그게 지금 나 때문이라는 거니?"
너무 억지를 부린 거 같아 항복의 표시로 손바닥을 펴서 들어 올렸다.

"알아요. 안다고. 그런데 그렇다고 친구도 만나지 말라는 건 너무 하잖아요."

"만나지 말라는 게 아니라 조심하라는 거야."

친구라는 소리에 조금 마음이 놓이는 자신이 참 우스웠다.

레스토랑에 마주 앉은 세 사람의 표정이 제각각이었다. 영우는 당연히 주원이 혼자 나오는 줄 알고 기대하고 있었는데 난데없이 강현까지 자리를 잡고 앉자 떨떠름한 얼굴이었다. 말은 주원의 보디가드 역할이라지만 뭔가 다른 꿍꿍이가 있는 게 분명했다.

난감하기는 주원도 마찬가지였다. 강현이 이곳까지 따라와 옆에 앉을 줄은 몰랐던 것이다. 물론 그를 일부러 자극한 것도 있지만 한사코 자신이 있어야 한다고 우기니 어쩔 수 없는 것 아닌가? 아무리 그렇지만 그렇다고 이 그림은 뭐냐 말인가. 주원은 강현과 영우를 번갈아 쳐다보곤 낮은 한숨을 내쉬었다.

세 사람 중 유일하게 느긋해 보이는 사람은 강현뿐이었다. 솔직히 처음부터 이러려고 따라붙은 건 아니지만 막상 주원이 혼자 들여보내려니 은근히 부아가 치밀었다. 며칠 전만 해도 그가 좋다며 고백한 게 누군데 그새 딴 놈을 만나냐고? 이왕 이렇게 된 거 서영우 저 기생오라비 같은 녀석한테 좋은 일 시킬 일은 없지 싶었다.

"뭐 드시겠습니까?"

목소리에 불만이 잔뜩 묻어난 영우를 보며 속으로 피식 웃었다. 차마 대놓고 뭐라지 못하는 건 아마 주원이 때문이겠지.

"안심스테이크 미디엄으로. 수프는 크림수프."

아주 작정하고 눌러앉아 있을 모양인가 보다. 영우가 강현을 쏘아보자 모르는 척 무시해 버렸다. 젠장, 이게 대체 뭐냐고? 인간 서영우 생전에 이런 웃기는 일은 처음이다.

"참, 내 밥값은 내가 내죠. 그리고 나 신경 쓰지 말고 얘기들 나눠요."

'아주 염장을 질러라 질러.'

영우는 속으로 이를 갈았다. 옳거니 그러고 보니 이 인간 지난번에도 이상했는데 이젠 확실히 알 것 같았다. 영우는 주원에 눈길을 주다 다시 강현을 노려봤다. 그런데 영우와 마주친 강현의 눈엔 어느새 장난기가 걷히고 진지했다. 그리고 눈빛으로 그에게 경고를 보내고 있었다.

'내 사람에게서 떨어지는 게 좋을 거다.'

분명 그런 의미였다. 영우는 주원도 같은 마음인지 알고 싶었지만 지금은 저 인간 때문에 그 궁금증을 잠시 뒤로 밀어 두기로 했다. 두 사람의 신경전을 보다 못한 주원은 미안한 얼굴로 영우에게 사과를 했다.

"선배 지금 제가 거의 24시간 보호를 받는 입장이니 이해해 주세요."

"뭐 그래야지 어쩌겠냐?"

일부 자신의 책임도 있는지라 뭐라 하지 못하고 툴툴거리는 모양이 꼭 제 물건을 뺏기기 싫은 어린애 같았다.

"선배도 인터뷰 기사 봤죠?"

"그래. 그걸 보니까 네가 더 걱정이더라."

'네놈이 그런 걱정은 왜 하는데?'

강현의 눈빛이 영우를 향해 그렇게 말하고 있었다.

"그래서 여기 이 형사님이 이러시는 거예요."

"그런데 솔직히 조금 과하신 거 같은데요? 굳이 한자리에 앉아 있을 필요가 있습니까?"

"그건 내 맘입니다. 난 주원이가 어떠한 위험에도 무방비 상태에서 노출되는 건 싫으니까."

"아니 그럼 주원이가 나랑 있는 게 위험하다는 겁니까?"

영우가 발끈해서 묻자 강현이 차갑게 되받아쳤다.

"꼭 아니라고는 말 못하겠는 걸요?"

이젠 아주 드러내 놓고 서로를 노려보는 두 사람 때문에 주원만 난처한 입장이었다. 급기야 더 이상 참을 수 없어진 그녀가 큰소리를 냈다.

"두 사람! 지금 뭐하자는 거예요? 밥이라도 편히 먹자고요. 아니면 내가 나가 드릴까요?"

"끄응!"

"알았다."

영우와 강현이 연달아 고개를 돌렸다. 강현은 자신도 좀 전의 행동에 대해 민망했는지 화장실을 핑계로 자리를 비웠다. 그가 자리를 뜨자 기다렸다는 듯 영우가 한마디 툭 내뱉었다.

"아무리 수사도 좋지만 이건 좀 너무한 거 아니냐?"

"걱정이 돼서 그럴 거예요."

"아니 세 살 먹은 어린애도 아니고 본인이 경찰인데 잠깐 우리 두 사람만 밥 먹는 것도 위험하다는 게 말이 되냐?"

"오빤 그렇게 생각하는 거 같아요."

"그거 너무 과잉 반응이라고 보는데?"

"그럴 지도요."

영우는 잠시 주춤하더니 평소 궁금한 건 못 참는 성격대로 솔직하게 물었다.

"이 형사님 저러는 거 꼭 신변보호 때문만은 아닌 거 같은데 내 짐작이 맞는 거지?"

"무슨 뜻이에요?"

주원도 강현이 저러는 모습에 조금 당황스러운데 영우에게 이런 소리까지 들으니 혹시나 하는 생각이 들었다. 그녀가 생각하고 있는 이유가 맞는 걸까?

"내 느낌으로 이강현 형사는 널 단순히 친구 동생으로 생각하는 거 같지 않다는 거야."

"그게 무슨 뜻이죠?"

영우는 혼란스러워하는 주원을 보곤 어쩜 그녀도 아직 그에게서 어떤 확신을 못 받은 거 같았다. 그러고 보면 이강현이란 인간은 생긴 거완 달리 아직 제 마음 하나 제대로 표현도 못했나 보다.

"전문적인 내 생각이 듣고 싶은 거야, 아니면 개인적 의견을 듣고 싶은 거야?"

"전문의로서의 의견요."

정신과 의사인 영우가 느끼는 거라면 어쩜 정확할지도. 영우가 낮게 한숨을 내쉬는 소리가 들린 듯했다.

"어쩜 난 오늘을 영원히 후회할지도 모르겠다."

눈을 반짝이며 귀를 쫑긋 세운 주원을 보자 한숨이 나왔다.
'젠장! 진짜 젠장이다.'
"남자가 흔히들 저런 행동을 하는 상대는 둘 중에 하나지. 가족이거나 애인이거나. 그런데 이 형사님은 가족은 아니니 후자일 가능성이 큰데 웃기는 건 본인은 그 사실을 인정하지 못한다는 거지. 막다른 곳에 몰릴 때로 몰리다가 그때서야 인정하는 아주 멍청이라는 말이다."
"농담하지 말아요."
그의 설명에 당황한 주원은 일부러 웃어넘기려 했다. 하지만 일단 말이 나온 영우는 이제는 그녀의 의중을 듣고 싶었다. 인간 서영우 질질 끌며 질척거리는 딱 질색인지라 마치 전투라도 나가는 심정이었다.
"넌 어떤 거야?"
"네?"
"이강현 씨에 대한 너의 진심 말이야."
주원은 잠시 멍하니 영우를 쳐다봤다.
"왜 그걸 알고 싶은 거죠?"
"나와 상관이 있으니까. 10년 전에도 얘기했을 텐데. 나 너한테 관심 많았어. 그런데 지금도 여전히 그렇더라고. 그러니 난 네 생각을 정확히 알고 싶은 거야."
"그건 강현 오빠완 상관없는 일이에요. 그리고 확실한 대답을 듣고 싶다고 했죠?"
"그래."
바로 그때 전화 벨소리가 울렸다. 강현이 잠시 비우면서 탁자 위에 전화기를 올려놓고 간 모양이었다. 연신 울어대는 벨소리에 두 사람의 시선이 전화기로 향했다. 환한 불빛 속에 떠있는 '정연희'라는 이름에 주원의 눈매가 굳어졌다. 지겹게 울리던 벨소리가 잠잠해지자 주원이 영우를 똑바로 쳐다보며 입을 열었다.

"……다른 사람을 좋아하고 있어요."

"그 사람도 널 좋아한다고 생각해?"

"네."

"확신해?"

영우의 눈길이 강현의 전화기를 보다가 그녀를 향했다. 주원의 눈빛은 흔들림이 없었다.

"……네."

그녀의 대답에 피식 웃고 말았다.

'이 미련한 놈.'

퍼뜩 깨달은 생각에 스스로에게 욕을 퍼부었다.

"혹시 그 확신에 나의 전문적인 견해가 한몫한 거니?"

그의 말에 그때까지 굳어 있던 그녀의 얼굴이 장난스럽게 빛났다.

"아니라고는 말 못하겠네요."

라이벌의 행동을 좋아하는 사람에 대한 질투라고 말했으니 이런 멍청이가 있나.

"나 바보 맞지?"

"아뇨 선배는 참 좋은 사람이에요."

"노파심에 묻는 건데 만약 내 분석이 틀렸다면 어떻게 할 거니?"

주원이 귀엽게 어깻짓을 했다.

"뭐 그런 거 별거 아니에요. 제 별명이 뭔지 알아요?"

영우가 고개를 가로저었다.

"짝사랑의 달인이에요. 강현 오빠와 13년 전 헤어진 그날부터 생겨난 별명이죠. 늘 짝사랑만 해서 그런 게 아니라 한 사람만을 기다렸기 때문에 그런 별명이 붙여진 거죠. 방금 선배한테 강현 오빠의 심리 상태에 대해 듣고 난 정말 기뻤어요. 이제야 내 짝사랑의 종지부를 찍을 수 있을지도 모른다는 생각이 들었거든요."

'이런 등신. 아주 사랑의 메신저나 하지 그러냐.'

영우는 속으로 으르렁거렸다. 하긴 자신이 아니어도 언젠간 이렇게 될 수밖에 없는 두 사람이었을지도 모른다. 다만 그 시기가 조금 늦었겠지만. 사람의 잠재되어 있는 기억은 참 대단한 거다. 영우는 자신이 아무리 주원을 원한다고 해도 그녀는 결코 그를 돌아봐 주질 않을 것이다. 그는 누구처럼 한 사람만 해바라기 하는 짝사랑과는 어울리지 않는 사람이다. 그러니 이쯤에서 인정해야 하는 걸까?

"지금 나 KO패 당한 거 맞지?"

"아니에요. 시작도 안 한 거잖아요. 선밴 분명 다른 사람한테서 승리를 얻을 거예요."

"그거 위로니 아니면 비꼬는 거니?"

의심스럽다는 듯 게슴츠레 눈을 뜨고 쳐다보자 주원이 정색을 했다.

"그렇게 말씀하면 나야말로 미안하죠. 선배는 저보단 더 괜찮은 여자를 만날 자격이 충분히 있어요."

"그렇게까지 말하니 위로라고 받아들인다."

체념한 듯 고개를 뒤로 젖히며 한숨을 내쉬었다.

밖에서 담배 한 대를 피우고 들어온 강현은 어딘가 모르게 어색해 보이는 두 사람을 번갈아 쳐다보며 자리에 앉았다. 세 사람은 약속이나 한 듯 침묵 속에 먹는 데만 열중했다.

-띠리리, 띠리리!

그때 강현의 전화기가 다시 울렸다. 주원의 고개가 자연히 전화기로 향했다. 역시 아까 그 여자 이름이 액정에 떴다. 그런데 전화기를 바라보는 강현의 얼굴이 눈에 띄게 긴장하는 게 느껴져 무슨 일인가 궁금했다. 강현은 몇 번 더 벨이 울리고 나서야 전화기를 들었다.

"이강현입니다."

상대방의 말에 귀를 기울이던 그의 얼굴이 당혹스러워하는 거 같더니 이내 죄책감 같은 게 느껴졌다. 대체 누구기에 저러는 건지 궁금했다.

"알겠습니다. 지금 가죠."

한참 동안 '네, 네' 하고 듣고만 있던 그가 전화를 끊고 자리를 털고 일어났다. 그리곤 주원을 안타깝게 쳐다봤다. 뭔가 하고 싶은 말이 있는데 한참을 망설이다 영우를 향해 고개를 돌렸다.

"주원일 데려다 주십시오."

그 말만 하고 그대로 돌아서서 가버렸다. 강현이 가고 나자 영우가 그녀를 안쓰럽게 바라봤다. 그러더니 일부러 어깃장을 놓았다.

"이래도 확신해?"

"그래요. 분명 이유가 있을 거예요."

그녀의 바보 같은 믿음에 졌다는 뜻으로 손바닥을 올려 보였다.

"휴우, 이젠 정말로 인정하지. 내가 졌다."

그의 너스레에도 주원의 얼굴엔 웃음기를 찾을 수가 없었다.

집 앞에 도착한 주원은 영우에게 감사의 인사를 건넸다.

"여기까지 태워다 줘서 고마워요."

"안 그랬다간 나중에 한 대 때리겠던데?"

"맞지는 않게 생겼으면서 엄살이 너무 심해진 거 아니에요?"

강현이 급하게 가버리고 나자 자신 있게 그 사람이라고 말은 했으면서도 내심 신경이 쓰인 눈치였다. 그런 주원이 걱정돼 괜찮다는 걸 끝까지 따라왔다.

"걱정하지 마, 내가 볼 땐 그런 사이 같지 않으니까. 내 전문적인 견해를 또 한 번 믿어 봐."

"그런 생각 안 해요. 그리고 선배의 그 견해 믿어요. 단지 아까 오빠의 표정이 너무 어두워서 그게 걱정이에요."

"별일 없겠지. 그럼 그만 간다."

"고마워요."

그녀에게 팔을 들어 가볍게 인사한 뒤 영우는 차를 타고 가버렸다. 주원은 그 자리에서 한참 동안 서 있었다. 그가 없을 땐 누군가가 그녀를 계속 지켜준다는 걸 알고 있었지만 그가 없는 지금 몹시 두려웠다.

"아니 아직 연락이 안 된다고?"

경찰서 안이 아침부터 어수선했다. 본청에 들어갔다 오는 바람에

이틀간 자리를 비웠던 주원은 출근하자마자 어수선한 사무실 안을 휘둘러봤다.

"반장님 무슨 일 있어요?"

"어, 강 형사 왔어? 이 형사 때문에 그러지."

"이 형사님이 왜요?"

"벌써 이틀째 연락이 안 되고 있어."

이틀째라니, 그게 말이 되나? 그러고 보니 그와 그 저녁때 그렇게 헤어지고 난 뒤였다.

"혹시 자네는 모르나?"

"저야 이제 본청에서 방금 온 거니 모르죠. 그런데 전화는 해보셨어요?"

"그게 전화를 받을 수 없다는 말만 나와."

"그럼 오피스텔은요?"

"찾아가 봤는데 사람이 없는지 계속 두드려도 아무런 기척이 없다는군. 이거 그때처럼 무슨 일 생긴 거 아닌지 몰라."

"그때처럼이라니요?"

순간 홍 반장은 아차 싶었는지 머리를 긁적이며 딴청을 피웠다.

"아니, 별거 아냐. 나도 얼마 전에 들은 얘기인데 그게 내가 할 얘기는 아닌 거 같아서 말야……난 다시 이 형사한테 연락이나 해봐야 할 거 같네."

분명 뭔가가 있다. 분명 반장은 뭔가를 아는 눈치인데 주원은 기필코 그게 무슨 일인지 알아내고야 말겠다고 결심했다. 그런데 대체 어디로 사라진 걸까? 주원은 자꾸 그의 자리로 눈이 가는 걸 막을 수 없었다.

'나타나기만 해봐. 가만 안 둘 거야. 설마 또 사라지는 건 아니겠지?'

퇴근 시간이 다가오자 주원은 반장을 불러 세웠다.
"반장님 저랑 술 한잔하실래요?"
"어? 갑자기 웬 술? 그럼 그럴까?"
술이라면 자다가도 벌떡 일어날 정도로 좋아하는 홍 반장이 의외라는 듯하다가 이내 반색을 했다. 두 사람은 경찰서 앞 실내 포장마차에 마주 앉았다. 먼저 반장의 잔에 술을 따라준 주원은 그가 어느 정도 취기가 오를 때까지 기다렸다.
"반장님 궁금한 게 있는데……."
"뭐?"
벌겋게 달아오른 홍 반장이 기분 좋은 미소를 지었다.
"이강현 형사님 얘기해 주세요."
진지한 주원의 물음에 취기가 싹 가신 얼굴을 한 반장은 그녀의 의도를 가늠하는 것 같았다.
"이강현이랑 무슨 사인가? 단순히 오빠 친구라면 내가 나설 자리가 아닌 거 같은데?"
"……강현 오빠를 좋아합니다."
그녀의 폭탄선언에도 반장의 눈은 흔들림이 없었다. 과연 범죄현장에서 30년을 몸담고 있는 사람다웠다.
"자네 혼자서? 아니면 이 형사도 같은 마음인 건가?"

"그럴 겁니다."

"단지 추측일 뿐이군. 자네도 잘 알 텐데 확실한 물증도 없는데 짐작만으론 아무것도 아니라는 걸."

"반장님 이건 수사가 아니잖아요. 그저 여자의 직감이라고 해두죠. 그러니 대체 무슨 일이 있었는지 말씀해 주세요."

"난 자세히 몰라."

"그럼 아는데까지만이라도요. 13년 전의 강현 오빠는 두려움이 없는 사람이었어요. 중학생이었던 내겐 하늘같은 사람이었으니까요. 그러던 오빠가 연락도 하지 않았고 난 많이 힘들었어요. 그리고 13년 만에 만난 그 사람은 많이 달라져 있었어요. 물론 겉모습은 더 멋있어졌지만 그 내면은 그렇지 않았어요. 어떤 큰일을 겪은 거 같은데. 그 아픔 때문에 힘이 들면서도 말을 안 해요. 아니 못한다는 느낌이에요. 심지어 웃는 모습조차도 몇 번 본 적이 없는 거 같아요. 전 그런 오빠에게 다가가고 싶어요. 그러니 제발 저한테 얘기해 주시면 안 되겠어요?"

그녀의 하소연이 먹혀들어간 걸까? 반장의 눈이 흔들리는 게 느껴졌다. 그녀와 눈이 마주친 반장은 입술을 깨물더니 이윽고 힘겹게 입을 열었다.

"나도 일이 어떻게 된 건지 자세히는 몰라. 단지 추측만 할 뿐, 모두 그때 그 일은 암묵적으로 묻어 두기로 한 거지. 그래서 자료도 대외비로 다뤄지고 있는 거고."

주원은 가슴이 떨려 술잔을 꽉 쥐고 있었다.

"난 그때 다른 관내에서 일하고 있었는데 이 형사가 경찰에 들어왔을 때 온 경찰이 그를 궁금해 한 건 기억나. 사법고시를 패스한 수재가 검사가 아닌 경찰을 택했다는 것부터가 이슈화될 만한 일이었지. 그런데 그는 형사로서도 싹수가 보였었나 보더라고. 그래서 우리 경찰 쪽에서 그에게 기대를 많이 했었어. 나도 얼마 전에야 그때 이 형사와 같은 관내에서 근무했던 친구에게 들은 거야."

목이 타는지 술이 아닌 물을 들이켠 반장은 주원을 똑바로 쳐다봤다.

"정말 이 얘기 끝까지 듣고 싶은 건가?"

"네."

주원은 단호하게 고개를 주억거렸다.

"이 형사가 신참으로 들어와 첫 임무를 맡았는데 첫 임무치곤 꽤나 위험했던 일이었던 거 같아. 그러다 급기야 조폭들이 개입되고 그 와중에 같이 일하던 파트너가 칼에 맞았지. 그런데 문제는 그게 이 형사를 대신해서 맞은 거라는 거지. 그때부터 이 형사는 사람이 변했다는군. 원래부터 속마음을 드러내는 성격은 아니었지만 그 일 이후 일만 파고들었다는군. 그런데 그 와중에서도 그 선배를 죽인 놈을 몰래 뒤쫓고 있었던 모양이야. 그러다 그 일이 생겼고."

눈에 띄게 긴장한 주원이 땀에 밴 손바닥을 바지에 닦았다. 반장도 말하기 힘든지 술을 한 모금 마셨다.

"드디어 그놈을 찾은 거지. 그놈을 검거하는 과정에 격투가 있었는데 한 사람은 죽고, 한 사람은 만신창이가 되었지. 우린 그때 두 사람의 격투 과정에서 무슨 일이 있었는지 몰라. 유일한 증인이자 당사자인 범인은 이미 차가운 시체가 되었고, 이 형사는 조사를 할 수 있는 상태가 아니었어. 여기저기 칼에 찔린 상처에 출혈이 너무 심한데다가 부러지지 않은 뼈가 없을 정도라니 저렇게 멀쩡하게 살아 있는 것만도 기적인 거지. 한국에서 응급수술을 하고 여행을 해도 괜찮다는 말이 떨어지자마자 미국으로 보냈어. 물론 그의 어머니가 그렇게 하길 원한 것도 있었지만 우리 쪽에서도 적극적으로 도왔다는군. 미국에서 몸이 회복될 때까지 1년이라는 긴 시간이 걸리고 이 형사는 그만두고 싶다고 한 모양이야. 하지만 경찰 쪽에선 아까운 인재 하나 버릴까 싶어 극구 말렸다는군. 그래서 미국에서 연수 겸 범죄심리학도 공부하게 된 거지. 그리고 이번에 본청에서 불러들인 거 같아. 일각에선 그때 그 사건을 두고 그의 정당방위였다니, 아니 과잉대응이었다니 그런 말들이 많았는데 내가 볼 땐 이 형사에게 그게 정당방위였는지 아니었는지는 중요하지 않았던 거 같아. 스스로가 어떻게 생각하느냐지. 이상이 내가 아는 얘기 전부야."

말을 마친 반장은 목이 마른지 소주를 연거푸 들이켰다. 주원은 이 이야기를 듣는 내내 손이 떨려서 아무 말도 할 수가 없었다. 21살 아버지의 죽음, 그리고 자신으로 인한 파트너의 죽음이 그에게 얼마나 고통이었을지 짐작하고도 남았다. 그래서 나타나지 않았던 건가? 자신이 사랑하고 좋아했던 사람들이 죽는 걸 보고 두려웠던 건 아닌가? 주원은 어쩌면 그럴지도 모른다는 생각이 들었다. 주원은 볼을 타고 내리는 눈물을 얼른 손바닥으로 훔쳐낸 뒤 쓰디쓴 소주를 한껏 들이켰다.

11.

 어떻게 잊을 수가 있었을까? 그 일이 있은 지도 벌써 5년이나 지났다. 그런데 아직도 어제 일처럼 선명하게 생각났다. 첫 파트너인 정 선배가 그의 팔 안에서 피를 흘리며 죽어가는 모습을 지켜봐야만 했던 고통을 어떻게 잊을 수가 있었단 말인가. 강현은 가슴속에 흐르는 피눈물을 삼키며 차에 속도를 높였다. 서울을 벗어나자 바람이 유난히 시원하게 느껴진 강현은 차창을 내리곤 바람을 맞았다.

 경기도 가평에 있는 조그만 암자에 도착한 강현은 자그마한 법당 안으로 들어섰다. 불상 앞에 우뚝 선 채 먼 곳을 바라보는 그의 눈에 어느새 물기가 어렸다. 불전 앞엔 투박한 제기에 몇 가지 과일과 나물, 전과 같은 음식들이 정갈하게 담긴 채 놓여 있었다. 그 안에 제사상을 차린 사람의 정성이 보이는 것만 같았다. 강현은 천천히 몸을 숙였다.

마지막 삼배를 마친 후 법당을 나와 떨어지려는 눈물을 삼키며 하늘을 올려다봤다.
 '잘 계시죠 선배? 그동안 오지 않았다고 화나신 건 아니시죠? 잊고……있었습니다. 죄송합니다.'
 [하하하……어이, 신입! 기다렸어. 조금만 더 늦게 나타났다면 내가 자네 엉덩이를 걷어차 주려고 했지. 그런데 말야, 여기서 지내는 것도 그리 나쁘진 않은걸. 그러니 자네, 그만 아파해. 이젠 훌훌 털고 잊을 때도 됐잖아?]
 정 선배의 호탕한 웃음소리가 들리는 듯했다.
 "여기 계셨네요?"
 "아, 스님."
 강현은 파르라니 머리를 깎은 여승을 향해 합장을 하고 존경을 담아 허리를 숙였다. 스님도 마주 합장을 하고 고개를 숙여 예를 갖췄다.
 "이제 다 털어 내셨어요?"
 "……"
 "아버지가 이 형사님을 많이 기다리셨어요."
 "죄송합니다."
 "많이 아프셨다는 소식은 들었어요. 이젠 괜찮으신 거죠?"
 "네. 스님도……괜찮아 보이십니다."
 "네."
 해사하게 웃는 스님의 얼굴이 마치 순진한 어린애 같아 보였다.
 "이젠 과거는 놓으세요. 아버지도 그걸 바라실 겁니다. 제가 오늘 연락드린 것도 이 형사님이 모든 걸 다 털어버리시길 바라는 마음에서입니다."

"그게 쉽지가 않습니다."

"그래서 오셨으면 했습니다. 천도재에서 모든 걸 다 내려놓으세요. 그래야 아버지도 마음 편히 쉬실 수 있을 겁니다."

"알겠습니다."

천도재는 영가를 좋은 곳으로 인도하는 주지스님의 염불로 시작되었다. 그 옆에 앉은 정 선배의 딸 보현스님의 목소리가 처연하게 법당에 울렸다. 이승에서의 모든 번뇌와 과업들을 모두 벗어버리고 극락왕생을 기원하는 의식은 3시간 동안 계속되었다. 마지막 순간 모든 게 불에 태워져 없어지는 걸 바라보면서 조금은 마음의 짐을 벗을 수 있을지도. 어쩌면……어쩌면.

'선배, 부디 좋은 곳으로 가십시오.'

〔어이, 신입! 먼저 가 있을게. 천천히 오라고.〕

천도재를 끝내고 오피스텔로 돌아온 강현은 온몸이 솜에 젖은 것처럼 기운이 하나도 없었다. 옷을 입은 채 그대로 눕자마자 잠에 빠져들었다.

저도 모르게 이리로 와 버렸다. 언젠가 그를 태워다 준 오피스텔 건물 앞. 한참을 망설인 주원은 경찰서에서 알아낸 그의 오피스텔 호수를 확인하고 그 앞에 섰다. 대체 어디로 사라진 건지. 아무리 벨을 눌러도 인기척이 없자 문에 기대어 바닥에 주저앉았다. 그리곤 전화기를 꺼내 그에게 걸었다. 몇 번의 벨소리 후 역시나 전화를 받을 수 없단다. 목숨이 경각에 달릴 정도로 위험했다니, 주원은 그의 슬픔이 느껴져 가슴이 아팠다. 무심코 자꾸자꾸 몇 번이고 재발신을 하던 주원은 정신이 번쩍 들었다. 분명 그의 벨소리가 문 안쪽에서 나는 거 같았다. 설마 하는 생각을 하면서도 떨리는 손으로 단축 버튼을 누르자 뒤이어 안쪽에서 벨소리가 울렸다. 주원은 벌떡 일어나 벨을 누르기 시작했다. 하지만 여전히 반응이 없었다. 안 되겠서 나중엔 문을 계속 두드려 보지만 시끄럽다는 이웃들의 원성만 들었다. 번호 키를 노려보던 주원은 커버를 열었다.

"그래 밑져야 본전이지."

우선 강현의 생일을 눌렀다.

삐삐삐!

젠장, 실패다. 그럼 다음은 주민등록번호 뒷자리, 그리고 그다음은 태준 오빠 생일. 역시나 그것도 실패. 주원은 생각나는 대로 번호를 조합해 보았지만 계속 실패였다. 주원은 다시 그에게 전화를 걸었지만 역시나 받지를 않았다. 점점 초조해진 그녀는 열쇠수리공을 부르려다 시간을 확인하고 잠시 망설였다.

"그래 마지막으로 딱 한 번 해보고 아니면 그때 부르자."

설마 하는 심정으로 그녀의 생일을 눌렀다. 그리고 뒤이어 띠리릭 하면서 들려온 자물쇠 돌아가는 소리에 그 자리에서 굳어 버렸다. 그가 그녀의 생일을 기억하고 있을 줄은 몰랐기 때문이다. 문을 여는 그녀의 손이 심하게 떨려왔다. 집 안으로 들어선 주원은 불이 켜져 있는 걸 보고 이상하단 생각이 들면서도 생각보다 깔끔한 실내에 살짝 웃음이 났다. 혼자 살기엔 넓은 듯한 실내는 썰렁하기까지 했다. 주방은 생전 음식을 해먹지 않는지 깨끗하게 치워져 있었고 거실은 3인용 소파와 오디오 시설이 갖춰져 있었다. 거실 전면이 강을 바라보고 있어서 그거 하나 마음에 들었다. 이렇게 둘러보니 정말 아무도 없는 거 같았다. 그러다 탁자에 놓여 있는 전화기를 발견하곤 주변을 두리번거렸다. 닫힌 침실문이 눈에 뜨이자 조심스럽게 다가갔다. 범인을 잡느라 아무도 없는 집에 들어서는 건 다반사였지만 지금은 긴장을 했는지 마치 죄를 짓는 것 같았다. 침실문 앞에 서서 노크를 했다. 아무런 반응이 없자 이번엔 좀 더 크게 두드렸다. 역시나 묵묵부답.

"난 분명 노크를 했다고요. 이러는 건 오빠가 걱정돼서 그러는 거지 절대 호기심이 아니에요."

소리가 나지 않게 문을 열던 주원은 제일 먼저 커다란 침대가 눈에 들어오자 호기심에 눈을 껌뻑거렸다. 그러다 그 위에 이불을 뒤집어쓰고 누워 있는 물체를 확인하고 뒤로 주춤했다.

'설마!'

강현이 집에 있는 데도 인기척을 내지 않았다는 생각이 미치자 불길한 생각이 들었다. 그녀는 뛰듯이 침대로 다가갔다. 그리곤 이불을 들추자 땀에 흠뻑 젖어 벌벌 떨고 있는 강현을 발견하곤 저도 모르게 비명을 질렀다.

"오빠!"

그녀의 손이 그의 이마를 짚자 뜨거운 열기에 손이 데일 거 같았다. 무슨 꿈을 꾸는지 자꾸만 헛소릴 하는데 도무지 뭐라고 하는지 알아들을 수 없었다.

"대체 이게 무슨 일이래. 오빠 정신 좀 차려 봐. 나야 주원이."

자꾸 몸부림치는 그를 억지로 깨우려 하지만 쉽사리 정신을 차리지 못했다.

[피가 묻은 손에서 비린내가 확 끼쳤다. 처음엔 자신의 몸에서 나온 피인 줄 알았다. 강현은 몸서리를 치며 정 선배를 붙잡았다. 살아야 한다고 이렇게 죽으면 안 된다고 소리를 쳐보지만 입 밖으로 새어 나오는 건 아무것도 없었다. 그저 어버버 하는 소리뿐이었다. 기필코 그 자식을 죽여 버릴 것이다.]

강현이 뭐라고 입 밖으로 뭐라고 말하려고 하지만 그건 소리가 되어 나오지 않고 손만 휘젓자 주원은 그의 손을 꼭 잡고 애원했다.

"제발 오빠 정신 좀 차려 봐."

[그놈이 바로 눈앞에 있었다. 저놈을 죽이고 싶었다. 그의 살기를 느꼈는지 놈이 주춤하는 게 느껴졌다. 그가 다가가자 들고 있던 칼을 위로 쳐들고는 항복의 표시를 하려고 했다. 그러면 안 되지. 그렇게 쉽게 널 용서하지 못한다. 너를 찾기 위해 일 년 동안 기다려 왔는데 이렇게 순순히 나오면 안 되는 거잖아? 네가 이러면 너의 칼에 쓰러진 정 선배가 불쌍하잖아 이 자식아! 그는 일부러 놈을 자극했다. 화가 머리끝까지 나 그에게 달려들기만을 기다렸다. 강현은 마치 먹이를 노리는 표범처럼 기다렸다. 놈이 그에게 칼을 꽂기를……. 그리곤 놈은 그의 생각대로 움직였다. 강현은 자신의 배에 느껴진 고통 따위

는 느껴지지도 않았다. 그저 눈앞의 놈을 향해 주먹을 휘둘렀다. 놈도 결코 만만한 상대는 아니었다. 하지만 모든 걸 포기한 그를 당할 수는 없었다. 칼을 놓친 놈이 뒤로 내빼려는 걸 악착같이 쫓아가 잡아 마구마구 두들겨 줬다. 나중엔 놈도 그의 심상치 않은 분위기를 느낀 걸까? 살려 달라고 손바닥을 빌었다. 정신없이 두들겨 대던 주먹을 멈추고 피범벅 된 얼굴을 내려다본 그는 잠시 주춤했다. 그리곤 서서히 정신이 들어 그를 잡았던 손아귀에 힘을 풀고 일어났다. 그 틈을 타고 놈이 다시 칼을 집어 들고 그에게 달려들었다.]

"헉! 아으악!"

갑자기 터져 나온 그의 고함소리에 주원은 깜짝 놀라 그에게 몸을 기울였다.

"오빠!"

그때 강현이 눈을 번쩍 뜨더니 그녀를 낚아채 침대에 찍어 눌렀다. 그리곤 주먹 쥔 손을 번쩍 치켜들고 그녀를 향해 내리치려고 했다.

"강현 오빠! 정신 차려."

오빠? 뿌옇던 눈앞이 사라지더니 서서히 주원이 눈에 들어오자 순간 살기가 가득했던 그의 눈이 정상으로 돌아오더니 주먹을 쥐고 높이 쳐든 팔을 내렸다. 그리곤 자신의 밑에 깔린 사람이 다른 사람도 아닌 자신이 그토록 아끼고 안타까워했던 주원이라는 걸 깨닫자 그만 그녀의 가슴에 머리를 박고 울음을 터뜨렸다.

"아으윽! 미안하다……다치지 않아서 다행이다……으으윽."

주원은 멍한 상태에서도 한동안 울분을 토해내듯 울음을 터뜨리는 그의 머리를 가만히 쓰다듬었다.

얼마나 시간이 지났을까 어느덧 울음이 잦아든 그가 아무런 움직임이 없자 잠이 들었을 줄 알고 살짝 흔들었다. 그러자 잠들었을 줄 알았던 강현이 천천히 고개를 들고 그녀를 내려다봤다. 눈은 열과 울음 때문에 벌겋게 충혈되어 있었다.

"오빠……으읍!"

그녀가 말을 다 마치기도 전에 그의 입술이 그녀를 막아 버렸다. 그녀가 입술을 열어 주기를 간절하게 갈구하는 몸짓에 굳게 닫혀 있던 그녀의 입술이 서서히 열렸다. 달콤한 꿀을 찾아다니는 나비처럼 그녀의 입 안 곳곳을 헤매던 그의 혀가 그녀를 애타게 찾아 헤맸다. 그리고 드디어 그녀의 혀를 낚아챈 그는 절절한 마음으로 빨아들였다.

주원은 그의 간절한 몸짓에 마음이 아파 눈물이 났다. 애타는 몸짓으로 그녀의 상의를 더듬던 그의 손이 가슴을 움켜쥐자 낮은 신음이 새어 나왔다. 한동안 가슴에 머물던 손이 점점 아래로 내려가는 게 느껴졌다. 그러다 잠시 키스와 손을 멈춘 강현이 몸을 살짝 일으켰다. 그리고 동의를 구하듯 그녀의 눈을 내려다봤다.

"주원아!"

찰나의 순간 그의 눈에서 절박함을 본 것만 같았다. 주원은 천천히 팔을 들어 그의 목에 둘렀다. 그리곤 약간 힘을 줘 아래로 끌어당기자 그걸 그녀의 동의로 안 그가 입술을 빨았다. 그다음은 조금이나마 남아 있던 망설임을 모두 던져 버리고 서로를 안았다. 어느새 옷은 저만치 떨어지고 서로의 나신을 손으로 쓸며 서로를 탐닉했다.

"아아!"

그녀의 신음소리에 그의 몸이 흥분했다. 입술로 그녀의 모든 걸 맛보고 싶었다. 지금 이 순간만큼은 모든 걸 잊고 그녀 안에 잠기고 싶었다. 그의 입술이 점점 아래로 내려갈수록 그녀의 입에선 억누른 탄성이 터져 나왔다. 이윽고 작은 그녀 안으로 파고든 그는 마침내 안식처를 찾은 것만 같았다. 그동안 그를 괴롭혀왔던 그 모든 일들이 모두 사라지는 것만 같았다. 그의 움직임에 작고 좁은 그녀는 그를 더욱 빨아들였다. 그리고 이제까지 겪어 보지 못했던 새로운 기쁨을 선사했다.

"아하, 주원아!"

"아아악!"

절정의 순간이 지나고 두 사람은 한동안 서로의 몸을 껴안고 움직이지 않았다. 그리곤 이내 어둠이 내려앉은 방 안엔 두 사람의 숨소리만 가득했다.

선잠에서 깬 주원은 어두운 방 안에 적응하기 위해 눈을 껌벅거렸다. 그러다 이내 이곳이 어디인가를 생각해내곤 잠이 확 달아나는 걸 느꼈다. 대체 내가 뭔 짓을 저지른 건가? 몸을 뒤채던 주원은 등 뒤에 바짝 붙어 그녀의 가슴에 팔을 얹은 채 잠들어 있는 강현이 느껴지자 그제야 사태 파악이 됐다.

'아, 이를 어째.'

살짝 이불을 들춰 보니 두 사람 모두 벌거벗고 있다는 걸 알고는 낮게 욕설을 내뱉었다.

"제기랄!"

"여자 입에서 나오기엔 너무 거친 말인 거 같은데?"

"에그머니나."

허스키하게 울리는 그의 목소리에 주원은 깜짝 놀라 재빨리 그에게서 떨어지려고 했다. 하지만 그의 팔이 그녀를 더욱 옥죄는 바람에 그대로 붙들려 있는 수밖에 없었다. 등 뒤에서 느껴지는 그의 숨소리가 그녀의 목덜미를 간지럽게 했다. 자꾸 그녀가 뒤채자 강현이 낮게 중얼거렸다.

"그만 움직여."

그의 말에 움직임을 딱 멈췄다. 그런데다 엉덩이에 딱딱한 게 느껴져서 그의 말이 아니더라도 움직일 수가 없었다.

"말 잘 듣네."

'자다 깬 그의 목소리가 저렇구나.'

순간 든 생각이었다. 이런 날이 오리라곤 꿈에도 생각 못했는데 주책없이 눈물이 나려고 했다.

"몸은 괜찮아요?"

아직도 뜨겁게 느껴지는 그의 열기가 걱정됐다.

"네가 있어서 괜찮아."

얼굴을 맞대지 않고도 서로의 마음을 읽을 수 있었다. 강현은 그녀를 안고 있는 팔에 더욱 힘을 줬다.

"어떻게 알고 왔니?"

"오빠랑 연락이 안 된다고 경찰서가 발칵 뒤집어졌어요. 그러다 그냥 한 번 와봤는데 오빠 전화 벨소리가 안에서 들리는 거 같아서 들어와 봤어요."

"현관 키 번호는 어떻게 알고?"

"그게 내 생일이던데?"

"으음."

강현은 그녀의 머리에 얼굴을 묻고 숨을 들이켰다. 얼마 만에 느껴보는 편안함인지 몰랐다. 그의 그런 마음을 읽은 것인지 한동안 그렇게 말없이 누워 있었다. 그가 잠들었는지 아니면 깨어 있는지 몰랐지만 간신히 용기를 내 중얼거렸다.

"아까 오빠 꿈을 꾸는지 많이 고통스러워하는 거 같았어요. 오빠 마음속에 담아 둔 그 아픈 기억 나와 나눠 가지면 안 돼요?"

"……"

그녀의 가슴에 얹어져 있는 손에 힘이 들어가는 걸 느끼지 못했다면 그가 잠들었을 줄 알았을 것이다.

"내가 오빠의 그 기억들 잊게 해주고 싶어요. 그러니까 제발 날 믿어 줘요."

그의 오랜 침묵에 그녀가 거의 포기할 때쯤 그가 힘겹게 말문을 열었다. 말을 시작하는 그의 머릿속엔 이건 어둠이 그의 얼굴을 가려 줘서라고 핑계를 댔다.

"……법대를 졸업하고 사법고시에 합격했는데 막상 검사로 지원하려던 걸 마지막 순간에 경찰로 바꿔 버렸다. 아마도 몸으로 직접 느끼고 뛰고 싶어서였을 거야. 이건 태준이한테 들어서 알고 있지?"

주원이 고개를 끄떡이는 걸로 대답을 대신했다.

"첫 부임하고 얼마 지나지 않아서였을 거다. 아주 중대한 사건에 투입하게 됐지. 아마 넌 기억하지 못할지도 모르겠지만 몇 년 전에 있었던 강남 한복판에서 조폭들 간의 칼부림한 현장에 경찰이 개입된 사건. 당시 언론에선 경찰의 과잉 진압이라는 논란이 일었지만 실제는 굉장히 위험했었다. 신참이었던 난 내가 가장 존경하던 선배와 파트너를 이뤘지."

주원은 가슴에 감겨 있는 팔을 풀고 몸을 돌려 그를 마주 봤다. 강현은 그때를 회상하는지 눈은 다른 곳을 보고 있다 그녀와 눈을 마주치자 입술에 살짝 입을 맞췄다. 그리곤 그녀의 머리를 끌어당겨 가슴에 가뒀다. 주원은 그의 심장 소리를 들으며 그의 얘기를 들었다.

"그 선배는 누구나 존경을 할 수밖에 없는 사람이었어. 솔직히 형사 같은 거친 직업이 어울리지 않는 사람이었지. 자신이 잡은 범인의 가족들까지 챙기는 그런 사람이었으니까. 그런 그 선배와 난 그때 강남에 한창 세력 다툼을 하고 있던 두 조직들 중 하나인 계림파를 수사하고 있는 팀에 합류했지. 그런데 선배가 생각보다 그들의 비리에 가까이 접근하게 됐어. 위기감을 느낀 계림파에서 선배를 협박하기도 하고 위협을 가했지만 끄떡도 하지 않았다. 그러던 어느 날 대학에 다니던 선배의 딸이 행방불명 됐어."

말하기 괴로운 듯 회상을 하던 그의 얼굴이 괴롭게 일그러졌다. 그러더니 목이 메는지 목울대가 꿈틀거렸다.

"선배는 미친 듯이 딸을 찾아 헤맸지. 그렇게 며칠이 지난 후 그녀가 집 앞에 내버려진 채 발견되었어. 만신창이가 된 몸은 차마 눈 뜨고 볼 수 없었다. 결혼까지 약속한 남자도 있었다는데……그 뒤 그 딸은 자살을 하려고 했지. 난 그때 선배가 당장 달려가 그놈들을 잡아들일 줄 알았어. 누가 봐도 그놈들 소행이 분명했으니까. 하지만 확실한 증거가 없어서 그저 주먹을 쥐고 울고만 계시더군. 그리곤 그 뒤론 더 집요하게 그놈들을 쫓았어. 그런데 뜻하지 않게 계림파가 이권 다툼을 하고 있던 상대 조직과 패싸움이 붙었던 거야. 그것도 강남 한복판에서. 우린 그곳에 투입되었어. 우리가 조사한 바로는 선배의 딸을 납치한 놈은 계림파 행동대장인 강치웅이었는데 그놈은 우두머리의 동생이었지."

잠시 그가 숨을 골랐다. 그러자 주원이 그를 바짝 끌어안았다.

"그런데 그곳에 그놈도 있었다. 진압이 거의 끝나갈 때쯤 선배가 그놈에게 총을 겨누고 있는 모습이 보였어."

강현은 아직도 생생한 그때의 광경에 눈을 질끈 감아 버렸다.

"한참을 그렇게 겨누고 있던 선배가 나를 보더니 정신이 드는지 천천히 총구를 아래로 내렸다. 난 선배에게 다가가 그의 총을 받아들었어. 행여나 선배가 충동적으로 행동할까 봐 겁이 났었다. 그런데 바로 그때였어……."

주원은 고개를 들었다. 감겼던 강현의 눈이 번쩍 떠지더니 두 눈 가득 눈물이 차올랐다.

"오빠……."

"놈이 칼을 들고 우리에게 달려들고 있었어. 신참이고 미숙했던 난 순간 당황하는 바람에 어떻게 대처해야 할지 몰랐어. 몸이, 몸이 마음대로 움직여지지 않았다. 그저 놀라서 달려드는 놈을 바라만 보고 있었다. ……바로 그때 선배가 나를 감싸고 몸을 돌렸다 주원아."

강현은 괴로운 듯 두 손으로 얼굴을 감쌌다. 주원은 어떻게 된 일인지 알 수 있었다. 그 선배라는 사람이 태준을 감싸고 달려드는 놈의 칼을 맞은 거였다.

"아, 으흑! 난 아무것도 할 수 없었다. 놈을 잡을 수도 없었어. 내 몸 위로 쓰러지는 선배의 몸을 받쳐 드는 순간 일이 잘못된 걸 알았다. 하지만 놈은 태연하게 나와 눈을 맞추더니 보란 듯이 손수건으로 칼에 묻은 선배의 피를 닦아냈다."

강현은 마치 그가 앞에 있는 것처럼 부들부들 떨었다. 주원은 그런 그를 그저 꼭 안아줘야만 했다.

"난 그 순간 눈에 보이는 게 없었다. 그래서 놈에게 달려들려고 움직이는데 선배가 내 소매 춤을 잡고 놔주질 않았어. 선배를 보고 놔달라고 소리 질렀다. 하지만 그는 끝내 소매를 놓지 않고 그저 고개를 가로저을 뿐이었다. 그러는 동안 놈은 유유히 사라져 버렸고 난 내 앞에서 죽어가는 선배를 끌어안고 있을 수밖에 없었어."

얼굴을 감싼 손가락 사이로 강현의 눈물이 흘러내렸다. 아마도 그때 이후로 참았던 눈물이 한꺼번에 북받쳐서 터져 나온 것일지도 몰랐기에 주원은 그저 그의 등을 쓰다듬어 주었다. 어느 정도 진정이 된 강현은 숨을 크게 내쉬었다.

"그 후 난 그놈을 잡는 데만 온 정신을 집중했다. 경찰을 살해한 혐의를 갖고 있기 때문에 다들 눈에 불을 켜고 찾았지만 이미 잠수를 타고 말았다. 하지만 난 포기할 수 없었다. 겉으론 일에 전념하는 것처럼 보였을지 모르지만 내 머릿속엔 온통 놈을 잡아야 한다는 생각뿐이었지. 그리곤 1년 만에 놈을 찾아냈다."

그때의 일이 생각나는지 강현의 몸이 눈에 띄게 굳어지는 게 느껴졌다.

"놈은 날 보자 칼을 꺼내 들었다. 난 그 칼을 보는 순간 그게 어떤 칼인지 금방 알았다. 사색이 되는 내 얼굴을 쳐다보던 놈이 빈정거리면서 웃더군. 그래서 폭발해 버리고 말았다. 난 놈에게 달려들었다. 놈도 같이 덤벼들어 내 배에 칼을 꽂았다."

순간 주원은 소름이 끼쳐 그를 꼭 안았다. 하지만 강현은 과거를 헤매고 있는 듯했다. 그 눈빛이 너무 공허해 보여 가슴이 아팠다.

"난 아프지 않았다. 오로지 내 눈엔 놈의 얼굴만 보였거든. 내 눈빛에서 뭔가를 느꼈는지 놈이 깜짝 놀라더군. 그리곤 갑자기 두 손을 번쩍 들어 올리더군. 그래, 놈은 내가 자길 그냥 두지 않을 거라는 걸 알 정도로 영리했던 거지. 하지만 난 내 손으로 직접 놈을 심판하고 싶었다. 그래서 난 일부러 놈을 자극했다. 그랬더니 바로 넘어오더군. 그리곤 정신없이 싸웠다. 그가 죽을 때까지 두들겨 패고 싶었다. 그런데 얼굴이 엉망이 된 그놈이 손바닥을 빌며 살려 달라고 애원을 하는 순간 정신이 번쩍 들었다. 정신을 차리고 보니 내가 그를 거의 죽일 뻔 했다는 걸 알았어. 그 순간 난 내 자신이 너무 혐오스러웠다. 선배의 원수를 갚는다는 핑계로 놈과 같은 행동을 하고 있었던 거야. 그걸 깨닫고 나자 놈의 목을 조르고 있던 손을 풀었다. 그리고 놈의 팔에 수갑을 채우기 위해 몸을 움직이는데 잠시 방심하고 있던 틈을 타 옆에 있던 칼로 내 옆구리를 찔렀다."

'아, 오빠.'

주원은 떨리는 손으로 그의 옆구리를 쓸어내렸다. 자칫했으면 그는 이 세상 사람이 아닐 수도 있었다는 생각을 하자 눈물이 고였다.

"칼에 찔린 순간 난 내 눈앞에서 죽어가던 정 선배가 떠올랐다. 나도 그처럼 놈에게 죽는구나 생각했다. 내가 죽기 전에 놈을 끝장내겠다는 생각이 들자 망설임 없이 그의 안면을 주먹을 강타했다. 그리고 놈의 숨이 끊길 때까지 때리고 때리고 또 때렸다."

부들부들 떠는 그의 팔을 잡아끌었다. 제발 그만 힘들어하라고 정당방위였다고 위로하고 싶었지만 지금은 그 어떤 것도 그를 위로할 수 없다는 걸 알고 그저 그가 마음속에 담고 있는 걸 다 토해내길 간절히 빌었다.

"그다음엔 나도 정신을 잃고 말았다. 눈을 뜨니 병원이었어. 나중에 들은 말론 옆구리에 칼이 박혀 있었다더군. 피를 너무 많이 흘린 채 만신창이로 정신을 잃었다는 것도, 며칠 동안 의식불명이었다는 것도 내겐 중요하지 않았다. 다만 놈의 생사가 궁금했지. 놈이 아직 살았다는 말을 들었을 때 화가 나면서도 한편으론 다행이라고 생각했다. 그땐 제정신으로 돌아왔던 거 같아. 그런데 놈이 일주일 후에 끝내 죽어 버리더군. 내가 죽인 거지."

그래서 아무런 변명도 하지 않은 거군. 그 벌을 혼자 고스란히 다 받으려고 했던 거였다.

"아니, 오빠 탓이 아니야. 그건 정당방위였어."

"너도 남들과 똑같이 말하는군."

강현은 그녀에게 떨어져 누워 팔로 눈을 가렸다. 가려진 그의 눈초리에서 가는 눈물이 흘러내렸다. 주원이 몸을 일으켰다. 봉긋한 가슴이 드러난 것도 개의치 않고 강현을 노려봤다.

"오빠 우린 늘 위험에 노출되어 있어. 때론 마음대로 되지 않는 게 있다고. 만약 그때 오빠가 가만있었다면 땅속에 있는 건 오빠였을 거라고."

"물론 그랬을지도 모르지. 그렇다고 사실이 바뀌지 않아. 난 그놈을 죽일 마음을 먹은 거고 놈은 이미 죽었지. 내가 죽을지도 모른다는 거는 중요치 않았다. 오히려 그대로 죽고 싶었는지도 모르지. 그래서 미국으로 가고 싶다고 했다. 정 선배가 나 대신 죽은 이곳, 과정이 어떻든 나 때문에 죽은 강치웅이 있는 이곳이 싫었다. 그러나 가장 두려웠던 건……혹시라도 그놈의 형이 강치웅의 복수를 너나 네 가족들에게 할까 봐 그게 더 두려웠다. 그래서 몸이 회복된 후 형사를 그만두려고 했는데 여기까지 와버렸다."

'바보 같은 사람. 그래서 찾지 않은 건가?'
혼자서 얼마나 괴로웠을까?
"난 누군가 오빠를 그렇게 죽였다면 나도 오빠처럼 했을 거야."
"주원아!"
강현이 몸을 일으켜 그녀를 마주 봤다.
"나도 똑같이 그렇게 했을 거란 말이야. 사랑하는 사람이 제 눈앞에서 죽었는데, 그것도 나를 구하다가 죽었는데 돌지 않을 사람이 어디 있냐고? 그리고 오빠 일은 어디까지나 정당방위였어. 만약 정말 그렇게 생각하지 않았다면 본청에서 오빠를 미국까지 보내 공부까지 시키면서 지키려고 했겠어? 오빠도 어느 정도 정당방위라고 인정하면서도 죄책감 때문에 그러는 거잖아?"
"주원이 너?"
"반장님한테 들었어."
"아, 젠장!"

"그러지마. 내가 강제로 입을 열게 했으니까. 반장님도 오빠 걱정 많이 해."

주원이 먼저 그에게 안겼다. 그러자 강현이 그녀를 힘주어 안았다. 그동안의 죄책감과 고통이 사라지는 것만 같았다. 주원은 강현의 심장 소리를 들으며 부디 그가 편안해지길 빌며 고개를 들고 그를 안타깝게 바라봤다.

"그런데 왜 이렇게 아파요?"

강현이 그녀의 머리를 쓸어내리며 한숨을 내쉬었다.

"너랑 저녁 먹은 그날이 정 선배 기일이었어. 놈을 잡고 바로 미국으로 가는 바람에 한 번도 정 선배 기일을 지키지 못했어."

"그럼 그때 그 전화는?"

"선배 딸이 전화를 했어. ……그때 그 일이 있은 후 선배 딸은 스님이 되었지."

"하아……!"

주원은 너무 놀라 말을 잇지 못했다.

"선배는 부인이 죽고 유일한 자식인 딸과 살고 있었어. 그 딸이 그런 일을 당했으니……매년 기일 때마다 보현스님이 기제사를 올리고 계셨어. 그동안 내가 한국에 없어서 천도재를 올리지 않고 기다리고 계셨다는 거야. 그리곤 이제 모두 털어버리라고 하시더군. 마지막 선배를 보내는 의식을 마치고 나니 정말로 그래야 한다는 걸 알았어. 그러고 나서 집에 오니 아프기 시작했어. 온몸이 찢어질 것 같은 아픔에 그대로 죽어 버리는 것만 같았다. 그런데 말이다 주원아, 예전엔 그렇게 아프면 차라리 죽고 싶었다. 그런데……오늘은 아프면서도 자꾸

네 생각이 나서. 네가 너무 보고 싶어서 미칠 것만 같았어. 그래서 정말 오랜만에 살고 싶다는 생각을 했어. 그것도 간절히."

그를 바라보는 그녀의 눈 한가득 눈물이 차올랐다. 차고 넘친 눈물이 그대로 주르르 흘러내리자 강현이 얼굴을 감싸 쥐고 입술로 닦아 냈다. 마침내 그녀의 눈물을 다 먹어 버린 그의 입술이 그녀의 입술을 덮쳤다. 마침내 찾은 안식처를 놓지 않으려는 듯 입술을 탐했다. 어느덧 여명이 밝아오는 그때 두 사람은 다시 열락의 향연에 빠지고 있었다.

12.

 평소보다 일찍 출근한 주원은 책상 위에 놓여 있는 메모를 보고 입가에 미소를 지었다.

 [체육관에 있슴.]

 누구인지 이름은 남기지 않았지만 그녀는 강현의 메모임을 알 수 있었다. 사랑을 나누던 며칠 전 일이 생각나자 얼굴이 붉어졌다. 그 일이 있고 난 후 강현은 몰라보게 달라졌다. 웃음도 많아졌고 무엇보다도 그녀에게 어딘가 늘 거리를 두던 그의 태도가 확 바뀌었다는 거다. 물론 경찰서 안에선 자제를 하지만 둘만 있을 땐 다른 사람 같았다. 원래 저런 사람이었나 싶을 정도로 그녀에게 헌신적이었다.

 오전 시간은 여기저기서 들어오는 제보 때문에 정신이 없었다. 주원이 인터뷰를 하고 나서 수시로 들어오는 제보 때문에 정신이 없을 지경이었다. 그중에서 가장 신빙성이 있는 것을 추려 내는 것도 그들의 몫이었다. 오늘도 아침부터 들어온 제보들을 단순 장난전화인지 아니면 진짜 쓸 만한 내용인지를 가려내느라 아침에 그와 있었던 일을 떠올리지 않을 수 있어서 다행이었다.

"지금까지 들어온 제보들 중에 쓸 만한 거 몇 가지가 있어. 팀으로 나눠서 조사해 보는 게 좋을 거 같은데? 최 형사와 김 형사가 한 조로 움직이고 이 형사하고 강 형사가 한 조로 움직이자고."

반장의 말에 강현의 눈길이 주원을 향했다. 동의를 구하는 것 같았다.

"그럼 저희는 어디부터 조사하면 되겠습니까?"

동혁이 앞으로 나서자 반장이 그를 향해 고개를 돌렸다.

"제보 중에 동일 수법 전과자와 비슷한 인상착의가 있는데 자네가 이걸 조사해 줬으면 좋겠네."

"알겠습니다."

동혁과 김 형사가 밖으로 나가고 나자 반장이 강현과 주원을 바라봤다.

"자네 둘은 또 다른 용의자를 찾아가 줘야겠어."

"누군데요?"

"방금 전화 한 통이 걸려왔는데 의심 가는 행동을 하는 사람이 자기 집 근처에 산다는 거야. 지난번 사건 났을 때도 아주 늦은 시간에 들어오더라는 거지. 그런데 그 사람은 다른 사람들과 전혀 얘기도 않는 얌전한 사람이라서 처음엔 그런 사람이 같은 동네에 사는지도 몰랐는데 네 인터뷰를 보다가 아차 싶더라는군. 물론 허위 제보일 수도 있지만 혹시 모르잖아. 여기 주소야."

"그곳엔 이 형사님 혼자 가야 될 거 같은데요?"
"왜지?"
반장의 물음에 강현도 그녀를 향해 고개를 돌렸다.
"전 영우 선배를 만나기로 했거든요."
"서영우?"
서영우라는 말에 강현의 눈초리가 치켜 올라갔다.
"어제 전화가 왔는데 피해자들에게서 새로운 걸 알아냈나 봐요. 그래서 오늘 찾아간다고 했는데."
"혼자는 안 돼."
"……?"
"너 혼자 다니면 안 되는 거 알잖아?"
강현은 너무 민감하게 반응한 거 같아 애써 아무렇지 않은 척 둘러댔다. 강현의 반응에 슬쩍 미소를 감춘 반장은 두 사람이 알아서 하라고 하곤 자리를 비켜줬다.
"그건 두 사람이 알아서 하고 빨리들 서둘러."
반장이 자리를 뜨자 강현의 매서운 눈길이 그녀에게 꽂혔다.
"지금은 훤한 대낮이라고요. 조심할 테니까 그리고 꼬리 붙여 놨다면서요?"
"네가 싫어하는 거 같아서 철수시켰어."
강현은 뭐하나 허투루 흘리는 법이 없다. 특히나 그녀의 일이라면.
"정말 조심할 테니까 오늘만 각자 움직여요."
"그래도 마음이 안 놓여서 그래."
차마 서영우 그 자식이 더 못 미덥다고 말할 수는 없었다.

"날 언제까지 따라다닐 건데요? 그리고 난 앞으로 이런 일 수도 없이 많이 겪을 거라고요."

그녀의 말이 맞다는 걸 알지만 그래도 마음에 들지 않았다.

"좋아. 대신 장소 옮길 때마다 나한테 연락하는 거다. 그마저도 안 하겠다면 나도 양보 못해."

"휴우, 알았어요. 그럼 나중에 연락할게요."

주원이 위로하듯 그의 손등을 한 번 두드리곤 먼저 나갔다. 강현은 그녀를 잡아 세우고 싶은 마음을 애써 감추고 자신이 너무 예민한 것뿐이라고 스스로를 달랬다.

영우의 병원 앞에 도착한 주원은 경찰서를 떠나올 때를 생각하곤 피식 웃음을 흘렸다. 강현은 그녀를 혼자 보내는 게 마음에 들지 않는 듯 연신 투덜댔다. 그런 그의 모습이 적응이 안 되면서도 가슴 한쪽에선 따스한 기운이 느껴졌다.

"휴우, 내가 생각해도 난 자존심도 없어."

스스로가 마음에 들지 않는 듯 주원은 고개를 가로저으며 병원 문을 열고 안으로 들어섰다.

"어서 와."

주원이 진료실 안으로 들어서자 영우가 반갑게 맞았다. 이렇게 그의 병원에서 보니 사람이 달라 보였다. 지금 보니 매력도 있어 보이고…….

"뭐 좋은 일 있어?"

"왜요?"

"얼굴이 밝아 보여서."

얼굴에 티가 날 정도였나? 주원은 살짝 얼굴을 붉히며 의자에 앉았다.

"그런 거 아니에요. 선배 보니까 갑자기 처음 만나던 날이 생각나서 웃었어요."

"아하!"

그도 10년 전 그때가 생각나는지 멋쩍게 웃었다.

"하긴 그땐 뭐든지 할 수 있을 거 같았는데 말이지."

"그때나 지금이나 선배는 당당한 모습이 보기 좋아요."

"그래? 그럼 너 나랑 사귈래?"

그의 짓궂은 농담에 가볍게 눈을 흘겼다.

"선배는 여전히 솔직하네요."

"나야 솔직하고 당돌한 거 빼면 시체 아니냐. 그런데 나 농담 아닌데."

"푸웁!"

"아, 그 웃음의 의미는 뭐냐? 어째 웃기지 말란 걸로 보인다."

"피이, 잘······아네."

"이거, 서영우 자존심에 스크래치를 팍팍 내주네."

진짜 열 받는 사람처럼 넥타이를 느슨하게 풀어헤치던 영우는 곁눈질로 주원을 슬쩍 훔쳐봤다. 마치 제발 나 좀 위로해 주라는 간절한 눈빛에 주원은 웃음을 지었다.

"선배 그만 하시지. 하나도 안 불쌍하거든."

"젠장! 너 진짜 그러는 거 아니다. 사나이 진심도 몰라주고. 에이,

심통 나는데 두 사람 헤어지라고 확 고사 지낸다?"

"그랬다간 선배 나한테 이렇게 돼요."

주원이 그의 눈앞에 주먹을 불끈 쥐어 보였다. 그 모습이 어찌나 귀엽고 어이없어 보이는지. 참았던 웃음을 터뜨렸다.

"하하하하……."

누가 경찰 아니랄까 봐 으름장 놓는 것도 거의 조폭 수준이었다. 잠시 후 영우의 웃음이 잦아들자 그녀는 자신이 이곳에 온 목적을 상기시켰다.

"그나저나 피해자들과의 상담은 진전 좀 있어요?"

웃음을 그친 영우의 모습은 진지해 보였다.

"네 명은 아직까지도 그때의 일 때문에 마음의 문을 쉽게 열려고 하지 않는데 그나마 마지막 피해자는 다행히도 많이 진전을 보이고 있어. 아마도 미수에 그쳐서 그 충격이 덜 한 거 같지만 그래도 그 충격이 쉽게 잊혀지진 않을 거야."

"그나마 다행이네요. 저라도 그런 일을 당했다면 잠도 못 잘 거 같아요. 아마 온전한 정신으로 살아간다는 게 쉽지는 않을 거 같아요. 그렇기 때문에 무슨 일이 있어도 그놈을 꼭 잡아야 해요."

"나도 같은 생각이야. 그런데 우리나라의 성범죄 범인을 잡는 데는 일단 피해자들이 적극적으로 나서야 하는 데 사회적인 피해나 두려움 때문에 그게 쉽지 않다는 게 문제인 거 같아."

"그런데 뭐 마음에 걸리는 게 있어요?"

"글쎄 도움이 될지 모르겠는데 피해자들의 진술에 의하면 하나같이 하는 말이 의식이 희미한 상태에서 어디론가 끌려갔다는 거야. 건물 지하 같은 곳이라는데 충격이 너무 커서인지 그 외에 기억하는 건 없는 거 같아."

"의식이 희미했다는 말은 범인이 피해자들을 마취를 해서 끌고 갔다는 말인가요?"

"그럴 수도 있지. 마취를 해 차로 데려갔을 수도 있고."

"너무 막연하군요."

한동안 그녀를 바라보던 영우가 낮게 중얼거렸다.

"난 네가 이 사건에서 손 뗐으면 좋겠다."

주원의 눈이 그를 향했다.

"내가 경찰이에요."

영우는 답답한지 흘러내린 머리를 쓸어 올리며 의자에서 일어나 어슬렁거렸다.

"알아. 그걸 알기 때문에 더 불안한 거야."

영우는 자신의 말 때문에 주원이 그 위험을 자초하게 된 거 같아 미안했다.

영우와 생각보다 오랜 시간 같이 있었다. 강현만 아니면 그와 잘해 볼 수도 있었다 싶을 정도로 그는 꽤 재미있는 사람이었다. 집이 가까워져 오자 그녀의 발걸음도 조금 빨라졌다. 그런데 자꾸만 머리가 쭈뼛 서는 게 소름이 확 끼쳤다. 이상한 느낌에 뒤를 돌아봤지만 어둠이 내려앉은 골목길엔 사람의 그림자가 보이지 않았다.

"내가 너무 예민한 거야."

며칠째 범인이 쫓아오지 않을까 신경을 곤두세우다 보니 늘 이런 식이었다.

-저벅저벅.

갑자기 들리는 발자국 소리에 주원이 몸을 돌렸다. 하지만 아무도 보이지 않자 안도감보다는 온몸의 신경이 긴장을 했다. 분명 사람 발자국 소리 같은 게 들렸는데. 다시 몸을 돌려 걸음을 빨리하자 뒤따르던 발자국 소리도 같이 빨라졌다.

"누구야!"

주원이 뒤를 향해 소리쳐 보지만 아무런 반응도 보이지 않았다. 주원은 거의 뛰다시피 골목을 돌아 모퉁이에 몸을 숨겼다. 그리곤 숨을 죽이고 기다렸다. 발자국 소리가 모퉁이를 도는 것 같아 주원은 재빨리 놈에게 달려들었다. 그리곤 다짜고짜 상대방의 팔을 잡아 비틀었다. 하지만 상대방이 그녀보다 한 발 먼저 움직였다.

"아야!"

"어? 젠장!"

이런, 그가 왜 여기 있는 거야? 주원은 그에게 잡힌 팔의 아픔도 잊고 그를 올려다봤다.

"놀랐잖아요."

"왜 그렇게 도망가 인마? 너 따라오느라 애먹었잖아."

강현은 잡고 있던 주원의 팔을 풀어주었다. 그리고 행여 다치지 않았을까 살피는 것도 잊지 않았다.

"난 누가 따라오는 줄 알았잖아요."

"왜 이렇게 늦게 다니는 거야? 그리고 그 자식은 널 바래다주지도 않은 거야?"

"내가 싫다고 그랬어요."

"내가 뭐라고 그랬어? 장소 옮길 때마다 연락하라고 했을 텐데?"

마치 어린애 다루듯 하는 그에게 화가 난 주원은 괜히 큰소리로 어깃장을 놨다.

"내가 어린애예요? 오빤 날 아직도 중학생으로 보는 거냐고요?"

화가 난 강현이 그녀를 담벼락으로 밀어붙이자 등이 차가운 벽에 닿았다.

"중학생하고 섹스하는 미친놈 봤어?"

가까이 다가온 강현의 입김이 그녀의 얼굴을 덮었다. 너무 놀란 주원이 눈을 동그랗게 뜨고 올려다보자 잠시 주춤하던 강현은 그녀를 끌어당겨 안았다. 그리곤 그녀의 머리에 얼굴을 묻었다. 물론 그가 늘 그녀를 보호한다고 하지만 그렇다고 불안을 가라앉히진 못했다.

"네가 걱정이 되어서 미칠 것만 같다. 잠시라도 내게서 떨어지면 무슨 일이 생길 것만 같아서 아무것도 할 수가 없어."

그가 너무 세게 안고 있어서 숨조차 제대로 쉴 수 없던 주원은 강현의 고백에 가슴이 먹먹해졌다. 잠시 망설이던 주원은 천천히 팔을 들어 그의 등을 힘껏 감싸 안았다. 하지만 바로 그때 어둠 속에서 누군가가 두 사람을 날카로운 눈빛으로 뚫어지게 쳐다보고 있었다.

외근을 마치고 돌아온 주원은 썰렁한 사무실 풍경에 옆에 있던 김 형사를 돌아봤다.

"다들 어디 갔어요?"

"인질 사건이 터져서 출동했어요."

"그래요? 그런데 김 형사님은 안 가셨네요?"

"전 조금 있다가 잠복근무 나가 봐야 해서요. 가신 일은 잘됐습니까?"

"또 허탕이죠 뭐."

"에이, 대체 어떤 놈인지 잡히기만 해봐라."

"이강현 형사님은요?"

"제보 들어온 거 조사하러 가셨어요."

자리에 앉아 그동안 그녀가 조사한 자료들을 컴퓨터에 저장을 마쳤을 때였다.

"강 형사님 전화 왔는데요?"

"저요?"

"이번 연쇄 성폭행 사건 때문에 제보할 게 있다는데 담당 형사를 바꿔 달라는 데요?"

"그래요?"

급하게 전화를 건네받은 주원은 제발 영양가 있는 제보이기를 빌면서 목소리를 가다듬었다.

"강주원입니다."

-…….

"말씀하세요."

한동안 말이 없자 전화가 끊긴 줄 알고 고개를 갸웃한 주원은 혹시나 하는 마음에 다시 한 번 상대방을 불렀다.

"강주원 형사입니다. 말씀하세요."

-저, 확실하지는 않은데요…….

억눌린 듯한 목소리에 남자인지 여자인지 제대로 분간을 할 수 없었지만 주원은 상대방의 말에 귀를 기울였다.
 "네, 네. 알겠습니다."
 상대방의 말을 듣고 있는 주원의 얼굴이 긴장하더니 이내 붉게 상기된 채 수화기를 내려놓았다.
 "무슨 좋은 소식이라도 있어요?"
 "네. 어쩌면 실마리를 찾을 수 있을 거 같아요."
 주원이 다시 나갈 채비를 하자 김 형사가 엉거주춤 일어섰다.
 "제가 같이 따라갈까요?"
 어쩐지 그녀 혼자 가게 해서는 안 될 것만 같았다. 얼마 전 인터뷰 사건도 있는데 강현이 그녀 혼자 보낸 걸 알면 가만 안 둘 것만 같았다.
 "괜찮아요. 그냥 주변 탐문만 하고 올 거예요."
 "그래도……."
 "김 형사님은 잠복근무 나가셔야 한다면서요. 제 걱정은 하지 마세요. 최대한 안전하게 조사만 하고 올게요."
 그때 마침 최동혁 형사가 툴툴거리며 사무실로 들어섰다.
 "내참, 자기 애인이 변심했다고 그 가족을 잡고 있는 건 무슨 경운지……."
 아마도 인질 사건을 해결하고 오는 모양이었다.
 "마침 잘됐네요. 최 형사님과 같이 가시죠?"
 자신의 이름이 불리자 동혁이 의아하게 쳐다봤다.
 "무슨 일인데요?"
 "좀 전에 제보가 들어왔는데 강 형사님이 혼자 가시겠다고 해서 걱정하고 있던 참입니다. 전 잠복근무 나가야 해서요."

"그래요? 같이 가지?"

"방금 들어왔는데 또 나가 봐야 하는 거 아니야?"

"아니야. 거의 마무리 단계라 먼저 들어온 거야."

동혁의 재촉에 사무실을 빠져나가려는데 김 형사가 불러 세웠다.

"어디로 가는 건지 말해 주세요. 팀원들 들어오면 지원하라고 하겠습니다."

"새로 생긴 디지털 복합단지요."

"그곳은 IT단지가 밀집되어 있는 곳이잖아요? 그런데 아직 다 입주하지 않아서 인적이 뜸할 텐데요?"

"제보자 말이 지난번 사건이 난 날 이상한 남자가 건물 지하로 들어가는 걸 봤대요. 그런데 그게 처음이 아니라는 거예요. 그전에는 이상한 보따리 같은 걸 들고 들어가는 것도 봤다는 거예요. 그런데다 그 시간이 밤 시간이었다는 거야. 그리곤 지하실에서 한 시간 정도 있다가 나오면서 주변을 살피는 게 영 의심스럽다는 거야. 그러고 보니까 서영우 선생님이 피해자들에게서 알아낸 사실과 어느 정도 일치하는 게 있어요."

"하지만 그곳은 저녁엔 다들 퇴근하고 사람의 인적이 드문 곳인데. 아무튼 두 분 몸조심하십시오."

"늦기 전에 그곳에서 나올게요. 그냥 주변 탐문만 할 건데 괜히 범인의 눈에 띄어서 경계심을 갖게 하고 싶진 않아요."

"혹시 모르니까 총을 가지고 갑시다."

동혁의 말에 주원이 고개를 끄덕였다.

"알겠어요."

주원과 동혁은 걱정하는 김 형사를 뒤로한 채 차에 올랐다. 그리곤 제보자가 말한 곳으로 차를 몰기 시작했다. 그녀의 예감에 왠지 범인의 곁으로 가까이 다가가는 것만 같아 아드레날린이 솟구쳤다.

'기필코 내 손으로 잡고 말겠어.'

주원은 아무래도 강현에게 알려야겠다는 생각에 그에게 전화를 걸었다. 하지만 전화를 받을 수 없다는 말만 되풀이되어 들렸다. 조사차 나갔다더니 바쁜 모양이었다. 그래서 음성메시지를 남겨 놓았다.

〔오빠, 제보 전화가 왔는데 제보자가 만나서 얘기하고 싶다는군요. 가서 얘기만 듣고 올게요. 참 최 형사랑 같이 가는 거니까 너무 걱정하지 말아요.〕

메시지를 녹음하고 난 뒤 전화기를 내려놓는 손에 땀이 찼다. 옆에서 듣고 있던 동혁이 실실거렸다.

"두 사람 잘되어가나 보네."

"그러네."

부인하지 않는 모습에 동혁이 밝게 웃었다.

"이거 조만간 국수 먹는 거 아냐?"

"글쎄. 오빠가 아직 프러포즈를 안 해서 나도 모르는 척하고 있어."

"이 형사님이 일에는 그렇지 않은데 가만 보면 연애 사업엔 좀 굼뜬 거 같지?"

"그런가 봐. 후후."

주원은 초조함을 감추기 위해 일부러 농담을 주고받았다. 제보자가 말하는 내용을 토대로 유추해 보면 아마도 일을 저지른 뒤 피해자들을 이곳으로 데려온 것일 수도 있었다. 동혁은 단지가 가까워져 오자 차의 속도를 줄였다. 퇴근 시간이 다가와서인지 거리엔 사람들로 붐볐다. 아직은 아무런 위험도 느껴지지 않자 두 사람은 긴장을 늦추고 제보자가 말한 건물을 찾기 위해 차에서 내려 단지 주변을 맴돌았다.

이번 제보는 어느 정도 수확이 있어 기분 좋게 경찰서로 돌아오던 중 휴대전화를 확인한 강현은 주원이 전화했음을 확인하곤 입가에 미소를 지었다. 단축번호를 누르고 그녀의 목소리가 들리기만을 기다리던 강현은 아무리 기다려도 전화를 받지 않자 이상하게 생각했다. 그러다 음성메시지가 와 있는 걸 발견하곤 연결을 누르자 주원의 목소리가 들렸다.

"제기랄, 미쳤어!"

그녀가 남긴 메시지를 듣고 있던 강현은 저절로 욕설 튀어나오는 걸 막을 수 없었다. 대체 무슨 일이 벌어지고 있는 걸까? 동혁이 같이 갔다지만 왠지 마음이 놓이지 않았다. 젠장, 자신이 갈 때까지 기다릴 일이지 그새를 못 참고 움직이다니. 주원이 앞에 있다면 엎어 놓고 엉덩이를 마구 패주고 싶은 심정이었다. 주원이 전화를 받지 않자 이번엔 동혁에게 전화를 걸었다. 역시나 그의 전화도 음성메시지 녹음으로 바로 넘어가 버렸다. 자세한 상황을 알아내기 위해 사무실로 전화를 건 강현은 마침 김 형사가 전화를 받자 주원의 행방을 물었다.

"강 형사 대체 어디 간 겁니까?"

-새로 생긴 디지털 복합단지에 갔습니다.

"거긴 갑자기 왜 간 건데요?"

강현은 통화를 하면서 몸은 이미 차에 올라 시동을 걸고 있었다.

-다들 사건 때문에 나가 있을 때 제보가 들어왔습니다. 그런데 강 형사님이 꼭 가봐야 한다면서 가셨습니다. 그런데 최 형사님이랑 같이 가셨으니 큰 문제는 없을 겁니다.

강현은 욕이 튀어나가지 않게 하기 위해 이를 악물어야만 했다.

"그걸 어떻게 장담합니까?"

-그게 그냥 탐문만 하고 오신다고 하면서…….

"지금 그걸 말이라고 하는 겁니까? 제보자가 만약 범인이면 어떻게 할 건데요?"

-죄송합니다.

다시 한 번 크게 심호흡을 하고 목소리를 가라앉힌 강현이 재차 물었다.

"단지 어디쯤이라고는 말 안 했습니까?"

-그것까진…….

"알았습니다. 나머지 팀원들 들어오면 다 그쪽으로 오라고 해주십시오."

전화를 끊은 강현은 다시 주원에게 전화를 걸었다. 하지만 이번엔 전원이 꺼져 있다는 멘트에 전화기를 조수석으로 던져 버렸다.

"젠장! 어떻게 된 거야? 강주원 너 만약 무슨 일 있는 거면 가만 안 둔다. 그러니까 제발 전화를 하란 말이야."

강현은 누구에게랄 것도 없이 혼자서 으르렁거렸다. 핸들을 잡고 있는 손에 힘을 주며 제발 그녀가 무사하기만을 타들어가는 심정으로 빌었다. 그러다 문득 어떤 생각에 미치자 갑자기 차를 길가 쪽에 세웠다. 그리곤 항상 가지고 다니는 수첩을 뒤적이기 시작했다.

"설마 아니겠지. 젠장, 어디 있는 거야?"

분명 오늘 제보를 받고 나간 곳에서 들은 기억이 나는데……. 수첩을 뒤지는 그의 손길이 빠르게 움직였다. 그리곤 어느 한 지점에 멈추더니 내용을 읽어 내려가는 그의 눈이 점점 커지면서 얼어붙은 듯 꼼짝을 할 수 없었다.

[김민수 나이 30대로 추정, 주소지 강남구 일원동……, 직장은 디지털 복합단지 내 있는 IT회사에 다니는 걸로 알고 있음.]

탐문수사를 나간 김에 그자를 만나 볼까 했는데 아무리 기다려도 나타나지 않는 바람에 나중에 잠복근무를 할 생각으로 그냥 오고 말았다. 그런데 설마 주원이 그자를 만나러 간 걸까? 같은 곳이라는 게 마음에 걸렸다. 동혁이 같이 있다지만 그래도 왠지 자꾸 불안해졌다.

어느새 강현은 자신이 수첩을 움켜쥐고 있는 것도 느끼지 못했다. 핸들을 주먹으로 한껏 내려친 강현이 전화기를 주워들었다.

"이강현입니다. 이름은 김민수, 나이는 30대로 추정 주소는……."

강현이 김 형사에게 자신이 알고 있는 것들을 불러 줬다.

"이자에 대해 자세히 알아내고 그자 직장 소재지 파악하는 대로 연락해 주십시오."

전화를 끊은 강현은 다급하게 차를 몰아 주원이 있는 곳으로 움직였다. 제발 그가 도착할 때까지 두 사람이 무사하기만을, 아니 정말 단순 제보이기만을 바랐다.

단지를 둘러보던 두 사람은 생각보다 많은 건물들을 보자 한숨이 나왔다. 두 사람이 같이 이곳을 전부 돌아다니면서 알아본다는 건 무리였다. 제보자는 무조건 이곳 입구 쪽으로 오라고만 했지 어디서 만나자고는 안 했다. 아무래도 허위 제보인 것 같은 생각에 기운이 빠졌다. 그새 강현에게 연락이 왔나 싶어 전화기를 찾았지만 배터리가 다 나가고 말았다. 여분의 배터리가 차에 있기에 동혁을 돌아봤다.

"최 형사 잠깐 차에 갔다 올게."

"왜?"

"배터리가 나갔네. 여분이 차에 있거든."

"같이 가줄까?"

"그럴 필요 없어. 금방 돌아올게."

빠른 걸음으로 차가 있는 곳을 향해 걷던 주원은 갑자기 들려온 소리에 깜짝 놀라 뒤를 돌아봤다.

"저……."

천천히 돌아서면서 주머니에서 손을 꺼냈다. 언제든 상대방이 달려들 걸 생각해 한 손은 약간 등 쪽으로 향했다.

"누구……?"

"저, 전화 드렸던 사람입니다."

보기에도 말끔해 보이는 양복 차림의 남자가 수줍은 듯 고개를 숙여 보였다. 그녀가 보기엔 남자는 벌레 한 마리도 죽이지 못할 정도로 순진해 보였다. 하긴 영우가 말한 범인도 지극히 평범한 사람이라고 했었지. 순간 방심하려던 마음을 다잡은 주원은 경계하는 얼굴로 남자를 쳐다봤다.

"전화를 받았던 강주원 형사입니다."

"김민수입니다."

"제보하실 게 있다면서요?"

"이렇게 젊으신 분인 줄 몰랐습니다."

남자는 주원을 보고 당황하는 것 같았다. 이 남자 인터뷰 기사를 보지 않은 건가? 주원의 눈이 날카롭게 그를 살폈다. 남자는 정말 당황한 듯 얼굴이 빨개지면서 두 손을 비틀었다. 아마도 생각했던 것보다 젊은 여자여서 무척이나 난감한 것 같았다.

"제가 여자 경찰이라 못 미더우신 건가요?"

"아니요, 그게 아니라 전 경찰이라면 다들 덩치가 크거나 우락부락한 줄 알았습니다. 그런데 꼭……."

"학생 같다고요?"

"네."

적절한 말을 찾지 못한 남자는 주원이 대신 대답을 해주자 무척이나 고맙다는 듯 고개를 크게 주억거렸다. 순진한 얼굴을 하고 고개를 끄덕이는 걸 보니 정말 그녀의 기사를 보지 못한 거 같았다. 조금 경계를 푼 주원은 얼굴에 미소를 지어 보였다.

"이래 봬도 경찰대 출신이니까 확실히 믿으셔도 됩니다."

"그렇군요."

"그런데 제보하실 내용은 뭐죠? 전화로 말씀하시긴 수상한 남자가 어느 건물 지하로 자주 드나든다고 하셨는데 그 건물이 어디죠?"

"여기 이렇게 서서 얘기할 게 아니라 저희 사무실로 가시죠. 제법 쌀쌀한 거 같은데."

여름의 막바지라 그런지 낮 동안의 따듯한 기운은 사라지고 기온이 내려가고 있었다.

'최 형사가 걱정할 텐데.'

주원은 속으로 갈등하기 시작했다. 지금 어쩌면 이 남자가 결정적인 단서를 제공해 줄지도 모르는데 어떻게 하지? 그녀의 망설임을 눈치 챘는지 남자가 미안한 듯 얼굴을 붉혔다.

"제가 아직 일이 다 끝나지 않아서 단지 밖으로 나갈 수가 없습니다. 저희 사무실이 바로 다음 블록입니다. 그리고 제가 말한 수상한 남자가 드나드는 건물은 바로 그 앞 건물이구요."

"그럼 잠시만 기다려 주시겠어요?"

"네?"

"제 동료가 지금 저쪽에 있거든요. 같이 가는 게 좋을 거 같습니다."

"좋아요."

주원이 먼저 앞서 걸으면서도 주의를 살피는 걸 게을리하지 않았다. 생각 같아선 뛰어가고 싶었지만 상대방에게 초조한 모습을 보여주고 싶지 않았다.

"이상하네."

"뭐가 말입니까?"

남자가 이상하게 쳐다봤다. 분면 동혁이 이쪽에 있었는데 보이지 않자 고개를 갸우뚱했다.

"이곳에 제 동료가 있었거든요. 그런데 어딜 간 거지?"

주원이 주변을 아무리 살펴도 동혁의 그림자도 볼 수 없었다. 점점 걱정이 되기 시작한 주원은 아무래도 얼른 지원 요청을 하는 게 나을 거란 생각이 들었다.

"잠시만 기다려 주시겠어요? 아무래도 지원 요청을 해야 할 거 같습니다."

"제가 그렇게 의심스러우면 그냥 가시죠? 전 단지 제보를 하려고 한 건데 오히려 저를 이상하게 보시는 것 같군요. 그럼 전 더 이상 할 말이 없습니다."

갑자기 차갑게 돌변한 남자의 태도에 주원은 당황스러웠다.

"그게 무슨 말씀이신지? 그럼 지금 제보를 하지 않겠다는 겁니까?"

"그렇습니다. 저도 바쁜 사람입니다. 강 형사님도 바쁘신 거 같으니 이만 돌아가시죠."

남자가 돌아서자 주원은 잠시 주춤했다. 이대로 돌아서 지원을 요청해야 하는 건가 아니면 그를 잡아야 하는 건가? 그런데 최 형사까지 사라져서 더 불안했다. 하지만 그녀의 직감이 남자를 잡으라고 암시했다.

"저기, 김민수 씨 기다려요!"

그녀의 외침에 남자가 돌아섰다.

"좋아요. 당신의 얘기를 듣고 싶어요."

남자를 따라가면서도 주원은 경계를 늦추지 않았다. 만약을 대비해 총을 가져오길 잘했다는 생각을 하면서도 제발 이걸 쓰는 일이 없기만을 빌었다. 지금 이 순간 강현이 그녀와 함께 있다면 이렇게 떨리지는 않을 텐데. 하지만 그녀의 직업은 범인을 잡을 수 있다면 위험도

감수해야만 하는 경찰이기에 애써 불안한 마음을 억눌렀다.

"조금만 더 가시면 됩니다."

앞서 가던 남자가 미안한 얼굴로 바라보자 주원은 자신이 너무 예민하게 구는 거 같아 애써 괜찮다는 미소를 지어 보였다.

"괜찮아요. 그런데 하시는 일이 어떤 건지?"

"전 IT회사에 다니고 있습니다. 아마 이곳 대부분의 사무실이 그쪽 계통일 겁니다."

"그렇군요."

"그런데 어쩌다 제보를 하게 된 건가요?"

"어느 날인가 웬 남자가 커다란 가방을 들고 지하실로 들어가는 걸 봤습니다. 처음엔 그냥 무심코 지나쳤는데 그 뒤 한 달인가 지나서 또 그 사람이 커다란 짐 보따리를 들고 지하실로 가는 겁니다. 사실 이곳에서 일하는 사람들은 그렇게 큰 짐을 부리는 일은 드물거든요. 그런데 방송에서 우연히 연쇄 성폭행 사건을 보게 됐는데 그 날짜가 제가 그 남자를 본 날과 일치하는 거였습니다. 그래서 혹시나 하고 신고를 하게 된 겁니다."

"그렇군요. 그런데……."

잠시 뜸을 들인 주원이 남자를 날카롭게 쳐다봤다.

"어떻게……그 날짜들을 정확히 기억하고 계시네요?"

주원의 질문에 순간 남자가 당황하는 것 같았지만 이내 아무렇지 않게 웃자 자신이 잘못 봤나 착각했다.

"아, 그날은 회사 회식이 있었던 날이라 기억하고 있습니다. 그리고 두 번째 본 날은 제 생일이었거든요."

"아, 네."

뭐가 개운치 않은 느낌이었지만 그렇다고 무턱대고 그를 의심할 수도 없었기에 더 이상 토를 달지 않았다.

'그런데 대체 최 형사는 어디 있는 거야?'

"다 왔습니다."

〔성창실업.〕

주원은 회사 이름을 눈여겨봐 뒀다.

"이곳이 저희 사무실인데 잠시만 여기서 기다려 주시겠어요? 잠깐 들어가서 마무리만 짓고 나오겠습니다. 그리고 난 후에 제가 말한 그곳으로 안내하죠."

"그러세요."

남자가 건물 안으로 들어가고 나자 주원은 습관적으로 휴대전화를 찾다가 전원이 나간 걸 깨닫고 혹시나 공중전화가 있을까 싶어 주변을 두리번거렸다. 하긴 요즘은 누구나 휴대폰을 가지고 다니다 보니 공중전화는 하늘의 별 따기처럼 찾기가 어려웠다. 개똥도 약에 쓸려면 없다더니 딱 그 격이네. 바로 그때 툴툴거리며 주변을 돌아다니던 주원은 골목 초입에 덩그러니 서 있는 공중전화 부스를 발견하곤 속으로 쾌재를 불렀다.

'아, 역시 궁하면 통한다니까.'

단숨에 달려가 수화기를 든 주원은 제일 먼저 강현에게 수신자 부담으로 전화를 걸었다. 하지만 통화중이라는 멘트가 들리자 전화기를 내려치고 싶은 충동을 간신히 참았다. 다시 심호흡을 한 그녀는 이번에 경찰서로 했다. 다행히 김 형사가 전화를 받자 눈물이 날 정도로 반가웠다.

-강 형사님 지금 어디세요?

"아, 김 형사님 여기 디지털 단지 내에 있는 성창실업이라는 회사 앞입니다. 다행히 제보자는 만났는데 잠깐 자리를 비운 사이에 전화 드리는 거예요."

-휴대폰은 어쩌고요?

"배터리가 나갔어요. 그런데 최 형사랑 엇갈렸는지 찾지 못하겠어요. 혹시 연락 온 거 없어요?"

-아니요. 최 형사님한텐 아무 연락도 없습니다. 연락도 안 받고요.

"그래요? 이상하네. 참 이 형사님은요?"

-방금 전까지 저랑 통화 중이셨습니다. 강 형사님 그런데 지금 당장 그곳에서 나오세요.

"네?"

-이유는 잘 모르겠지만 이 형사님이 난리 났어요. 두 분이랑 통화 되는 대로 당장 그곳에서 나오시라고 명령하셨습니다.

"하지만……."

바로 그때 뒤에서 남자의 목소리가 들리자 주원은 깜짝 놀라 들고 있던 수화기를 떨어뜨리고 말았다.

"여기 계셨군요. 한참 찾았습니다."

-강 형사님! 강 형사님?

매달린 수화기에서 계속해서 김 형사의 목소리가 들렸지만 남자의 섬뜩한 표정 때문에 집어들 수가 없었다.

"제가 대신 올려놓죠."

남자의 눈이 번뜩이면서 주원을 주시하자 주원은 온몸에 소름이 끼쳤다. 남자가 천천히 손을 뻗어 아직도 주원을 애타게 부르고 있는 김 형사의 목소리를 무시하고 수화기를 제자리로 돌려놓았다.
 "저, 전 다음에 오는 게 좋을 거 같아요."
 주원이 남자를 비껴서 부스 밖으로 나가려고 몸을 틀었지만 남자의 손아귀에 머리를 잡히고 말았다. 순간 주원이 뒤쪽으로 손을 뻗으려 하자 남자가 그녀의 팔을 비틀었다. 그리곤 그녀의 옆구리에 뭔가 날카로운 게 닿는 느낌에 꼼짝도 할 수가 없었다.
 "악!"
 "순순히 따라오는 게 좋을 거야."
 남자의 순진해 보이던 인상은 온데간데없고 그녀를 바라보는 눈동자가 불길하게 번들거렸다. 혹시나 주변에 사람들이 보일까 두리번거렸지만 개미새끼 한 마리 보이지 않았다.
 "아무리 둘러봐도 널 도와줄 사람은 없을 거야."
 "당신 맞지?"
 "내가 누군지 궁금해?"
 남자가 음산하게 웃으며 번들거리는 눈으로 그녀를 훑어 내렸다. 순간 주원은 이자가 바로 범인임을 직감했다. 팔을 잡혀 가슴이 앞으로 도드라져 나오자 남자의 눈길이 그녀의 가슴 주위를 맴돌았다. 주원은 밀려드는 공포와 구역질을 참기 위해 이를 악물어야 했다.
 "생각보다 반반한데?"
 남자가 일부러 주원의 귓가에 대고 속삭이자 목 뒤에 닿는 그의 입김에 주원은 당장이라도 앞으로 내달리고 싶었다. 하지만 손목이 잡혀 있는데다 그녀의 옆구리에 느껴지는 칼날 때문에 어쩌지 못하고 끌려가고 있었다.

주원은 범인에게 끌려가면서도 이 상황을 어찌 벗어날까 머리를 굴리기 시작했다. 지원을 요청했어야 했다는 자책감이 들었지만 이왕 이렇게 일이 벌어진 이상 어떻게든 시간을 끌어야만 했다. 지금쯤 강현이 그녀의 소재를 알아냈을 것이다. 주원은 일부러 걸음을 천천히 걸으면서 고개를 돌리지 않은 채 눈동자만으로 주변을 살피기 시작했다. 혹시나 최 형사가 어딘가에서 나타날지도 모른다는 생각이 들었지만 그건 그녀의 바람일 뿐이었다. 주변은 다들 비슷비슷한 건물들로 처음 오는 사람들은 어디가 어딘지 쉽게 구분을 할 수 없을 것만 같았다. 만약 강현이 그녀를 찾아내는 데 시간이 너무 많이 걸린다면? 그 뒷일은 생각하고 싶지 않았다.

"아야."

"뭐야?"

걷고 있던 주원이 갑자기 바닥에 주저앉아 발목을 부여잡았다. 운동화를 신고 있었지만 지금 상황에 놀라서 다리가 어긋났을 거라 생각하길 바랐다.

"네가 아무리 꾀를 부려도 지금 이곳엔 널 도와줄 만한 사람이 없으니까 괜히 시간 낭비하지 마."

어둠까지 내리니 고요한 적막이 흐르는 단지 안은 사람의 그림자가 보이지 않았다. 주저앉아 있는 주원의 팔을 거칠게 잡아 일으켜 세운 남자는 귓가에 대고 음산하게 중얼거렸다. 주원은 그의 입김이 귓가에 닿자 소름이 끼쳤지만 내색하지 않기 위해 안간힘을 썼다. 그리

곧 남자의 주위를 다른 곳으로 돌리기 위해 덤덤하게 입을 열었다.

"나한테 이러는 건 자살행위나 마찬가지인 거 몰라?"

남자가 가소롭다는 듯 웃었다.

"당신 동료가 구하러 오기를 기다리는가 본데 그는 이미 저세상 사람일걸?"

"그게 무슨 말이야? 너 최 형사한테 무슨 짓을 한 거야?"

"뭐하긴, 약간 손을 봐줬을 뿐인걸. 조만간 너도 같은 신세가 될 텐데 재미있지 않아?"

"넌 미쳤어."

"천만에. 난 지극히 정상이야."

정상이라고 외치는 남자의 눈빛이 유난히 번들거렸다. 아무래도 정신적으로 문제 있는 거 같았다.

"당신, 나와 할 일이 있잖아 잊었어?"

남자가 건물 안으로 그녀를 밀어붙이자 주원은 살짝 몸을 비틀며 범인의 어깨너머를 흘깃 노려봤다. 그러자 남자가 느물거리는 표정을 지었다.

"빨리 들어가!"

남자가 끌고 간 곳은 창문이 없어서 어두웠다. 그에게 잡힌 팔을 뺄 수만 있다면 어떻게든 등 뒤에 있는 권총을 꺼낼 수 있을 텐데. 그녀의 마음을 읽은 걸까? 건물 안으로 들어선 남자가 불을 켠 뒤 그녀의 몸을 더듬기 시작했다. 주변이 갑자기 환해져 눈을 찡그리고 있던 주원은 남자의 손이 엉덩이를 더듬거리자 발버둥을 치기 시작했다.

"뭐하는 짓이야?"

"이럴 줄 알았지."

남자의 손이 코트 뒤를 더듬더니 권총을 빼냈다. 그리고 그 순간 그녀는 동혁이 쓰러져 있는 걸 발견했다.

"최 형사! 최 형사 정신 차려! 당신 대체 무슨 짓을 한 거야?"

그녀는 최 형사의 코밑에 손가락을 대 아직 숨이 붙어 있는 걸 확인하곤 안도의 한숨을 내쉬었다. 하지만 머리를 심하게 다쳤는지 바닥에 피가 흥건히 고여 있었다. 큰일이다. 이러다 과다출혈로 죽을 수도 있는데.

"아직은 살아 있지만 조만간 너와 같이 사라질 거니까 그렇게 섭섭해 하지 마라. 혼자보단 둘이 덜 심심하겠지?"

"대체 왜 이러는 건데?"

"넌 날 바보 얼뜨기로 만들었어. 내가 네 앞에서 벌벌 길 거라고? 용기가 없어서 나타나지 못할 거라고 그랬지? 하지만 지금 보이지? 난 너 같은 건 하나도 두렵지 않아. 알았어?"

남자는 큰소리를 치면서도 연신 손을 가만두지 못했다. 그리고 자꾸 문 쪽을 흘끔거리는 게 불안해 보였다.

"자, 이제 우리 할 일이 남아 있지?"

"무슨……."

남자의 손이 갑자기 주원의 턱을 움켜쥐고 자신 쪽으로 비틀었다.

"그 예쁜 주둥이로 날 모욕했잖아. 어디 다시 한 번 해보시지?"

"……."

"신문에다 대곤 아주 잘도 지껄이셨던데?"

남자의 눈빛이 희미한 불빛에 반사되어 번들거렸다. 영우의 말처럼 이 남자는 그녀의 말에 심한 모욕감을 느꼈나 보다. 남자가 칼을 쥐고 있던 손으로 그녀의 뺨을 쓰윽 그어대자 소름이 좍 끼쳤지만 주원은 일부러 겁먹지 않은 것처럼 행동했다.

"흥! 네가 그러고도 남자야?"

"뭐라고?"

그녀의 턱을 잡고 있는 손에 힘이 들어갔다.

"남자면 정정당당하게 행동할 것이지 이렇게 사람 뒤통수치는 건 뭐지? 그건 네가 비겁하다는 거밖에 안 되는 거야."

짝!

남자의 손바닥이 주원의 뺨을 사정없이 후려치자 바닥에 나동그라지고 말았다. 입 안에서 비릿한 내음이 나는 걸 보니 아마도 입술이 터진 거 같았다. 주저앉아 있는 그녀에게 몸을 기울인 남자는 칼끝으로 주원의 턱을 받쳐 들었다.

"어디 한 번 더 그런 소리를 지껄여 보시지. 그땐 이 칼날이 어디를 향할지 나도 장담 못해."

"네가 이런 짓을 하고도 무사히 살아나갈 수 있을 거 같아?"

"왜 못할 거 같아?"

남자의 눈이 희번덕거리더니 입가엔 비릿한 비웃음을 흘렸다.

"다른 년들에겐 내 얼굴을 보여주지 않았지만 넌 일이 끝날 때까지 날 보게 될 거야. 다른 것들은 질질 짜느라 날 볼 생각도 못했지만 말이야."

남자의 칼날이 주원의 코트 앞으로 가더니 단추를 하나씩 떼어냈다. 단추가 하나씩 떨어져 나갈 때마다 그녀의 심장도 조금씩 주저앉기 시작했다. 남자가 코트의 단추를 다 떼어내고는 칼끝으로 옷자락을 옆으로 벌렸다. 주원은 두 눈을 질끈 감았다. 남자의 칼날이 그녀의 가슴선을 따라 움직이는 걸 느끼자 두 손에 힘이 들어갔다. 이걸 그대로 쳐 버릴까 하는 생각도 해봤지만 잘못하다간 그대로 칼에 꽂히는 신세가 될 수도 있었다. 주원은 눈을 감고 숨을 삼키며 아까 총이 놓여 있던 곳을 가늠했다. 놈도 언젠간 틈을 보일 것이다. 그때를 노려야 한다.

'제발 기회가 와야 하는데……'

"왜 이리 조용하지? 벌써 포기한 거야? 다른 년들은 끝까지 반항하던데. 난 그게 더 재미있는데."

남자의 다른 손이 갑자기 그녀의 가슴을 움켜쥐었다.

"윽!"

"어때? 기분이 좋지?"

'미친놈.'

차마 욕을 내뱉지는 못하고 이를 악물었다. 남자의 손이 점점 더 대담하게 그녀의 몸을 더듬어 내려가더니 셔츠에 달려 있던 단추도 마저 떼어냈다. 그러자 하얀 속살 위로 속옷이 보였다. 순간 남자의 눈이 더 번들거려 보였다. 온몸이 불안감에 떨려왔지만 칼끝이 여전히 그녀의 가슴 위를 맴돌고 있어서 차마 움직이지 못했다. 그러면서도 그녀의 온 신경은 총이 떨어져 있는 곳으로 향해 있었다. 그녀의 조용함에 남자는 승리감에 도취되어 칼날로 속옷마저도 끊어 냈다.

"헉!"

주원은 차가운 칼날이 맨살에 닿자 깜짝 놀라 소리쳤다. 앞이 떨어져나간 가슴 위로 차가운 공기가 닿았다.

"흐흐흐……."

남자의 소름 끼치는 웃음소리에 주원은 몸을 뒤로 뺐다. 그러자 남자가 그녀에게 더욱 가까이 다가왔다. 남자의 번득이는 눈빛에 위험을 감지한 주원은 주변을 둘러봤지만 무기가 될 만한 게 보이지 않았다.

바로 그때. 어디선가 휴대폰 벨소리가 요란하게 울려댔다. 그러자 남자가 당황한 듯 눈동자를 굴리는 게 보였다.

'이때다.'

주원은 몸을 반쯤 돌리더니 한쪽 다리를 쭉 뻗어 그의 손에 들려 있던 칼을 쳐냈다. 그러자 당황한 남자가 몸을 날려 그녀에게 달려들었다. 하지만 무술로 단련된 그녀의 몸이 조금 더 빨랐다. 달려드는 남자의 몸을 등 뒤로 받아 채더니 냅다 바닥에 내리꽂았다.

"오빠랑 지겹게 유도를 한 덕을 보네."

바닥에 내동댕이쳐진 남자가 정신을 차리자 주원은 손바닥을 마주쳐 소리를 내더니 한 손으로 덤벼보라는 듯 손짓을 했다.

"이 개자식아 어디 덤벼봐. 죽도록 패줄 테니."

"이 쌍년이!"

흥분한 남자가 벌떡 일어나 다시 덤비자 주원은 작정한 듯 남자를 향해 발을 뻗었다. 그리곤 비틀거리는 그를 향해 주먹을 날렸다. 한 대, 두 대, 세 대……그녀의 주먹은 쓰러진 남자가 더 이상 일어날 수 없다는 걸 깨달을 때까지 계속 주먹을 뻗었다.

※

　강현은 주원에게 가면서 내내 안절부절못했다. 제발 그녀가 무사하기만을 바랐다.
　"강주원 제발 살아만 다오."
　-띠리리.
　김 형사라는 걸 확인하자마자 통화 버튼을 눌렀다.
　"알아냈습니까?"
　-네. 그런데······.
　"뭡니까?"
　-아까 강 형사님한테 전화가 왔었는데 계신 곳이 성창실업이라는데 통화 도중에 전화가 끊겨서······.
　'제기랄!'
　강현은 튀어나오려는 욕설을 간신히 참았다.
　-주소는······.
　"지원은?"
　-지금 저와 팀원들이 가고 있습니다. 그리고 다른 팀도 연락되는 대로 그쪽으로 집합하기로 했습니다.
　"알았습니다. 난 5분 정도면 도착할 겁니다."
　-저희도 그때쯤이면 도착할 겁니다. 그럼 잠시 후에 뵙겠습니다.
　전화를 내려놓는 강현의 얼굴이 긴장으로 굳어졌다. 주원이 그곳에서 연락한 지도 벌써 30분 정도 지나 있었는데 그 이후로 연락이 되질 않고 있었다. 주원이 잘못됐을 거라고는 생각하고 싶지 않았다.

아니, 설사 그렇다고 해도 살아만 있어 준다면 다 괜찮았다. 강현은 자신의 생각에 스스로도 놀랐다. 물론 예전부터 그녀에게 호감은 갖고 있었지만 13년이라는 시간이 흘러 다시 만난 그녀는 그에게 잠들어 있던 감정을 일깨웠다. 그동안 가둬 뒀던 사랑이라는 감정이 그녀로 인해 살아나기 시작했던 것이다. 그동안 13년이란 시간을 낭비한 그다. 이제 겨우 그녀의 사랑을 얻었는데 다시 그녀를 놓치고 싶지 않았다. 그 어떠한 경우라고 해도 말이다.

김 형사가 말한 건물 앞에 차를 세운 강현은 차에서 내려 주변을 둘러봤다. 어둠이 내려앉은 주변은 을씨년스럽기까지 했다. 아직 김 형사 일행이 도착하기 전이지만 강현은 건물을 살피기 시작했다. 하지만 건물 주변은 너무 조용했다.

"이 형사님 벌써 오셨군요."

방금 도착한 차에서 김 형사가 내리며 다가왔다.

"저도 방금 도착했습니다."

"그런데 생각보다 너무 조용한데요."

"범인이 나 여기 있소 하지는 않잖아요. 분명 이 근방 건물 어딘가에 놈의 아지트가 있는 게 분명합니다. 둘로 나뉘어서 살펴보자고요."

강현의 지시에 김 형사와 박 형사가 한 팀으로 성창실업 쪽으로 갔다. 강현은 아까부터 자꾸만 맞은편 건물이 신경 쓰여 그쪽으로 다가갔다. 단층 건물인데 전면이 전부 유리로 되어 있어 깔끔해 보였다. 그런데 자꾸만 뒷머리를 잡아당기는 느낌에 천천히 건물 주위를 돌아봤다. 그런데 바로 그때 그의 눈에 익은 물건이 보였다.

'이게 뭐지? 아!'

강현은 13년 전 그가 주원에게 준 목걸이를 집어 들곤 그대로 굳어 버렸다.

"주원아."

-띠리리, 띠리리, 띠리리!

고요한 정적을 가르는 갑작스런 벨소리에 심장이 덜컥 내려앉는 느낌이었다.

'설마……'

"……"

강현은 통화 버튼을 누른 후에도 아무 말도 못하고 있었다.

-오빠! 강현 오빠!

'아, 하느님!'

"주원? 강주원 너야?"

-오빠, 여긴 성창실업 앞 건물 지하야. 빨리 와줘요. 최 형사가 많이 다친 거 같아.

"넌? 넌 괜찮은 거야?"

-뚝!

"젠장!"

끊어진 전화기를 향해 욕설을 내뱉은 강현은 이내 버튼을 눌렀다.

"성창실업 앞 건물 지하입니다. 그곳으로 빨리 모이세요. 최 형사가 다친 거 같습니다."

통화를 끝낸 강현은 다음으로 119로 전화를 걸어 구급차를 요청했다. 그리고 주원이 말한 건물 지하실로 진입한 강현은 눈앞의 광경에 잠시 할 말을 잊었다.

"오빠?"

상의는 찢어지고 머리는 산발을 한 채 동혁의 머리를 뭔가로 누르고 있는 주원을 보자 울컥했다. 당장이라도 그녀를 잡고 얼마나 걱정했는지 아냐고 소리치고 싶은 걸 간신히 참았다. 다른 사람들이 들어와 동혁을 들것에 실어 나르고 주변을 조사하기 시작했다.

"너, 너 괜찮은 거야?"

"난 괜찮은데 최 형사가 다쳤어."

너무도 아무렇지 않게 말하는 그녀의 말에 눈살을 찌푸린 강현은 조금 떨어진 곳에 누군가가 쓰러져있는 걸 발견했다. 그의 눈길을 따라간 주원이 낮은 한숨을 내쉬었다.

"저 자식이 범인이야. 아마 당분간은 의식을 못 차릴 거야."

"네가 저렇게 만든 거니?"

남자의 얼굴은 만신창이가 되어 있었다. 강현이 피투성이인 그녀의 손을 내려다보곤 대답을 듣지 않고도 알 수 있었다. 그와 눈이 마주친 주원이 그제야 긴장이 풀린 건지 두 눈 가득 눈물을 머금고 그를 올려다봤다. 무슨 말인가를 하고 싶어 하는데 입이 말을 듣지 않는 건지 그저 입술만 들썩거리고 있었다. 강현은 그런 그녀 얼굴을 두 손을 가만히 감싸더니 하염없이 흐르는 눈물을 닦아줬다.

"말하지 않아도 돼."

그녀가 받았을 충격이 어느 정도였을지 짐작하고도 남았다. 만약에 그녀가 잘못되기라도 했더라면……. 상상하기도 싫었다. 그는 두려움을 감추기 위해 그녀를 자신의 품에 가뒀다.

"오빠……하마터면 놈을 죽일 뻔했어. 아무 생각도 할 수 없었어……내 손으로 죽일 수도……있었어. 흐흐흑……."

급기야 소리 내어 서럽게 우는 그녀를 강현은 힘주어 안았다.

"쉿! 괜찮아. 다……괜찮을 거야."

강현은 차에 주원을 태우곤 그곳을 빠져나왔다. 주원은 운전을 하면서도 연신 그녀의 존재를 확인하는 그를 지그시 바라봤다.

"왜?"

"최 형사는 괜찮을까?"

"출혈이 많아서 걱정했는데 다행히 의식은 돌아온 모양이야. 지금 응급실로 이송 중이라니까 일단 고비는 넘긴 거 같다."

"다행이야."

"그래 정말 다행이다. 그리고 네가 다치지 않아서 다행이다."

"나……이제 오빠 마음, 조금은 알 거 같아."

"……?"

"놈을 정말로 죽여 버렸을지도……몰라."

"……."

목이 메인 강현은 아무런 대꾸도 할 수 없었다. 그러자 그녀의 손이 그의 손에 겹쳐졌다. 강현이 강하게 그녀의 손을 마주 잡아주자 안도감 때문일까, 주원은 좁은 차 안에서 몸을 웅크리고 잠이 들었다. 강현은 행여 차가 흔들려 그녀가 깨어날까 조심조심 운전하면서 그녀가 곁에 있는지를 계속 확인했다.

13.

 수사과의 조사가 계속되는 동안 주원은 그때 상황을 계속 진술해야만 했다. 기억하기도 싫은 일이었지만 어쩔 수가 없었다. 진술을 반복하면 할수록 그때의 기억들이 꿈은 아니었나 하는 생각도 들었다. 자칫했으면 경찰 두 사람이 당할 뻔했던 사건이라 더 철저하게 조사가 이루어졌다. 범인은 다행인지 불행인지 수술 후 서서히 회복 중이라는 소식을 들었다. 그는 이제 더 이상 힘없는 여자를 괴롭히는 일은 못할 것이다. 수사 과정에서 드러난 범인의 행각은 신고 된 다섯 건 이외에 두 건이 더 밝혀졌다. 앞으로도 여죄가 더 있는지 철저히 조사가 이루어질 예정이다.

 주원은 동혁이 입원해 있는 병실을 찾았다. 다행히 한고비 넘겨서 다들 안도했다. 그와 주원은 이번 사건의 범인을 검거한 공로를 인정받아 1계급 특진을 했다.

"최 형사 나 왔어."

"와아 강 형사! 제복 입은 모습이 멋진데?"

"말하는 거 보니까 살 만한가 보네."

"하하하, 너무 티 났어? 내일 퇴원하래."

"다행이네."

"고마워 강 형사."

"고맙긴……우리 사이에."

쑥스러워하는 주원을 보며 동혁이 신문을 내밀며 실실 웃었다.

"사진 아주 잘 나왔던데?"

일간지 사회면을 장식한 건 주원과 강현의 사진이었다. 진중과 약속한 대로 사건 발표를 하기 전 그에게 특종의 기회를 줬더니 그녀의 인터뷰를 꼭 실어야 한다며 고집을 피웠다. 그런데 하필이면 인터뷰 때 강현이 온 걸 본 진중이 갑자기 사진을 찍는 바람에 두 사람의 사진이 일간지를 장식하고 말았다.

"이렇게 보니 이 형사님도 한 인물 하시는데? 강 형사랑 나란히 놓고 보니 자기가 조금 딸리는 거 같아?"

"에이, 무슨 헛소리야."

주원은 일부러 약 올리는 그의 손에서 신문을 낚아채 가볍게 때리는 시늉을 했다.

"어딜 봐서 내가 딸리냐? 아직 머리가 다 나은 게 아닌가 보지?"

"아, 미안, 미안. 하하하……."

동혁의 병실을 나온 주원은 경찰서로 들어갔다. 오늘을 마지막으로 다시 본청으로 가는 강현과 눈이 마주치자 그가 따뜻한 눈길로 바라봤다.

"오늘이 마지막이죠?"

"그래."

그녀가 고개를 끄덕거렸다. 그 사건 이후로 한동안 많이 힘들어하더니 이제는 많이 안정을 찾은 그녀를 보자 강현은 한시름 놨다.

"내일······뭐 하니?"

수줍게 물어오는 강현을 바라보던 주원은 놀란 눈으로 그를 바라봤다. 마치 처음으로 데이트 신청하는 소년 같다고나 할까.

"병원에 가요. 며칠 휴가를 받았거든요."

사건 이후 그녀는 매주 한 번씩 영우의 병원에 다니고 있었다. 그래서인지 그때의 일을 극복하는 데 많이 도움이 되었다.

"서영우 그 사람 만난다고?"

"네."

그새 강현의 눈살이 찌푸려졌다. 그도 그녀가 영우의 도움으로 많이 좋아진 걸 알지만 그래도 늘 두 사람이 붙어 있다고 생각하니 기분이 썩 좋지만은 않았다.

"나랑 같이 가자."

"오빠가요?"

"그래. 그렇지 않아도 서영우 선생에게 인사도 해야 하고."

"오빠가 왜요?"

"수사에 도움을 줬기도 했지만 너 때문에 인사를 해야 할 거 같아서."

"지난번 사건 종결 나고 인사는 했고. 그런데 나 때문에 왜 오빠가 인사를 해요?"

꼬박꼬박 따지는 주원이 얄미웠지만 일부러 그러는 건지 아니면 정말 몰라서 그러는 건지 알 수가 없었다. 사실 말이 인사지 일종의 경고를 하러 간다는 게 맞을 것이다. 괜히 멋쩍어진 강현은 그녀의 머리를 한 대 쥐어박았다.

"말이 많다."

"왜 말을 하다가 말아요. 대답해 봐요. 뭣 때문에 영우 씨를 만나는데요?"

영우 씨? 강현이 갑자기 가던 길을 멈추고 주원을 돌아봤다. 어쭈, 그런다고 내가 물러날 거 같은 줄 아나 본데 어림도 없다. 말끔한 눈으로 그를 올려다보는 주원을 보며 강현은 주먹을 그러쥐었다.

"말했잖아. 너 때문이라고."

"그러니까 왜 나 때문에 만나는데요?"

"정말 듣고 싶니?"

주원은 그냥 이대로 돌아설까도 해봤지만 왠지 그를 자극하고 싶었다. 여자는 늘 사랑한다는 소리를 듣고 싶어 한다는 걸 저 인간은 모르는 모양이니 말이다. 입을 앙다물고 고개를 끄덕거렸다. 그런 그녀를 한참 동안 노려보던 강현은 큰 결심이라도 한 것처럼 주원의 어깨를 다잡았다.

"어, 왜 이래요?"

그의 갑작스런 행동에 깜짝 놀라 뒤로 물러나려 할 때였다. 강현이 놀라 벌어진 그녀의 입술을 막아 버렸다.

'헉!'

순식간에 일어난 일이라 머리가 하얗게 비워졌다. 거칠게 부딪쳐 오던 입술이 어느새 부드럽게 변하는가 싶더니 그녀의 입 안 곳곳을 탐색하기 시작했다. 너무 놀란 주원은 어쩌지도 못하고 그의 옷소매를 꼭 붙잡고 있었다.

경찰서 사무실 한복판에서 강현이 주원의 입술을 훔치자 여기저기서 수군대는 소리가 들리는가 싶더니 휘파람 소리에 '더, 더' 하는 외침이 들렸다. 망신도 이런 망신이 없었다. 겨우 정신을 차린 주원이 그를 밀어내려 했지만 그는 멈출 생각이 없는 듯했다. 자꾸만 몰려드는 사람들의 웅성거림을 견딜 수 없던 주원은 그의 어깨를 때렸다. 그러자 그제야 강현이 한 발짝 뒤로 물러났다. 뭐가 그리 당당한지 만족한 웃음을 짓는 강현을 향해 팔을 뻗자 그가 재빨리 잡아챘다.

"또 한다!"
"협박이에요?"

싱글거리며 웃는 모습까지 어쩜 저리 뻔뻔할까?

"이 형사님 그것밖에 못해요?"

그때 김 형사와 박 형사가 재미있는 표정을 짓고 있는 모습이 보였다. 주원이 노려보자 그들은 일부러 눈길을 피했다. 다른 사람들도 흥미롭게 두 사람을 지켜보고 있었다.

"그러게 좀 더 밀어붙여야 하는 거 아닙니까?"
"난 더 잘할 수 있는데."
"강 형사는 이제 소문 다 나서 다른 곳에 시집가긴 틀렸네."

그들의 농담 섞인 말에 주원의 얼굴이 시뻘게졌다. 이곳에 더 있어

봤자 모두들 강현의 편임을 눈치 챈 그녀는 얼른 뒤돌아 나가 버렸다. 주원의 후퇴에 다들 아쉬움을 담은 눈초리로 강현을 한 번씩 쳐다보곤 하나둘 자리를 떠났다.

"얼른 따라가 봐야 하는 거 아닙니까?"

김 형사의 걱정스런 말에 강현이 그의 어깨를 툭 쳤다.

"그렇게 걱정되는데 농담은 왜 합니까?"

"나야 이 형사님이랑 강 형사랑 잘되길 바라서죠. 그러는 이 형사님은 왜 사무실에서 키스는 하고 난리입니까?"

"나야 내 거라고 도장 찍으려고 그랬지요. 그래야 내가 없어도 아무도 찝쩍대지 않을 거 아닙니까?"

"허! 피장파장이네요. 그럼 국수는 언제 먹여 주는 겁니까?"

"우물 가서 숭늉 찾으시죠."

"쇠뿔도 단김에 빼라고 했잖아요. 그러다 그 정신과 의사가 뭔가 하는 사람한테 뺏기면 어쩌시려고 그래요? 지난번 수사할 때 보니까 생긴 것도 훤칠하고 멋지게 생겼더만. 우리 같은 박봉의 경찰보단 그쪽이 훨씬 더 매력적인 거 몰라요?"

모르긴 왜 모르겠냐? 그래서 이미 도장 찍었다. 그리고 오늘은 확인 사살이다. 라고 소리를 지르고 싶었지만 애써 참은 강현은 골똘히 생각에 잠겼다.

화가 났다기보다 민망함 때문에 도망치듯 그렇게 경찰서를 나온 지 일주일이 지났다. 뭐가 그리 바쁜지 얼굴은 볼 수가 없고 전화로 겨우 목소리를 듣기만 했다. 같이 근무할 때는 매일 얼굴을 보고 지냈는데 일주일 동안 데이트는커녕 코빼기도 볼 수가 없었다. 답답해진 주원은 일이 끝나자마자 곧장 오빠 태준에게 갔다. 도착하기 전 문자를 보내서인지 태준은 미리 검찰청 앞에서 그녀를 기다리고 있었다.

"내가 오빠 방해한 거 아니야?"

"아니, 어차피 저녁 먹을 시간이니까. 사실 이거 먹고 다시 들어가 봐야 되는데 괜찮지?"

"내가 괜히 바쁜 오빠 불러 낸 거 아냐? 그럼 그냥 안 된다고 하지 그랬어?"

"너 하고 밥 한 끼 먹을 시간은 있으니까 나왔지. 그런데 웬일이냐? 다른 땐 술 같은 거 싫다던 애가?"

"싫어한 건가? 일 때문에 그랬지. 사주기 싫음 말던가."

"누가 싫다고 그랬어? 나야 너랑 오랜만에 이런 자리 생기니까 좋은데. 가자."

태준이 데리고 간 곳은 약간 허름해 보이는 갈빗집이었다. 갈비와 소주를 시킨 태준이 먼저 그녀의 술잔에 술을 따랐다.

"보기엔 이래도 맛은 보장해. 너 저녁도 안 먹었지? 빈속에 술은 금물이야."

"누가 데려갈지 모르지만 우리 오빠 색시 될 여자는 좋겠다."

"뭐가?"

"생긴 것도 빠지지 않아, 공부도 남만큼 해, 거기다 다정하기까지. 정말 부럽네."

그녀의 너스레에 태준이 피식 웃었다.

"너도 있잖아 그런 사람."

누구? 하는 표정을 짓는 주원을 바라보던 태준은 역시나 여자는 여우라는 생각을 했다. 저 녀석 겉은 순진해 보여도 속은 완전 여우인게지. 태준이 술잔을 든 채 눈을 게슴츠레 뜨고 계속 주시하자 그녀의 얼굴이 빨개졌다.

"고렇게 앙큼 떨면 났냐?"

무안해진 주원이 얼른 술잔을 들어 단숨에 마셔 버렸다.

"앙큼은 누가 떨었다고 그래?"

"강현이 자식이 모르면 몰랐지 다정하기로 맘먹으면 나보다 훨씬 더할걸?"

'다정하긴 뭐가 다정해? 남들 앞에서 망신이나 주는 인간이.'

저 혼자 입속말을 중얼거리며 삐쭉거리는 폼이 무슨 일이 있나 보다 싶었다.

"강현이랑 뭔 일 있었어?"

"있긴 뭐가 있다고 그래?"

강현의 이름이 언급되자 눈에 띄게 오버하는 동생의 모습에 속으로 코웃음을 쳤다. 그래 지금 사랑싸움 중이라 이거지? 이거 괜히 심술 나는 데 강현이 욕이나 실컷해 볼까?

"강현이 그 자식 그동안 소식도 없었던 거 생각하면 참 괘씸하단 말이야. 내가 그런 자식을 친구라고 생각하는 게 어떤 땐 한심하게 느껴진다니까. 만약 너랑 만나지지 않았다면 먼저 연락해 오지도 않았을 독종이라니까."

누구보다 두 사람의 사이를 잘 아는 주원은 다른 때 같지 않게 강현의 흉을 보는 태준이 우습게만 보였다. 내 속마음을 떠보시겠다.

흥! 그럼 장단을 맞춰 줄까?

"그러게 말이야. 사람이 아주 모질고 독해요. 어쩜 13년 동안 연락 한 번을 안 해. 그러고 보면 오빠도 참 무던해. 그런 사람을 다시 친구라고 받아 주는 걸 보면."

어라, 이게 무슨 시추에이션이냐? 쟤가 왜 저러지? 그런 인간을 13년 동안 가슴에 담아 둔 사람이 누군데?

"참, 서영우라고 우리 수사를 도와주던 의사가 있는데 그 사람이 알고 보니까 고등학교 때 나 따라다니던 선배인 거 있지? 아, 그러고 보니 오빠도 알걸? 집 앞에서 만났잖아? 졸업하면 오라고. 그 선배가 나 좋다던데 한 번 사귀어 볼까?"

"응?"

태준이 갈비를 뜯다 말고 주원을 놀랜 눈으로 바라봤다. 이거 이러다 강현이 이 자식 닭 쫓던 뭐 되는 거 아니야? 가만가만. 가만 주원의 하는 양을 보니 저 녀석이 일부러 그러는 것 같은 느낌이 들었다. 강현이 약 좀 오르라고 그러나?

"뭘 그렇게 놀라?"

"아니 갑자기 누굴 만난다니까 그러지. 강현인 끝낸 거야?"

아예 단도직입적으로 물었다.

"흥! 끝내고 말고 할 게 뭐 있어?"

'며칠 동안 코빼기도 볼 수 없는데?'

어딘지 모르게 쓸쓸해 보이는 동생을 보자 태준은 강현이 이 자식을 가만두지 않겠다고 다짐했다.

"오빠가 손 좀 봐줄까?"

"누구? 강현 오빠?"

놀란 토끼눈을 한 주원을 보자 태준은 쓴웃음이 났다. 아무래도 그건 싫은가 보지?

"왜 싫어?"

"아, 아니 뭐. 그럴 필요까지 있을까?"

얼씨구? 저 당황하는 거 좀 보라지?

"당연히 손 봐줘야 할 거 같은데? 널 이렇게 외롭게 하는 걸 보면?"

"에이, 그런 거 아니라니까. 참 오빠 또다시 들어가 봐야 한다고 그러지 않았나?"

"아니다, 아직 시간 많은데?"

"그러지 말고 그만 일어나자. 나도 얼른 가봐야 할 거 같아."

주원이 주섬주섬 가방을 챙기며 자리에서 일어나더니 태준의 소매를 잡아당겼다.

"야, 난 아직 안 들어가도 된다니까?"

"그럼 오빠 혼자 더 먹던가? 난 갈래."

"헤이, 강주원 같이 가자."

삐쳐서 식당을 나가는 주원의 뒤를 태준은 웃음을 참으며 바쁘게 쫓아나갔다.

태준과 헤어져 택시 타라는 그의 권고를 무시하고 버스에서 내린 주원은 아직도 술이 덜 깬 채로 터덜터덜 집으로 향했다.

'나쁜 사람. 아무리 일이 중요하다고 해도 그렇지. 어떻게 얼굴 한

번을 볼 수가 없냐고? 쳇! 좋아한다는 말도 다 거짓말이야.'

괜한 땅바닥에 흙먼지만 일으키면서 걷던 주원은 괜스레 눈물이 나려 했다.

"강주원 웬 청승이냐. 휴우."

소매 춤으로 눈가를 조금은 거칠게 훔쳐낸 주원은 갑자기 뒷목이 주뼛 서는 걸 느꼈다.

'뭐지?'

재빠른 동작으로 뒤를 돌아본 그녀는 아무런 인적이 없는 걸 확인하자 덜컹거린 가슴을 진정시켰다. 직업 때문일까? 뭔가 이상한 느낌이 들면 반사 신경이 다른 사람들보다 한 발 더 빠르게 움직였다. 별거 아니라는 생각에 몸을 돌려 다시 걸음을 떼던 주원은 또다시 들려온 인기척에 바짝 긴장했다.

"오빠? 강현 오빠!"

언젠가 그가 뒤따라오던 일이 기억이나 소리쳐 불러봤지만 골목엔 그녀의 외침만 허공에 흩어졌다. 한참 어둠 속을 응시하던 주원은 더 이상의 인기척이 느껴지지 않자 이젠 괜찮겠다 싶어 다시 집으로 가기 위해 몸을 돌렸다.

"앗! 누구······읍!"

순식간에 일어난 일이라 그녀는 미처 몸을 돌리지 못했다. 누군가 그녀의 앞을 가로막더니 수건으로 입을 막았다. 소리치려 숨을 내쉬는 순간 수건에 마취약이 묻혀 있다는 걸 깨달았을 땐 이미 그녀의 몸은 말을 듣지 않았다.

'아, 오······빠······강현······오······빠.'

눈이 감기는 순간까지도 강현을 생각한 그녀의 눈가에서 눈물 한 줄기가 떨어져 내렸다.

일주일 만에 출장에서 돌아온 강현은 휴대폰을 꺼내 통화 버튼을 누르려다 액정에 찍힌 시간을 확인하곤 한숨을 내쉬었다. 아무리 주원이 보고 싶다고 해도 새벽 2시는 너무 한 거 같았기에 애써 전화기를 내려놨다. 매일 목소리를 들었다지만 그거론 성에 차지 않았지만 지금 당장은 참아야 할 듯싶었다. 아마도 지금쯤 많이 화나 있을 텐데.

며칠 전 비밀정보원으로부터 심상치 않은 얘기를 들어서 조용히 그 일을 알아보느라 그녀에게도 알리지 못했다. 강현은 자신이 이토록 그녀를 사랑하는지 몰랐는데 이번 사건을 겪으면서 확실히 알게 되었다. 만약에 그녀가 잘못되었더라면 그는 살고 싶지 않았을 것이다. 13년이라는 시간을 허비한 것도 억울한데 앞으론 절대 그녀를 놓지 않을 거라 다짐했다.

"휴우, 샤워나 해야겠네."

-따르릉~

자꾸 주원이 어른거려 안 되겠다 싶어 수건을 들고 욕실로 향하던 강현은 갑자기 울리는 벨소리에 얼른 전화기를 들었다.

〔강태준.〕

액정에 뜬 이름을 확인한 강현은 주원이 아니어서 실망했지만 이 새벽에 무슨 일인가 싶어 얼른 통화 버튼을 눌렀다.

"나다. 이 밤에 웬일이냐?"

-이강현! 주원이 너랑 같이 있냐?

태준은 다짜고짜 버럭 소리를 지르며 주원을 찾았다. 아닌 밤에 홍두깨라고 이 시간에 주원일 여기서 왜 찾아? 어이가 없어 입가에 웃음이 삐져나오려는 순간 강현은 뭔가에 강하게 얻어맞은 듯 입이 굳어 버렸다.

 -야 인마! 주원이 거기 있어 없어? 만약 거기 있으면 내가 가만 안 둔다고 그래.

 "……."

 아직까지 집에 들어오지 않았다는 어머니의 전화에 걱정 반 분노 반으로 강현에게 소리를 질렀건만 그가 아무런 반응을 보이지 않자 이상한 예감이 들었다.

 -강현아! 무슨 일이야? 장난하지 말고 주원이 좀 바꿔봐라.

 "……주원이 여기 없다."

 -아니 그게 무슨 소리야? 그 애가 거기 아니면 어딜 갔다는 거야? 너 이거 장난이면 내 손에 죽는다.

 서서히 정신을 차린 강현은 혹시나 하는 생각에 이를 악물었다.

 "주원이 정말 이곳에 없어. 대체 어떻게 된 건지 말해봐."

 -나랑 저녁 늦게까지 같이 있다가 난 검찰청에 다시 들어가고 그 앤 집으로 간다고 했는데 방금 어머니한테 전화가 왔는데 아직까지 안 들어왔다는 거야. 그런데 정말 우리 주원이 못 봤냐?

 강현은 갑자기 밀려오는 두려움에 손으로 얼굴을 쓸어내리며 두 눈을 꼭 감았다 떴다. 그리곤 간신히 입을 열었다.

 "출장으로 지방에 내려갔다가 방금 들어왔다. ……내가 그리로 가마."

전화를 끊은 강현은 한동안 허공을 뚫어질 듯 응시했다.
'설마, 설마……그럴 리가 없다. 아니, 절대로 그런 일이 생기면 안 된다. 젠장!'
누군가에게 화라도 내는 듯 주먹으로 탁자를 내리친 강현은 혹시 모를 상황에 대비해서 총을 다시 한 번 점검한 뒤 집을 나섰다.

입 안이 타는 듯 목이 말랐다. 제발 누가 물 좀 주면 좋으련만. 소리를 내지르려고 해도 뭔가에 막힌 입은 그마저도 불가능했다. 그런데 왜 자꾸 눈이 무겁게 내려앉는 걸까? 쏟아지는 잠 때문에 목이 타는 것도 잊은 듯 주원의 눈이 그대로 감겼다.
"아직 정신이 안 들었어?"
"그런 거 같아. 그나저나 이 여자 경찰인 거 같던데 이래도 되는 거냐?"
"우린 그런 거까지 생각할 필요 없어. 대장이 시킨 건 목숨을 걸고 해야 하는 거라고."
"그래도 이건 너무 위험한 거 같단 말야."
"어쩌겠니. 동생이 그렇게 되고 나서 온통 복수할 생각뿐인 사람인데."
"이러다 우리까지 잘못되면 어쩌지?"
"인마, 어차피 조직이 와해되고 나서 대장 곁에 남겠다고 한 것도 우린데. 죽어도 같이 죽고 살아도 같이 사는 거지."
"그래도……."
창고인 듯한 곳에 두 남자가 의자에 묶인 채 고개를 떨구고 잠든 주원을 바라보며 소곤거렸다. 아까부터 걱정스럽게 주원을 살피던 남자는 불안감에 주변을 서성거렸다.

"저, 창수야 그래도 이건 아닌 것……."

"앗, 대장!"

대장이라는 말에 수철은 얼른 입을 다물었다. 그리곤 창고 문을 열고 안으로 들어서는 남자를 향해 고개를 숙였다.

"오셨습니까?"

"오셨습니까?"

안으로 들어선 남자는 고개를 숙이고 부복하고 있는 두 남자에게 건성으로 아는 체를 하곤 이내 의자에 묶여 있는 주원을 향해 고개를 돌렸다.

"이 여잔가?"

"네 그렇습니다."

조금 전에 창수라고 불렸던 남자가 조금 큰소리로 대답했다. 대답을 들은 남자는 드디어 잡은 복수의 기회에 감회가 어린 듯 눈을 가늘게 뜨고 그녀를 노려봤다.

한때 잘나가던 계림파의 두목이었던 강대웅. 5년 전 두 조직 간의 싸움에 동생 치웅이 경찰을 찌르는 일을 저지르자 대웅은 그를 국외로 밀항시키려고 했지만 이강현 그 자식 때문에 늘 실패로 돌아갔었다. 그러다 잠수 중이던 치웅이 답답함을 견디지 못하고 돌아다닌 게 화근이 되어 이강현에게 잡혀 목숨을 잃고 말았다. 동생 치웅은 항상 그랬다. 자신이 하고 싶은 건 해야 했고, 느긋하게 기다리는 걸 못하는 성격이었다. 그래서 형인 그가 늘 돌봐줘야만 했다. 아무리 못난 동생이지만 대웅은 치웅을 목숨처럼 아꼈다. 그런데 치웅의 경망스런 행동이 스스로의 목숨 줄을 끊는 사단이 된 것이었다. 그 뒤 그는 자신의 조직을 스스로 와해시킨 뒤 은둔생활을 자초했다. 그렇게 해서 자신의 조직을 향한 관심을 다른 곳으로 돌릴 수 있게 했다. 그리곤 호시탐탐 복수의 기회만을 노렸다. 그렇게 5년을 기다린 끝에 이런 날이 올 줄이야. 대웅은 하늘이 무심치 않다고 생각했다. 대웅은 주원이 대문짝만 하게 실린 신문을 본 그날 아침을 아직도 잊을 수가 없었다.

'이강현. 너도 세상에서 가장 소중한 걸 잃은 아픔이 얼마나 큰지 알게 해주겠다. 특별히 네 눈앞에서 네 여자를 죽여주마.'

대웅은 드디어 동생의 복수를 해줄 수 있다는 기쁨에 온몸에서 아드레날린이 치솟았다.

"놈한테 전화해."

"저……아직 새벽인데?"

시간을 확인하곤 주저하는 수철을 날카롭게 노려보자 옆에 있던 창수가 그의 옆구리를 꾹 찔렀다.

"놈은 잠들지 못할 거다. 아니, 벌써 무슨 일이 생긴 걸 알아챘을지도 모르지."

"제가 걸겠습니다."

창수가 전화기를 꺼내 번호를 누르기 시작했다.

검찰청 안으로 들어서는 강현의 발걸음이 무척이나 무거워보였다. 이곳으로 달려오는 동안에도 절대 아닐 거라 되뇌어 봤지만 이미 마음 한편에선 그가 우려하는 일이 벌어진 거라는 걸 알 수 있었다. 사무실로 들어서자 책상 앞을 초조하게 서성거리던 태준이 그에게로 달려왔다.

"대체 어떻게 된 거야? 애가 너한테 안 갔으면 어디 간 거냐고?"

마음 급한 태준의 비해 강현의 얼굴은 초연해 보이기까지 했다.

"몇 시쯤 헤어졌냐?"

"밤 9시쯤? 아니 10시쯤이었던 거 같다. 집으로 간다기에 그런 줄 알았지. 그런데 넌 대체 지난 일주일 동안 어디 있었던 거야?"

"조사할 게 있어서 지방에 좀 갔다 왔다."

강현의 얼굴이 점점 굳어지는 걸 보곤 태준은 그가 뭔가 짐작하고 있는 게 아닌가 싶었다.

"너 혹시 지금 무슨 일이 일어나고 있는 줄 알고 있는 거야? 그런 거야?"

"……."

대답은 않고 차갑게 굳어지는 강현을 보자 참다못한 태준은 그의 멱살을 움켜쥐었다.

"뭐야? 대체 뭐냐고? 혹시 이 일 너하고 관련 있는 거냐? 대답해 그런 거냐고?"

"정확하진 않지만 어쩌면 그럴 거라고 짐작하고 있다."

강현의 목을 조이고 있던 태준의 손이 힘없이 풀어졌다.

"대체 무슨 일이 일어나고 있는지 말해."

"태준아……."

"더도 덜도 말고 아는 대로 말해."

태준의 목소리에 날이 섰다. 하긴 고등학교 때부터 주원의 일이라면 눈에 불을 켜고 달려들던 놈이었다. 아무래도 강현 혼자 조용히 처리할 수 없게 된 모양이다.

"너도 예전 나한테 일어난 일을 알고 있을 것이다."

"그때 조폭들과의 일 말이냐?"

아니 여기서 난데없이 몇 년 전 얘기가 왜 튀어나오는 걸까?

"그래. 그때 내 손에……강치웅이 죽은 후 놈의 형은 자신의 조직을 와해한 뒤 종적을 감췄다. 일각에선 동생의 죽음으로 개과천선을 한 거라고 말을 했지만 난 믿지 않았다. 그런데 얼마 전 놈이 다시 움직인다는 첩보를 받았지."

"아니 그럼 넌 지금껏 놈의 행적을 주시하고 있었다는 거야?"

"강치웅이 그에게 어떤 동생이었는지 알았기 때문에 난 절대 놈을 믿지 않았다. 언젠간 나에게 복수할 기회만 노릴 거라 생각하고 있었지. 그래서 한국에 다시 돌아온 뒤 놈의 행적을 쫓고 있었다."

태준은 어이가 없는지 할 말을 잊고 그를 바라봤다. 그 긴 시간 동안 긴장을 늦추지 않고 살아왔을 강현이 안타깝기까지 했다. 누군가가 자신을 감시하고 있다고 생각하고 또 상대방을 감시하고……아마도 지옥 같은 시간이었을 것이다.

"그래서……너 혹시?"

설마 복수의 도구로 주원을 납치라도 했다는 말인가? 어떻게? 아니 왜? 강현이 아닌 주원일 왜? 태준은 기가 막혀 말을 잊지 못했다.

"그래 네가 짐작하는 게 어느 정도 맞을 거다. 놈이 주원일 노린 거 같다. 아니……주원일 이용해 날 죽이려는 거겠지."

"제기랄!"

욕설을 내뱉은 태준은 벌떡 일어나더니 초조하게 왔다 갔다 했다.

"그러니까 지금 그 강치웅의 형이라는 놈이 우리 주원일 납치했다고 생각한다는 거지? 넌 그놈을 계속 주시했었다니 그럼 넌 놈이 지금 어디 있는지 알고 있다는 거네?"

"놈의 주거지는 알고 있는데 며칠 전부터 나타나지 않는다는군. 사실 그래서 일주일 동안 출장을 갔었던 것도 놈의 행적을 추적하기 위해서였는데 아직 알아내진 못했다."

"아니 지금 그게 말이 되냐? 널 잡기 위해 주원일 납치했다는 것도 웃기고 놈은 주원이가 경찰이라는 것도 알고 있을 텐데 그 파장은 생각 안 했다는 거란 말이냐?"

"알겠지. 하지만 놈에겐 그건 중요한 게 아니니까. 나를 죽이는 일이라면 뭐든지 할 놈이다."

"널 죽이려면 얼마든지 기회가 있었을 텐데 지금껏 기다렸다는 게 이상하잖아?"

"날 그냥 죽이는 건 쉽겠지. 하지만 내게서 가장 소중한 걸 빼앗았을 때 받을 내 고통을 보고 싶은 거겠지."

"뭐? 이거 순 정신병자 새끼 아냐?"

강현도 초조한지 연신 담뱃갑을 들었다 놓기를 반복했지만 불을 붙이지 않았다.

"이런……일이 생길까 봐 찾지 않은 건데……."

두 손으로 얼굴을 감싸 쥔 강현이 고통스럽게 내뱉은 말에 태준의 몸이 굳었다.

"너, 너 그래서 우릴 찾지 않은 거냐?"

"……미안하다."

태준은 오랜 시간 그가 당했을 고통과 아픔이 고스란히 가슴에 와 박혀서 더 이상 아무 말도 할 수 없었다.

-따르릉~

그 순간 갑자기 울리는 벨소리에 두 사람의 눈이 마주쳤다. 강현이 천천히 휴대폰을 꺼내 액정을 확인하니 발신 제한 표시가 떴다.

"이강현입니다."

-…….

"이강……."

-오랜만이지 않은가?

낯선 남자의 목소리에 전화기를 잡은 강현의 손에 힘이 들어갔다. 마치 놈의 멱살을 잡고 있는 듯 부들부들 떨리기까지 했다. 분명 강대웅이겠지.

"그래, 오랜만이군."

-어째 그리 반갑지 않은 거 같군.

"네놈이지?"

-뭐가? 아! 강주원 형사 말인가?

놈의 능청에 이가 북북 갈렸지만 강현은 애써 아닌 척했다.

-지금 그 여잔 잘 있지. 하지만 앞으론 어떻게 될지 나도 잘 모르겠거든?

"네놈이 노리는 건 나일 텐데."

-아, 물론 자네가 죽어주면 더없이 좋겠지. 하지만 죽기 전에 네가

사랑하는 사람이 어떻게 죽어 가는지는 보고 가야 하지 않겠어?

"이런, 개자식!"

―아, 아, 그렇게 흥분하지 말고. 아직은 죽일 생각 없으니까 안심하라고. 파티에 주인공이 빠지면 재미없잖아?

"어디냐?"

―기다려. 우리가 널 찾아갈 테니.

기다리라는 말만 남기고 전화를 끊어버리자 강현은 전화기를 움켜쥐곤 내동댕이치고 싶은 걸 간신히 참았다.

"그 자식이냐?"

옆에서 조용히 듣고만 있던 태준의 눈빛이 차갑게 굳었다.

"내 짐작이 맞는 거냐?"

강현은 대답 대신 고개를 끄떡였다.

"뭐라는 거야? 지금 어디 있는데? 너더러 어떻게 하는 건데?"

"기다리란다. 놈이 날 찾아온다는군."

"젠장! 그러면 이렇게 넋 놓고 놈이 나타날 때까지 마냥 기다리라는 거야? 휴대폰 추적하면 되잖아?"

"태준아!"

"왜?"

"날 믿고 기다려줘. 내가 주원이 꼭 데려온다. 그러니……"

"이번엔 절대 너 혼자 안 돼."

"태준아!"

"지금껏 혼자였잖아? 놈 때문에 네 주변에 아무도 없게 만들었잖아? 하지만 지금은 너 혼자가 아냐. 그러니 이젠 우리 함께 하는 거다."

가슴이 먹먹해진 강현은 자신은 똑바로 주시하는 태준의 눈빛을 보자 고개를 천천히 끄떡였다.
"알았……다."
그제야 안심을 한 태준은 자리에 앉았다.
"이제 어떻게 할지 구체적인 대책을 세워야지."
"내게 생각이 있어."
두 사람은 밤이 새도록 머리를 맞대고 있었다.

"대체 당신들 뭐예요?"
약기운이 사라진 주원은 주변을 둘러보다 자신의 몸이 의자에 묶여 있는 걸 확인하곤 낯선 남자를 향해 소리를 질렀다.
"이제 깼나보군."
나이가 있어 보이는 남자가 느린 걸음으로 앞으로 나섰다. 불빛이 반사되어 잘 보이진 않았지만 처음 보는 남자였다.
"왜 나를 끌고 왔죠?"
웬만한 여자 같으면 겁을 집어먹고 울음을 터뜨렸겠지만 주원은 그를 똑바로 올려다봤다. 그녀의 용기에 대응은 보일 듯 말 듯 미소를 지었다.
"조금만 참으면 알게 되니까 그렇게 조급하게 굴지 마."
"원하는 게 뭐예요?"
"이. 강. 현."
똑똑 끊어지는 말투로 강현의 이름을 말하자 주원의 얼굴이 눈에 띄게 굳었다.

"이제야 좀 조용해지는군."

"그……를……."

"왜냐고? 그에게 갚아야 할 빚이 좀 있거든. 그런데 그냥은 안 되고 이자까지 갚으려고."

저놈은 미쳤다. 주원은 느물거리며 웃는 그의 눈에서 살기를 봤다. 마치 먹이를 앞에 두고 약 올리면서 어떻게 잡아먹을까 고민하는 눈빛이었다.

"그런데 나는 왜?"

"말했잖아? 이자까지 갚는다고. 당신이 이자야."

"당신 지금 무슨 짓을 하고 있는 줄 알아? 내가 누군지 아느냐고?"

"아, 물론. 대한민국 경찰이시지. 그 말이 하고 싶었던 거야? 그게 뭐 어때서?"

"내가 죽으면 당신도 살아남지 못할 거야."

"난 그런 거 관심 없어. 오로지 이강현 그 자식이 고통스럽게 죽어가는 것만 보면 되니까."

아, 이게 무슨 말인가? 저놈은 누구고, 왜 강현을 죽이려 하는 걸까? 주원이 어리둥절해하자 대웅이 허리를 숙여 그녀 가까이 얼굴을 들이댔다.

"궁금한가? 아, 궁금하겠지. 자신이 왜 이유도 모른 채 이곳에 끌려왔을까? 그게 다 이강현 때문이라면 어떤 기분일까? 그놈이 내 동생을 죽이고 놈도 죽었다면 나도 어쩔 수 없었겠지. 하지만 놈은 살았는데 내 동생은 죽었어. 그것도 아주 만신창이가 돼서. 당신 그거 알아? 사랑하는 사람이 다른 사람 손에 죽어야 하는 아픔을. 내 동생 치웅인 그렇게 죽었는데 놈은 사랑하는 사람과 결혼해서 잘 먹고 잘 산다는 게 말이나 되냐고? 절대로 안 되지. 난 놈이 내 눈앞에서 고통스럽게 울부짖으며 죽어가는 걸 봐야겠어. 그러기 위해선 당신이 필요했던 거고. 이제 뭐 좀 알겠어?"

아! 그제야 주원은 그가 누군지 알 것 같았다. 강현이 죽을 뻔했던 그 사건. 그 사건으로 죽은 범인의 형이었다.

"난 기다렸지. 놈이 가장 사랑하고 아끼는 게 뭔지, 그리고 그런 사람이 나타날 때까지 숨어서 기다렸다. 잘도 버티더니 드디어 걸렸지."

이거였나? 내가 다칠까 봐 두려웠다는 게 이런 일이 생길까 봐서였단 말인가? 주원은 갑자기 북받치는 고통에 머리를 앞으로 숙여 숨을 가다듬었다.

'아, 오빠. 얼마나 외로웠을까? 얼마나 힘들었을까? 흐흐윽!'

쉴 새 없이 흘러내리는 눈물에 대웅은 그녀가 겁을 먹은 줄 알고 회심의 미소를 지었다.

"벌써부터 울 필요까진 없는데. 조금만 기다리라고 눈물의 상봉은 그때 해도 늦지 않으니까."

'오빠, 강현 오빠 오지 마. 제발 오지 말아요. 오면 안 돼!'

차마 소리 내 말은 못하고 속으로 빌고 또 빌었다.

주원이 납치되고 이틀이 지난 후였다. 이제나저제나 연락이 오지 않을까 잠도 못 자고 노심초사하던 강현이 늦게까지 경찰청에 있다가 새벽녘에 오피스텔로 가고 있을 때였다. 앞에서 점점 다가오는 시커

먼 형체에 강현은 긴장했다.

"누구냐?"

"순순히 따라오시지. 안 그럼 여자친구 얼굴에 상처가 날 텐데."

강현의 손이 권총이 있는 곳으로 향하자 창수가 입을 열었다.

"그 손 가만두는 게 좋을 거야. 여기서 우리가 잘못되면 당신 여자는 죽은 목숨이니까."

여자가 죽는다는 그의 말에 강현은 이내 모든 걸 포기한 듯 보였다. 창수는 말로는 허세를 부렸지만 속으로 정말 통할까 싶었는데 두목 말이 사실이라는 걸 알곤 긴장을 늦췄다. 남자는 강현의 팔을 잡고 골목에 세워둔 차로 데려가더니 그의 손을 뒤로 해 수갑을 채우고 몸을 수색했다. 휴대폰은 전원을 끄고 밖으로 툭 던져버리고 권총은 조수석 앞 서랍에 넣었다.

창수가 그의 옆자리에 올라타자 차가 출발했다. 그를 태운 차가 서울을 벗어나고도 한참을 달렸다. 창수는 간간이 강현을 살피는 듯했지만 수갑이 채워 있어서인지 그리 신경을 쓰는 것 같지 않았다.

"그녀는 무사한가?"

"아직은."

짧게 대답한 창수는 등받이에 기대어 눈을 감았다. 더 이상 아무것도 묻지 말라는 무언의 신호였다. 강현은 창밖으로 시선을 줬다. 대체 여기가 어디쯤일까? 너무 어두워 알아볼 수가 없어서 답답했다. 태준이 늦지 않게 알아채야 하는데…….

'주원아 조그만 기다려라. 조금만 더 버텨.'

무작정 그를 기다리는 불안한 마음이 터져 버릴 즈음 창고 밖에서 차 소리가 들렸다. 주원은 제발 그가 오지 않았기를 마음속으로 빌고 또 빌면서 문을 응시했다. 잠시 후 문이 열리더니 몇 명의 검은 그림자가 창고 안으로 들어섰다. 아까 그녀가 본 그 남자와 또 다른 남자들……. 아마도 놈의 조직원들인 모양이었다. 주원은 일단 강현이 아닌 걸 알자 속으로 안도의 한숨을 내쉬었다.

"어디쯤이라고?"

"거의 다 왔다고 합니다."

"그래? 그럼 손님을 맞을 준비를 해야지."

"염려 마십시오 두목."

남자들의 대화를 듣고 있던 주원의 얼굴이 파랗게 질렸다. 그녀가 뭐라 소리칠 새도 없이 이내 들려오는 차 소리에 남자들이 일사불란하게 움직이기 시작했다. 엔진 소리가 멎자 잠시 후 문이 열리고 세 명의 남자들이 들어섰다. 한 남자가 뒤에서 밀려 앞으로 들어섰다. 남자의 손이 뒤로 가있는 모습에 주원은 눈을 동그랗게 뜨고 남자의 얼굴을 뚫어져라 쳐다봤다.

"아! 강현 오빠."

주원은 저도 모르게 소리 내 그의 이름을 부르고 말았다. 그러자 남자가 얼굴을 돌리고 그녀를 바라봤다.

'젠장! 주원아.'

의자에 묶여 있는 주원을 발견한 강현은 속으로 욕설을 내뱉었다. 당장이라도 그녀에게 달려가고 싶었지만 그러면 강대웅 저 자식이 어떻게 나올지 몰라 간신히 참았다.

-짝! 짝! 짝!

대웅이 느리게 손뼉을 치며 앞으로 나서더니 주원이 옆에 섰다.

"이런, 이런. 눈물의 상봉을 할 줄 알았는데 이거 실망인데."

대웅이 주원의 머리채를 잡아 고개를 제꼈다.

"저 개자식을!"

강현이 앞으로 달려 나가려 하자 두 명의 남자가 그의 팔을 낚아챘다.

"그녀에게 손 하나라도 까딱하는 날엔 오늘이 네놈 제삿날이 될 줄 알아."

"오호! 무서워라. 네놈이 지금 뭘 할 수 있는데? 잘 봐둬 너보다 먼저 손봐줄 테니."

"오빠! 난 괜찮아."

눈물을 글썽이면서 애써 침착함을 유지하려는 주원의 눈빛이 그를 향해 소리치고 있었다.

'사랑해! 영원히……그러니까 힘들어하지 마……제발!'

-짝!

그녀의 머리채를 잡고 있던 대웅의 손이 그녀의 뺨을 세차게 갈랐다.

"악!"

"주원아!"

한 번, 두 번, 세 번…….

"이 개자식아!"

강현이 붙잡힌 팔을 뿌리치고 죽을힘을 다해 대웅에게 돌진했다.

하지만 수갑이 채워진 손 때문에 그를 붙잡고 패줄 수가 없었다. 남자들이 강현에게 달려들어 그를 잡아채자 배를 강타당하고 뒤로 넘어져 있던 대웅이 재빨리 일어나 강현의 얼굴에 주먹을 날렸다. 연달아 날리는 주먹에도 강현은 신음소리 한 번 내지 않았다. 지쳤는지 대웅이 숨을 몰아쉬자 강현이 입에 고인 피를 뱉으면서 그를 자극했다.

"비겁한 자식. 왜 내가 겁나냐? 최소한 남자라면 아무런 저항도 못하는 상태에서 주먹질을 하진 않지. 그러니 넌 한낱 양아치일 뿐이야."

"뭐라고!"

부르르 떨면서 주먹을 쥐고 있던 대웅이 부하들을 향해 고갯짓을 했다.

"풀어!"

"하지만 두목……."

"풀라면 풀어."

수철은 대웅의 다그침에 어쩔 수 없이 강현의 손에서 수갑을 풀었다.

"아무도 나서지마."

대웅은 말이 끝내기 무섭게 강현에게 주먹을 날렸다. 미처 피할 새도 없이 날아든 주먹세례에 강현은 몸을 낮춰 최대한 얼굴을 가렸다. 그리곤 기회를 엿봐 팔을 뻗었다. 두 사람은 엎치락뒤치락하더니 급기야는 땅바닥에 뒹굴었다. 지켜보던 주원은 애간장이 탈 지경이었다. 이미 강현의 얼굴은 만신창이가 되어 있었고 대웅도 그에 못지않았다.

"오빠 제발!"

주원이 의자에 묶여 발을 동동 구르고 있을 때 갑자기 두 사람을 지켜보던 창수가 각목을 집어 들더니 강현의 다리를 향해 힘껏 휘둘렀다.

"윽!"

강현의 다리가 꺾이며 자리에 주저앉자 대웅이 창수를 노려보더니 그의 뺨을 세차게 후려쳤다. 그리곤 그의 손에서 각목을 빼앗아 강현의 어깨를 내리쳤다.

"아악!"

"저 자식 잡고 있어."

대웅이 각목을 든 채 주원에게 걸어가자 강현이 발버둥을 쳤다.

"안 돼! 이 개자식아 날 상대하란 말야!"

"너와 놀아주는 건 여기까지다. 이제 슬슬 본게임에 들어가야지?"

눈가에서 피가 흐르는 것도 개의치 않는지 대웅은 주원을 향해 씨익 미소를 지었다.

"날 원망하지 마. 애인 잘 못 둔 죄라고 생각하라고."

"이러지 말아요. 이런다고 뭐가 달라지는데요?"

"난 달라지기를 바라지 않아. 단지 이강현 저 자식이 나와 똑같은 아픔을 겪기 바랄 뿐이야. 그러니 빨리 끝나기만을 바라라고."

대웅이 각목을 높이 쳐들자 강현의 울부짖음이 들렸다.

"제발! 제발……그러지 마라. 그……여자만은 안 돼."

피범벅인 얼굴에 뜨거운 눈물이 흘러내리고 있었다. 생명과도 같은 그녀를 자신 때문에 죽게 할 수는 없었다. 이제야 겨우 만났는데

13년을 참다 만난 소중한 사람을 이렇게 잃을 수는 없었다. 강현이 서서히 대웅 앞에 무릎을 꿇었다.

"오빠 그러지마. 안 돼!"

"하하하……천하의 이강현 형사가 고작 여자 때문에 조폭 앞에 무릎을 꿇다니. 하하하."

대웅은 입은 웃으면서도 눈은 웃지 않았다. 이내 잔인한 미소를 머금은 대웅은 높이 쳐들었던 각목을 휘두르려 했다.

"모두 꼼짝 마!"

갑자기 들려온 외침에 모두의 동작이 한순간 멈췄다. 뒤이어 다급하게 움직이는 발자국 소리가 나더니 이내 대웅과 그의 일당을 둘러쌌다. 태준이 권총을 대웅에게 겨눈 채 천천히 앞으로 나섰다. 그런 그를 바라보는 강현의 눈에 안도의 눈물이 고였다.

"왜 이렇게 늦었냐?"

"미안하다 그렇게 됐다. 아무래도 그거 성능이 별로인 거 같더라. 신호가 너무 약해. 그래서 너 추적하느라 애 좀 먹었다. 그리고 너 그거 내려놔."

태준의 살벌한 기세에 대웅이 주춤거리며 각목을 내려놓는 것 같더니 순식간에 돌변해 그대로 주원을 향해 몸을 돌렸다.

-탕!

태준의 총이 그의 다리를 향해 발사됐다.

"윽!"

대웅이 쓰러지자 둘러싸여 있던 경찰들이 일제히 달려들어 나머지 일당들을 잡았다. 태준은 주원에게 달려가는 강현을 바라보곤 한숨을 돌렸다. 아무도 다치지 않아서 다행이다 싶었다.
"괜찮아?"
강현이 걱정스럽게 주원의 이곳저곳을 살피더니 그녀의 얼굴을 두 손으로 감싸 쥐었다.
"난 괜찮아요. 그런데 오빠……얼굴이……."
퉁퉁 부어 오른 눈두덩은 벌써 시뻘겋게 멍이 들어 있었고 입술은 여기저기 터져서 형태를 알 수가 없었다. 주원은 하염없이 눈물을 흘리며 조심스럽게 그의 얼굴을 쓰다듬었다.
"아, 어떻게. 어떡하면 좋아……."
"네가 다치지 않아 다행이다. 정말 다행이야. 만약 네가 잘못됐다면 난……난……."
강현이 차마 말을 끝맺지 못하자 주원이 가만히 그의 입술에 손을 댔다. 말하지 않아도 안다고, 그러니 너무 아파하지 말라고 말해 주고 싶었지만 입이 말을 듣지 않았다. 그런 그녀의 마음을 알았을까? 강현이 그녀의 손을 잡아 자신의 입술로 가져갔다. 그리곤 정성스럽게 입맞춤하던 순간이었다.
"앗! 조심해!"
-탕!
-탕! 탕!
순식간에 일어난 일이었다. 강대웅이 끌려가면서 옆에 있던 경관의 권총을 빼앗아 두 사람을 향해 총을 쐈고 그와 동시에 태준의 총이 대웅을 향해 발사되었다. 연달아 들린 총소리가 멎자 뒤이어 정적이 찾아들었다.

"오빠! 강현 오빠!"

 조심하라는 소리와 동시에 그녀를 감싸 안고 바닥을 한 바퀴 구른 강현이 그녀의 몸 위에서 꼼짝을 하지 않았다. 그녀의 간절한 외침에 태준이 놀라 달려와 강현을 살폈다.

"이강현! 강현아!"

14.

"나쁜 놈! 나쁜 자식!"

마당 한가운데 놓인 의자에 앉아 허공을 향해 혼자 씩씩대던 주원은 인기척에 실눈을 뜨고 돌아봤다.

"오빠 왔어?"

"뭘 그렇게 혼자 중얼거려?"

"그냥. 하도 햇볕이 좋아서."

태준이 그녀 옆에 털썩 주저앉았다.

"강현이한텐 아무 연락 없고?"

"그 인간 얘기는 하지도 마."

에구, 단단히 화가 나셨구만.

"아니 정말 아무 연락도 안 했단 말야? 내가 이 자식을 그냥 확!"

주원이 고개를 돌려 태준을 찌를 듯이 노려봤다.

'흥 그래도 욕하는 건 싫은가 보지?'

"그냥 확 뭐?"

"아? 아니 그냥 확 혼내 줄까 하고……."

주원의 서슬에 말이 저절로 기어들어갔다.

"오빠나 잘하셔!"

어휴 이걸 확! 동생이 아니라 웬수다 웬수. 내가 참는다 참아.

"저기, 주원아……?"

"왜?"

목소리가 쌀쌀맞은 것이 강현에게 화난 걸 마치 태준에게 푸는 듯 보이자 은근 약이 올랐다.

"야! 인마 넌 오빠한테 그게 무슨 말투냐? 이러니저러니 해도 내가 오빠고 또 강현이랑 너를 구해준 사람인데."

'아, 맞다.'

그날 태준이가 아니었으면 두 사람은 이미 딴 세상 사람이 되어 있을 수도 있었지. 괜히 강현에 대한 서운한 맘에 애꿎은 오빠에게 화풀이를 해서 조금 미안해졌다. 멋쩍은 마음에 괜히 나뭇잎을 뜯어 허공에 던졌다.

"미안. 미국 간 지 일주일쨴데 연락도 없잖아. 아직 몸이 다 나은 것도 아닌데."

사건이 있던 날 강대웅이 쏜 총알이 주원을 감싸고 있던 강현의 어깨를 관통했다. 그리고 강대웅은 태준이 쏜 총에 그 자리에서 즉사했다. 강대웅의 목표가 누구인지는 아직까지도 정확하게 밝혀지지 않았지만 강현은 주원이었을 거라고 생각하는 거 같았다. 그 후 한동안 병원에 입원해 있던 강현이 느닷없이 미국에 다녀와야겠다는 말에 아픈 몸으로 어딜 가냐고 말리고 싶었지만 아프니 엄마가 보고 싶은가 하는 생각에 그를 잡지 못했다. 그런데 곧 돌아온다던 그는 일주일이 다 돼가는 데 연락이라곤 미국에 도착하자마자 잘 도착했다는 전화 한 통이 전부였다.

"나쁜 놈……."

언제까지 그를 해바라기 해야 하는 걸까? 천하의 강주원이 이강현 앞에선 왜 이리 약해지는지 모르겠다.

"안 되겠다. 우리 머리나 식히러 가자."

"어, 이 밤에 어딜 간다는 거야?"

마구잡이로 그녀의 팔을 잡아끄는 태준이 이상했지만 따라나섰다.

"여긴 왜?"

태준이 그녀를 끌고 온 곳은 그들이 잘 가는 체육관이었다. 원래 11시 이후엔 문을 닫는데 워낙 오래 다니고 관장과도 친해서 가끔 이렇게 불시에 이용하는 걸 묵인해 주고 있었다.

"아무도 없는데 유도나 한판 하자고. 가서 옷 갈아입고 와."

"갑자기 유도는 무슨. 나 지금 운동할 기분 아니라니까."

"인마, 지금처럼 기분 꿀꿀할 땐 아무 생각 없이 땀 흘리는 게 최고라는 거 몰라? 잔말 말고 들어가서 옷 갈아입어."

툴툴거리는 주원을 탈의실 쪽으로 밀어붙였다.

"그럴수록 한판 뛰고 나면 거뜬해져."

"어, 어. 알았어. 알았으니까 그만 밀어."

태준에 의해 강제로 탈의실 안으로 들어선 주원은 자신의 락커룸에서 유도복을 꺼내 들었다.

"아니, 오밤중에 왜 갑자기 유도냐고. 참 알다가도 모르겠네."

주원은 연신 투덜거리며 검은 띠를 허리에 묶은 후 탈의실을 나왔다.

"아직 안 나왔나?"

태준이 보이지 않자 주원은 혼자서 몸을 풀려고 스트레칭을 했다. 처음엔 하기 싫다고 했지만 오랜만에 태준과 대련하는 거라 꼼꼼히 몸을 풀었다. 스트레칭을 하던 그녀는 뒤에서 인기척이 들리자 그대로 주저앉은 채 목소리를 높였다.

"뭘 그렇게 꾸물거려? 얼른 하고 집에 가자."

"……"

아무런 대답이 들리지 않자 고개를 돌리다 그만 그대로 엉덩방아를 찧고 말았다.

"여긴 어떻게……?"

유도복을 입은 강현이 가까이 다가와 그녀를 일으켜 세웠다.

"……여긴 어떻게?"

"비행기 타고 왔지."

'하! 지금 장난하자는 건가? 일주일 동안 연락도 없다가 이렇게 불쑥 나타나면 내가 기뻐 날뛰기라도 할 줄 알았나 보지? 흥! 어림도 없다.'

주원은 속으로 이를 바득바득 갈았다.

"안 웃네?"

"내가 웃어야 되는 거야?"

"연락 안 했다고 화났다며?"

주원의 고개가 획 들리며 그를 노려봤다.

'강태준 이 인간을 그냥 확!'

느물거리며 아무렇지 않게 웃는 저 인간이나 미주알고주알 일러바치는 오빠라는 인간이나 정말 한 대씩 쥐어박았으면 속이 다 시원하겠다. 그런데 바로 그때 강현이 그녀를 와락 끌어안는 바람에 깜짝 놀랐다.

"아!"

"보고 싶었다."

'젠장 그런데 왜 연락도 못하는데?'

순간 눈물이 핑 돌았지만 애써 태연하게 굴었다. 주원이 그의 품에서 빠져나오려 하자 그의 팔이 더 옥죄어왔다.

"미안해. 빨리 돌아오고 싶은 마음에……널 놀래켜 주고 싶어서……."

주원이 몸을 비틀어 그의 품에서 간신히 빠져나와 탈의실로 향했다.

"어디 가?"

"옷 갈아입어야겠어요."

"왜?"

몰라서 묻느냐고 따지고 싶었지만 눈길을 돌리고 손잡이를 잡았다.

"나랑 한판 하자."

싫다는 소리를 입 밖으로 내려는 찰라 그의 목소리가 들렸다.

"대신 내가 이기면 너 나한테 시집와라."

갑작스런 그의 폭탄 발언에 주원의 고개가 휙 들렸다. 지금 잘못 들은 건 아니겠지? 아니 분명 환청이었을 것이다. 그런데 눈앞의 얼굴을 보니 결코 착각이 아님을 알았다. 미국 가서 뭘 잘못 먹은 게 틀림없다.

"미쳤어요?"

"왜? 나한테 시집오기 싫으니?"

"결혼이 애들 장난인 줄 알아요? 서로 사랑하는 사람들이 하는 게 결혼이에요."

"너 나 사랑하잖아?"

'헉!'

강현의 말에 얼굴이 화끈거리고 눈물이 날 것만 같았다. 젠장, 뭘 믿고 저렇게 자신하는지……. 하긴 내가 좀 티를 냈어야 말이지. 그래도 그렇지 이렇게 불쑥 나타나 결혼하자고? 아, 그래 13년 전이나 지금이나 주원은 그를 사랑하고 있다. 그 사실이 더 짜증이 났다. 성질 같아서는 주먹으로 저 잘난 얼굴을 한 대 치고 싶었지만 차마 그러질 못하겠다.

"내가 오빠 사랑한다고 누가 그래요?"

"네 눈이."

눈 속에 담겨져 있던 그에 대한 사랑이 보인다고? 웃기시네. 주원은 모르겠지만 강현은 그녀의 눈에서 그에 대한 사랑과 열망을 볼 수 있었다. 아니 마음으로 알 수 있었다. 자신의 마음도 그녀와 똑같으니까…….

"어떻게, 할 거야 말 거야?"

분명 미국 가서 무슨 일이 있었던 게 틀림없다. 난데없이 결혼이라니. 그리고 대체 청혼을 이렇게 하는 게 어디 있단 말인가. 잠시 심각하게 생각에 잠겨 있던 주원이 고개를 바짝 쳐들었다.

"내가 이기면 뭐 해줄 건데요."

"내가 너한테 장가갈게."

강현이 싱긋 미소를 지었다. 얄미운 인간. 어째 내기하자고 할 때부터 이상하다 했다. 주원은 어이가 없어 눈을 흘겼다.

"그런 내기가 어디 있어요? 오빠는 이기든 지든 하나도 손해 보는 게 없는 거 같은데?"

"손해 보는 게 없긴. 내 독신 생활 종치는 건데."

"그래요? 그렇다면 나도 싫네요."

'뭐 저런 인간이……. 누가 봐도 내가 손해구만.'

주원이 탈의실 문을 반쯤 열었다.

"아 잠깐! 으음, 그럼 이건 어떨까? 내가 이기면 넌 나한테 시집오고 내가 지면 네가 원하는 거 한 가지를 해줄게."

"내가 원하는 거요?"

"그래."

"그 어떤 것도 다 들어줄 거예요?"

"물론."

자신만만한 그가 얄미워 주원은 한 대 때리고 싶은 걸 간신히 참고 주먹을 그러쥐었다.

"좋아요. 한판 승부예요."

"그래. 대신 너 나중에 딴소리하기 없기다?"

"오빠나 그럴 생각 말아요."

"염려 말래도 내가 이겨 준다니까."

이겨 준다고? 정말 저런 자신감은 어디서 나오는 건지. 주원은 어이가 없었다. 어느새 마주선 두 사람은 서로를 향해 간단히 목례를 한 뒤 자세를 취했다. 여자라는 것 때문에 주원이 불리하기는 했지만 유도라는 게 힘만 갖고 하는 운동이 아니기에 상대방의 약점만 잘 잡으면 승산이 있기도 하다. 그동안 태준과의 대련으로 남자와의 경기는 낯선 게 아니었다. 다만 그녀는 강현의 실력이 어느 정도인지 잘 알지 못한다는 것이다. 두 사람은 이리저리 돌면서 상대방을 탐색했다.

강현은 내기하자고 했을 때 처음엔 일부러 져 줄까 하는 생각도 했다. 그래서 농담 반 진담 반으로 자신이 이기면 시집오라고 한 것이다. 그런데 그녀가 이길 경우 괜히 결혼하기 싫다고 어깃장이라고 놓을까 걱정이 되어서 기필코 이겨야겠다고 마음먹었다. 그런데 보기에도 연약해 보이는 저 애를 어떻게 바닥에 메다꽂지? 참 난감한 일일세.

강현이 쓸데없는 걱정을 하고 있을 때 주원이 갑자기 그에게 달려들며 그의 목덜미를 낚아챘다. 그리곤 오른쪽 다리로 강현의 다리 안쪽으로 발을 걸었다.

"앗! 이런."

강현은 안으로 파고드는 그녀의 다리를 얼른 피했다. 이거 봐라? 보통이 아닌데. 잠시 방심한 사이에 당할 뻔했다. 이제 두 사람은 서로의 옷깃을 잡고 허리를 구부려 마주선 상태였다.

"제법이다 너?"

"홍, 운이 좋은 줄 알아요. 조금만 빨랐어도 오빤 바닥에 누워 있었을 거예요."

"오호, 그러서? 그럼 어디 본격적으로 해볼까?"

말을 마치기가 무섭게 이번엔 강현이 그녀를 확 잡아끌었다. 잠시 그녀의 몸이 들리는 것만 같았다. 간신히 힘을 줘 바닥을 딛고 있던 주원이 재빨리 몸을 구부렸다. 그녀는 그의 가슴으로 파고들어 등으로 그를 메다꽂으려고 했지만 오히려 그에게 안긴 채 바닥으로 곤두박질쳐지고 말았다.

"내가 이긴 거 같은데?"

엎드려 있는 그녀의 뒤에 겹치듯 누워 있던 강현이 귓가에 대고 속살거렸다. 그러자 귓가에 있는 솜털이 전부 일어서는 느낌이었다.

"한판……승부라고 했어요. 이건 유효 정도밖에 안 되잖아."

"……좋아."

잠시 그녀의 위에서 살 내음을 맡고 있던 강현이 벌떡 일어섰다. 그리곤 손을 내밀어 잡아 일으켜 세웠다. 젠장 갑자기 아랫도리가 일어설 건 뭐야?

"이제부턴 정말 봐주지 않는다."

다시 마주 서서 옷매무새를 가다듬은 두 사람은 또다시 맞붙었다. 시간이 흐를수록 경기는 좀처럼 판가름이 나지 않았다. 두 사람은 어느새 땀으로 흠뻑 젖어들었다. 조금 지쳐 보이는 주원을 보며 강현은 이제 그만 끝내야겠다고 생각했다.

'좋아 강주원 이 정도면 네 체면 세워준 거지? 간다.'

그녀의 목덜미의 옷깃을 잡고 있던 강현은 갑자기 확 끌어당기며 허리를 폈다. 그러자 그녀의 얼굴이 그의 바로 코앞에까지 다가왔다. 바로 그 순간 강현은 그녀의 입술을 훔쳤다.

'헉!'

너무 순식간에 일어난 일이라 주원은 미처 피하질 못했다. 그의 입술이 숨이 차서 벌어져 있던 그녀의 입술에 닿는가 싶더니 이내 몸이 붕 떴다. 그리곤 바로 바닥에 그대로 대자로 뻗고 말았다.

'제기랄.'

누워 있는 그녀의 몸 위로 강현이 몸을 굽혔다. 그리곤 또다시 그녀의 입술에 쪽 소리가 나게 입을 맞췄다.

"한판승!"

"이건 반칙이야."

"뭐가?"

"갑자기 키스를 하는 사람이 어디 있어?"

"항상 상대방을 경계해야 하는 걸 잊은 건 너야. 난 나대로 최대한 네 약점을 노린 거고."

"비열해."

"비열하다고 해도 상관없어."

'아아아악! 뭐 저런 인간이 있어?'

마구 소리치고 싶었지만 한편으로 경계를 소홀히 했던 게 사실이었기에 그대로 바닥에 누운 채 눈을 감아 버렸다. 강현은 뭐라고 욕을 하고 덤빌 줄 알았던 그녀가 이내 포기하듯 눈을 감아 버리자 약간 찔렸다. 하긴 경기 중에 키스를 한 건 분명 반칙이지만 그 순간 그녀의 모습이 너무 예뻐 보여 키스를 하지 않을 수 없었다. 그러니 어떤 면에선 일정 부분 예쁜 주원의 탓이기도 한 거다. 누가 그렇게 예쁘라고 했나? 강현은 주원의 곁에 같이 나란히 누웠다. 인기척에 눈을 뜰만도 한데 주원은 꼼짝도 하지 않았다.

"내가 이겼으니까 너 나한테 시집오는 거다?"

"……."

"싫어?"

"싫다고 하면 관둘 거예요?"

"아니."

"그러면서 묻기는 왜 물어요?"

"그래도 난 네가 좋아서 시집오는 거면 좋겠다."

"피이, 아주 웃겨. 그런 사람이 왜 연락도 안 했어요?"

강현이 팔을 세워 머리를 받치고 장난스럽게 한참을 내려다봤다.

"뭘 봐요?"

"주원아……내가 또 사라질까 봐 겁났니?"

"……."

주원은 아무 말도 할 수 없었다. 정말 그런 걱정을 했었기에.

"다신 널 두고 사라지지 않을 거야. 내 목숨이 다할 때까지 아니, 죽어서도 늘 네 곁에 있을 거야."

'뭐 이런 남자가 다 있냐? 젠장 눈물이 나려고 하잖아.'

장난기를 지운 진지한 그의 모습에 주책맞게 눈물이 나오려 했다.

"너 나 보고 싶었지?"

에구, 다시 장난이다.

"보고 싶긴 누가 보고 싶었다고 그래요?"

"진짜 아니라고?"

"아니라는데도 그러네."

주원이 몸을 일으키려 하자 그가 어깨를 잡아 눌렀다.

"나야말로 네가 너무 보고 싶었다. 미국에 간 건 여러 가지 일 때문이긴 하지만 가장 중요한 건 어머니께 결혼한다고 말씀드리기 위해서였어. 전화로 말씀드리긴 싫었다. 그리고……사실 한국에 다시 올 때만 해도 바로 미국으로 돌아갈 생각이었다. 네가 있는 이곳, 널 가까이서 만나지 못하는 고통이 날 숨 막히게 했으니까. 그러다 혹여라도 놈이 널 알게 될까 봐 두렵기도 했었으니까. 하지만 이젠 돌아가지 않을 거니 그쪽도 정리가 필요했어. 그런데 너한테 자꾸 전화하면 일이 손에 잡히지 않을 거 같아 되도록 빨리 정리하고 날아온 거야. 연락 못해서 미안하다."

"쳇! 미안하다면 단가?"

'괜히 감동을 주고 난리야.'

"좋아 게임에선 내가 이겼지만 너에게도 기회를 줄게."

그제야 반응을 보인 주원이 고개를 돌려 그를 바라봤다.

"뭘?"

"네가 이기면 들어주기로 한 거. 네가 원하는 게……뭐지?"

주원이 눈이 동그랗게 커졌다. 지금 강현은 도박을 하는 심정으로 그녀에게 기회를 주고 있었다.

"진심이에요? 아님 자신감이에요?"

"……둘 다."

"만약 내가 오빠랑 결혼하기 싫다고 해도?"

순간 그의 눈에 긴장이 스치는 것을 본 것 같았다. 하지만 이내 특유의 무심함을 가장한 강현이 고개를 돌려 체육관 천장을 올려다봤다.

"내기는 내기니까. 내가 이겼지만 네게도 기회를 주기로 한 건 나니까 내 맘 변하기 전에 얼른 말해."

정말 그와 결혼하기 싫다고 말해? 주원은 무심코 말이 튀어나올까 봐 얼른 손으로 입을 가렸다. 그녀는 그와 결혼할 것이다. 하지만 그 전에 그에게 들어야 할 말이 있었다.

"정말 후회하지 않죠?"

"어쩜 나중에 내 입을 찢고 싶을지도 모르지."

일부러 한참 동안 뜸을 들인 주원이 입을 열려고 할 때였다.

"지금부터 열 셀 동안 말 안 하면 내가 말한 거 무효다. 하나, 둘, 셋……."

주원아 제발 그냥 못 이기는 척 넘어가 주라. 애타는 그의 속을 아는지 모르는지 옆에선 아무 소리도 들리지 않았다.

"일곱, 여덟……."

"나와 결혼하고 싶은 이유를 알고 싶어요."

'이래도 못 알아들으면 이강현 당신은 아웃이야.'

'엥! 이게 무슨 소리지?'

강현이 급작스레 몸을 일으켜 주원을 내려다봤다. 그러자 주원도 몸을 일으켜 앉았다. 그가 그녀를 사랑하는 건 느낄 수 있었다. 하지만 그의 입으로 그녀를 사랑한다고 말한 적은 없었다. 이 세상 어느 여자가 사랑한다는 소리 한 번 못 듣고 결혼을 하느냐 말이다.

"알고 싶어요. 오빠가 나랑 결혼하고 싶은 진짜 이유."

"뭐야? 지금 이 질문은……그러면 나랑 결혼을 하겠다는 거지? 맞는 거지? 그렇지 주원아?"

흥분한 강현이 그녀의 어깨를 잡아 흔들었다.

"요점을 흐리지 말라고요. 빨리 대답해요. 내가 원하는 거 한 가지 들어주기로 한 거 아니었어요?"

"몰라서 묻는 거니? 아니면?"

"아니면 뭐요? 난 정말 모르겠어. 오빠가 왜 나랑 결혼하고 싶은지. 나한테 한 번도 얘기해 주지 않았잖아?"

강현이 갑자기 주원을 꽉 끌어안았다.

"인마, 세상엔 말로 하는 것보다 더 강력한 게 있는 거야."

"그게 뭔데?"

강현이 그녀를 떼어내며 눈을 바라봤다.

"그래도 모르겠니? 내 몸이 말하고 있잖아. 널 원한다고. 내 눈이 널 보며 말하고 있잖아. 널 사랑한다고. 이보다 더 정확한 게 어디 있어?"

지금 이 남자가 말하고 있다. 그녀를 사랑한다고. 그렇게 듣고 싶었던 말. 13년 동안 가슴앓이하며 그를 기다렸던 주원은 화가 났다. 진즉에 말해 주지. 좀 더 빨리 와주지.

"다시 말해 줘……"

그녀의 눈에 눈물이 글썽거렸다.

"너 사랑한다고. 사랑하기 때문에 결혼하고 싶은 거야."

"그걸 왜 이제 얘기해?"

"미안해. 앞으로 더 많이 사랑하고 더 많이 아껴 줄게. 13년의 세월을 다 보상해 줄게 주원아."

그가 그녀의 얼굴을 감쌌다. 그리곤 입술을 내려 뺨 위로 흘러내린 눈물을 닦아 줬다. 그의 입술이 턱 끝에서 뺨 위로 올라오다 눈두덩에 멈추자 주원은 두 눈을 살며시 감았다. 감은 눈 위로 그의 입술이 살포시 내려앉더니 한참을 머물렀다.

강현이 경찰청으로 가버리고 나자 주원은 시간마다 강현과 전화질을 하느라 정신이 없었다. 시시때때로 문자는 기본이요. 통화는 한 시간마다 한 번씩 해대는 통에 옆에서 보고 있던 동혁이 참다못해 빽 하고 소리를 지르고 말았다.

"제발 그만 좀 하지?"

"뭘?"

"차라리 얼른 결혼하지 그래?"

"나도 그러고 싶지. 그런데 강현 씨가 연애 기간도 없이 당장 결혼할 수 없다는데 어떻게 해."

강현 씨? 에구, 미친다 미쳐.

"그렇다고 누구 염장 지르는 것도 아니고 만날 이게 뭐냐?"

동혁이 두 손으로 머리를 쥐어뜯었다.

"흥!"

"내가 당장 이 형사님을 만나봐야겠어."

"왜?"

"강 형사 옆에서 보는 우리가 먼저 미쳐 버릴 거 같으니까 제발 데려가시라고."

동혁의 말에 주원이 멋쩍게 웃었다. 그렇게 심했나 싶기도 한 게 갑자기 민망해졌다.

"알았으니까 조금만 참아줘."

주원이 동혁의 어깨를 두드리고 사무실을 나섰다. 누구보다도 결혼을 하고 싶은 건 주원 자신이 더했다. 그러나 제대로 된 연애 기간도 없이 불쑥 결혼부터 하는 건 너무 속상했다. 그것이 13년 동안 그 하나만을 짝사랑했던 그녀 자신에 대한 작은 보상이라고 생각했다. 하지만 이러다 자신이나 주변 사람들이나 다 같이 미쳐 버릴 거 같다니 생각 좀 해봐야 할 듯싶었다.

"강주원!"

갑자기 뒤에서 들려온 소리에 뒤를 돌아다본 주원은 깜짝 놀랐다.

"오빠?"

이젠 주원이 아주 자연스럽게 오빠라고 부른다. 젠장, 대체 언제나 저 오빠 소리가 여보야 소리로 바뀔까?

"토요일인데 퇴근 안 해?"

"여긴 어쩐 일이야?"

"너 데리러 왔지."

"연락이라도 하지."

"이래야 네가 감동 먹을 거 같아서."

나 잘했지 하는 얼굴로 실실 웃는 그를 보자 괜히 얄미운 생각이 들어 그의 정강이를 한 대 걷어차 주곤 도망쳤다.

"아야! 야 인마, 혼자 가면 어떻게! 너 거기 안 서?"

두 사람을 태운 차가 서울을 벗어나는 것 같자 주원이 그를 쳐다봤다.
"지금 어디 가는 거야?"
"놀이동산."
"……."
13년 전 공항에서 손가락 걸고 약속했던 것 중에 하나가 놀이동산에 같이 가는 거였다. 강현은 아직도 눈물을 글썽이며 꼭 약속 지켜야 한다고 다짐 받던 주원의 얼굴이 떠올랐다. 그런데 그의 말에 아무런 대답이 없자 그녀가 기억하지 못하는가 싶었다.
"왜 싫어?"
"……아니. 오빠……기억하고 있었어?"
"그럼. 당연하지."
"예쁘다……우리……애인."
"자식!"
애인이라는 말에 가슴이 뭉클해진 강현은 손으로 장난스레 그녀의 머리를 흩트렸다. 이 가슴 저림이 나으려면 어서 그녀와 빨리 결혼을 하는 방법밖에 없다.
'시간을 더 많이 주지 못해서 미안하다 주원아. 그런데 난 이제 더 이상 기다리지 못하겠다.'

벌써 두 시간째다. 강현은 거의 실신 상태나 마찬가지인데 옆에서 아직도 쌩쌩한 주원을 보니 머리가 어지러울 지경이다.

"오빠 괜찮아?"

"으응, 참을 만해."

"오빠 우리 저거 한 번 더 타자."

"헉!"

주원이 가리키는 걸 본 순간 입에서 악 소리가 나왔다. 그건 1시간 전에 탔던 바이킹이었다. 그것도 제일 끝에 앉아서 탔는데 내려와서는 먹은 걸 다 토할 뻔했었다.

"아 제발 주원아."

"왜 오빠?"

주원은 일부러 모르는 척 천연덕스럽게 생글생글 웃었다. 주원은 강현이 이렇게 약한 모습을 보일 줄은 몰랐다. 늘 과묵하고 자기표현을 잘 안 하기에 모든 거에 강한 사람인 줄로만 알았는데 오늘 본 그의 모습은 정말 뜻밖이었다. 그런 그의 모습에 웃음이 나면서도 가슴이 따듯해졌다.

"무슨 남자가 이깟 것 가지고 엄살이야."

엄살이라고? 아우 미치겠네. 이러다 정말 쟤 앞에서 흉한 꼴 보이고 말지. 강현은 잠시 시간을 벌기 위해 머리를 굴리기 시작했다. 옳지!

"좋아 그럼 저기 저거 타자."

강현이 가리킨 것은 초등학교 때 이후론 타 본 적이 없는 대관람차였다.

"엥! 저거 타자고?"

"왜?"

"재미없잖아. 스릴도 없고."

"저게 왜 재미가 없어? 저 위 꼭대기에서 내려다보는 광경이야말로 얼마나 기가 막힌데."

"지루할 거 같은데?"

주원은 강현의 얼굴이 점점 일그러지는 걸 보면서 속으로 웃었다. 저 사람에게 저런 귀여운 면도 있었네.

"알았어, 알았어요. 그럼 한 번 타 보지 뭐."

그녀의 말에 그의 얼굴에 금방 화색이 돌았다.

"그럴래? 그래 재미있을 거야. 저런 건 누구랑 타느냐에 따라서 기분이 달라지는 거거든."

"그래……요? 그럼 오빠랑 타면 재미있다는 거야?"

"당연하지."

"피이!"

우습다는 듯 눈을 흘기는 주원의 모습조차도 예뻐 보이는 걸 보니 아무래도 놀이기구를 너무 많이 탔나 보다.

"믿어 보라니까. 자자, 어서 가자구요."

강현이 주원의 등을 떠밀다시피 해서 대관람차 타는 곳으로 왔다. 다행히 줄 서 있는 사람이 많지를 않아 곧바로 탈 수 있었다. 두 사람은 직원이 열어 놓은 관람차 문을 잡고 안으로 들어섰다. 생각보다 좁은 공간에 주원은 고개를 좌우로 돌렸다. 그녀가 초등학생이었을 땐 꽤 넓었던 거 같았는데. 그가 앉은 맞은편에 자리를 잡은 주원은 눈을 돌려 밖을 쳐다봤다. 그때 관람차 문이 닫히더니 천천히 움직이기 시작했다.

'아, 이제야 살 것 같네.'

마지막에 탔던 양탄자 때문에 거의 초주검이 되었던 강현은 관람차가 움직이자 심호흡을 했다. 시원한 바람이 그의 얼굴을 때렸다. 속이 어느 정도 진정이 되자 앞에 앉은 주원을 바라봤다. 그녀는 고개를 돌리고 아래를 내려다보고 있었다. 좀 전까지 아이처럼 개구지게 놀던 모습은 간데없고 자신이 사랑하는 여인이 앉아 있는 게 보였다. 그저 보는 것만으로도 행복해 한참을 가만있는데 그의 눈길을 느꼈던 것일까? 주원이 고개를 돌려 그를 바라봤다.

"왜?"

"이리 와라."

강현이 옆자리를 툭 치며 재촉했다. 잠시 망설이는 것 같던 주원이 주춤거리며 일어나 그의 옆자리에 앉았다.

"가까이 와 봐."

조금 더 그의 옆으로 다가간 주원이 부끄러운지 고개를 돌려 창밖을 내다봤다. 어느새 관람차는 꼭대기를 향하고 있었다. 강현은 팔을 뻗어 그녀의 어깨를 감싸 안았다. 그러자 주원은 못 이기는 척 그의 가슴에 기댔다. 든든한 그의 가슴에 닿은 느낌이 너무 좋아 저절로 눈이 감겼다. 강현이 어깨에 있던 손으로 그녀의 머리를 쓰다듬어 내렸다. 그리곤 속주머니에서 작은 상자를 꺼내 주원의 손에 내려놓았다. 손에 닿는 딱딱한 느낌에 감았던 눈을 뜬 주원은 상자를 보자 눈을 들어 그를 올려다봤다.

"이게 뭐예요?"

"열어 봐."

주원이 상자를 열자 보석이 박힌 반지가 보였다.

"오빠……."

강현이 반지를 꺼내 그녀의 손을 잡은 채 지그시 바라봤다.

"나랑 영원히 함께해 줄래? 네가 좀 더 있다 하고 싶은 건 아는데 난 조금이라도 더 많은 시간을 너랑 같이 있고 싶다. 주원아 살면서 늘 연애 기분 느끼게 해줄 테니까 나랑 결혼하자."

얼굴까지 빨개져가며 프러포즈를 하는 그의 모습에 웃음이 비어져 나왔다. 이 순간을 위해 타지도 못하는 그 많은 놀이기구를 탔단 말이지. 그녀의 눈에 눈물이 차올랐다. 그녀의 허락이 떨어질 때를 기다리는 그의 긴장이 손 끝에 느껴졌다. 잠시 고개를 숙여 그의 손에 들려 있는 반지를 내려다보던 주원은 천천히 고개를 들었다. 강현은 그녀의 눈에 차오른 눈물을 보자 가슴이 덜컥 내려앉았다. 괜한 짓을 한 건 아닐까? 좀 더 기다려 줘야 했던 것일까? 갈등하던 강현이 먼저 입을 열려고 할 때였다.

"안 끼워 줄 거야?"

"주원아……."

눈에선 눈물이 흘러나왔지만 그녀의 얼굴엔 웃음이 피어났다.

"셋 셀 동안 안 끼워 주면 결혼 안 해줄 거야."

"아, 알았어."

그녀의 으름장에 강현이 조심스런 손길로 그녀의 손에 반지를 끼웠다. 반지는 맞춤인 양 그녀의 손가락에 딱 들어맞았다.

"예쁘다……우리 주원이."

반지가 끼워져 있는 손가락을 꼭 쥔 강현이 그녀의 얼굴을 바라봤다.
"이제 알았어? 내가 원래 한 인물 하잖아."
갑자기 쑥스러워진 주원이 일부러 농담을 던졌다.
"그래, 원래 예뻤지. 그런데 지금은 더 예쁘다."
그의 칭찬에 주원은 얼굴이 빨개졌다. 강현이 그런 그녀의 얼굴을 두 손으로 감쌌다. 그리곤 눈물로 인해 촉촉해진 뺨을 쓰다듬었다.
"오빠 고마워요."
"나도 고마워. 내 청혼 받아 줘서. 그리고 날 사랑해 줘서. 사랑한다, 주원아."
"사랑……해……."
그녀의 끝말은 어느새 그의 입 안으로 사라지고 말았다. 따듯하게 다가오던 그의 입술이 그녀의 입 안으로 파고들더니 그녀를 하늘로 붕 떠오르게 했다. 그들이 하늘 꼭대기에서 두 사람만의 열정에 빠져든 순간 어느새 관람차는 제일 꼭대기에서 멈췄다. 아마도 한동안은 거기 그 자리에서 멈춰 있을 것이다.

잠시 후.
"주원아 제발 한 번만 봐주라."
"아앙, 나 저거 해보고 싶단 말이야."
"제발……."
"나 그럼 오빠랑 결혼 안 한다?"
"아, 알았어."

강현은 거의 울상이 되어 버린 얼굴로 주원을 졸졸 따라갔다. 잠시 후 두 사람은 함께 타는 번지 점프에 몸을 실었다.

"저 주원아 꼭 할 말이 있는데?"

"그래? 그럼 하늘에서 해."

주원의 말이 떨어짐과 동시에 묶여 있던 줄이 튕겨져 나갔다.

"으아아악!"

"와아아."

"아아아악! 강주원 사랑한다!"

"나두……! 사랑해……!"

[그녀의 짝사랑의 시작, 아니 짝사랑의 완성은 이강현 바로 그였다.]

[참 할 말 있다며?]

[넌 이 상황에서 말이 나오냐?]

[하기 싫어? 그럼 이거 타고 한 번 더 탄다.]

[아, 알았어. 이거 주려고.]

[뭔데? 아, 내 나침반 목걸이! 오빠가 발견했구나? 난 여태 말이 없기에 못 찾았는 줄 알았지.]

[이게 정말 널 나한테 데려다 준 거 같지 않냐?]

[아……그런가? 그런데 오빤 내가 준 시계 어떻게 했어?]

[어? 어 그거?]

[버렸구나. 그랬지?]

[그게……지금 시계병원에 가 있어.]

[난 또 버렸는 줄 알았잖아. 그런데 고장 났어?]

[그게 말이지. 네가 납치되고 태준이 우릴 찾을 수 있었던 게 나한테 위치 추적 장치를 달아서였거든. 휴대폰은 뺏길 거고 몸수색도 당할 테니 놈들한테 전혀 의심 받지 않으려면 과연 어디다 달았겠니?]

[그럼 그 시계 안에?]

[그렇지. 우리 주원이 똑똑하네.]

[그런데 그 시계가 살아날 가망은 있데?]

[꼭 살려내야지. 네가 날 살렸듯이.]

[쳇! 무슨 남자가 끝까지 멋지냐?]

공중을 날고 있는 두 사람……아마도 이러고 놀지 않았을까요?

에필로그.

"젠장 네 동생 좀 어떻게 해봐라. 이거야 원 고집은 왜 그리 쎈지."

"네가 좋다고 결혼해 놓고 이제 와서 나한테 이러면 안 되지. 걔 원래 그런 거 몰랐냐? 강현이 너만 해바라기 하기를 13년 한 거 보면 말 다 했지 뭐."

태준은 뭐가 그리 고소한지 술잔을 기울이며 연신 낄낄거렸다.

"그렇게 신나냐?"

"신나지. 니들 내 눈앞에서 눈꼴 시린 짓거리들 좀 많이 했냐? 아니 애인 없는 사람 놀리는 것도 아니고. 아, 오늘따라 술이 왜 이리 맛있냐? 하하하……."

"나쁜 놈."

하긴 그동안 신혼인 두 사람이 태준을 앞에 두고 많이 닭살스럽게 굴기는 했었지. 그러니 지금 태준이 좋아 죽겠는 걸 이해는 해도 자꾸

깐죽대는 게 얄미워 한 대 쥐어박고 싶었지만 차마 손위 처남을 때릴 수는 없었다.

"그래 이번엔 무슨 일이야?"

"휴우 말마라."

강현이 소주를 단숨에 들이켰다.

"내가 제발 현장근무는 하지 말라고 했는데도 그렇게 고집을 피우더니 이젠 잠복근무한다고 3일씩 집에 안 들어오질 않나. 글쎄 어젠 다쳤는지 다리까지 절룩거리더라."

"그렇게 걱정되면 네가 힘 좀 써보지 그래? 너 본청에 있으니까 걔 행정직으로 발령 나도록 힘 좀 써봐."

"내가 그 생각을 왜 안 했겠냐? 그런데 고 녀석이 눈치 채고 만약 그렇게 했다간 날 가만 안 두겠다는데 어떻게 해?"

"인마, 그런다고 그 앨 그냥 나둬?"

"누가 아니래냐. 이젠 그 녀석이 내가 지한테 꼼짝 못한다는 거 알고는 아주 날 가지고 논다."

"쯧쯧쯧……."

누가 이강현을 여자한테 꼼짝 못하는 사람이라고 믿을까? 모르는 사람들은 주원이 강현에게 다 맞춰주고 사는 줄 알지만 고 여우가 오히려 강현을 아주 어르고 달래고 뺨치면서 사는 줄 아는 사람은 별로 없었다. 이게 다 강현의 업보인 걸 어쩌랴. 그러게 누가 13년 동안 연락 않고 지내라고 했나? 아무리 내 동생이지만 강현이 안됐기는 했다.

"그럼 방법은 하나뿐이네."

"뭔데?"

"임신!"

"푸웁!"

강현이 마시던 술을 내뿜고 말았다. 그러자 그 술이 고스란히 태준의 얼굴을 향했다.

"얌마! 이게 뭐야?"

"콜록! 콜록!"

"뭐 그게 그렇게 놀랄 일이라고……. 너 내 말 진지하게 생각해봐. 그 녀석 성격에 지금 하는 일 그만두지는 않을 거고. 그러니 특단의 방법을 써야 한다고."

"만약 그랬다간 정말 날 죽이려 들걸? 애는 2, 3년 있다가 갖기로 했거든."

"그걸 말하고 그러냐? 미친놈. 불가항력이라는 말 몰라? 그냥 몰래 저질러."

"어떻게?"

강현이 귀를 쫑긋 세우고 태준에게 가까이 다가갔다.

"너 형사 맞냐? 에휴. 이리 귀 좀 대봐."

태준이 뭐라고 속삭이자 강현의 얼굴이 시시각각 변하더니 급기야 환하게 웃으며 태준의 등짝을 힘껏 쳤다.

—짝!

"친구야 고맙다."

"아야! 그런데 때리긴 왜 때려? 에휴, 장가도 못 간 내가 별거 다 가르친다."

"하하하……넌 역시 내 친구다."

"시끄럽고. 그 대신 오늘은 술값은 네가 내는 거다."

"고럼 고럼. 어디 오늘뿐이겠냐? 내가 성공만 하면 매일 사주마."

"자식, 들키지나 마."

"그건 염려하지 마. 너도 입조심하는 거 명심해."

"그걸 말이라고 하냐? 만약 나중에 주원이가 아는 날엔 그날은 우리 두 사람 제삿날이 될걸?"

"하하하……그럴 일은 없을 거야."

집에 도착한 강현은 주원이 없는 걸 확인하자 태준이 알려준 방법을 써먹기 위해 부지런히 움직였다. 절대 그녀가 알아선 안 되기에 신중에 신중을 기해야 했다. 아무래도 형사이다 보니 직감이라는 게 무섭게 발달되어서 잠시도 방심할 수가 없었다.

설핏 잠든 주원은 등 뒤에 느껴지는 강현의 숨결에 짜릿한 설렘을 느꼈다. 결혼한 지 이제 10개월. 그녀가 아프면 그녀보다 더 아파하고, 그녀가 기뻐하면 같이 기뻐해 주고, 무조건 사랑해 주는 강현 때문에 그녀는 매일매일 눈물이 날 지경이었다. 강현의 입술이 그녀의 목덜미에 닿는 게 느껴졌다.

"자니?"

"으음……지금 오빠가 깨웠잖아……으읍!"

그녀의 입술을 강현이 삼켰다. 부드럽게 시작된 키스는 점점 노골적으로 변해갔다. 벌어진 그녀의 입술 안으로 그의 혀가 거칠게 헤집고 들어갔다. 그의 혀가 그녀의 치열을 훑고 지나가 안으로 파고들자 그녀의 혀가 부끄러운 듯 뒤로 물러났다.

"아!"

그의 입술이 그녀의 입술을 떠나 점점 아래로 미끄러져 내려가더니 봉긋하게 솟은 오른쪽 가슴을 공략했다. 붉은빛을 띠는 유륜을 그의 혀가 원을 그리며 간질이자 그녀의 몸이 들썩거렸다. 그녀의 반응에 힘을 얻은 그는 그녀의 가슴을 한껏 빨아들였다.

"아, 오빠!"

그의 입술이 왼쪽 가슴으로 옮겨 똑같이 희롱하자 주원의 몸이 활처럼 휘더니 그의 어깨를 힘껏 부여잡았다. 그의 입술이 점점 더 아래로 내려가 배꼽 주위를 맴돌자 주원은 발끝까지 전기가 흐르는 것 같았다.

"주원아……사랑해……."

뒤이어 그의 입술이 배꼽을 지나 더 은밀한 곳으로 향하자 주원은 침대 시트를 부여잡고 몸을 비틀었다.

"아하……오빠."

더 이상 참을 수 없어진 강현은 그녀의 중심에 자리를 잡고는 단숨에 안으로 파고들었다.

"주원아!"

"아윽!"

잠시 숨을 고른 강현은 급하게 파고든 것과는 달리 부드럽게 움직이기 시작했다. 천천히 유연하게 움직이면서 그녀와 눈을 맞췄다.

"사랑해!"

"나도 사랑해!"

강현의 입술이 그녀의 두 눈에 살짝 내려앉았다. 그리고 다음은 콧등, 그리고 그다음은 입술 가장자리를 따라 자잘한 키스를 뿌렸다. 강현은 그녀를 향한 한없는 사랑을 온몸으로 쏟아냈다. 그는 주원의 들뜬 표정에서 절정이 다가왔음을 느끼곤 그녀를 향해 마지막 열정을 토해냈다.

"아하……."

그를 조여 오는 그녀를 느끼자 더 이상 참지 못한 강현이 그녀의 엉덩이를 손으로 잡고 더 깊이 파고들었다. 그리곤 그의 사랑을 그녀에게 모두 쏟아냈다.

"아, 주원아……."

"사랑해요."

모든 열정을 쏟아낸 강현이 그녀의 가슴에 머리를 기대자 그녀가 감싸 안았다. 강현은 온밤을 그렇게 그녀의 가슴에 기대 사랑을 속삭였다. 그리고…….

"아아아악!"

욕실에서 들려온 비명 소리에 깜짝 놀란 강현이 무슨 일이 생긴 줄 알고 급하게 뛰어들었다.

"무슨 일이야? 다쳤어?"

"아아악, 어떻게……."

"무슨 일인데 그래?"

주원이 뭔가를 움켜쥐곤 머리를 쥐어뜯고 있었다.

"오빠 나 어떻게 해?"

"대체 무슨 일인데 그래?"

비명을 지르며 난리를 피우던 주원이 강현에게 의심스런 눈길을 줬다.

"혹시……오빠가 한 거야?"

"뭘? 대체 뭘 말하는 건지 알아야 대답을 할 거 아냐?"

정말 아무것도 모르겠다는 그의 얼굴을 보자 주원은 낮은 한숨을 내쉬었다.

"이거 봐!"

그녀가 손에 들고 있던 걸 강현 앞에 쑥 내밀었다. 조그만 막대 같은 걸 한참 쳐다보던 강현이 그녀에게 눈길을 돌렸다.

"이게 뭔데?"

"정말 몰라?"

"아, 글쎄 이게 뭐냐니까?"

"임신 테스트 키트잖아."

"아, 그러니까 임신……?"

말을 하다 말고 그녀를 바라보는 강현의 얼굴이 점점 달아올랐다.

"너 혹시……? 정말이야?"

"보면 몰라? 아, 난 몰라. 이제 어떻게 해. 오빠가 책임져."

"이야호! 하하하……. 우리 주원이 예쁘다."

강현이 갑자기 주원을 안고 빙빙 돌았다.

"에이, 뭐가 좋다고 그래? 아, 어지럽단 말야."

"아, 그래. 미안. 많이 어지러워?"

어지럽다는 말에 강현이 그녀를 신줏단지 모시듯 조심스럽게 움직였다.

"정말 오빠가 그런 거 아냐?"

"뭘?"

주원이 날카로운 눈초리로 노려보자 강현은 침을 꿀꺽 삼키며 시치미를 뗐다.

"인마, 너도 알다시피 항상 콘돔을 썼는데 내가 뭘 어떻게 할 수 있었겠나?"

"으음……그래도 뭔가 이상하지 않아?"

"이상하긴 뭐가 이상해? 콘돔이 백 퍼센트 피임이 되는 게 아니라는 걸 네가 더 잘 알면서. 아마 불량 콘돔이었나 보지."

"이상하단 말야."

주원이 자꾸 의심의 눈초리로 쳐다보자 강현은 슬쩍 눈길을 피하곤 딴청을 피우기 시작했다.

"이상할 것도 많다. 그나저나 뭐 먹고 싶은 거 없어?"

"오빠!"

"왜?"

"지금 임신이 정확한지도 아직 의사쌤 만나지 않았거든."

"그럼 낼 당장 가지 뭐."

'보나마나 아마 정확할 거야.'

"뭐라고? 뭐가 정확하다는 거야?"

이크! 작게 중얼거린다는 게 그녀에게 들렸나보다.

"아니, 요즘 진단 키트가 워낙 잘 나오니까 정확할 거라고."

"오빤 내가 아기 가진 게 그렇게 좋아?"

"그럼 당연히 좋지 인마. 난 형제 없이 자라서 늘 너희 가족이 부러웠어. 그래서 나중에 결혼을 한다면……내 아이들은 형제들이 많은 가운데 키우고 싶었다."

그의 진심어린 말에 그녀의 눈가가 촉촉이 젖어들었다.

"주원아 네가 계획한 것처럼 2, 3년 후는 아니지만 그래도 난 정말 기쁘다. 난 너도 나와 같은 마음이었으면 좋겠어. 주원이 넌 싫으니……?"

그의 얼굴에서 불안함을 본 주원이 고개를 가로저었다.

"아니, 단지 뜻밖이어서 놀랐지만 사실 나도 기뻐. 그리고 오빠가 행복하다니 더 기쁘고."

강현이 가만히 그녀를 가슴에 품었다. 그리곤 그녀의 머리를 쓸어내렸다.

"주원아 고맙다. 그리고 기특하고, 대견하고……자랑스럽다. 내 아이의 엄마가 너여서 난 너무 행복해."

"나도 내 아이의 아빠가 오빠여서 자랑스러워."

그의 입술이 천천히 그녀의 입술에 내려앉았다.

며칠 후…….

"아, 이게 다 네 덕분이다."

강현은 서재 문을 닫고 조그맣게 속삭이며 전화 통화를 했다.

-하하하, 정말 되더란 말이지? 이강현 정말 대단하다.

"짜식! 고맙다."

-그나저나 주원인 모르지?

"당연하지. 내가 콘돔에 구멍 낸 줄은 꿈에도 생각 못할걸? 처음엔 의심하는 거 같더니 시치미 딱 떼니까 믿는 눈치야."

-너 끝까지 들키지 마라. 만약 들키면 너와 난 죽은 목숨이야.

"알았다. 무덤까지 가지고 가는 거다. 태준아 내가 나중에 크게 한턱 쏘마."

-주원인 요즘 어때? 입덧한다며?

"그 입덧 때문에 죽겠다. 잘 먹지도 못하고, 내가 대신해 주고 싶다니까."

-어떤 녀석이 나오려고 그런데냐? 하긴 니 둘 닮은 애면 당연한 거고.

"당연히 주원이 닮은 녀석이겠지. 난 주원이 닮은 딸이면 정말 좋겠다."

-아이고, 너 그러다 딸 바보 되는 거 아니냐?

"바보 되면 어떠냐? 네가 이 기분을 어찌 알겠냐? 아무튼 넌 삼촌 될 준비나 열심히 해라."

서재 밖에서 강현의 통화를 모두 들은 주원은 어이가 없어 들고 있던 주스잔을 떨어뜨리지 않기 위해 손에 힘을 꽉 줬다.

'음, 그러니까 나 몰래 콘돔에 구멍을 뚫어놓고 임신이 되기만을 기다렸다는 말이지? 그리고 그걸 태준 오빠가 가르쳐준 거라 이 말이고? 그래놓고 불량품이라고 우겨? 하! 정말 웃겨. 어디 두고 보라지.'

주원은 강현이 나오기 전에 얼른 안방으로 들어가 침대에 기대 누왔다. 잠시 후 통화를 끝낸 강현이 침대에 누워 있는 주원을 보자 얼굴이 사색이 되어 달려왔다.

"주원아 너 어디 아파? 배 아파?"

"아니, 조금 어지러워서……저녁 해야 하는데 어쩐다."

"저녁은 무슨. 그냥 누워 있어. 저녁은 내가 할게."

"아니 그래도 그렇지 오빠가 어떻게……내가 할게."

주원이 침대에서 내려오려 하자 강현이 강하게 말렸다.

"까불지 말고 누워 있어. 나 이래봬도 요리 잘해 인마. 그러니 우리 마나님은 가만히 계셔."

"아이, 그러지 않아도 되는데……."

"너 한 발짝이라도 움직이면 화낸다. 내가 부를 때까지 얌전히 있어."

강현의 고집에 주원은 못이기는 척 고개를 끄덕이곤 도로 침대에 누웠다. 그러자 강현이 안심한 얼굴로 주방으로 향했다. 안방 문이 닫히자 그때까지 웃음을 참고 있던 주원이 피식 웃으며 그가 있는 곳을 향해 혀를 쏙 빼 밀었다.

"이 아저씨야 어디 고생 좀 해봐라. 날 속인 죄야."

느긋하게 기댄 주원이 엊그제 병원에서 받아온 초음파사진을 보며 회심의 미소를 지었다.

"음……얼마 동안 부려먹을까? 한 달? 아니 두 달? 에이, 하는 거 봐서 정하지 뭐. 아가야 아빠가 생각보다 엄청 순진하지 않니? 네 아빤 아마 평생 자기 때문에 네가 생긴 거라고 생각할걸? 후후……."

✽

〔주원이 임신하기 6주 전, 그러니까 강현이 일을 벌이기 5주 전에 일이었다.〕

"그러니까 임신을 하고 싶다고?"

"응."

주원이 고개를 주억거리자 혜령은 어이가 없다는 듯 노려봤다.

"야! 이 기집애야 너 지금 누구 앞에서 놀리냐? 결혼했는데 애 가지면 되지? 너 지금 그걸 고민이라고 하는 거니?"

"왜 소리는 치고 그래?"

"아니 그럼 넌 지금 내가 열 받지 않게 생겼냐? 애인도 없는 친구 앞에서 호강에 겨워 요강에 빠질 소리나 하고 있으니까 그렇지?"

"모르는 소리 하지 마. 오빠가 아기를 별로 안 좋아하는 거 같아."

"이게 무슨 개뼈다귀 같은 소리냐?"

주원이 침울한 얼굴로 혜령을 쳐다보며 한숨을 내쉬었다.

"휴우, 그게 내가 오빠한테 아기는 언제 낳을까 물어봤더니 내가 원하는 대로 하라잖아. 그래서 일부러 몇 년 있다가 갖고 싶다고 했더니 흔쾌히 좋다는 거야. 난 사실 오빠가 아기 빨리 갖자고 할 줄 알았거든. 그런데 너무 쉽게 그러니까 문득 오빠가 아기를 싫어하는 게 아닌가 싶더라고. 그래서 일부러 잠복근무한다고 며칠 안 들어가고 다리까지 다친 척했는데 별 반응이 없더라고."

"그러니까 넌 네가 일에 파묻히면 강현 씨가 널 임신이라도 시켜서

현장근무 못하게 할 줄 알았다 그거지?"

"응."

"이런 미련퉁이. 넌 어째 생긴 건 멀쩡한데 남자에 대해선 쑥맥이냐."

"기집애……"

"임신하고 싶으면 임신하면 되지. 단 강현 씨 모르게 하면 되는 거 아니겠니?"

"아니 임신을 하는데 어떻게 오빠가 몰라?"

"쯧쯧 이러니 13년을 기다리는 미련한 짓을 했지."

"까불지마."

주원이 눈을 흘기자 혜령이 그녀의 머리를 한 대 쥐어박았다.

"조용히 하고 내 얘기 잘 들어. 내 말은 강현 씨 모르게 어쩔 수 없이 임신한 것처럼 하라는 거야. 그럼 이미 임신은 됐는데 강현 씨라고 어쩌겠어?"

"정말 그럴까?"

"그리고 남자들은 막상 여자가 임신했다고 하면 엄청 좋아해."

"넌 결혼도 안 해본 애가 그건 어떻게 잘 아냐?"

"야! 넌 똥인지 된장인지 꼭 먹어봐야 아냐?"

"풉! 알았으니까 방법이나 얘기해봐."

"귀 좀 대봐."

혜령에게 귀를 내준 주원은 그녀의 말에 점점 얼굴이 발갛게 달아오르더니 급기야 환하게 웃었다. 그리곤 그날 저녁 혜령이 가르쳐준 방법대로 해서 주원은 원하던 걸 이뤘다.

✼

주원은 입가에 야릇한 미소를 머금고 잠에 빠져들었다.
〔오빠 몰랐지……? 내가 먼저였어.〕

⟨The End⟩

작가 후기.

네 번째 책을 내고 일 년 반 만에 다섯 번째 책을 내게 됐습니다. 그래서인지 첫 책을 내는 마음처럼 설레면서도 떨리네요.

먼저 선보였던 책과는 추가된 내용과 설정이 많이 바뀌어서 수정 작업하는데 꽤 많은 시간이 걸렸습니다.

이번 『짝사랑의 달인』은 누구나 한 번쯤 겪어봤을 짝사랑을 소재로 한 겁니다. 첫사랑이 짝사랑으로 끝나는 경우도 있고 혼자만의 짝사랑이 사랑의 결실을 맺는 경우도 봤습니다. 그 어떤 것이든 사랑하는 마음은 다 아름다운거겠지만 혼자 하는 사랑이 둘이 하는 사랑이 됐을 때 비로소 사랑의 완성이 되는 거겠지요.

만약 이글을 읽으시는 독자 분들 중 지금 짝사랑으로 가슴앓이하시는 분들이 계시다면 주원이처럼 꼭 이루어지시길 바라겠습니다.

강현이 사법고시를 패스하고 검사가 아닌 경찰이 되는 게 가능한 일인지 의아해 하실 수 있을 텐데요. 저도 사실 몰랐던 부분이었는데 현재 경찰인 친구에게 들은 얘기입니다. 의외로 사법고시 패스하고 경찰을 하시는 분들이 많다더군요. 사법고시를 패스하고 경찰에 들어오면 직급은 경정이 된다고 합니다. 그리고 경찰 대학을 졸업하면 경정보다 두 단계 아래인 경위가 되는 거고요.

내용 중에 홍 반장은 경감으로 강현보다 한 단계 아래 직급입니다. 하지만 직위가 형사반장이고 강현이 파견 나온 거라서 홍 반장을 윗사람으로 표현했습니다.

그리고 강현의 미국 뉴욕경찰청 연수부분은 작가의 상상력이 만들어낸 픽션이니 오해 없으시기 바랍니다.

끝으로 이 글이 책으로 완성되기까지 지켜봐주신 분들께 감사를 드리고 싶습니다.

계약하고 1년이 넘는 시간을 기다려주신 조은세상 출판사 사장님과 바쁜 와중에도 수정 작업을 함께 해주신 팀장님 감사합니다.

제게 올해엔 많은 글을 볼 수 있었으면 좋겠다며 용기 주신 로망띠끄 이성희 사장님, 올해 열심히 해보겠습니다.

그리고 둥지를 틀고 있는 [별이 보이는 다락방] 가족 분들께도 고맙다는 말씀을 전하고 싶습니다. 여러분들이 있어 외롭지 않았습니다. 오랜 시간 함께해온 베아트리스와 칼라디움 그리고 몇 해 전 인연으로 든든한 동생이 되어준 채은에게도 고맙다고 전하고 싶습니다. 그 외 제가 알고 있는 모든 작가님들과 독자님들, 비록 다 이름을 불러드리진 못해도 그분들께도 사랑하는 마음을 전합니다.

마지막으로 사랑하는 우리 가족, 정말 정말 사랑합니다. 우리 딸 정연이 엄마랑 표지 고르느라 애썼다.

2012년 새해 첫인사를 드립니다.

김성희(세실리아) 드림.